I0573535

ZUFLUCHT FÜR ALASKA

Die Zuflucht in den Bergen, Buch 1

SUSAN STOKER

Besuchen Sie Susan im Netz!
www.stokeraces.com
facebook.com/authorsusanstoker
twitter.com/Susan_Stoker
bookbub.com/authors/susan-stoker
instagram.com/authorsusanstoker
Email: Susan@StokerAces.com

Die Suche nach Lexie
Die Suche nach Kenna
Die Suche nach Monica
Die Suche nach Carly (11 Oct)
Die Suche nach Ashlyn (7 Feb 2023)
Die Suche nach Jodelle

Delta Team Zwei
Ein Held für Gillian
Ein Held für Kinley
Ein Held für Aspen
Ein Held für Jayme
Ein Held für Riley
Ein Held für Devyn (1 Sept)
Ein Held für Ember (1 Dec)
Ein Held für Sierra (1 Mar 2023)

Mountain Mercenaries:
Die Befreiung von Allye
Die Befreiung von Chloe
Die Befreiung von Morgan
Die Befreiung von Harlow
Die Befreiung von Everly
Die Befreiung von Zara
Die Befreiung von Raven

Ace Security Reihe:
Anspruch auf Grace
Anspruch auf Alexis
Anspruch auf Bailey
Anspruch auf Felicity
Anspruch auf Sarah

Die Delta Force Heroes:

Die Rettung von Rayne
Die Rettung von Emily
Die Rettung von Harley
Die Hochzeit von Emily
Die Rettung von Kassie
Die Rettung von Bryn
Die Rettung von Casey
Die Rettung von Wendy
Die Rettung von Sadie
Die Rettung von Mary
Die Rettung von Macie
Die Rettung von Annie

SEALs of Protection:
Schutz für Caroline
Schutz für Alabama
Schutz für Fiona
Die Hochzeit von Caroline
Schutz für Summer
Schutz für Cheyenne
Schutz für Jessyka
Schutz für Julie
Schutz für Melody
Schutz für die Zukunft
Schutz für Kiera
Schutz für Alabamas Kinder
Schutz für Dakota

Eine Sammlung von Kurzgeschichten
Ein langer kurzer Augenblick

Einunddreißig Jahre zuvor

»Hi, bist du neu hier?«

Alaska Stein blickte überrascht zu dem Jungen auf, der neben ihrem Platz im Schulbus stand. »Ja.«

»Cool. Ich bin Drake. Und wie heißt du?«

»Alaska.«

»Das ist ein komischer Name«, entgegnete der Junge.

»Drake auch«, bemerkte sie achselzuckend.

Zu ihrer Überraschung wurde er nicht wütend, sondern lächelte. »Kann schon sein. Wann bist du hierhergezogen?«

»Letzte Woche«, antwortete Alaska. Sie hatte den Jungen in der Schule gesehen und wusste, dass er in der vierten Klasse war, ein Jahr über ihr.

»Fährst du das erste Mal mit dem Bus?«

Alaska schüttelte den Kopf. Er war in dieser Woche schon viermal an ihr vorbeigegangen, offensichtlich, ohne sie zu sehen ... das war die Geschichte ihres jungen Lebens. Ihre Mutter hatte immer gesagt, sie hätte sie Blümchen nennen sollen ... weil sie so ein Mauerblümchen war. Sie behauptete, ihre Tochter könne in der Wand verschwinden. Unsichtbar zu sein hatte Alaska jedoch nie gestört. Sie war schüchtern und mochte es nicht, wenn man sie anstarrte.

»Oh, warte! Ich glaube, du bist in den Wohnwagen ein paar Reihen weiter gezogen. Der braun-weiße?«, fragte Drake.

Alaska nickte.

»Cool! Willst du heute Nachmittag spielen? Meine Freunde und ich wollen Krieg spielen.«

Alaska rümpfte die Nase.

»Das macht Spaß«, versicherte Drake ihr. »Wir teilen uns in zwei Gruppen auf und der ganze Wohnwagenpark ist unser Kriegsgebiet. Wir versuchen, von Mr. Markles Wohnwagen bis hinunter zu Mrs. Benedict zu kommen, ohne erschossen zu werden.«

»Erschossen?«, fragte sie nach.

Drake nickte enthusiastisch. »Natürlich nicht in *echt*, aber so tun als ob. Du kannst in meinem Team sein. Ich werde dir beibringen, wie du dich am besten an den anderen vorbeischleichen kannst. Darin bin ich ziemlich gut.«

Alaska ertappte sich dabei, wie sie nickte. Sie war sich nicht sicher, ob es ihr Spaß machen würde, Krieg zu spielen, aber es war das erste Mal in ihrem Leben, dass sie gebeten wurde, in jemandes Team zu sein. Normalerweise wurde sie immer als Letzte ausgewählt.

»Cool!«, erklärte ihr neuer Freund wieder, dann fragte er sie nach ihrem Lehrer, woher sie kam, ob ihr die neue Schule gefiel, und stellte ihr hundert andere Fragen. Selbst als sie an der Bushaltestelle ankamen, plauderte er noch weiter, und als sie sich auf den Weg zu ihren jeweiligen Wohnwagen machten, war Alaska ganz aufgeregt. Sie konnte sich nicht daran erinnern, wann sie das letzte Mal einen Freund gehabt hatte.

Sie und ihre Mutter zogen ständig um, und sie war nicht die Art von Mädchen, die leicht Freunde fand. Aber ihre Mutter hatte versprochen, dass sie dieses Mal hierbleiben würden. Alaska konnte nur hoffen, dass sie nicht gelogen hatte. Sie hatte ein gutes Gefühl bei dieser Schule, dieser Stadt. Es war noch nicht einmal eine Woche her, und sie war schon zum Spielen eingeladen worden!

Siebenundzwanzig Jahre zuvor

Alaska stand allein am Rand des Basketballplatzes und sah zu, wie ihre Mitschüler tanzten und miteinander lachten. Sie hasste die Mittelstufe. Wenn sie früher geglaubt hatte, niemand würde sie beachten, so war das *nichts* im Vergleich zu jetzt ... da die Jungs sich der Mädchen immer bewusster wurden. Aber nicht Alaska. Ihr einfaches langes braunes Haar war weder lockig und üppig noch glatt und geschmeidig. Keine der derzeit angesagten Frisuren stand ihr, also behielt sie immer die gleiche Länge. Sie hatte keine Ahnung, wie sie das Make-up tragen sollte, mit dem die anderen Mädchen experimentierten, und zu allem Überfluss war sie auch noch etwas mollig.

All das zusammengenommen bedeutete, dass Alaska mehr denn je übersehen wurde. Sie hatte ein paar Freundinnen ... sozusagen ... Leute, mit denen sie in der Mittagspause zusammensaß und sich zwischen den Unterrichtsstunden unterhielt. Aber niemanden, mit dem sie bis spät in die Nacht telefonierte, mit dem sie am Wochenende abhing oder mit dem sie ihre tiefsten Geheimnisse teilen konnte.

Sie war heute Abend nur zum Ball gekommen, weil alle anderen hingingen. Niemand hatte Alaska gebeten mitzukommen ... kein Junge. Sie traf sich mit ein paar Mädchen, die sie aus der Schule kannte, und sie hingen eine Weile am Rande des Geländes herum, tratschten und beobachteten die Jungs. Als aus den Lautsprechern ein langsamer Tanz ertönte, hatten die Jungs, die allein gekommen waren, den Mut, die anderen alleinstehenden Mädchen zum Tanz aufzufordern ... und Alaska stand allein da.

»Hey, Al«, sagte eine vertraute Stimme von links.

Überrascht drehte Alaska sich um und sah Drake, der neben ihr an der Wand lehnte. Er beugte ein Knie und stellte einen Fuß flach auf die Ziegelsteine hinter ihnen.

»Warum tanzt du nicht?«, fragte er.

Das war die Sache mit Drake. In den vier Jahren, seit sie ihn kannte, hatte er sie nie wie eine Ausgestoßene behandelt. Er hatte sich nie anmerken lassen, dass er wusste, wie unsichtbar sie war ... auch wenn er sie nicht so wahrnahm, wie sie es sich *wünschte*.

Sie trafen sich immer noch manchmal nach der Schule, aber nicht mehr, um in der Nachbarschaft Krieg zu spielen. Jetzt spielten sie Videospiele in seinem Wohnwagen. Manchmal hatte er auch andere Freunde zu Besuch, aber er wählte sie immer aus, um in seinem Team zu spielen. Sie war gut in den Militärspielen geworden, die er gern spielte. Es war ein schönes Gefühl, gut in etwas zu sein ... und begehrt zu werden.

Alaska zuckte mit den Schultern.

»Ja, es ist irgendwie langweilig hier«, stimmte Drake zu.

»Bist du nicht mit Bev gekommen?«

»Ja, aber als wir hier ankamen, sah sie, wie Miles und Courtney sich stritten, und weg war sie. Sie hat ihn immer mehr gemocht als mich«, erklärte er achselzuckend.

»Macht dir das nichts aus?«, fragte Alaska aufrichtig interessiert.

»Nein. Ich meine, Mädchen sind okay, denke ich, aber wenn ich die Highschool abgeschlossen habe, gehe ich sowieso zur Navy. Ich werde ein SEAL. Da habe ich sowieso keine Zeit für Mädchen.«

»Wirklich?«, fragte Alaska. »Ist das nicht supergefährlich?«

»Ist es. Aber das ist mir egal. Ich werde der beste SEAL sein, den die Navy je hatte. Ich werde Terroristen das Handwerk legen.« Er senkte die Stimme zum Flüstern und sagte: »Tim sagt, ich sei zu klein. Dass nur große, starke Männer SEALs sein können, aber ich werde es ihm zeigen.«

Alaska legte ihre Hand auf Drakes Arm. »Du wirst fantastisch sein. Du bist der Einzige, der nie erwischt wurde, als wir Krieg gespielt haben. Du hast es irgendwie immer geschafft, dich an allen vorbeizuschleichen, ohne dass sie dich gesehen haben. Und gegen dich hat niemand eine Chance, wenn wir Videospiele spielen.«

Er richtete sich auf und grinste. »Ich weiß. Ich bin fantastisch.«

Alaska lachte. Einer der Hauptgründe, weswegen sie Drake so sehr mochte, war sein unglaubliches Selbstbewusstsein. In allem. In der Schule, bei den Mädchen, in der Leichtathletik ... als wäre es selbstverständlich, dass er in allem, was er tat, hervorragend sein würde.

»Willst du tanzen?«, fragte er ganz lässig.

Alaskas Herz begann, schneller zu schlagen. Sie wusste nicht genau, wann oder warum sich ihre Gefühle für ihren Freund und Nachbarn geändert hatten. Aber als er eines Tages bei ihm zu Hause den Fernseher anschrie und verzweifelt versuchte, sich aus einer brenzligen Situation bei dem Spiel, das sie gerade spielten, herauszuwinden, hatte Alaska zu ihm hinübergeblickt ... und erkannt, dass sie Drake mehr als nur als Freund mochte.

Aber sie hatte nie die Hoffnung, dass er ihre Gefühle jemals erwidern würde. Sie sah, wie die Mädchen in der Schule ihn anhimmelten. Er war beliebt, und sie war ... einfach da. Nicht unbeliebt, aber sie gehörte auch nicht zu den coolen Kids.

»Klar«, erklärte sie nach einer langen Pause.

Er lächelte und stieß sich von der Wand ab. Alaska folgte ihm, ohne zu wissen, ob sie seine Hand halten sollte oder so was.

Gerade als er sich umdrehte und nach ihr griff, ertönte hinter ihm ein Geschrei.

Michael Jones schrie Miranda Brotherton an und verursachte eine ziemliche Szene. Die beiden waren den größten Teil des Schuljahres zusammen gewesen, aber Alaska hatte keine Ahnung warum. Sie schienen sich nicht einmal besonders zu mögen.

»Ich habe gesehen, wie du Julio angestarrt hast!« Michael lachte verächtlich, streckte die Hand aus und schubste Miranda, die weinte, sodass sie ein paar Schritte zurückstolperte.

»Es tut mir leid, ich muss ...«, erklärte Drake und gestikulierte in Richtung des Paares.

Alaska nickte und stellte sich in die Mitte der Tanzfläche, während Drake auf das Paar zuging. Er baute sich direkt vor Michael auf und sagte ihm, dass es nicht in Ordnung sei, Miranda zu schubsen. Es gab einen Moment, in dem Alaska dachte, sie würden sich prügeln, aber schließlich drehte Michael sich um und verließ die Tanzfläche.

Drake ging sofort zu Miranda, legte ihr einen Arm um die Schultern und führte sie weg.

Als sie merkte, dass sie mitten unter den tanzenden

Paaren stand, biss Alaska sich auf die Lippe und schlich zurück zu der Wand, vor der sie zuvor gestanden hatte. Bedauern erfüllte sie. Das war wahrscheinlich die einzige Chance, die sie jemals bekommen würde, Drakes Arme um sich zu spüren. Es überraschte sie jedoch nicht, dass er sich für Miranda einsetzte ... so war er nun einmal. Und das war einer von hundert Gründen, warum er einen großartigen SEAL abgeben würde.

Alaska wurde an diesem Abend von niemandem mehr zum Tanzen aufgefordert. Sie lächelte und unterhielt sich mit ihren Freundinnen, aber tief in ihrem Inneren wurde sie das seltsame Gefühl nicht los, dass ihr etwas Wertvolles entgangen war. Drake würde nächstes Jahr auf die Highschool wechseln und sie würde ihn nur noch im Bus sehen können. Sie war traurig für sich selbst, aber freute sich für ihren Freund.

Dreiundzwanzig Jahre zuvor

Alaska schmerzte das Herz. Drake wollte sich morgen bei der Marine melden. Er war nicht nur klug, sondern hatte auch seine Highschool-Baseballkarriere mit den meisten Runs in einer Saison *und* als Kapitän beendet. Sie nahm an, dass er ein ebenso erfolgreicher SEAL werden würde. Die Aufmerksamkeit, die er von Lehrern, Mädchen und allen Freunden bekam, hatte nur noch zugenommen, die Leute fühlten sich von ganz allein zu ihm hingezogen.

Trotzdem ... er hatte Alaska nie vergessen. Sie trafen sich nicht mehr so oft wie früher, aber ab und zu lud er sie in seinen Wohnwagen ein und sie aßen zu Abend und spielten ein Videospiel, um der alten Zeiten willen.

Seine Mutter hatte für ihn eine Abschlussparty

geschmissen, bevor er sich in die Grundausbildung verabschiedete. Alle seine Freunde waren da gewesen, Jungs und Mädchen. Es gab Luftballons, eine Torte und alle hatten Geschenke mitgebracht. Alaska war sich komisch vorgekommen, ihm vor allen anderen ein Geschenk zu geben, also wartete sie, bis die Party zu Ende war, bevor sie zurück zu ihrem Wohnwagen lief, um das zu holen, was sie für ihn gemacht hatte.

Ihre Mutter war betrunken gewesen – wieder einmal – und Alaska musste sich die Zeit nehmen, sie ins Bett zu bringen. Ihr Alkoholkonsum war außer Kontrolle geraten und wenn Alaska nicht gewesen wäre, wäre ihre Mutter wahrscheinlich schon längst verhungert. Alaska sorgte dafür, dass ihre Mutter regelmäßig zu Abend aß, denn normalerweise kam sie von der Arbeit nach Hause und begann sofort zu trinken.

Als sie den Wohnwagen verlassen konnte, um zu Drake zurückzukehren, war es schon später, als sie geplant hatte. Ihr rutschte das Herz in die Hose, als sie sich seinem Zuhause näherte. Es war niemand mehr draußen ... die Party war offensichtlich vorbei. Alaska klopfte an die Tür und hielt den Atem an.

Drakes Mutter öffnete. »Hey, Liebes. Hast du etwas vergessen?«

»Nein, ich bin nach Hause gegangen, um das Geschenk zu holen, das ich für Drake besorgt habe, aber meine Mutter hat mich noch ein bisschen gebraucht. Ist er hier?«

»Es tut mir leid, er ist nicht da. Er ist mit seinen Freunden noch ein letztes Mal ausgegangen, bevor er morgen früh abreist.«

Alaska tat ihr Bestes, um die Tränen, die ihr kamen, zu unterdrücken. Sie hatte ihn verpasst. Er würde morgen sehr früh abreisen und sie würde ihn nicht mehr sehen, bevor er ging.

»Oh, Liebes ... ich bin sicher, dass er nicht zu lange weg sein wird«, erklärte Drakes Mutter, die Alaskas Verzweiflung offensichtlich sah.

Aber sie wusste es besser. Sie hatte gehört, wie seine Kumpels getuschelt hatten, dass sie ihn erst kurz vor seinem Aufbruch zum Stützpunkt nach Hause zurückkehren lassen würden ... das sei ihre Art, ihn »abzuhärten«. So hatten sie es ausgedrückt.

»Ist schon okay«, sagte sie mit einem kleinen Achselzucken.

»Willst du, dass ich ihm das für dich gebe?«, fragte seine Mutter und deutete auf das Geschenk.

Als sie auf das unordentlich verpackte Geschenk hinunterblickte, kam Alaska sich plötzlich lächerlich vor. Sie hatte einige der anderen Geschenke gesehen, die er bekommen hatte ... teure Dinge. Klamotten, Elektronik, Geld. Sie hatte kein Geld, um ihm ein Geschenk zu kaufen, deshalb das selbst gemachte Geschenk. Sie war sich bewusst, dass es furchtbar aussah. Der Gedanke, es Drake jetzt zu schenken, ließ sie erschaudern.

Sie schüttelte den Kopf und sagte: »Nein, das ist keine große Sache. Könnten Sie ihm bitte ausrichten, dass ich ihm alles Gute wünsche?«, fragte sie. Die Worte waren so lahm wie ihr Geschenk. Es gab so viel, was sie Drake sagen wollte, aber nicht über seine Mutter.

»Das werde ich. Ich bin sicher, dass er mit dir in Kontakt bleiben will.«

Alaska lächelte und nickte noch einmal. Drake hatte versprochen, ihr seine Adresse zu schicken, sobald er im Ausbildungslager war, aber sie hatte das Gefühl, dass er viel zu beschäftigt sein würde, um Briefe zu schreiben.

Er war seit Jahren ihr bester Freund, auch wenn er es nicht wusste ... und ihn zu verlieren fühlte sich an, als würde sie einen wichtigen Teil von sich selbst verlieren. Sie hatte immer gewusst, dass dieser Tag kommen würde. Der Tag, an dem er weggehen würde, ohne sich noch einmal umzudrehen.

Er war zu Großem bestimmt, und sie war bestimmt für …

Alaska wusste nicht, was. Mittelmaß? Ihre Noten waren okay, ihr Aussehen völlig durchschnittlich, und in der Leichtathletik war sie eine Niete. Sie hatte keine Ahnung, was sie nach ihrem Abschluss machen wollte. Wahrscheinlich würde sie hierbleiben und sich um ihre Mutter kümmern. Vielleicht ein paar Kurse an der öffentlichen Hochschule belegen. Einen langweiligen Schreibtischjob annehmen und langsam in der Versenkung verschwinden.

Sie wandte sich von Drakes Mutter ab und winkte ihr ein letztes Mal zu, als sie sich auf den Weg zu ihrem eigenen Wohnwagen machte. Auf dem Weg dorthin hielt sie an der Mülltonne am Ende von Drakes Einfahrt an, die darauf wartete, am Morgen abgeholt zu werden. Mit einem Blick zurück, um sich zu vergewissern, dass seine Mutter nicht mehr in der Tür stand, öffnete Alaska die Tonne und warf das lächerliche Geschenk hinein, an dem sie wochenlang gearbeitet hatte, bevor sie zu ihrem eigenen Wohnwagen zurückstapfte.

Als sie in ihrem Bett lag und an die Decke starrte, flüsterte sie: »Viel Glück, Drake. Aber du brauchst es nicht. Du wirst einer der besten SEALs sein, die die Navy je hatte. Ich weiß es.«

Fünfzehn Jahre zuvor

Drake war nicht der Typ Mann, der viel Zeit damit verbrachte, über seine Vergangenheit nachzudenken. Er hatte gute Erinnerungen an die Highschool, aber er war ein ganz anderer Mensch als mit achtzehn. Seitdem hatte er viel gesehen und getan. Er hatte die Ausbildung zum SEAL überstanden, erschütternde Einsätze erlebt, Teamkameraden verloren.

Aber heute Abend, nachdem er an der Beerdigung eines weiteren Freundes teilgenommen hatte, der sein Leben zu früh verloren hatte, fühlte er sich nostalgisch. Der SEAL, der während eines Einsatzes ums Leben gekommen war, hatte eine Familie. Eine Frau, die am Boden zerstört war, und ein kleines Mädchen, das noch zu jung war, um echte Erinnerungen an seinen Vater zu haben.

Es war dieses kleine Mädchen, das bei der Trauerfeier auf einem viel zu großen Stuhl saß, mit den Beinen wackelte und dem Geschehen vor sich keine Beachtung schenkte, dass Drake sich nun an eine Jugendfreundin aus der Wohnwagensiedlung erinnerte, in der er aufgewachsen war. Er erinnerte sich regelmäßig an Alaska Stein ... aber er hatte seit Jahren nicht mehr so intensiv an sie gedacht. Heute Abend ging sie ihm nicht mehr aus dem Kopf.

Schuldgefühle und Trauer um eine verlorene Freundschaft verzehrten ihn auf unerklärliche Weise. Er hatte versprochen zu schreiben, aber seit seiner Ankunft im Ausbildungslager war er zu sehr damit beschäftigt gewesen, sich von Tag zu Tag durchzuschlagen, um sich die Zeit dazu zu nehmen. Er war jung und aufgeregt gewesen und hatte gedacht, er würde später Zeit haben, sich mit ihr auszutauschen.

Erst als er endlich ein SEAL geworden war und seine Budweiser-Nadel erhalten hatte, hatte er sich hingesetzt und ihr einen Brief geschrieben. Aber dieser war ungeöffnet an den Absender zurückgeschickt worden.

Als der Brief zurückkam, hatte er ein Gefühl des Verlustes verspürt, das er sich nicht erklären konnte. Es war dumm. Er hätte sie wahrscheinlich in den sozialen Medien finden können, aber das kam ihm zu ... unpersönlich vor. Er mochte die Vorstellung nicht, einer von Hunderten von Pseudofreunden im Internet zu sein.

Er hatte immer viel zu tun ... Besprechungen, Einsätze, Training. Aber hin und wieder, wie heute Abend, tauchte seine alte Freundin wieder in seinem Gedächtnis auf und Drake fragte sich, wo sie war, was sie tat. War sie verheiratet? Hatte sie Kinder?

Dachte sie jemals an ihren alten Jugendfreund?

Vielleicht würde er seine Mutter fragen, ob sie etwas über Alaska wusste und wie man Kontakt aufnehmen konnte. Seine Mutter hatte sie immer gemocht, und im Gegensatz zu Drake war sie ständig in den sozialen Medien unterwegs. Wenn irgendjemand seine einstige Freundin finden konnte, dann war es seine Mutter. Er bedauerte, den Kontakt zu Alaska verloren zu haben, und hoffte, dass es ihr gut ging.

Seufzend tat Drake sein Bestes, um gegen den Trübsinn anzukämpfen. Die Navy und die Welt hatten heute einen guten Mann verloren. Er musste seine Gedanken aus der Vergangenheit ziehen und sich auf die Zukunft konzentrieren. Er musste härter trainieren, um dafür zu sorgen, dass er und die Männer in seinem eigenen Team nicht so endeten wie sein Freund.

»Wo auch immer du bist, Alaska ... ich hoffe, du bist glücklich«, flüsterte Drake, bevor er den Ordner auf dem Tisch vor sich öffnete. Er musste die Informationen über seine bevorstehende Mission durchgehen ... und nicht darüber nachdenken, was er verloren hatte.

KAPITEL EINS

Vier Jahre zuvor

Chaos. Das fiel Drake »Brick« Vandine als Erstes ein, als er die Augen öffnete. Er erinnerte sich nur noch daran, dass er und sein SEAL-Team im Begriff gewesen waren, in ein Haus einzudringen, in dem sich ein halbes Dutzend hochrangiger Zielpersonen befinden sollte.

Jetzt lag er unter etwas, das sich wie eine halbe Tonne Ziegel und Backsteine anfühlte.

Er spürte seine Beine nicht mehr, aber er konnte Vader und Monster schreien hören. Das Klingeln in seinen Ohren machte das, was sie sagten, unverständlich.

Brick versuchte, seine Beine zu befreien, aber ohne Erfolg. Als er die Stimmen seiner anderen Teamkameraden – Bones, Rain und Mad Dog – nicht mehr hörte, versuchte er es noch heftiger.

Diese Mission war von Anfang an zum Scheitern verurteilt gewesen. Sie hatten gemerkt, dass die Informationen, die sie erhalten hatten, fehlerhaft waren, als sie schon mitten in der Operation steckten. Dass das Gebiet, das sie durchsuchten, den Amerikanern *nicht* freundlich gesonnen war. Entweder hatte sich über Nacht etwas geändert oder derjenige, der die Informationen gesammelt hatte, war sturzbetrunken gewesen.

Die Zivilisten, die in diesem Teil der Stadt lebten, waren *definitiv* nicht freundlich. Mit jedem Moment, den er in dieser Gegend verbrachte, stieg Bricks Angstpegel immer weiter an. Er hatte sich per Funk an den Stützpunkt gewandt und um einen Abbruch der Mission gebeten, doch dies war ihm verweigert worden, weil sie sich praktisch auf dem Dach des Gebäudes befanden, in dem die Kommandozentrale untergebracht werden sollte.

Brick war der Letzte in der Schlange gewesen, der das Haus betreten durfte – aber er hatte nie die Chance dazu bekommen. Mad Dog hatte mit Rain die Führung übernommen. Bones, Vader und Monster waren ihnen gefolgt, während Brick die Nachhut bildete.

Er hatte keinen einzigen Schritt ins Haus gemacht, bevor das ganze Ding in die Luft flog.

Als er sich umsah, stellte Brick fest, dass er von den meisten Trümmern verschont geblieben worden war – aber nicht von allen. Er blinzelte sich das Blut und den Staub aus den Augen und versuchte, sich einen Reim auf das zu machen, was er sah. Vader und Monster versuchten, etwas aus den Trümmern zu graben ...

Mad Dog. Er erkannte seinen Freund und Kampfgefährten an dem Bild auf seinem Helm. Seine Frau hatte den knurrenden und sabbernden Deutschen Schäferhund auf den Kevlarhelm gemalt, und Mad Dog hatte ihn mit Stolz getragen. Während Brick zusah, griff Vader nach einem Arm, der durch die Ziegelsteine nach oben ragte, und zog daran.

Er fiel sofort nach hinten, den Arm immer noch in der

Hand ... ein Arm, der nicht mit einem Körper verbunden war.

Brick schloss die Augen, als Übelkeit in seinem Bauch aufstieg. Dann erregte ein Geräusch seine Aufmerksamkeit. Es war unüberhörbar.

Das Pfeifen einer ankommenden Mörsergranate.

Er öffnete den Mund, um eine Warnung auszusprechen, um Vader und Monster zu sagen, dass sie von dort verschwinden sollten, aber es kam nichts heraus. Er konnte nicht sprechen, konnte seine Kameraden nicht rufen, um ihnen zu sagen, wo er war.

Im einen Moment sah er noch, wie die anderen Mitglieder seines SEAL-Teams versuchten, ihre Kameraden zu retten, und im nächsten sah er nur noch Körperteile durch die Luft fliegen, zusammen mit weiteren Ziegelsteinen, Dreck und Trümmern. Brick öffnete den Mund, um zu schreien, aber wieder einmal kam kein Ton aus seiner zugeschnürten, brennenden Kehle.

Alles geschah in Sekundenschnelle – vom Anblick seiner Freunde, die vor seinen Augen in Stücke gesprengt wurden, bis zu dem großen Betonbrocken, der durch die Luft flog und ihn im Gesicht traf.

Er war auf der Stelle bewusstlos.

***

Alles tat weh.

Sein Gesicht. Sein Kopf. Seine Beine.

Verdammt, sogar seine Haare taten weh.

Brick hatte während seiner Zeit als SEAL schon einige Kampfwunden erlitten, aber nichts war jemals so schmerzhaft gewesen wie das, was er gerade erlebte.

Sogar das Atmen verursachte Schmerzausläufer, die bis zu seinen Fingernägeln reichten. Er hatte keine Ahnung, wo er war oder was passiert war. Er erinnerte sich nur noch daran, dass Vader Mad Dog aus einem Haufen …

Verdammt.

Die Erinnerung kehrte mit aller Macht zurück und Brick wollte nur noch nach seinen Kumpeln rufen. Er versuchte, die Augen zu öffnen, aber er sah nur Schwärze. Als er zu sprechen versuchte, kam nichts heraus. Das stetige Piepen im Raum wurde schneller, als er in Panik geriet.

»Beruhige dich, es ist alles in Ordnung, du bist in Sicherheit«, befahl eine weibliche Stimme aus der Nähe.

Brick spürte, wie ihn jemand berührte, aber er riss seinen Arm weg, da er nicht wusste, ob die Person ihm freundlich gesinnt war oder nicht.

»Er ist in Panik«, bemerkte die Frau. »Betäuben Sie ihn.«

»Nein!«, versuchte Brick zu sagen, aber wieder kam nichts heraus. Er hatte sich in seinem ganzen Leben noch nie so hilflos gefühlt.

Er spürte den Sog des Betäubungsmittels, das ihm jemand verabreicht hatte, und versuchte ein letztes Mal, seine Teamkameraden zu finden und zu entkommen. Er war noch nie ein Kriegsgefangener gewesen und hatte auch nicht vor, jetzt einer zu werden. Aber sein Körper verriet ihn. Er fühlte sich, als würde er tausend Kilo wiegen. Er konnte den Kopf nicht heben. Konnte die Arme nicht bewegen. Er konnte nicht sprechen.

Er erlag der Wirkung des Betäubungsmittels, das ihm verabreicht worden war, und in Sekundenschnelle war er wieder bewusstlos.

Als Brick das nächste Mal aus der Dunkelheit in seinem Kopf kroch, blieb er so ruhig wie möglich liegen, damit niemand in der Nähe wusste, dass er bei Bewusstsein war. Er lauschte angestrengt, aber er hörte nichts weiter als das Piepen der Maschine, an die er angeschlossen war. Nach einigen Sekunden öffnete er die Augen einen Spaltbreit und sah nichts als Dunkelheit. Man hatte ihm die Augen verbunden.

Als er versuchte, die Arme zu bewegen, stellte er fest, dass sie festgebunden waren.

Verdammt.

Er hatte sich vom Feind gefangen nehmen lassen. Bones würde verdammt sauer sein. Seine Frau hatte gerade ihr drittes Kind bekommen und er hatte immer nur davon gesprochen, wie sehr er sich darauf freute, nach Hause zu kommen und es zu sehen. Und jetzt war er ein verdammter Kriegsgefangener.

Entschlossenheit stieg in Brick auf. Er würde alles tun, was nötig war, um Bones und den Rest seiner Kameraden nach Hause zu ihren Familien zu bringen. Er war der Einzige, der allein war, aber er wusste, dass seine Mutter seine Gefangennahme nur schwer verkraften würde. Nach dem Tod seines Vaters hatte seine Mutter sich nur noch um Brick gekümmert. Sie tat ihr Bestes, um ihre Freundinnen nicht mit jeder Kleinigkeit zu langweilen, die er tat, aber es war fast unmöglich für sie, nicht zu prahlen.

Brick hörte, wie eine Tür geöffnet wurde, und versuchte, seine Atmung zu beruhigen und seinen Herzschlag zu verlangsamen. Er brauchte Informationen. Er musste wissen, wo er war, wer ihn und sein Team festhielt, und er musste einen Plan ausarbeiten, wie er von dort verschwinden konnte.

»Seine Werte scheinen heute Morgen gut zu sein«, bemerkte ein Mann – auf Englisch.

Brick hätte die Stirn gerunzelt, aber alle Muskeln in seinem Gesicht zu bewegen tat weh, und er wollte nicht, dass derjenige, der hereingekommen war, wusste, dass er schon wach war.

»Er sollte bald aufwachen. Wir haben die Medikamentendosis so weit herabgesetzt, dass das jetzt jederzeit passieren kann.«

Das war die gleiche Frauenstimme, die er schon einmal gehört hatte. Sie sprach ohne Akzent ... waren es Amerikaner, die zum Feind gewechselt waren? Die für die Terroristen arbeiteten?

»Wie ist seine Atmung?«

»Erstaunlich gut. Der plastische Chirurg hat bemerkenswerte Arbeit geleistet und sein Gesicht wieder zusammengesetzt, aber es wird einige Zeit dauern, bis die Verbände abgenommen werden können und die Schwellung zurückgeht.«

»Und Sie sagten, er hat nicht gesprochen, als er das letzte Mal aufgewacht ist?«

»Nein. Er hat den Mund geöffnet, als wollte er es, aber es ist möglich, dass wir ihm nicht genügend Zeit gegeben haben, bevor er in Panik geriet und wir ihn wieder betäuben mussten«, erklärte die Frau.

»Es ist auch möglich, dass er noch eine ganze Weile nicht in der Lage sein wird zu sprechen. Er hat einen ziemlichen Schlag gegen die Kehle bekommen.«

»Ja, natürlich. Ich hoffe, dass er sprechen kann, wenn die Schwellung noch weiter zurückgeht.«

»Wie steht es mit den weiteren Verletzungen?«

Brick verstand endlich, dass die beiden Leute in seinem Zimmer, die über ihn sprachen, als wäre er nicht anwesend, Ärzte waren. Sie sprachen perfektes Englisch, ohne Akzent. Verwirrung schwirrte in seinem Kopf. Wo war er? War es möglich, dass er kein Kriegsgefangener war? Wo waren seine Freunde?

»Gebrochener Knöchel und ein paar Finger sind ebenfalls gebrochen, angeknackste Rippen und eine Lungenentzündung von all den Reizstoffen, die er eingeatmet hat, als er unter dem Trümmerhaufen lag.«

»Infektion?«, fragte der Mann.

»Ja«, entgegnete die Frau, ohne näher darauf einzugehen.

»In Ordnung. Wurde seine Familie benachrichtigt?«

»Seine Mutter, ja. Aber ihr wurde gesagt, sie solle warten, bis er zurück in die Staaten verlegt worden ist, um ihn zu besuchen.«

Moment – seine Mutter war benachrichtigt worden?

Brick spürte, wie erneut die Panik in ihm aufstieg. Er versuchte, sich zu entspannen, aber es war zu spät. Die höllische Maschine, an die er angeschlossen war, begann, schneller zu piepen.

Er spürte eine Hand auf seiner Schulter und konnte erkennen, dass sich jemand über ihn beugte. »Können Sie mich hören? Drake? Mein Name ist Doktor Benjamin Green. Ich bin einer von mehreren Ärzten, die sich um Sie gekümmert haben. Sie sind in Sicherheit. Verstehen Sie? Sie sind in einem Armeekrankenhaus in Deutschland.«

Erleichterung erfüllte seinen ganzen Körper. Aber nicht für lange. Erneut drohte ihn die Panik zu übermannen. Er versuchte, nach seinen Kameraden zu fragen, ob es ihnen gut ging, aber noch immer kam kein Wort über seine Lippen.

»Versuchen Sie, nicht zu sprechen. Ihre Kehle wurde verletzt. Auch Ihr Gesicht hat einen ziemlichen Schlag abbekommen. Ihre Augen sollten in Ordnung sein, aber alles ist wegen der Operationen, die gemacht werden mussten, geschwollen. Aber Sie sind am Leben, mein Sohn ... das ist das Wichtigste.«

War dieser Mann nicht mehr ganz bei Trost? Was zählte,

waren seine *Freunde*. Seine Mannschaftskameraden. Sie waren diejenigen, die Frauen und Kinder hatten.

Tief im Inneren wusste Brick, dass sie tot waren.

Erinnerungen daran, wie er in diesem Trümmerhaufen lag, kamen zurück. An Leichenteile. An das Chaos. An die Männer, die ihm öfter Rückendeckung gegeben hatten, als er zählen konnte, und die in Stücke gerissen worden waren.

Sein Verstand schaltete ab. Er konnte es nicht ertragen, sie nie wiederzusehen. Nie wieder Rains lächerliches Lachen zu hören. Nie mehr Mad Dogs Grinsen zu sehen, wenn er über seine Kinder sprach. Monsters abgedroschene Witze oder Vaders übertriebene Geschichten. Bones' Fähigkeit, das Team aus jeder noch so schwierigen Situation herauszuholen, in der es sich befand.

Bis auf diese eine.

Ein Schluchzen kam auf und entkam, bevor Brick es zurückhalten konnte. Warum war er hier, wenn seine Freunde nicht hier waren? Er hätte die Initiative ergreifen und das Haus zuerst betreten sollen. Er hätte es sein sollen, der in die Luft gesprengt wurde.

»Es ist okay, mein Sohn, Sie werden wieder gesund«, beruhigte ihn der Mann.

Aber es war nicht in Ordnung. Nichts würde jemals wieder gut werden.

Brick begann, sich zu wehren, denn er wusste, was passieren würde, wenn er es tat.

Kaum hatte er die Hand des Mannes weggeschlagen, befahl die Frau, ihn zu betäuben.

Das war gut. Er wollte nicht fühlen. Wollte nicht denken.

Als er dieses Mal spürte, wie die Medikamente seinen Verstand übernahmen, ließ er sich auf das Gefühl ein. Er wollte einschlafen und nie wieder aufwachen.

Zeit hatte für Brick keine Bedeutung. Er wachte verwirrt und mit Schmerzen auf, erinnerte sich daran, wo er war und was passiert war, und tat etwas, damit die Krankenschwestern ihm genügend Schmerzmittel gaben, um ihn wieder bewusstlos zu machen. Er wollte ihnen sagen, dass sie sich nicht die Mühe machen sollten, wenn sie ihm ein Schwammbad gaben. Oder als sie ihn auf dem Bett drehten.

Brick wusste, dass um ihn herum Diskussionen darüber geführt wurden, wann er zurück in die Staaten verlegt werden würde, aber das war ihm egal. Er wollte einfach nur in Ruhe gelassen werden. Er hatte bei der Rettung seiner Kameraden versagt, und nichts konnte jemals die Schuldgefühle lindern, die ihn zerfraßen.

Wenn er in die USA zurückgebracht wurde, würde er seiner Mutter gegenübertreten müssen. Vielleicht sogar den Ehefrauen seiner Freunde. Er konnte es nicht. Er konnte ihnen nicht in die Augen sehen und die Enttäuschung und möglicherweise die *Wut* darüber sehen, dass er es irgendwie geschafft hatte, lebend herauszukommen, während ihre Angehörigen es nicht geschafft hatten.

Die Verbände um seine Augen waren abgenommen worden, was für Brick eine große Erleichterung war. Er konnte nun zusehen, wie die Ärzte und Krankenschwestern sich um ihn kümmerten. Aber er fühlte sich innerlich immer noch tot. Er spürte die Schmerzen seiner Verletzungen, aber es war, als würde er sie nicht richtig spüren. Als wären sie jemand anderem zugestoßen.

Einmal war ein Psychologe zu ihm gekommen und hatte ihm erzählt, was passiert war. Wie die Terroristen das Haus in die Luft gejagt hatten und er unter den Trümmern begraben worden war. Offenbar hatte er über vierundzwanzig Stunden dort gelegen, bevor er gefunden wurde.

Ein einheimischer Zivilist hatte den amerikanischen Stützpunkt benachrichtigt und er war gerettet worden. Seine Mannschaftskameraden hatten nicht so viel Glück gehabt. Sie waren alle bei der ersten Explosion oder bei der anschließenden Explosion des Mörsergeschosses getötet worden.

Brick brauchte keinen Psychologen, der ihm sagte, dass er unter den typischen Schuldgefühlen der Überlebenden litt. Er wollte sich zu dem Mann umdrehen und sagen: »Tolle Arbeit, Sherlock Holmes«, aber er tat es nicht. Er hatte keine Ahnung, ob er es überhaupt konnte, da er sich weigerte zu sprechen. Seine Stimme hatte ihn im Stich gelassen, als er sie am meisten gebraucht hatte, und Brick hatte keine Lust, sie jetzt zu benutzen.

Es fühlte sich an, als hätte er wochenlang in seinem eigenen Kummer, seinen Schuldgefühlen und seinem Elend gelegen, als Dr. Green eines Nachmittags mit einem Lächeln in sein Zimmer kam. Brick wollte ihn fragen, worüber er sich verdammt noch mal so sehr freute, wollte ihn beschimpfen, weil er lächelte, obwohl fünf der besten Männer, die er je gekannt hatte, tot waren.

Tot.

Aber wie immer sagte er kein Wort.

»Sie haben Besuch«, erklärte der Arzt und sein Grinsen wurde noch breiter.

Brick runzelte die Stirn. Einen Besucher? Er wollte niemanden sehen. Wenn noch ein Ehrenamtlicher vorbeikam und versuchte, ihm vorzulesen, würde er explodieren.

»Ihre Verlobte ist eine extrem sture Frau. Sie akzeptierte kein Nein, wenn es darum geht, Sie zu besuchen. Obwohl ihr mehrmals gesagt wurde, dass sie Sie nicht besuchen darf, da sie kein Familienmitglied ist, das wir in den Akten haben, hat sie darauf bestanden. Sehr unnachgiebig.«

Brick starrte den Arzt an. Verlobte? Er war nicht verlobt. Er hatte schon länger keine Freundin mehr gehabt, als er sich erinnern konnte. Wer zum Teufel würde lügen, um zu ihm zu gelangen?

»Wir brauchen allerdings Ihre Zustimmung, damit sie hereinkommen kann«, erklärte der Arzt.

Einen Moment lang überlegte Brick, ob er Nein sagen sollte. Er hatte keine Ahnung, wer ihn so dringend sehen wollte – und das ausgerechnet in Deutschland. Er hatte sehr darauf geachtet, dass seine wenigen Freundinnen während der letzten Jahre nicht schwanger wurden, also konnte es sich nicht um jemanden handeln, der ihn abzocken wollte, weil er beim Militär war. Egal wie sehr er sich den Kopf zerbrach, er kam einfach nicht darauf, um wen es sich handeln könnte.

Da er neugierig genug war, um es herauszufinden, nickte er dem Arzt zu.

»Großartig«, sagte Doktor Green mit einem weiteren breiten Lächeln.

Brick wusste, was er dachte – dass ein Besucher seine Laune wahrscheinlich heben würde. Ihm helfen würde, schneller wieder gesund zu werden. Ihn zum Reden bringen würde.

Der Mann hatte Wahnvorstellungen. Nichts und niemand konnte Brick helfen, über das Geschehene hinwegzukommen.

»Ich werde sie den Papierkram machen lassen und sie hochschicken. Wenn Sie etwas brauchen, drücken Sie einfach den Knopf. Wir lassen Ihnen beiden etwas Freiraum.«

Dann drehte der Arzt sich um und ging, während Brick sich fragte, wer zum Teufel gleich in sein Zimmer kommen würde.

KAPITEL ZWEI

Alaska war verärgert, dass es so lange dauerte, bis die Formalitäten erledigt waren. Nachdem sie die E-Mail von Drakes Mutter erhalten hatte, in der stand, dass er verletzt war und zur Operation und Behandlung nach Deutschland geflogen worden war, hatte sie sich sofort auf den Weg zu ihm gemacht.

Es war Jahre her, dass sie aus den USA weggezogen war. Sie hatte ein zweijähriges Wirtschaftsstudium an der öffentlichen Hochschule absolviert und sich sofort nach Jobs im Ausland umgesehen. Sie war vielleicht nicht für das Militär geeignet, aber sie wollte trotzdem die Welt sehen. Also nahm sie die erste Stelle an, die ihr angeboten wurde, als Sekretärin in einem kleinen Unternehmen in Frankreich. Seitdem hatte sie in mehreren Ländern gelebt und gearbeitet.

Sie hatte schnell gemerkt, dass sie nicht nur in den USA unsichtbar war. Egal, wo sie lebte, sie neigte dazu, im Hintergrund zu verschwinden. Sie war kein Model, ihr Haar war nicht der Stoff, aus dem die Träume aller Männer sind, sie war nicht groß und schlank. Sie war einfach zu schlicht, um aufzufallen, ganz gleich, wo sie lebte.

Alaska überlegte, dass sie in Asien vielleicht nicht ganz so leicht zu übersehen gewesen wäre. Aber selbst dann würde sie wahrscheinlich einen Weg finden, in der Masse zu verschwinden.

Über die Jahre hatte sie Kontakt zu Drakes Mutter gehalten. Ihre eigene Mutter hatte nicht einmal mit der Wimper gezuckt, als Alaska ihr sagte, dass sie das Land verlassen würde. Nun, das stimmte nicht ganz. Sie hatte sich darüber beschwert, dass Alaska undankbar war, und darüber gejammert, dass sie die Miete für den Wohnwagen unmöglich ohne ihre Hilfe bezahlen konnte.

Das Letzte, was sie über ihre Mutter gehört hatte, war, dass sie nach Kalifornien gezogen war. Alaska hatte ein paarmal versucht, sie zu erreichen, aber die alte Handynummer, die sie besaß, war nicht mehr erreichbar und alle ihre E-Mails waren nicht zustellbar gewesen.

Sie wollte traurig darüber sein, dass sie sich von ihrer Mutter entfremdet hatte, aber sie konnte sich irgendwie nicht dazu durchringen. Mit jedem Jahr, das verging, war sie weniger eine Mutter und mehr zur Last geworden. Nachdem Alaska die Highschool abgeschlossen hatte, war ihre Mutter tiefer in Drogen und Alkohol versunken als je zuvor. Das war der Hauptgrund, warum Alaska den ersten Job in Übersee gern angenommen hatte. Sie musste weg, bevor ihre Mutter sie mit in den Abgrund riss.

Zurzeit lebte sie in Deutschland – deshalb hatte sie auch vermutet, dass Drakes Mutter sie kontaktiert hatte. Im Laufe der Jahre war es sowohl ein Segen als auch ein Fluch gewesen, von seiner hingebungsvollen Mutter zu erfahren, wie es Drake ging. Er war ein SEAL geworden, woran Alaska ohnehin nie gezweifelt hatte. Und nicht nur das, er hatte offenbar auch noch verschiedene Auszeichnungen erhalten.

Seine Mutter kannte die Details seiner Einsätze nicht, nur dass er ständig in die ganze Welt geschickt wurde.

Erst vor ein paar Jahren hatte sie tatsächlich den Mut aufgebracht, Drake eine E-Mail zu schicken. Seine Mutter hatte ihr die Adresse gegeben und ihr versichert, dass Drake sich freuen würde, von ihr zu hören. Alaska war sich da nicht so sicher gewesen, denn es war so lange her, dass sie miteinander gesprochen hatten, aber sie war einsam genug gewesen, um das Risiko einzugehen.

Überraschenderweise *hatte* Drake sich über ihre E-Mail gefreut. Seitdem meldeten sie sich regelmäßig, um Hallo zu sagen und sich auszutauschen, allerdings nicht öfter als ein paarmal im Jahr. Drakes E-Mails waren immer voller Ausrufezeichen und Erzählungen über die verschiedenen Orte, an die er für Missionen geschickt wurde, über seine Teamkameraden und darüber, wie er sich in seiner Freizeit beschäftigte. Und er hatte ihr eine Menge Fragen über ihr Leben gestellt – Fragen, die Alaska nur selten beantwortete.

Was konnte sie ihm schon erzählen? Dass sie eine unbedeutende Angestellte in einem weiteren großen Unternehmen war? Dass sie eine einfache Sekretärin war, die den niedrigsten Lohn in irgendeinem Land verdiente? Ihr Leben war im Vergleich zu seinem so langweilig, dass es fast lachhaft war.

Sie hätte aufhören sollen, ihm E-Mails zu schreiben, aber sie konnte es nicht. Selbst nach all den Jahren war sie immer noch in diesen Mann verknallt. Alaska vermutete, dass sie es mit fünfunddreißig nicht mehr wirklich als Verknalltheit bezeichnen konnte, aber egal.

Sie war immer wieder überrascht, wenn in den E-Mails seiner Mutter keine bevorstehende Hochzeit erwähnt wurde oder wie sehr sie ihre zukünftige Schwiegertochter liebte oder wie bezaubernd ihre Enkelkinder waren. Alaska hatte immer angenommen, dass diese E-Mails irgendwann kommen würden. Aber wenn Drake irgendwann während der letzten zwanzig Jahre geheiratet hatte, wusste sie nichts davon.

Als sie vor drei Tagen die letzte E-Mail von seiner Mutter erhalten hatte, war Alaska davon ausgegangen, dass es sich um eine weitere nette Nachricht handeln würde, in der sie mit ihrem Sohn prahlte und Alaska über den neuesten Klatsch und Tratsch aus ihrer Heimatstadt informierte. Aber stattdessen hatten ihre Worte Alaskas Welt völlig aus den Angeln gehoben.

Drake war verletzt worden. Fast getötet. Er lag in einem Krankenhaus in Deutschland und die Navy hatte ihr empfohlen, nicht die Reise um die Welt anzutreten, um ihn zu sehen, sondern zu warten, bis er in die USA zurückverlegt wurde.

Seine Mutter hatte gefragt, ob es für Alaska eine zu große Zumutung wäre, ihn zu besuchen. Sie könnte ihr vielleicht eine E-Mail schicken und sie wissen lassen, wie es ihrem Sohn geht.

Kaum hatte Alaska die E-Mail zu Ende gelesen, war sie auch schon wieder unterwegs. Ohne sich auch nur die Mühe zu machen, sich bei ihrem Chef zu melden, hatte sie ein Zugticket gekauft und war auf dem Weg zum Landstuhl Regional Medical Center, dem größten US-Militärkrankenhaus des Landes. Vor ihrer Ankunft hatte sie sich eine ganze Geschichte über sich und Drake ausgedacht, um die Chancen zu erhöhen, dass sie ihn besuchen durfte. Sie hatte sogar gelogen und gesagt, sie sei seine Verlobte.

Es war nicht leicht gewesen, und Alaska hatte das Gefühl, dass ihr niemand glaubte, aber jetzt, endlich, wie durch ein Wunder, wurde sie in sein Zimmer geführt. Sie hatte seit anderthalb Tagen nicht mehr geschlafen, aber sie fühlte sich seltsam energiegeladen. Es war Jahre her, dass sie Drake gesehen und gesprochen hatte, und obwohl die

Umstände niederschmetternd waren, freute sie sich darauf, ihn zu sehen. Sie hoffte nur, dass er ihre Geschichte nicht sofort auffliegen lassen würde, sobald sie ihn sah.

»Ihr Verlobter hat einige schwere Verletzungen erlitten«, erklärte ihr der Arzt, als sie im Aufzug standen. »Gebrochene Knochen, Entzündungen, Operationen im Gesicht und wahrscheinlich noch einige mehr, wenn er wieder in den Staaten ist. Die Trümmer, die sein Gesicht trafen, haben ihn schwer verletzt.«

Alaska zuckte zusammen. Ihr gefiel der Gedanke, dass Drake Schmerzen hatte, ganz und gar nicht.

»Aber was Sie wirklich verstehen müssen, ist, dass er nicht gesprochen hat, seit er hier ist. Zuerst lag es daran, dass er einen direkten Treffer am Hals abbekommen hat, aber da die Schwellung zurückgegangen ist, haben wir erwartet, dass er jetzt sprechen würde. Das tut er aber nicht. Er leidet an einem extremen Fall von Schuldgefühlen des Überlebenden, und der Psychologe glaubt, dass seine Unfähigkeit zu sprechen eine Folge davon ist, dass er sich selbst für das Geschehene bestraft.«

Alaska hatte keine Ahnung, *was* passiert war, außer dass sein gesamtes Team getötet worden war. Sie hätte am liebsten die Augen verdreht und den Arzt gefragt, wie *er* sich fühlen würde, wenn er verletzt wäre und alle seine besten Freunde getötet worden wären, aber sie nickte nur.

»Brechen Sie nicht in Panik aus, wenn Sie ihn sehen. Er wird wahrscheinlich noch besser aussehen, wenn die plastischen Chirurgen mit ihm fertig sind.«

Alaska knirschte bei dieser unsensiblen Bemerkung mit den Zähnen. Als ob es sie interessierte, wie Drake aussah! Sie war nur dankbar, dass er noch am Leben war.

»Und wenn er nicht mit Ihnen spricht, nehmen Sie es nicht persönlich. Er wird sich weiter mit einem Psychologen treffen müssen, wenn er wieder zu Hause ist. SEALs sind die

Besten der Besten, aber das heißt nicht, dass sie nicht an posttraumatischen Belastungsstörungen leiden.«

Bei dem Gedanken, dass der immer fröhliche und sympathische Drake Vandine an einer posttraumatischen Belastungsstörung leidet, tat es Alaska im Herzen weh. Sie würde seiner Mutter alles erzählen, was der Arzt gesagt hatte, und darauf bestehen, dass er die bestmögliche Hilfe bekam, nachdem er nach Hause zurückgekehrt war.

Sie nickte dem Mann zu. »Ich verstehe.«

»Seien Sie nicht traurig, wenn er nicht begeistert ist, Sie zu sehen. Männer wie er ... sie wollen nicht, dass ihre Liebsten sie verletzt sehen.«

Alaska hatte einen Moment des Zweifels. Würde Drake sauer sein, obwohl sie sich so viel Mühe gegeben hatte, um ihn zu sehen? Sie hoffte nicht.

»Wenn Sie etwas brauchen, drücken Sie einfach den Rufknopf an seinem Bett«, erklärte der Arzt ihr, als er die Tür zu Drakes Zimmer öffnete.

Alaska atmete tief durch und trat ein.

Ihr fiel sofort auf, dass die Vorhänge zugezogen waren und es im Raum dunkel war. Sie runzelte die Stirn. Drake war früher immer gern draußen gewesen. Er liebte das Sonnenlicht. Und wie sie aus seinen E-Mails entnehmen konnte, hatte sich das über die Jahre nicht geändert.

Ohne zu zögern, ging sie zum Fenster, zog den Vorhang zurück und ließ das späte Nachmittagslicht herein.

Ein leises Knurren ertönte vom Bett hinter ihr und Alaska holte tief Luft, als sie sich zu dem einen Mann umdrehte, den sie immer am meisten auf der Welt bewundert hatte.

Wie durch ein Wunder gelang es ihr, sich das Entsetzen darüber, ihn so zu sehen, nicht anmerken zu lassen.

Er sah furchtbar aus. Sein Gesicht und sein Kopf waren mit Verbänden umwickelt, bis auf seine ozeanblauen

Augen. Er starrte sie mit einer Intensität an, an die sie sich aus ihrer Kindheit erinnerte. Er hatte immer eine Art, sie so anzusehen, als würde er sie wirklich sehen, auch wenn es sonst niemand tat.

Bei keinem anderen hatte sie sich jemals so gefühlt wie bei Drake, und dabei musste er nichts weiter tun, als sie anzusehen.

Er lag mit freiem Oberkörper da und Alaska konnte einen knurrenden Löwen auf seinem linken Bizeps sehen – seinem riesigen, muskulösen Bizeps. Sie ließ den Blick den Rest seines Körpers hinunterwandern, der durch die Bettwäsche verdeckt war, und ein leises Keuchen entwich ihren Lippen.

Alaska griff nach dem Stuhl neben dem Bett, um nicht auf den Hintern zu fallen, und setzte sich mit einem kleinen Seufzer. Dieser Mann ... großer Gott. Trotz seiner Verletzungen war er der schönste Mann, den sie je in ihrem Leben gesehen hatte. Die Tätowierungen, die Muskeln, sogar die offensichtliche Gereiztheit, die in seinem Blick aufleuchtete, sorgten dafür, dass sie Schmetterlinge im Bauch hatte. Sie hatte ihn seit fast zwei Jahrzehnten nicht mehr gesehen, aber es kam ihr vor, als wäre es erst gestern gewesen. Und trotz der jüngsten Ereignisse sah sie deutliche Anzeichen dafür, dass die Zeit gut zu ihm gewesen war.

Sofort fühlte sie sich bei dem Gedanken unwohl. Sie war hier, weil er verletzt war. Weil er seine Teamkameraden und Freunde verloren hatte. Sie sollte ihn nicht anstarren. Sollte nicht auf sein Aussehen fixiert sein.

»Hi«, sagte sie schließlich leise.

Er antwortete nicht.

Nun gut. Der Arzt hatte gesagt, er würde nicht reden ... was im Moment wahrscheinlich zu ihrem Vorteil war.

»Ich bin's, Alaska. Du erinnerst dich doch an mich, oder?«

Sie zuckte bei dieser dummen Frage zusammen, hielt aber den Atem an, während sie auf eine Antwort wartete.

Als sein Kinn sich ein wenig senkte, entspannte sie sich.

»Gut. Tut mir leid wegen der Sache mit der Verlobten. Sie hätten mich sonst nicht zu dir gelassen, wenn ich nicht irgendwie mit dir verwandt bin. Aber das bedeutet jetzt nicht, dass du mich tatsächlich heiraten musst.« Sie lächelte unbeholfen. »Also, okay ... es ist wahrscheinlich besser, wenn du jetzt nicht sprechen kannst. Ich bin sicher, du würdest mir sagen, ich solle verschwinden und nie wiederkommen.«

Er bewegte sich nicht und machte auch sonst keinen Versuch zu kommunizieren. Der Blick aus seinen blauen Augen blieb einfach auf ihr Gesicht gerichtet.

»Deine Mutter hat mir gesagt, dass du hier bist. Wahrscheinlich weil sie wusste, dass ich in Deutschland arbeite. Ich bin eigentlich gar nicht so weit weg, in Stuttgart. Jedenfalls bin ich in den Zug gestiegen und direkt hierhergekommen. So hast du dir das Wiedersehen mit mir sicher nicht vorgestellt, oder? Nicht dass du jemals erwartet hättest, mich wiederzusehen. Ich meine ...« Sie seufzte. »Tut mir leid, ich bin so unbeholfen wie immer. Offensichtlich habe ich mich seit der Schule nicht sehr verändert. Aber ... als ich hörte, dass du verletzt bist, musste ich einfach kommen.«

Sie beugte sich vor und legte zaghaft eine Hand auf seinen Unterarm. »Das mit deinen Freunden tut mir so leid«, erklärte sie leise.

Er reagierte zum ersten Mal, seit sie gekommen war. Er schloss die Augen und wandte den Kopf von ihr ab. Es war offensichtlich, dass der Arzt recht hatte. Er hasste es, dass er überlebt hatte und seine Teamkameraden nicht.

»Ich bin weder Ärztin noch Psychologin«, bemerkte sie leise. »Ich bin nur eine Sekretärin ... und keine besonders gute, wenn man meinen früheren Chefs Glauben schenken kann. Aber ich weiß aus tiefstem Herzen, dass deine Freunde sehr dankbar wären, dass du noch am Leben bist.«

Das Geräusch, das aus Drakes Kehle kam, war ein Schnauben oder ein Lachen oder so etwas. Aber es hielt Alaska nicht davon ab, das zu sagen, was sie für nötig hielt. »Ich meine es ernst. Wenn die Rollen vertauscht wären, wenn es einer deiner Freunde wäre, der hier liegt, und du würdest vom Himmel aus zusehen, wärst du stinksauer, wenn er auch nur einen Moment lang denken würde, dass er tot besser dran gewesen wäre. Die Welt ist ein besserer Ort, wenn du da bist, Drake. Was mit ihnen passiert ist, ist verheerend, und *nichts*, was ich sage, wird den Schmerz lindern, den du fühlst ... aber ich weiß ohne den geringsten Zweifel, dass sie dir wahrscheinlich in den Hintern treten würden, weil du dir wünschst, dass du an ihrer Stelle gestorben wärst.«

Alaska hatte keine Ahnung, was sie damit sagen wollte. Sie kannte seine Freunde nicht. Aber sie kannte Drake. Oder zumindest hatte sie ihn früher gekannt. Er würde nie wollen, dass jemand für ihn litt, und sie musste sich vorstellen, dass es seinen Teamkameraden ähnlich ging.

Sie beschloss, die Stimmung aufzulockern, drückte seinen Arm und sagte: »Weißt du, ich hatte schon immer das Gefühl, dass du Deadpool bist, und dieser Vorfall hat es nur bestätigt.«

Zu ihrer Überraschung drehte er wieder den Kopf und seine Augen weiteten sich mit einem ungläubigen Blick.

Sie lächelte leicht. »Ich weiß, Deadpool ist nicht der beste Vergleich, aber mit deinem bandagierten Gesicht und so ... es schien passend. Ganz zu schweigen davon, dass du unter all den Trümmern begraben warst, und doch bist du hier. Es ist, als wärst du unbesiegbar.« Alaska hatte das Gefühl, dass sie die Sache total vermasselte, aber sie redete trotzdem einfach weiter. »Mir hat der erste *Deadpool*-Film besser gefallen als der zweite. Ist das nicht bei den meisten Fortsetzungen der Fall? Der erste Teil ist immer der beste. Okay, ich glaube, der dritte *Jurassic-Park*-Film hat mir am besten gefallen, aber der fünfte? Der ging gar nicht. Einfach ... überhaupt nicht.«

Drakes Blick wich nicht von ihr, während sie sprach. Also plapperte Alaska weiter über alles Mögliche und Unmögliche. Sie hatte keine Ahnung, was er dachte, aber er wandte den Kopf nicht wieder ab, was sie als positives Zeichen wertete. Und seine Unfähigkeit zu sprechen hielt ihn davon ab, ihr zu befehlen, die Klappe zu halten und aus seinem Zimmer zu verschwinden, wofür sie dankbar war. Vor allem, weil sie nirgendwo hingehen konnte. Sie hatte nicht genügend Geld, um sich ein Hotelzimmer für mehrere Nächte zu leisten. Für ein oder zwei Nächte würde sie schon zurechtkommen, aber für mehr hatte sie nicht das Geld.

Sie unterhielt sich so lange mit ihm, bis ein paar Stunden später zwei Krankenschwestern das Zimmer betraten. Zu ihrem Erstaunen war Drake kein einziges Mal eingenickt. Er hatte seinen erstaunlich wachen Blick die ganze Zeit auf sie gerichtet gehalten.

»Es ist Zeit für das Abendessen und Ihr Bad«, erklärte eine der Schwestern.

»Oh, richtig. Ich werde ... ich werde mir etwas zu tun suchen«, entgegnete Alaska unbeholfen.

»Es gibt eine Cafeteria im Erdgeschoss, wenn Sie etwas essen möchten.«

Sie nickte. »Okay ... dann ... kann ich ja danach wieder hochkommen, oder?«

»Ja, natürlich. Sollen wir ein Feldbett für Sie besorgen?«

»Ja, bitte.« Sie war zu feige, Drake anzublicken, um zu sehen, was er von dieser Idee hielt. Wahrscheinlich hatte er die Nase voll von ihr und fragte sich, warum zum Teufel sie noch hier war. Es war ja nicht so, dass sie sich nahestanden oder so. Schon seit vielen Jahren nicht mehr. Aber der Gedanke, ihn zu verlassen, bevor sie sicher war, dass er wieder in Ordnung kam, das konnte sie einfach nicht.

»In Ordnung, geben Sie uns etwa eine Stunde Zeit«, erwiderte die andere Krankenschwester.

Alaska nickte. Dann beugte sie sich über das Bett, da sie sichergehen wollte, dass sie keinen Verdacht schöpften, weil sie behauptet hatte, mit Drake verlobt zu sein. Sie küsste sanft seine mit einem Verband bedeckte Wange und flüsterte: »Quatsch ihnen nicht die Ohren voll. Ich bin bald wieder da.«

Sie schenkte ihm ein kleines Lächeln, dann drehte sie sich um und verließ das Zimmer.

Brick hätte schwören können, dass er Alaskas Lippen auf seiner Wange spürte, als sie ihn küsste. Das war natürlich aufgrund all der Verbände, in denen sein Gesicht eingewickelt war, unmöglich. Aber er konnte nicht leugnen, dass er sich in diesem Moment zum ersten Mal wieder richtig lebendig fühlte, seit er in diesem Krankenhaus aufgewacht war.

Ihr zuzuhören, wie sie über alles Mögliche plauderte, war überraschend ... belebend gewesen. Er hatte es so satt, dass das Personal ihm sagte, wie gut es ihm ging, dass es ihnen leidtat, was passiert war, dass er schließlich akzeptieren würde, was passiert war, und dass er dankbar sein würde, dass er nicht gestorben war.

Alaska hatte nichts von alledem getan. Nun ... sie hatte gesagt, dass es ihr leidtut. Aber dann hatte sie angefangen, irgendwelchen Unsinn zu plappern. Seltsamerweise schien das genau das zu sein, was er gebraucht hatte.

Sie war immer einer der wenigen Menschen gewesen,

die uneingeschränkt an ihn geglaubt hatten. Sie war zu all seinen Baseballspielen gegangen, um ihn anzufeuern. Sie war von Anfang an davon überzeugt gewesen, dass er ein hervorragender SEAL werden würde.

Und plötzlich ging ihm das Abschlussgeschenk, das sie für ihn gemacht hatte, nicht mehr aus dem Kopf.

Er erinnerte sich an seine Mutter, die ihm erzählte, dass Alaska am Abend seiner Party zurückgekommen war, um es ihm zu geben, und da er nicht da gewesen war, hatte Alaska das Geschenk weggeworfen. Zum Glück hatte Mom es aus dem Müll gefischt. Ihr Geschenk hatte in jeder Wohnung gehangen, in der er je gelebt hatte. Jedes Mal wenn er es ansah, dachte er an Alaskas Vertrauen in ihn.

Sie hatte sich seit der Highschool nicht sehr verändert. Sie hatte dasselbe schulterlange braune Haar, das sie in der gleichen schlichten Frisur trug, die gleiche schüchterne Unbeholfenheit und das gleiche breite, arglose Lächeln. Aber sie war kein Kind mehr. Ihre kurvige Figur war fülliger geworden, noch kurviger an den richtigen Stellen. Und hinter ihren Augen lag eine zurückhaltende Reife, die ihm verriet, dass ihr Leben nicht unbedingt einfach gewesen war.

Er hatte schnell gemerkt, dass Alaska in ihren seltenen E-Mails nicht sehr mitteilsam war und seinen Fragen geschickt auswich, aber er hatte den Eindruck gewonnen, dass sie für alles in ihrem Leben hart gearbeitet hatte.

Nichts hätte ihn mehr schockieren können, als sie durch die Tür seines Krankenhauszimmers kommen zu sehen. Er konnte auch nicht glauben, dass sie so dreist behauptet hatte, seine Verlobte zu sein, nur um ihn zu sehen. Aber dann wiederum ... konnte er es glauben. Wenn sie sich etwas in den Kopf gesetzt hatte, erinnerte er sich, konnte sie verdammt stur sein. Das war sie immer gewesen, zumindest damals, als er sie noch gut gekannt hatte. Ihm wurde klar, dass er für diesen Charakterzug dankbar war.

Er war auch unendlich dankbar für ihre Anwesenheit. Sie hatte eine ruhige Ausstrahlung und eine Echtheit an sich, die erfrischend war im Vergleich zur Starrheit der Navy und der Menschen, mit denen er bei seinen Einsätzen in Kontakt kam.

Zu seiner Überraschung schien es nicht so sehr wehzutun, als die Krankenschwestern ihn badeten und sein Bettzeug aufschüttelten. Das Abendessen kam und er aß geistesabwesend. Jedes Mal wenn er den Mund öffnete, schmerzte sein Gesicht, aber er bemerkte es kaum. Seine Gedanken waren bei seiner alten Freundin, die ihn besucht hatte, und nicht bei den Schmerzen.

Genau eine Stunde später steckte Alaska den Kopf durch die Tür und lächelte. »Fertig?«, fragte sie.

Da er der Einzige im Raum war, konnte er sich ein leichtes Lächeln auf die Frage nicht verkneifen.

»Richtig, tut mir leid, wieder eine dumme Frage, was?«, fragte sie. Sie ging zurück zu dem Stuhl, den sie vorhin verlassen hatte, und legte ihre Hand auf seinen Unterarm. Das leichte Gewicht fühlte sich ... angenehm an. Tröstlich.

»Weißt du, dieser Ort macht mir Angst.«

Brick runzelte die Stirn.

»Nicht die Leute an sich. Ich habe nur ständig Angst, dass ich etwas Falsches sage oder tue. Das Militär ist wie ein riesiger Klub, den ich nicht verstehe und in den ich definitiv nicht gehöre, und es fühlt sich so an, als würde jeden Moment jemand auf mich zeigen und ›Ungläubige!‹ rufen und mich hinausbegleiten.« Sie kicherte, dann wurde sie wieder ernst. »Nochmals, es tut mir leid, dass ich gelogen habe, um hier reinzukommen, Drake. Ich bin sicher, dass sie mir nicht wirklich glauben. Ich bin sicher, dass sich alle fragen, was zum Teufel du in jemandem wie mir siehst.« Sie zuckte mit den Schultern und blinzelte dann. »Aber du kannst alle aufklären, wenn du wieder gesund bist. Ich möchte nicht, dass dein Ruf leidet.«

Brick öffnete den Mund, um zu fragen, wovon zum Teufel sie sprach, aber sie ließ ihm keine Chance. Sie fing einfach mit einem weiteren langen Monolog über etwas an, das sie neulich bei ihrem Job gesehen hatte.

Schließlich gingen ihr die Dinge aus, über die sie sich auslassen konnte. Sie gähnte und entschuldigte sich. »Es tut mir leid. Ich habe nicht geschlafen ...« Sie schaute auf die Uhr. »Na ja, schon eine ganze Weile nicht mehr.«

Brick deutete auf das Bett hinter ihr. Eine der Krankenschwestern hatte es vor nicht allzu langer Zeit aufgestellt.

»Gut. Stört es dich, wenn ich bleibe?«

Er schüttelte den Kopf. Überraschenderweise tat es das nicht. Hätte man ihn noch vor einem Tag gefragt, hätte er gesagt, er wolle allein sein. Aber jetzt, da sie hier war, konnte er den Gedanken nicht ertragen, dass sie ging. Er genoss ihre Gesellschaft.

»Okay, aber wenn ich schnarche, wirf ein Kissen nach mir oder so«, scherzte sie. Sie hob die Tasche auf, die sie bei ihrer Ankunft an der Tür abgestellt hatte, und verschwand in dem kleinen angeschlossenen Bad. Ein paar Minuten später tauchte sie in denselben Kleidern wieder auf, die sie den ganzen Tag über getragen hatte, und ließ sich auf dem Feldbett neben seinem Bett nieder.

»Es tut mir wirklich leid, was passiert ist, Drake. Aber ich bin so verdammt dankbar, dass du noch hier bist«, flüsterte sie. »Ich weiß, dass wir seit der Highschool nicht mehr viel miteinander zu tun gehabt haben, aber ich habe so gut wie immer an dich gedacht ... und gelächelt, weil ich wusste, dass du irgendwo da draußen bist, gegen das Böse kämpfst und dich durchsetzt. Ich bin stolz auf dich. Ich danke dir für das, was du tust.«

Brick schluckte schwer bei ihren Worten. Im Laufe der Jahre war ihm öfter gedankt worden, als er zählen konnte, aber er hatte die freundlichen Worte immer beiseitegeschoben. Irgendwie hatten sie mehr Gewicht, wenn sie von Alaska kamen.

Sie schlief fast sofort ein, und Brick lag die meiste Zeit der Nacht da und sah ihr beim Schlafen zu. Als die Sonne sich langsam über den Horizont schob, hatte er einen Entschluss gefasst.

Wieder gesund zu werden. Heimzukehren und der Mann zu werden, den Vader, Monster, Bones, Rain und Mad Dog von ihm erwarten konnten. Er wollte kein Navy SEAL mehr sein, hatte keine Lust mehr, jemals wieder die Uniform anzuziehen. Obwohl er davon ausging, dass das mit seinen Verletzungen wahrscheinlich sowieso nicht infrage kam.

Er hatte keine Ahnung, *was* er tun sollte, aber er wollte ein Mann sein, auf den Alaska weiterhin stolz sein konnte. Irgendwie, auf irgendeine Art und Weise würde er die Scherben seines Lebens auflesen und seine gefallenen Teamkameraden ehren ... und auch seine alte Freundin, die alles getan hatte, um an seiner Seite zu sein, als er an seinem tiefsten Punkt war.

Alaska war erstaunt, wie sehr sich Drake während der nächsten zwei Tage veränderte. Er lag nicht mehr nur im Bett und starrte sie an. Er nahm alle Mahlzeiten zu sich, saß lange auf und schien wirklich daran interessiert zu sein, was um ihn herum geschah. Das war ein großer Unterschied zu dem Tag, an dem sie angekommen war, als er nur sie oder die Decke angestarrt hatte, während sie vor sich hin erzählte.

Die Ärzte schrieben seine verbesserte Haltung ihrer Anwesenheit zu, aber Alaska glaubte nicht, dass es daran lag. Sie war nicht die Art von Frau, die eine solche Veränderung in *irgendjemandem* hervorrufen konnte, aber was auch immer ihm half, sie war erleichtert.

In der dritten Nacht, als sie sich auf ihrer Pritsche niedergelassen hatte, sagte Alaska: »Es ist wohl langsam mal wieder an der Zeit, dass ich von hier verschwinde.«

Sie spürte mehr, als dass sie sah, wie er den Kopf drehte, um sie anzustarren. Seine Matratze war höher als ihre und sie fühlte sich seltsam sicher, wenn er so über ihr lag, wie er es jetzt tat. Es war dumm; in einem Militärkrankenhaus würde ihr nichts passieren. Aber sie konnte sich des Gefühls nicht erwehren, dass jeden Moment die Militärpolizei durch die Tür platzen und sie wegzerren würde, weil sie gelogen hatte, dass sie mit Drake verlobt war.

»Bleib«, sagte er leise.

Überrascht setzte Alaska sich auf und starrte ihn an. »Hast du ... Drake, du hast gesprochen!«

Er lächelte und sagte mit brüchiger Stimme: »Ruf die Presse an, es ist ein Wunder.«

Sie setzte sich wieder auf den Stuhl, auf dem sie während der letzten Tage gesessen hatte, und griff nach dem Rufknopf. »Wir müssen es den Schwestern sagen!«

Aber Drake war schneller, packte sie am Handgelenk und hielt sie auf. »Sie werden es morgen erfahren.«

Alaska starrte ihn einen Moment lang an, bevor sie sagte: »Irgendetwas ist jetzt ganz anders.«

Drake nickte.

»Das freut mich«, erklärte sie etwas schüchtern. Jetzt, da er sprechen konnte, machte sie sich auf seine Fragen gefasst. Dass er ihr eine Standpauke halten würde, weil sie das Militär belogen hatte.

Stattdessen flüsterte er: »Danke, dass du gekommen bist. Ich habe das gebraucht. Dich gebraucht.«

Sie prägte sich diese leisen Worte ein. Sie wusste, dass sie sie immer wieder hervorholen würde, wenn sie einen schlechten Tag hatte.

»Ich ... sie hatten es nicht verdient zu sterben.«

Alaska spürte, wie sich ihre Augen mit Tränen füllten. »Ich weiß. Möchtest du darüber reden?«

In der nächsten Stunde tat Drake genau das und erzählte ihr eine Geschichte nach der anderen über seine gefallenen Teamkameraden. Sie lachte, sie weinte und sie trauerte mit ihm um den Verlust solch großartiger Männer und Freunde.

»Ich weiß nicht, was ich tun werde ... aber ich werde einen Weg finden, ihr Andenken zu ehren«, schwor Drake.

Seine Stimme klang rau. Wahrscheinlich lag es an dem Trauma, das seine Stimmbänder erlitten hatten, und daran, dass er so lange nicht gesprochen hatte. Aber jedes Wort war wie ein Geschenk an Alaska.

»Ich weiß, dass du das wirst.«

»Du hast immer an mich geglaubt«, bemerkte er.

Alaska konnte nur nicken. Das hatte sie.

Er starrte sie einen Moment lang an und fragte dann: »Wirst du Ärger bekommen, weil du mit mir hier bist? Weil du so lange von deiner Arbeit weg warst?«

Sie schüttelte den Kopf, obwohl sie wusste, dass das gelogen war. Sie *war* bereits in Schwierigkeiten. Ihr Chef hatte ihr noch am selben Nachmittag eine Droh-E-Mail geschickt, in der stand, dass sie keinen Job mehr haben würde, wenn sie morgen früh nicht wieder an ihrem Schreibtisch säße. Aber das war ihr egal. Sekretärinnen-stellen gab es wie Sand am Meer. Sie würde einen anderen Job finden. Hier bei Drake zu sein war wichtiger.

»Gut«, entgegnete er. »Sobald ich mit dem Arzt gesprochen habe, ist es sicher nur noch eine Frage von wenigen Tagen, bis ich wieder in die Staaten zurückfliege.«

Alaska wurde ganz flau im Magen, aber sie lächelte ihn trotzdem an. »Das ist großartig.«

»Ich habe nicht vor, beim Militär zu bleiben«, sagte er mit Nachdruck, als dachte er, sie könnte protestieren oder so.

»Okay.«

Er grinste. »Ist das alles, was du dazu sagen willst?«

»Ja«, erklärte sie achselzuckend. »Wenn du kein SEAL bist, wirst du etwas anderes sein, das genauso erstaunlich und wundervoll und unglaublich ist.«

Er lachte leise, dann wurde er ernst. »Danke, dass du an mich glaubst, Alaska.«

»Dafür musst du mir nicht danken«, erwiderte sie mit Nachdruck. Dann stand sie auf, bevor sie zu sentimental wurde, und ging zurück zu dem Klappbett. »Du musst schlafen«, erklärte sie, »und nicht die ganze Nacht plappern.« Sie grinste, damit er wusste, dass sie nur Spaß machte.

Als sie sich wieder auf ihrem Bett niedergelassen hatte, sah sie, wie er sich umdrehte und zu ihr hinunterschaute.

»Alaska?«

»Ja, Drake?«

»Ich bin dir was schuldig. Wenn du jemals etwas brauchst, und damit meine ich wirklich *alles*, was du willst, dann sag mir Bescheid, und ich bin für dich da.«

Ein Kribbeln schoss durch ihren ganzen Körper. »Danke. Codewort ›Verlobter‹, richtig?«, scherzte sie, um die Stimmung aufzulockern.

Aber Drake lächelte nicht. »Wenn etwas so schiefläuft, dass du ein Codewort brauchst, klar. Aber ich meine es ernst. Du hast mir vielleicht gerade das Leben gerettet. Ich stehe in deiner Schuld.«

Daraufhin runzelte sie die Stirn. »Du hättest einen Ausweg gefunden, Drake. Das weiß ich ganz genau.«

»Vielleicht, vielleicht auch nicht. Aber das ändert nichts an der Tatsache, dass ich von jetzt an dein Brieffreund sein werde. Und zwar mehr als nur eine E-Mail pro Jahr. Ich will in Kontakt bleiben, Alaska. Ich ... ich *brauche* das.«

»Okay«, stimmte sie leise zu. »Ich will sowieso alles über die zukünftigen Heldentaten erfahren, die du vollbringen wirst.«

»Und ich will dasselbe über dich wissen«, gab er zurück.

Wieder stiegen ihr Tränen in die Augen. Es gab keine Heldentaten in ihrem Leben. Sie war einfach ... da. Sie rettete nicht die Welt oder fand ein Heilmittel für Krebs. Sie ging einfach nur ihren alltäglichen Dingen nach. Aber das war für sie in Ordnung. Sie sah die Welt. Sie lernte neue Leute kennen. Sie erlebte neue Kulturen. Vielleicht würde sie eines Tages zurück in die Staaten ziehen. Vielleicht.

»Abgemacht?«, fragte er.

»Abgemacht«, stimmte sie zu.

»Schlaf, Al«, befahl er. »Morgen früh wird es aufregend.«

Sie konnte nicht anders, als durch ihre Tränen hindurch zu lächeln. Drake liebte es immer, Leute zu überraschen, und seine Ärzte würden sehr schockiert sein, wenn sie herausfanden, dass er sprechen konnte ... und dass seine Einstellung sich komplett geändert hatte.

KAPITEL DREI

Heute

Brick saß auf der Terrasse seiner Hütte in den Bergen von New Mexico und nippte an seiner Tasse schwarzen Kaffees. Eine Erinnerung an Bones ratterte in seinem Kopf herum und wiederholte sein Lieblingszitat über Kaffee. *»Er ist es nicht wert, getrunken zu werden, wenn er nicht schwarz ist.«*

Die Erinnerungen an seine verlorenen Teamkameraden kamen inzwischen etwas seltener, und wenn, dann waren sie meistens willkommen. Brick wollte die Männer, mit denen er gekämpft hatte, nicht vergessen. Sie waren es wert, dass man sich an sie erinnerte.

Es waren harte vier Jahre vergangen, seit sie gestorben waren. Er war ehrenhaft aus der Navy entlassen worden und hatte mehrere Operationen über sich ergehen lassen müssen, um die Knochen in seinem Gesicht wieder an ihren richtigen Platz zu bringen. Weitaus schwieriger war es gewesen, seinen Geist wieder in Ordnung zu bringen. Die posttraumatische Belastungsstörung war unerbittlich.

Nach einem langen Gespräch mit seinem Therapeuten, in dem er endlich akzeptierte, dass er nicht der Einzige war, der unter den Auswirkungen der schrecklichen Erlebnisse litt, die er beim Militär durchgemacht hatte, kam er auf die Idee, einen Ort zu schaffen, an den Menschen gehen konnten, um ihren schlimmsten Erinnerungen zu entfliehen.

Nach seiner Entlassung hatte er einige Wochen beim Zelten verbracht, um sich mit seiner neuen Realität zu arrangieren, und das hatte ihm ungemein geholfen. Er dachte sich, wenn es ihm half, würde es vielleicht auch anderen helfen.

Also wandte er sich mit Tex' Hilfe an einige Männer, die er nach seiner Entlassung kennengelernt hatte. Männer, die mental das Gleiche durchmachten wie er. Die darum kämpften, ihren Platz in der Welt zu finden, ohne auf das Militär zurückgreifen zu können.

Tex war ein Freund, der den Finger am Puls der Männer und Frauen hatte, die ihr Leben für ihr Land aufs Spiel setzten. Er war ein ehemaliger SEAL, der sein Bein verloren hatte und seitdem jeden Tag auf andere aufpasste. Er hatte sogar das Grundstück gefunden, das hier in New Mexico zum Verkauf stand, und Brick und die sechs anderen hatten sich getroffen und mehrere Tage lang gezeltet, um sich gegenseitig kennenzulernen und über ihre Visionen zu sprechen, was sie zu erreichen hofften.

Als ihre Wege sich trennten, war *Die Zuflucht* bereits geboren worden. Es war ein Werk der Liebe ... und sie sorgten dafür, dass es funktionierte.

Tiny war der einzige andere SEAL in der Gruppe. Er war ein Meter dreiundachtzig groß und hatte viele Muskeln. Er hatte ein hübsches Gesicht, und mehr als ein Gast behauptete, er sähe aus wie der männliche Hauptdarsteller in dem Achtzigerjahre-Film *Sixteen Candles – Das darf man nur als Erwachsener*. Die anderen lachten sich jedes Mal kaputt, sehr zum Leidwesen von Tiny.

Tonka war Mitglied der Spezialeinheit der aktiven Küstenwache gewesen. Er fühlte sich bei der Arbeit mit den Tieren am wohlsten. Spike war ein Delta-Force-Soldat gewesen, Pipe war SAS – das britische Äquivalent zu den Navy SEALs –, und Owl und Stone, die ihre Gruppe vervollständigten, waren Night Stalkers gewesen ... die legendären Hubschrauberpiloten der Armee. Die beiden Letztgenannten hatten zusammengearbeitet, waren gemeinsam Kriegsgefangene gewesen, als ihre Hubschrauber in feindlichem Gebiet abgestürzt waren, und taten nun, was sie konnten, um mit ihrem Leben weiterzumachen.

Die Zuflucht befand sich auf ein paar Hundert Hektar Land in der Nähe von Los Alamos. Die Einwohner der Stadt waren überglücklich gewesen, als sie das Land gekauft hatten, denn der andere Interessent war ein Bauunternehmer gewesen, der mit Sicherheit eine Wohnsiedlung mit Hunderten von Häusern hätte bauen wollen. *Die Zuflucht* hatte mit ein paar Jurten begonnen und verfügte nun über die meisten Einrichtungen eines Luxusresorts. Allerdings bezeichneten die Besitzer es häufig als »Camp«, da der größte Teil des bergigen Geländes intakt blieb.

Die Hauptlodge war das Zentrum des Anwesens. Im Eingangsbereich gab es bequeme Sofas, auf denen man sich zwanglos niederlassen und unterhalten konnte. Der Speisesaal war groß genug, um die meisten Gäste gleichzeitig zu bewirten, und es gab kleinere Räume für Therapiesitzungen und intimere Zusammenkünfte. *Die Zuflucht* beschäftigte einen Koch, aber die Mahlzeiten wurden immer in lockerer Buffetform serviert. Die Gäste konnten sich jederzeit in der riesigen Küche mit Snacks versorgen, was sie für Wanderungen oder Picknicks brauchten, und sogar backen, wenn ihnen das half, ihre posttraumatische Belastungsstörung zu lindern.

Es gab ein Dutzend Hütten, die über das gesamte Gelände verstreut waren. Sie reichten von Studios mit einem Schlafzimmer bis hin zu Suiten mit drei Schlafzimmern. Jedes verfügte über ein Bad und eine Dusche sowie einen Kühlschrank und eine Mikrowelle. Alle paar Tage wurde den Gästen, die dies wünschten, ein Reinigungsdienst angeboten.

Eine Therapeutin kam dreimal pro Woche, um sich kostenlos mit den Gästen zu treffen, die ein Gespräch wünschten. Sie hatten eine Scheune mit Pferden, einer Kuh und Ziegen. Katzen liefen auf dem Grundstück herum ... und natürlich hatte Brick Mutt. Er hatte den verletzten Streuner gefunden, kurz nachdem er und die anderen in die Gegend gezogen waren, um den Bau zu überwachen. Er war eine Art Terrier-Mischung. Seine Beine waren lang und schlaksig, er hatte einen schlimmen Fall von Räude, aber das Schlimmste war, dass sein linkes Vorderbein völlig verstümmelt war. Der Tierarzt hatte keine Ahnung, was passiert war, aber er vermutete, dass er mit einem wilden Tier gekämpft und verloren hatte.

Brick hatte keinen Hund gewollt. Zu dieser Zeit war er mit dem ganzen Papierkram und den rechtlichen Angelegenheiten beschäftigt, die erledigt werden mussten, um *Die Zuflucht* in Gang zu bringen. Aber er konnte Mutt nicht widerstehen. Letztendlich war die Tatsache, dass er Mutt adoptiert hatte, eine der besten Entscheidungen, die er je getroffen hatte. Dass er nur drei Beine hatte, bremste den Hund nicht im Geringsten. Und spät in der Nacht, wenn Brick nicht schlafen konnte, bewahrte ihn die Nähe von Mutt davor, in eine tiefe Depression zu versinken.

Alles in allem war Brick mit seinem Leben zufrieden. *Die Zuflucht* hatte sich sofort als großer Erfolg erwiesen und es war ein gutes Gefühl, anderen zu helfen. Er und seine Freunde hatten die Einrichtung vor drei Jahren mit der Absicht eröffnet, Militärveteranen zu helfen, stellten aber schnell fest, dass sich die posttraumatische Belastungsstörung in Traumata aller Art manifestierte. Jetzt beherbergten sie Frauen, die aus gewalttätigen Beziehungen geflohen waren, Angestellte, die Gewalt am Arbeitsplatz überlebt hatten, und sogar Menschen, die sich von einer Drogenabhängigkeit erholen wollten.

Die Zuflucht war ein Ort, an dem die Menschen den Frieden und die Ruhe fanden, die sie brauchten, um ihren Heilungsweg fortzusetzen. Der Aufenthalt hier würde niemanden von seinen Dämonen heilen ... aber es war ein Ort, an dem man diese Dämonen für eine kurze Zeit beiseiteschieben und einfach durchatmen konnte.

Brick nahm einen weiteren Schluck seines Kaffees, griff nach unten und streichelte Mutt. Er hatte sich an seinem üblichen Platz zusammengerollt, ein Stapel Decken lag neben ihm auf der Terrasse. Er hatte ein teures Hundebett gekauft, aber Mutt bevorzugte einfache Decken oder Handtücher. Brick vermutete, dass dies ein Überbleibsel aus seiner Zeit auf der Straße war.

Während er Mutt träge streichelte, ließ Brick weitere Erinnerungen an seine Kampfgenossen aufkommen. Vader und die anderen hätten diesen Ort geliebt. Es war so weit von dem entfernt, was sie getan hatten, wie es nur möglich war. Die Familien seiner Freunde waren eingeladen, sie zu besuchen, wann immer sie wollten – kostenlos. Das Gleiche galt für die Familien der Männer und Frauen, mit denen seine Miteigentümer gearbeitet hatten.

Die Zuflucht und New Mexico im Allgemeinen waren friedlich ... weniger bevölkert als die meisten anderen Bundesstaaten. Da sie sich mitten im Nirgendwo befanden, bekamen sie normalerweise keine zufälligen Besucher.

Wenn jemand in *Die Zuflucht* kam, dann war das Absicht. Keiner stolperte zufällig über den Ort.

Und genau so wollten Brick und die anderen es haben. Ein ruhiger und sicherer Ort, an den die Menschen kommen konnten, um sich zu erholen. Um den Kopf freizubekommen. Um eine Pause von all dem Lärm der Welt zu bekommen. Natürlich gab es WLAN und der Handyempfang war auf dem Hauptteil des Grundstücks gut, aber die Gäste wurden ermutigt, die Verbindung zu unterbrechen, wenn sie konnten.

Brick schloss die Augen und konnte zugeben, dass er ziemlich zufrieden war. Sein Leben hatte eine Hundertachtziggrad-Wendung genommen, nachdem er verletzt worden war und seine Teamkameraden verloren hatte. Und obwohl er verdammt hart hatte arbeiten müssen, um dorthin zu kommen, wo er jetzt war, war er zufrieden.

Ein Teil von ihm betrauerte die Tatsache, dass er niemanden hatte, mit dem er sein Leben teilen konnte. Er hatte immer gedacht, dass er noch viel Zeit hätte, um zu heiraten, Kinder zu bekommen und sesshaft zu werden. Er war so sehr mit seiner militärischen Karriere beschäftigt gewesen, dass alles andere in den Hintergrund getreten war. Und jetzt war er zwar zufrieden damit, anderen zu helfen, aber er merkte, dass er einsam war.

Er war gerade vierzig geworden, und obwohl er wusste, dass es noch nicht zu spät war, sich zu verlieben, lernte er in Wirklichkeit nicht viele alleinstehende Frauen kennen. Und diejenigen, die *Die Zuflucht* besuchten, waren sicherlich noch nicht bereit für eine Beziehung.

Vor Kurzem hatte er mit Tiny ein langes Gespräch über dieses Thema geführt. Sein Freund war fünf Jahre jünger, fühlte aber ähnlich. Nach Los Alamos in die Kneipen zu gehen war immer eine Option, aber die kleine Stadt war nicht gerade ein Zentrum für alleinstehende Frauen.

Bricks Gedanken kreisten unweigerlich um die eine Frau, an die er während der letzten vier Jahre häufig gedacht hatte.

Als Alaska Stein an seinem Krankenbett in Deutschland aufgetaucht war und behauptet hatte, seine Verlobte zu sein, war er total schockiert gewesen. Ja, er hatte ihr in den Jahren zuvor ab und zu geschrieben, und seine Mutter hatte den Kontakt zu ihr nie ganz abgebrochen und Brick mit dem Wenigen, das sie wusste, auf dem Laufenden gehalten – sie war nur etwas weniger erfolgreich darin gewesen, seiner Mutter Details mitzuteilen. Abgesehen von diesen E-Mails würde er sie nicht mehr als enge Freunde bezeichnen. Nicht mehr, seit er zur Navy gegangen war.

Aber nach Deutschland hatte sich das geändert. Sie schrieben sich ständig und schickten sich fast ebenso häufig Nachrichten über die sozialen Medien. Er hatte schnell herausgefunden, dass sie viel häufiger durch Europa reiste, als er es sich vorgestellt hatte. Sie nahm einen Sekretariatsjob an, blieb ein paar Jahre und zog dann weiter. Sie hatte während der letzten Jahrzehnte an mehr Orten gelebt, als die meisten Menschen in ihrem ganzen Leben im Urlaub besuchen.

Brick hörte jeden Morgen eifrig seine Nachrichten ab, in der Hoffnung auf eine Nachricht von ihr. Sie brachte ihn genauso oft zum Lächeln, wie sie ihn zum Grübeln brachte. Eine alleinstehende Frau in einem fremden Land zu sein war nicht per se gefährlich ... aber es war auch nicht gerade sicher. Und Brick wusste besser als jeder andere, dass sie allein dadurch, dass sie Amerikanerin war, zur Zielscheibe für diejenigen werden konnte, die mit der Außenpolitik der Vereinigten Staaten nicht zufrieden waren.

Er war nicht begeistert gewesen, als sie ihm vor drei Tagen erzählt hatte, dass sie nach Sankt Petersburg in Russland fahren würde, um sich die Sehenswürdigkeiten anzusehen. Er hatte protestieren und ihr sagen wollen, dass das keine gute Idee sei, aber sie hatte sich so darauf gefreut, die Eremitage, die Peter-und-Paul-Festung, den Palastplatz am Winterpalast und das Schloss Peterhof zu sehen, auf der Newski-Allee einzukaufen und die Auferstehungskirche zu besuchen.

Ihre Nachricht heute Morgen war voll mit Bildern von ihren Abenteuern am Vortag. Sie hatte sich bei einem privaten Reiseveranstalter angemeldet und den Tag mit zwei anderen Paaren verbracht, die die Hälfte der Sehenswürdigkeiten auf ihrer Liste besucht hatten.

Alaskas lächelndes Gesicht zu sehen, während sie vor verschiedenen Kirchen posierte, hatte Brick trotz seiner Vorbehalte gegenüber der Reise den Tag verschönert. Er war sich bewusst, dass seine alte Freundin dachte, sie sei unsichtbar. Dass sie einfach in den Hintergrund trat. Was ihn betraf, so lag sie falsch. Brick würde jederzeit jemanden mit ihrer Loyalität und ihrer Leidenschaft für das Leben einer überheblichen, perfekt hergerichteten Frau vorziehen.

Er hatte im Laufe der Jahre gelernt, dass »Durchschnitt« – zumindest nach Alaskas Definition – auf lange Sicht viel befriedigender war als Glanz und Gloria.

Für ihn stach Alaska aus der Masse heraus. Er konnte nur hoffen, dass sie auf ihrer Reise um die Welt nicht an die falschen Leute geriet.

Heute sollte sie die etwa dreißig Kilometer aus dem Zentrum von Sankt Petersburg fahren, um das Schloss Peterhof zu besichtigen. Danach war ein Abstecher zur Peter-und-Paul-Festung geplant, in der mehrere russische Zaren ihre letzte Ruhestätte gefunden hatten.

Brick hatte ihr gesagt, sie solle ihm eine Nachricht schicken, sobald sie in ihr Hotelzimmer zurückkehrte. Sie hatte es ihm versprochen, aber erst, nachdem sie ihn geneckt hatte, dass er paranoid und überfürsorglich sei.

Sie hatte nicht unrecht. Er war definitiv so gut wie immer um ihre Sicherheit besorgt. Aber er konnte nicht seinen Beschützerinstinkt dafür verantwortlich machen, dass er jeden Morgen als Erstes seinen E-Mail-Postkorb öffnete, um ungeduldig nachzusehen, ob sie geschrieben hatte.

Obwohl sie eine halbe Weltreise voneinander entfernt waren, dachte Brick ständig an Alaska. Er wusste, dass sie nur selten mit Männern ausging. Sie behauptete, ihr Aussehen sei »langweilig« – braunes Haar, braune Augen, durchschnittliche Größe von eins dreiundsiebzig, durchschnittlicher Körperbau mit Tendenz zu kurvenreich. Aber ihr Lachen, ihre Persönlichkeit, ihre Freundlichkeit, ihre aufrichtige Neugier auf die Welt um sie herum ... all diese Dinge machten sie bemerkenswerter, als ihr bewusst war. Wenn er sich an ihre Kindheit erinnerte, dann erinnerte er sich an ein Mädchen, dem es nichts ausmachte, sich schmutzig zu machen, laut zu lachen und mitzumachen, wenn er etwas vorschlug, was nicht ganz legal war ... wie zum Beispiel spät nachts die Luft aus den Reifen des Schuldirektors zu lassen.

Brick konnte sich nicht mehr daran erinnern, wie seine Kindheit vor ihr ausgesehen hatte. Ihre Beziehung hatte sich in diesen Jahren weiterentwickelt. Erst hatten sie Krieg in der Nachbarschaft gespielt, dann Marathon-Videospielsitzungen absolviert und schließlich hatte sie ihn auf der Tribüne bei seinen Baseballspielen angefeuert und ihm zugehört, wenn er über seine Freundinnen lästerte. Als er seiner damaligen Freundin in der elften Klasse einen riesigen Blumenstrauß kaufen wollte und ihm zwanzig Dollar fehlten, war Alaska diejenige gewesen, die ihm das Geld geliehen hatte.

Sie hatten jahrelang überhaupt nicht miteinander gesprochen. Und jetzt vermisste Brick sie schrecklich, obwohl sie mehr E-Mails und Nachrichten austauschten, als sie es in der Vergangenheit je getan hatten.

Dass sie zu ihm gekommen war, als er in Deutschland im Krankenhaus gelegen hatte, hatte die Dinge für Brick verändert. Es hatte die Art verändert, wie er über sie dachte. Sie war seine Freundin, ja ... aber sie war jetzt so viel mehr. Sie hatte *alles* aufgegeben – sogar ihren Job –, um zu ihm zu kommen, als er sie am meisten gebraucht hatte. Sie hatte gelogen, um Zugang zu seinem Zimmer zu bekommen. Was auch immer nötig war, um an seine Seite zu gelangen.

Niemand sonst hatte je so etwas Selbstloses für ihn getan ... abgesehen von den fünf Männern, die bei der gleichen Explosion ums Leben gekommen waren, die fast sein eigenes Leben gefordert hätte.

Alaska war etwas Besonderes. Und obwohl es schwer zu glauben war, dass er jemanden vermissen könnte, den er in gewisser Weise kaum noch kannte ... so war es doch eine Tatsache.

Mutt begann, mit dem Schwanz auf die Holzbretter zu klopfen, und Brick blickte auf und sah, wie Stone auf ihn zukam.

»Guten Morgen«, rief sein Freund.

»Morgen«, erwiderte Brick. »Der Kaffee steht drinnen, wenn du eine Tasse möchtest.«

Die sieben Eigentümer der *Zuflucht* hatten ihre eigenen kleinen Hütten. Sie lagen abseits von den Miethütten und umgaben das Grundstück auf allen Seiten. Obwohl sie ihre Privatsphäre und ihren Freiraum brauchten, waren sie alle jederzeit bei den anderen willkommen.

»Danke«, sagte Stone, nickte ihm zu und ging hinein. Eine Minute später kam er mit seiner eigenen Tasse Kaffee zurück. »Es wird ein schöner Tag heute«, bemerkte er. »Ich habe zufällig gehört, dass einige der Gäste eine Wanderung machen wollen. Hast du Lust mitzugehen?«

Brick nickte. »Klar doch.« Sie wechselten sich ab und führten die Gäste herum, wenn sie eine Begleitung wünschten. Da *Die Zuflucht* mehrere Hundert Hektar groß war, wollten sie auf keinen Fall, dass sich jemand verirrte. Sie hatten viel Zeit damit verbracht, die Wege zu säubern und zu markieren, aber es gab auch einige schöne Stellen, die nicht auf den Wegen lagen und die Brick und die anderen den Gästen gern zeigten.

»Wir dachten uns, es wäre gut, die Gäste rauszubringen, während der Tierarzt mit Melba zugange ist.«

Brick zuckte zusammen. Melba war ihre Hauskuh. Sie war der Liebling aller. Sie liebte die Menschen. Es gefiel ihr, wenn man sie unter dem Kinn kraulte. Wenn man es ihr erlaubte, folgte sie den Gästen auf dem Grundstück, rieb ihren Kopf an ihnen und war eine bezaubernde Nervensäge. Aber eines mochte sie nicht: den Besuch des Tierarztes. Die Geräusche, die sie machte, wenn sie untersucht wurde, erweckten den Eindruck, als würde sie gequält. Und was ihre Gäste auf keinen Fall gebrauchen konnten, waren Geräusche, die der einer Frau ähnelten, die Glied für Glied auseinandergenommen wurde. Jede Kleinigkeit, die sie dazu beitragen konnten, einen Flashback zu verhindern, war wichtig.

»Na, dann wird es also eine lange Wanderung«, entgegnete Brick mit einem Lächeln.

Stone nahm den Stuhl neben ihm und sie saßen eine Weile in angenehmem Schweigen beisammen.

»Wir sind für die nächsten Monate ausgebucht, oder?«, fragte Brick.

Stone nickte. »Ja. Wenn die Reservierungen so weitergehen, sind wir in ein paar Wochen für das ganze Jahr ausgebucht.«

Brick freute sich, zumal es erst Frühling war.

»Und bevor du fragst«, bemerkte Stone, »wir halten die dreizehnte Hütte für Notfälle frei.«

Brick nickte zufrieden. Sie alle hatten von Anfang an beschlossen, immer eine Hütte für diejenigen offen zu halten, die sofort ein Dach über dem Kopf brauchten. Für Kriegsgefangene, die kürzlich entlassen worden waren, oder für jeden, der einen Notfallplatz brauchte, um wieder gesund zu werden.

»Obwohl Becky sie versehentlich für ein paar Wochen hier und da in diesem Sommer vermietet hat«, erklärte Stone seufzend.

Brick schüttelte nur den Kopf. Es war verdammt schwer gewesen, jemanden zu finden, der kompetent war, Anrufe beantworten und mit Gästen umgehen konnte und der sich mit ein paar einfachen Computerprogrammen auskannte. Er hatte gedacht, dass diese Stelle am einfachsten zu besetzen sei, aber in den drei Jahren, die sie nun schon existierten, hatten sie schon fast zwanzig Leute in dieser Position beschäftigt. Einige mochten die Abgeschiedenheit nicht, andere fühlten sich in der Nähe der Gäste unbehaglich in Anbetracht deren Vorgeschichte. Und einige hatten schlichtweg gelogen, was ihre Fähigkeit zum Multitasking und zur Erledigung von Aufgaben anging.

Der Typ, den sie vor Becky hatten, war der absolut schlechteste gewesen, was den Umgang mit den Gästen betraf. Er hatte die Persönlichkeit eines Felsens. Es war eine Katastrophe gewesen.

»Ich nehme an, es ist inzwischen alles geklärt.«

»Ja«, bemerkte Stone. »Aber Pipe hat sie zum Weinen gebracht.«

Brick runzelte die Stirn.

»So gemein war er gar nicht«, versicherte Stone ihm. »Er hat sie nur ein bisschen angeknurrt und die Stirn gerunzelt, und Becky ist zusammengebrochen wie ein Kartenhaus.

Aber sie hat tatsächlich alle angerufen, die sie fälschlicherweise für die Hütte gebucht hatte, um sich zu entschuldigen, und hat ihren Fehler zugegeben.«

»Waren sie wütend?«, wollte Brick wissen.

Stone zuckte mit den Schultern. »Einige, ja. Aber die meisten haben es verstanden und sich einfach andere Termine für ihren Aufenthalt ausgesucht. Es hat geholfen, dass wir ihnen einen zwanzigprozentigen Rabatt gegeben haben.«

Oh ja, da war Brick sich sicher. *Die Zuflucht* war nicht billig. Während die Kriegsveteranen kostenlos eingeladen wurden, zahlten andere einen beträchtlichen Preis für die Ruhe und Entspannung, die sie hier fanden.

»Gut. Gibt es sonst noch etwas, außer Melbas bevorstehendem Nervenzusammenbruch und Beckys Fehlern?«

»Nein.«

Brick nickte erneut erleichtert. Obwohl sie alle Miteigentümer von der *Zuflucht* waren, fühlte es sich irgendwie wie sein Baby an. Immerhin war es seine Idee gewesen. »Alles klar?«, fragte er seinen Freund. Sie sprachen nicht oft über ihre persönlichen Dämonen, aber sie kannten alle die Auslöser der anderen. Stone hatte, wie alle anderen auch, Tage, die schwieriger waren als andere.

»Ja«, erwiderte sein Freund leise.

»Der Jahrestag ist bald«, bemerkte Brick.

»Fünf Jahre. Manchmal kommt es mir vor, als wäre es eine Ewigkeit her, dass wir durch die Straßen geschleift und in diese Zelle geworfen wurden, und manchmal fühlt es sich an wie gestern.«

»Ich weiß«, entgegnete Brick mitfühlend. Ihm ging es genauso. An seinen schlechten Tagen hätte er schwören können, Mad Dogs Stimme zu hören, nur um dann nach draußen zu laufen und dort einen ihm unbekannten Gast stehen zu sehen.

Die beiden Freunde saßen noch einige Minuten schweigend da, bevor Stone den Kopf zurückwarf und den Rest seines Kaffees hinunterschluckte. Er ging hinein, um die Tasse zurückzubringen, und als er wieder herauskam, nickte er Brick zu, bevor er sich auf den Weg machte ... wahrscheinlich zur Lodge, um dafür zu sorgen, dass das Frühstück für die Gäste fertig war und alle zufrieden waren.

Brick saß weiter da und starrte in die Bäume hinter seiner Hütte, während seine Gedanken wieder zu Alaska zurückkehrten. Sie sollte inzwischen von ihrer kleinen Reise zurück sein, denn zwischen der *Zuflucht* und Sankt Petersburg lagen neun Stunden Zeitunterschied. Er hoffte, eine weitere E-Mail mit Bildern von ihrem Tag zu haben, sobald er von der Wanderung mit den Gästen zurückkehrte.

Er stand auf, nahm sich noch kurz die Zeit, um Mutt zu streicheln, und ging dann in sein Haus. Er musste sich seine Wanderschuhe und eine andere Hose anziehen. Sich körperlich zu betätigen war der beste Weg, um seinen Geist zu beschäftigen. Es würde seine Dämonen in Schach halten ... und ihn von seiner Sorge um Alaska ablenken.

KAPITEL VIER

Alaska lächelte Igor, den Reiseführer, mit dem sie den Vortag verbracht hatte, an, als er die Eingangshalle ihres Hotels betrat.

»Bist du bereit loszulegen?«, fragte er.

Sie nickte und verdrängte das ungute Gefühl, das sie seit gestern hatte, als sie erfahren hatte, dass die beiden Paare, die mit ihr auf Tour waren, heute nicht mitkommen würden. Aber Igor hatte ihr versprochen, dass sie nicht allein sein würde, dass sie ein paar andere Touristen mitnehmen würden, die auf dem Weg aus der Stadt waren, um das Schloss Peterhof zu besichtigen.

Sie war nur zwei Tage hier und sie wollte so viel wie möglich sehen. Sie hatte sich für die private Tour entschieden, weil ihr versichert worden war, dass dies der beste Weg sei, um in kurzer Zeit so viel wie möglich zu sehen. Der gestrige Tag war großartig gewesen. Sie hatten sogar die langen Schlangen vor dem Winterpalast umgangen, was ein großes Plus gewesen war.

Aber obwohl Igor sich als sachkundiger Führer erwiesen hatte, machte er sie aus irgendeinem Grund auch nervös. Es hatte nichts mit seinem Aussehen zu tun; er war tadellos gekleidet, mit einem makellosen Polohemd und Jeans. Sein dunkelbraunes Haar war perfekt frisiert und er sah aus wie jeder andere Mensch, den sie in diesem Land kennengelernt hatte.

Sie war sich nicht sicher, ob ihr Unbehagen von der übermäßig langen Zeit herrührte, die er mit seinem Handy verbrachte, oder von der Tatsache, dass er sie jedes Mal anzustarren schien, wenn sie in seine Richtung blickte.

Keiner starrte sie an. Sie war nicht die Art von Frau, die Menschen unwiderstehlich oder faszinierend fanden. Daher war es für sie unangenehm, dass er so interessiert an ihr schien.

Aber sie wollte unbedingt die Springbrunnen im Schloss Peterhof sehen und sie fühlte sich nicht wohl dabei, allein in einen Bus oder ein Boot zu steigen und dorthin zu fahren, da sie kein Russisch sprach. Also musste sie Igor bemühen und die private Tour buchen. Sie hatte Drake vorhin eine lange E-Mail mit Bildern vom gestrigen Ausflug geschickt und ihm auch ihre heutige Reiseroute mitgeteilt.

Es war bedauerlich, dass sie eigentlich keine anderen engen Freunde hatte, mit denen sie ihre Pläne teilen konnte. Sie wechselte zu oft den Job, um enge Beziehungen zu ihren Kollegen aufzubauen. Die letzten zwei Jahrzehnte war sie in Europa herumgezogen, und es hatte ihr gefallen. Aber während der letzten Jahre hatte sie begonnen, sich nach ihrer Heimat zu sehnen.

Alaska war sich sehr wohl bewusst, *warum* sie dieses plötzliche Verlangen verspürte.

Drake. Er war der Grund dafür.

Seit sie ihn besucht hatte, als er in Deutschland im Krankenhaus lag, war er eine Konstante in ihrem Leben. Sie telefonierten hin und wieder miteinander, aber meistens schrieben sie sich Nachrichten und E-Mails. Jeden Tag.

Sie war sehr stolz auf seine Fortschritte während der letzten vier Jahre. Er gab zu, dass er immer noch mit Schuldgefühlen kämpfte, seine Freunde vermisste und generell mit der posttraumatischen Belastungsstörung zu kämpfen hatte, aber *Die Zuflucht*, auf die er sich konzentrieren konnte, war das Beste gewesen, was ihm passieren konnte.

Alaska hatte sich sein »kleines Unternehmen«, wie er es nannte, angesehen und eine ganze Weile damit verbracht, all das zu bestaunen, was er in so kurzer Zeit aufgebaut hatte. Bislang war jede einzelne Bewertung von der *Zuflucht* positiv ausgefallen. Die Gäste schwärmten von den Unterkünften, dem Essen, der Atmosphäre ... und von einer Kuh namens Melba.

Es war peinlich, aber Alaska hatte sogar das Bild von Drake und den sechs Freunden, die *Die Zuflucht* eröffnet hatten, auf ihrem Computer gespeichert. Die Männer waren alle umwerfend. Aber für sie war Drake der attraktivste. Er hatte einfach etwas an sich, das sie ansprach, selbst nach so vielen Jahren. Die Tattoos. Die blauen Augen. Sogar die verdammten Adern in seinen Armen und Händen. Auf dem Foto trug er einen gestutzten Bart und Schnurrbart, den er im Krankenhaus nicht gehabt hatte, und das stand ihm wirklich gut. Alaska konnte die Stärke und Entschlossenheit in seiner Körperhaltung sehen, und zwar an der Art, wie er sich hielt.

Er war alles, was sie sich immer von einem Mann gewünscht hatte ... und von dem sie wusste, dass sie ihn nie haben würde.

Es war nicht so, dass sie ein geringes Selbstwertgefühl hatte; sie war einfach eine Realistin. Männer wie Drake schauten bei Frauen wie ihr nicht zweimal hin. Das taten sie einfach nicht. Aber er war immer noch der Maßstab für alle Männer, mit denen sie je ausgegangen war.

Nicht dass sie in letzter Zeit einen Freund gehabt hätte. Es war schon schlimm genug gewesen, als sie nur die Erinnerung an einen achtzehnjährigen Jungen hatte, den sie aus der Highschool kannte, aber seit sie Zeit mit ihm in Deutschland verbracht hatte, war es praktisch unmöglich gewesen, sich mit anderen Männern zu treffen.

Keiner kam an Drake Vandine heran.

Mit ihm zu reden, E-Mails von ihm zu bekommen, war aufregend und quälend zugleich.

Sie wusste, dass es noch schmerzhafter werden würde, mit ihm befreundet zu sein, wenn sie zurück in die USA zog, aber es war an der Zeit. Sie hatte es satt, im Ausland zu leben, und Drake näher zu sein konnte nie schaden, auch wenn sie nicht zusammen waren.

»Freust du dich auf den Ausflug?«, fragte Igor und ließ sie überrascht zusammenzucken, da sie so in ihren Gedanken versunken war.

Alaska lachte leicht. »Ich denke schon. Werden wir den ganzen Tag unterwegs sein? Ich war mir nicht sicher, wie lange es dauern würde, zum Palast und zurück zu fahren.«

»Das kommt auf den Verkehr an. Es ist furchtbar hier. Zu viele Fahrzeuge und nicht genügend Straßen. Aber wenn du Igor vertraust, bringe ich dich sicher hin. Pass auf, wo du hintrittst«, erklärte er und zeigte auf ein Loch im Bürgersteig.

Dankbar trat Alaska über die heikle Stelle, als sie zu seinem Wagen gingen. Es war derselbe weiße Minivan, den sie am Vortag benutzt hatten, und sie stieg ein und setzte sich auf die Sitzbank direkt hinter ihrem Tourführer.

Igor lief um den Wagen herum und setzte sich hinter das Lenkrad. Er ließ den Motor an und sagte: »Wir müssen noch zwei Stopps einlegen, und dann geht es richtig los.«

Alaska nickte abwesend und starrte aus dem Fenster, als sie die Straße entlangfuhren. Fast jeder, dem sie in diesem

Land begegnet war, war freundlich gewesen und hatte sich bemüht, sie möglichst zufrieden und glücklich zu stellen. Sei es in dem kleinen Café, das sie besucht hatten, oder in dem Restaurant, in dem sie am Tag zuvor zu Abend gegessen hatte. Selbst die Angestellten im Hotel kannten bereits ihren Namen und lächelten ihr zu, wenn sie kam und ging.

Igor hielt vor einem Hotel an und stieg aus. Die Schiebetür öffnete sich und zwei Männer stiegen zu ihr in den Wagen. Alaska schenkte ihnen ein kurzes Lächeln, dann wandte sie die Aufmerksamkeit wieder dem Fenster zu. Sie hoffte, dass unter den nächsten Gästen, die Igor mitnahm, eine Frau war. Sie war sich nicht sicher, ob es ihr behagte, die einzige Frau in der Gruppe zu sein.

Doch zu ihrem Entsetzen gesellte sich beim zweiten Hotel ein dritter Mann zu ihnen. Er setzte sich neben sie auf die Sitzbank – und seltsamerweise stellten sich bei Alaska die Nackenhaare auf. Sie war kurz davor, Igor mitzuteilen, dass sie es sich anders überlegt hatte und die Tour doch nicht mitmachen wollte. Aber nach ein paarmal tief durchatmen und als der Mann neben ihr nur höflich nickte, sagte sie sich, dass sie sich lächerlich verhielt.

Der Kleinbus fuhr vom Bordstein weg und in den zunehmenden Verkehr hinein. Die Temperatur im Inneren des Fahrzeugs war hoch, und das, zusammen mit den Vibrationen des Motors, sorgte dafür, dass Alaska einschlief, als sie auf die Straße fuhren, die aus der Stadt hinausführte.

Sie war sich nicht sicher, wie lange sie geschlafen hatte, aber als Alaska aufwachte und aus dem Fenster schaute, wusste sie, dass etwas nicht stimmte.

»Wo sind wir?«, wollte sie wissen.

Igor beantwortete ihre Frage nicht. Er starrte einfach nach vorn aus dem Wagen und fuhr weiter.

Als sie wieder nach draußen blickte, sah Alaska, dass sie

sich in einer Art Industriegebiet befanden oder ... einem Rangierbahnhof? Überall, wo sie hinsah, standen Container. Die großen Schiffscontainer, die am häufigsten auf Frachtschiffen verwendet wurden. Hier und da waren Lastwagen und Gabelstapler zu sehen, die die riesigen Container von einem Ort zum anderen transportierten. Igor schien den Wagen auf ein großes Lagerhaus in der Ferne zuzusteuern.

»Igor?«, fragte Alaska erneut und lehnte sich in ihrem Sitz nach vorn.

Zu ihrer Überraschung streckte der Mann neben ihr einen Arm aus und drückte sie mit dem Rücken gegen den Sitz.

Ihr erster Instinkt war es, den Arm des Mannes von ihrem Körper wegzuschieben, und als sie sich aufrichtete, um genau das zu tun, packten zwei Hände *ihre* Arme von hinten.

Sie wurde von den Männern hinter ihr an ihren Sitz gefesselt.

Zu Tode erschrocken konnte sie nur noch stammeln: »Was zum Teufel ist hier los?«

»Es gibt eine kleine Änderung der Reiseroute«, erklärte einer der Männer.

Alaska warf einen Blick über ihre Schulter und der kalte Ausdruck in den braunen Augen des Mannes ließ sie die Erwiderung, die ihr auf der Zunge lag, herunterschlucken. Dies war jemand, der keine Widerrede duldete. Sie wusste nicht, warum ihr das klar war, aber sie wusste aus tiefster Seele, dass er nicht zögern würde, ihr wehzutun. Und zwar sehr.

»Ich mag die, die nicht viel reden«, bemerkte der Mann lachend. »Um deine Selbstbeherrschung zu belohnen, werde ich dir sagen, was jetzt als Nächstes passiert. Du gehörst jetzt *mir*. Zumindest für den Moment. Ich habe dich an einen Freund verkauft, der in China wohnt. Er ist so etwas wie ein Sammler. Und es ist schon eine Weile her, dass er eine Amerikanerin hatte. Du bist hier ganz allein, kein Ehemann, keine Freunde ... also niemand, der sich Gedanken macht, wenn du einfach verschwindest.«

Alaskas Augen wurden vor Entsetzen groß. Sie hätte sich am liebsten übergeben, aber sie konnte den Mann nur ungläubig anstarren.

»Sobald das Geld auf meinem Konto eingegangen ist, wirst du mit dem Zug durch Sibirien und die Mongolei nach Peking geschickt. Ich rate dir, ohne Widerrede alles zu tun, was dein neuer Besitzer verlangt, solltest du die Reise überleben. Er ist nicht für seine Geduld bekannt.«

Der Mann lachte. Das Geräusch war so dreckig, dass es Alaska kalt den Rücken hinunterlief.

Das konnte doch nicht wahr sein. Entführt und als Sexsklavin verkauft zu werden, das gab es nur in Filmen. Nicht im wirklichen Leben. Und schon gar nicht bei jemandem wie ihr.

Igor, der vor einem Tag noch relativ freundlich gewirkt, sich aber als der Teufel höchstpersönlich entpuppt hatte, fuhr den Wagen dicht an eine Tür des Lagerhauses heran. Der Mann neben ihr stieg aus, beugte sich dann vor, legte eine grobschlächtige Hand um ihren Bizeps und zerrte sie fast von ihrem Sitz.

Alaska fiel beinahe zu Boden, aber kaum hatte sie wieder Boden unter den Füßen, wurde sie am anderen Arm gepackt und mit Gewalt durch die Tür in einen betriebsamen Raum gezerrt. Überall gingen Leute ihrer Arbeit nach, aber niemand drehte sich zu ihr um. Kein einziger Mensch schien sich für das zu interessieren, was ihr gerade geschah.

Aber warum sollten sie auch? Wahrscheinlich wussten

sie alle, was vor sich ging. Dass hier Frauen entführt wurden.

Sie wurde über den Boden zu einem Zimmer geschleppt, dass anscheinend das Büro war.

Je länger sie sich in der Gesellschaft der beiden Schläger und des Drahtziehers hinter … was auch immer das war … befand, desto geringer waren ihre Chancen zu entkommen. Igor hatte sich ihnen nicht angeschlossen, war wahrscheinlich schon weggefahren, um eine andere arme, ahnungslose Touristin in die Falle zu locken.

Die Bürotür schlug hinter ihr zu und Alaska wurde in Richtung eines kleinen Sofas gedrängt. Sie schaffte es, sich zu fangen, um nicht mit dem Gesicht gegen die ekelhaft aussehenden Kissen zu fallen. Sofort drehte sie sich um und starrte die drei Männer an. Wollten sie sie jetzt vergewaltigen? Sie verprügeln? Sie begann vor Angst zu zittern.

Der verantwortliche Mann saß in einem Stuhl hinter einem Schreibtisch und begann, auf einem Computer zu tippen. Einige Minuten vergingen, ohne dass jemand ein Wort sagte. Sie hätte genauso gut ein Möbelstück sein können, so viel Beachtung schenkten sie ihr. Aber das war Alaska viel lieber als die Alternative. Ihr Herzschlag hatte sich seit dem Aufwachen im Wagen nicht beruhigt, und ihr war ganz schwindelig von der Menge an Adrenalin, die durch ihre Adern floss.

Sie musste etwas tun. Wenn sie wie ein verängstigtes kleines Mädchen dasaß, würde sie nach China geschickt werden, um das Sexspielzeug eines Mannes zu sein.

»Ich bin verheiratet«, platzte sie plötzlich heraus und ihre Stimme klang sehr laut in dem viel zu stillen Raum. Das Surren der Maschinen draußen in der Werkshalle war zu hören, aber Alaska hatte das Gefühl, dass niemand kommen würde, um nachzusehen, was los war, selbst wenn sie sich die Seele aus dem Leib schrie. Sie war auf sich allein gestellt, und das war ein sehr beängstigendes Gefühl.

Der Mann hinter dem Schreibtisch grinste und lehnte sich in seinem Stuhl zurück. »Nein, das bist du nicht«, erklärte er nach einem Moment.

»Doch, das bin ich«, beharrte Alaska.

»Wo ist dann dein Mann? Warum sollte er seine Frau allein in Russland herumwandern lassen? Das ist unwahrscheinlich. Du trägst auch keinen Ehering. Wenn ich eine Frau hätte, dann wäre sie zu Hause, wo sie hingehört. Wie sagt ihr Amerikaner dazu? Heimchen am Herd?«

Alaska hasste diesen Mann mit jeder Faser ihres Seins. Aber sie wusste, dass es ihr im Moment nicht helfen würde, sich widerspenstig zu verhalten. Vor allem in Anbetracht der Tatsache, was er offensichtlich von Frauen hielt.

»Ich habe meinen Schmuck nicht mit nach Russland genommen, weil ich nicht wollte, dass er jemandem auffällt oder gestohlen wird. Und Drake ist wieder in den Staaten. Er hat dort ein Geschäft. Ich soll zu ihm kommen, nachdem ich einen Auftrag in der Schweiz erledigt habe, wo ich arbeite. Ich war noch nie in Russland und hatte immer so viel Gutes gehört. Also habe ich beschlossen, eine letzte Reise zu machen, bevor ich zu ihm heimkehre.«

»Das glaube ich dir nicht«, erklärte der Mann und musterte sie eindringlich.

»Ich kann ihn anrufen. Er wird das Doppelte von dem zahlen, was der Kerl in China zahlt, um mich zurückzubekommen.«

Damit erregte sie die Aufmerksamkeit des Mannes. »Er zahlt zwei Millionen amerikanische Dollar für dich?«, fragte er.

Verdammter Mist. Sie war so was von verloren. Alaska rutschte das Herz in die Hose, aber sie nickte trotzdem.

»Und wie heißt dieser Mann?«

»Drake. Drake Vandine. Ihm gehört ein Resort in New Mexico, das viel Geld einbringt. Er wird bezahlen, um mich freizukaufen. Das garantiere ich.«

Sie hatte keine Ahnung, wie viel Geld Drake verdiente. Sie wusste besser als die meisten anderen, dass ein Unternehmen von außen betrachtet erfolgreich aussehen konnte, während es in Wirklichkeit kaum über die Runden kam. Aber Drake hatte ihr gesagt, dass sie nur zu fragen brauchte, wenn sie ihn jemals brauchte.

Zwei Millionen Dollar waren verdammt viel verlangt, aber sie war bereit, das Risiko einzugehen.

Der Chef verschränkte die Finger unter seinem Kinn und starrte sie lange an. Alaska musste sich beherrschen, um sich unter seinem Blick nicht zu winden.

»Warum? Du bist nicht hübsch. Du bist eine graue Maus. Warum sollte dieser Mann für dich bezahlen?«

Alaskas erster Gedanke war: *Ich weiß es wirklich nicht.* Aber das konnte sie ja nicht sagen.

»Er liebt mich«, platzte sie heraus.

Zu ihrer Überraschung warf der Mann den Kopf in den Nacken und lachte. Und wie. Als er sich wieder unter Kontrolle hatte, sah er sie durchdringend an. »Liebe existiert nicht«, erklärte er mit fester Stimme. »Sie ist ein armseliges Gefühl, das Männer seit Jahrhunderten benutzen, um Frauen zu kontrollieren. Alles, was wir brauchen, ist ein Loch, in das wir unsere Schwänze stecken können, und wir sind glücklich. Und du hast drei perfekte Löcher, die mein Kunde gern so oft und auf jede Art und Weise füllen möchte, wie er will. Du denkst, dieser *Drake* wird dafür bezahlen, dich zurückzubekommen? Beweise es.«

Alaskas Herz klopfte so heftig, dass sie sicher war, kurz vor einem Herzinfarkt zu stehen, aber sie nickte trotzdem. »Wie?«, fragte sie.

»Bringt sie hierher«, befahl der Mann seinen Handlangern.

Bevor Alaska darauf bestehen konnte, dass sie auch selber gehen konnte, wurden ihre Arme erneut ergriffen, sie wurde aufgerichtet und zum Schreibtisch gebracht.

»Wie lautet seine Telefonnummer?«, fragte der Mann. »Von diesem Drake, der zwei Millionen Dollar für eine Muschi zahlt?«

»Ich ... ich weiß es nicht. Ich meine, ich habe sie in meinem Handy in meiner Handtasche gespeichert, aber die liegt vermutlich noch im Wagen.« Der skeptische Gesichtsausdruck des bösen Mannes warf Alaska fast aus der Bahn. Sie musste sich schnell etwas einfallen lassen. »Aber sein Resort in New Mexico heißt *Die Zuflucht*. Da gibt es eine Nummer. Ich kann dort anrufen.«

Der Mann beugte sich vor und tippte auf der Tastatur herum, offensichtlich um *Die Zuflucht* zu googeln. Alaska fand es schrecklich, dass er nun wusste, wo Drake arbeitete, aber es ließ sich nicht ändern. Im Geiste machte sie sich Vorwürfe, weil sie sich seine Handynummer nicht gemerkt hatte. Es war zu einfach, sich auf die Technik zu verlassen. Sie hatte eigentlich keinen Grund gehabt, seine Nummer auswendig zu lernen. Schließlich musste sie nur auf seinen Namen klicken. Dumm. So dumm.

Der Mann streckte die Hand aus und drückte eine Reihe von Tasten auf einem Telefon, das auf dem Schreibtisch stand. Alaska konnte das Klingeln durch den Lautsprecher hören.

»Du hast vier Minuten Zeit, um diesen Drake zu überzeugen zu zahlen«, sagte der Mann zu ihr.

Alaska nickte sofort. Die Galle, die ihr in der Kehle hochgestiegen war, drohte wieder hochzukommen, und sie schluckte sie rücksichtslos hinunter. Sie glaubte nicht, dass es dem Mann gefallen würde, wenn sie auf seinen billigen Holzschreibtisch kotzte.

Während das Telefon klingelte, überlegte Alaska, was sie sagen sollte, um sich aus dieser Situation herauszureden. Bevor sie sich entscheiden konnte, meldete sich eine weibliche Stimme in der Leitung.

»Danke, dass Sie *Die Zuflucht* angerufen haben. Wie kann ich Ihnen helfen?«

»Ich muss mit Drake sprechen. Es ist ein Notfall.«

»Drake? Wer ist Drake? Ist er ein Gast?«, fragte die Frau fröhlich.

Der selbstgefällige Gesichtsausdruck des Mannes sorgte dafür, dass Alaska errötete, aber sie gab ihm keine Chance, die Verbindung zu unterbrechen.

»Brick. Drake ist Brick. Bitte sagen Sie ihm, dass seine Frau am Apparat ist und ich ihn unbedingt sofort sprechen muss.«

»Oh! Brick.« Die Frau lachte. »Tut mir leid, hier benutzt niemand die richtigen Namen der Jungs. Wenn Sie dranbleiben können, werde ich ihn holen.«

»Danke«, entgegnete Alaska. Dann fügte sie hinzu: »Ich rufe aus dem Ausland an, also je schneller Sie ihn an die Strippe bekommen, desto besser.«

»Wird gemacht. Bleiben Sie einfach kurz dran.«

Dann ertönte eine Instrumentalversion von »Beat It« von Michael Jackson durch die Leitung.

Zu ihrer Erleichterung schien ihr Entführer bereit zu sein herauszufinden, wie die Sache ausgehen würde. Er lehnte sich noch einmal zurück und verschränkte die Hände hinter dem Kopf, während er grinste. »Das macht irgendwie Spaß«, erklärte er ihr. »Jetzt warten wir ab, wie dein Geliebter darauf reagiert, dass du zwei Millionen Dollar verlangst.«

Alaska wäre schon längst geflohen, wenn es möglich

gewesen wäre. Es spielte keine Rolle, dass sie sich wer weiß wo mitten in Russland befand, die Sprache nicht sprach und von drei der furchterregendsten Männer umgeben war, denen sie je begegnet war. Sie hätte einen Fluchtversuch unternommen, wäre sie nicht immer noch im Griff der beiden Schläger an ihrer Seite gewesen.

Sie konnte nirgendwo hinlaufen. Sie konnte überhaupt nirgendwo hin. Wenn Drake sich jetzt nicht für sie einsetzte, war sie so gut wie tot.

Brick unterhielt sich gerade mit seinen Gästen. Es war ein guter Tag mit einer ebenso guten Gruppe. Sie waren begierig darauf, Geschichten über das Land um sie herum zu hören, und zufrieden damit, in einem gemächlichen Tempo zu wandern, wobei der Ausflug etwa vier Stunden dauerte. Mehr als genug, um Melbas routinemäßigen Tierarzttermin zu absolvieren.

Er hatte für einen kleinen Imbiss für alle an einem der Rastplätze entlang des Weges gesorgt. Die Aussicht war spektakulär und alle schienen bester Laune zu sein. Sie waren etwa fünf Minuten von der Hütte entfernt, als sein Telefon mit dem Notfallton zu vibrieren begann, den alle Besitzer in ihre Telefone einprogrammiert hatten.

Er war sofort besorgt. Als er das letzte Mal einen Notruf erhalten hatte, hatte einer der Gäste sich in seiner Hütte eingeschlossen, weil er einen Flashback hatte und dachte, er würde von bewaffneten Terroristen angegriffen werden.

Als er auf den Bildschirm schaute, sah er, dass der Notruf von Pipe stammte.

Er wandte sich an die Gäste, entschuldigte sich dafür, dass er sich kurz verabschieden musste, und bat sie, sich Zeit für die Rückkehr zu lassen, während er sich im Laufschritt auf den Weg zur Lodge machte. Während er lief, klickte er auf Pipes Namen.

»Wo bist du?«, fragte Pipe, als er abnahm.

»Etwa drei Minuten entfernt. Was ist denn los?«

»Deine Frau ist am Telefon und will mit dir sprechen«, entgegnete Pipe.

Einen Moment lang war Brick verwirrt. Seine Frau? Was zum Teufel? Er war nicht verheiratet. Doch schon der nächste Gedanke in seinem Kopf brachte ihn ins Straucheln.

Der einzige Mensch, der es wagen würde zu behaupten, seine Frau zu sein, war Alaska. Ihr Codewort war zwar Verlobter gewesen, aber das war im Grunde das Gleiche.

»Wo ist sie? Was ist los?«, fragte er.

»Du weißt, um wen es sich handelt?«

»Ja«, entgegnete Brick kurz.

»Also. Becky bekam einen Anruf von jemandem, der behauptete, deine Frau zu sein und dich sprechen zu müssen. Sie sagte, es sei ein Notfall und sie sei im Ausland, und wenn du dich beeilen könntest, wäre das gut.«

Adrenalin schoss durch Bricks Körper.

»Sie fragte nach Drake und Becky wusste nicht, von wem sie sprach, bis sie schließlich deinen Spitznamen genannt hat.«

»Hat Becky gesagt, dass ich nicht verheiratet bin?«, fragte Brick.

»Nein.«

»Gott sei Dank«, murmelte er.

»Sie sagte, sie fände es seltsam, aber da wir ihr gesagt haben, dass der Kunde immer recht hat – was, wie wir beide wissen, Blödsinn ist, aber was soll's –, hat sie es einfach so hingenommen. Sie sagte, sie nehme an, dass es jemand sei, der auf jede erdenkliche Weise versucht, an dich heranzukommen. Normalerweise rufen die Leute nicht bei der

Geschäftsleitung an und bitten darum, einen von uns persönlich zu sprechen.«

»Das ist Alaska«, erklärte Brick seinem Freund. Er konnte die Hütte jetzt sehen.

»Woher weißt du das, ohne mit ihr zu sprechen?«

»Ich weiß es einfach«, entgegnete Brick. »Und etwas stimmt nicht. Da läuft irgendetwas verdammt falsch. Als ich das letzte Mal von ihr gehört habe, war sie in Russland. Ich bin in einer Minute da.«

»Ich bin hier und Tiny ist auf dem Weg«, erklärte Pipe.

»Das Gespräch wird doch aufgezeichnet, oder?«, fragte Brick.

»Ja natürlich. Wie immer.«

»Gut. Jemand soll Tex anrufen. Ich habe das Gefühl, wir werden ihn brauchen.«

»Das kannst du nicht wissen. Vielleicht ruft sie an, um einen Scherz zu machen oder so«, gab Pipe vernünftigerweise zu bedenken.

»Nein. Nicht Alaska. Es ist etwas passiert, und ich brauche vielleicht Tex, um es in Ordnung zu bringen«, erwiderte er, ohne zu zögern.

»Gut. Ich sage Owl, er soll Tex anrufen. Ich warte an der Hintertür.«

»Danke. Bin gleich da.« Brick schaltete das Handy aus und beschleunigte sein Tempo. Er hatte keine Ahnung, was vor sich ging, aber er wusste ohne den geringsten Zweifel, dass es nichts Gutes war.

Als er an der Hütte ankam, stürmte er durch die Tür, die Pipe ihm aufhielt, und steuerte unaufhaltsam auf ein kleines Arbeitszimmer im hinteren Teil zu. Es wurde nicht sehr oft benutzt, hatte aber einen Computer und ein Telefon, die beide mit denen verbunden waren, die die Sekretärin an der Rezeption benutzte.

Er holte tief Luft, um sich zu beruhigen. »Leitung eins?«, fragte er Tiny, der zur gleichen Zeit wie er eingetroffen war.

Als sein Freund nickte, stellte Brick das Telefon auf Lautsprecher und drückte dann auf das blinkende Licht, das Leitung eins anzeigte.

»Hey, Schatz! Was gibt's?«, fragte er in einem Ton, der so locker und entspannt war, wie er nur konnte. Währenddessen umklammerte er mit den Händen die Schreibtischkante so fest, dass seine Knöchel weiß hervortraten. Pipe hatte ein Telefon in der Hand und hielt es hoch, damit derjenige, der am anderen Ende war, hören konnte, was vor sich ging. Brick betete, dass es Tex war.

»Drake?«

Alaskas Stimme war dünn und er konnte hören, wie sie zitterte.

»Ich bin's«, sagte er zu ihr. »Wie war dein Ausflug heute?«

»Ähm ... ja, also, was das betrifft«, entgegnete sie. »Ich bin in ein paar Schwierigkeiten geraten und brauche deine Hilfe.«

»Du bekommst von mir alles, was du willst. Das weißt du doch«, erklärte er und ließ einen gewissen beruhigenden Unterton in seine Stimme einfließen.

»Du musst so schnell wie möglich zwei Millionen Dollar auf ein Konto überweisen, sonst werde ich an einen Typen in China verkauft.«

Brick hatte erwartet, dass etwas nicht stimmte, aber das war ... er wusste nicht, was das war. Abstoßend. Schockierend. Schrecklich.

Er zweifelte keinen Augenblick lang an Alaska. Sie war nicht die Art von Frau, die ihn aus heiterem Himmel anrief und um einen großen Batzen Geld bat. »Verdammter Mist, Schatz«, hauchte er, nicht einmal sicher, was er in diesem Moment sagen sollte.

»Ich weiß«, sagte sie mit einem kleinen, ausgesprochen bitteren Lachen. »Verrückt, oder? Du hattest recht, als du mir gesagt hast, ich solle nicht allein nach Russland fahren.«

Brick fühlte sich furchtbar. Er hatte ihr das tatsächlich gesagt. Aber in seinen schlimmsten Albträumen hätte er sich nicht vorstellen können, dass ihr wirklich etwas passieren würde.

»Ich kümmere mich darum, sobald wir aufgelegt haben. Was passiert, nachdem ich das Geld geschickt habe?«

»Ich ... ich weiß es nicht. Aber sie haben versprochen, wenn du das Geld schickst, lassen sie mich gehen.«

»Okay, Schatz. Bleib stark. Ich bin an der Sache dran, verstanden?«

»Ja. Und, Drake? Es tut mir so leid.«

Die Wut übermannte Brick mit rasender Geschwindigkeit. Sie brauchte sich nicht zu entschuldigen. Es schockierte ihn, dass sie sich in irgendeiner Weise dafür verantwortlich fühlte, dass irgendein Dreckskerl sie entführt hatte, um sie als Sexsklavin zu verkaufen. »Ist der Typ, der dich entführt hat, da? Kann er mich hören?«

»Ja«, flüsterte sie.

»Bitte tun Sie meiner Frau nicht weh«, erklärte er und spielte dabei seine Rolle. Dabei hätte er dem Dreckskerl eigentlich am liebsten gesagt, dass er es bereuen würde, wenn er Alaska auch nur ein Haar krümmte. Er fuhr mit so ruhiger Stimme fort, wie es ihm möglich war: »Ich will einen Beweis, dass Sie sie freigelassen haben, bevor ich Ihnen auch nur einen Cent schicke.«

Er hörte ein tiefes Lachen im Hintergrund. Dann sprach ein Mann mit russischem Akzent. »So läuft das nicht. Sie schicken zuerst mein Geld, dann lasse ich Ihre Frau frei. Hier ist die Kontonummer.« Er ratterte eine Reihe von Zahlen herunter.

Brick machte sich keine Gedanken darüber, sie aufzuschreiben. Der Anruf wurde aufgezeichnet.

»Haben Sie das?«, fragte der Mann.

»Ja«, presste Brick zwischen zusammengebissenen Zähnen hervor. »Es wird einige Zeit dauern, bis ich das Geld zusammenhabe und überweisen kann. Ich möchte, dass Sie mir versprechen, dass meiner Frau in der Zwischenzeit nichts passieren wird.«

»Ich verspreche niemandem etwas«, entgegnete Alaskas Entführer. »Aber weil Sie beide so ... entgegenkommend waren ... werde ich Ihnen etwas Zeit geben. Legen Sie mich nicht rein. Wenn Sie das tun, ist sie so gut wie tot.«

»Das werde ich nicht. Al, halte durch. Egal was passiert, ich bringe das in Ordnung ... Alaska? Bist du da?«

»Der Anruf wurde unterbrochen«, erklärte Pipe.

»Verdammt!«, brüllte Brick, nahm das Telefon und warf es mit voller Wucht gegen die Wand. Unkontrollierbare Wut fuhr ihm durch die Adern. So hilflos wie jetzt hatte er sich schon lange nicht mehr gefühlt – nicht seit jenem Tag vor über vier Jahren, als er mit ansehen musste, wie seine Kampfgefährten in die Luft gesprengt wurden.

Er drehte sich zu Pipe um und streckte seine Hand nach dem Telefon aus, das er in der Hand hielt. »Tex?«, fragte er Pipe, als er es ihm abnahm. Sein Freund nickte.

»Ich habe den Anruf zurückverfolgt«, erklärte Tex, sobald Drake das Telefon an seinem Ohr hatte. »Da es ein paar Minuten gedauert hat, bis du im Büro warst, hatte ich Zeit dafür. Außerdem habe ich die Kontonummer, die er dir gegeben hat, in meinen Computer eingegeben. Wir werden sie zurückbekommen.«

»Ich will mitmachen«, sagte er.

»Brick, du bist seit vier Jahren nicht mehr im Einsatz gewesen«, gab Tex zu bedenken.

»Ich muss nicht im Einsatzteam sein, aber ich muss

dabei sein. Sie wird mich brauchen«, erklärte er dem älteren Mann. Er konnte nicht erklären, woher er das wusste, er wusste es einfach. Was auch immer Alaska durchmachte, es war schlimm. Er spürte es in seinen Knochen. Er hörte es am Tonfall ihrer Stimme. Sie war zutiefst verängstigt. Und es war nicht abzusehen, was ihr in der Zeit bis zur Übergabe des Geldes an ihren Entführer widerfahren würde. Auch wenn der Mann gesagt hatte, dass er auf das Geld warten würde, traute Brick ihm kein bisschen.

Tex seufzte. »Also gut. Ich kann einen Anruf tätigen und ein Rettungsteam auf den Weg schicken. Sie arbeiten nicht mehr oft außerhalb der USA, aber in diesem Fall werden sie eine Ausnahme machen. Wenn ich in zwanzig Minuten ein Flugzeug nach Los Alamos bekomme, kannst du dann mitfliegen?«

Brick fragte nicht einmal, wie zum Teufel Tex ein Flugzeug auftreiben konnte, geschweige denn, es in zwanzig Minuten in die nahe gelegene Kleinstadt zu bringen. »Ja. Und Tiny wird mit mir kommen.«

Tex widersprach nicht. »Vergesst nicht, dass ihr beide euch nicht ins Kampfgeschehen einmischt. Habt ihr verstanden? Ihr seid nur zur Unterstützung da.«

»Verstanden«, stimmte Brick zu. Es war ihm egal, ob er derjenige war, der Alaskas Entführer zur Strecke brachte oder nicht. Er musste einfach für sie da sein.

»Dieser Dreckskerl wird nicht damit durchkommen, eine von uns zu entführen«, sagte Tex. Die Überzeugung in seiner Stimme trug viel dazu bei, dass Brick sich ein wenig entspannte. »Zwanzig Minuten. Sei da.« Dann unterbrach Tex die Verbindung.

Brick reichte das Telefon an Pipe zurück. »Danke«, sagte er mit einem Nicken. Er wandte sich an Tiny. »Bist du einverstanden mitzukommen?«

»Verdammt, ja«, erwiderte er.

Brick war erleichtert. Er hatte Tiny ausgewählt, ihn zu begleiten, weil er erstens im Raum war und bereits wusste, was los war, und zweitens, weil er ein SEAL gewesen war. Er hatte nichts gegen die anderen Männer, mit denen er arbeitete. Sie waren genauso tödlich und kompetent. Aber Tiny war ihm einfach deshalb so vertraut, weil sie beide SEALs gewesen waren.

Die Männer stürmten aus dem Büro und ignorierten Becky, die fragte, was los war. Sie hatten nicht einmal mehr Zeit, das zu erklären. Alaskas Leben stand auf dem Spiel und es würde einige Zeit dauern, sie zu erreichen. Es war durchaus möglich, dass derjenige, der sie entführt hatte, sie einfach nach China schickte, ohne auf Bricks Geld zu warten. In diesem Fall wäre es fast unmöglich, sie zu finden – aber Brick wollte nicht aufgeben.

Tex würde sich um den Geldtransfer kümmern und es so aussehen lassen, als wäre das Geld auf dem Weg, als wäre die Überweisung in Arbeit, obwohl sie es nicht war.

Brick ging es nicht um das Geld. Wenn Tex das Lösegeld wirklich überweisen musste, würde er gern den Rest seines Lebens damit verbringen, es dem ehemaligen SEAL zurückzuzahlen. Es zählte nur, Alaska sicher und gesund zurückzubekommen.

KAPITEL FÜNF

Als ihr Entführer die Hand ausstreckte und mitten im Satz die Verbindung zu Drake unterbrach, hätte Alaska am liebsten geschrien. Sie hätte am liebsten geweint. Aber sie tat nichts von beidem. Sie musste sich beherrschen, bis Drake sie aus dieser schrecklichen Situation herausholen konnte. Er hatte ihr versichert, sie brauche sich für nichts zu entschuldigen, aber da lag er falsch. Sie hätte auf ihn hören sollen. Er hatte versucht, sie zu warnen, aber sie war sich ihrer Sicherheit so sicher gewesen, da sie seit Jahren allein durch Europa reiste.

»Wie geht es jetzt weiter?«, fragte sie, als der Mann nichts sagte oder tat.

»Jetzt?«, entgegnete er mit einem Grinsen. »Jetzt machen wir dich mal für deine Reise nach China fertig.« Er nickte den Männern zu, die sie festhielten.

Alaska versuchte, sich loszureißen, aber sie hielten sie zu fest. »Was? *Nein!* Drake schickt das Geld!«

»Das hoffe ich sehr. Drei Millionen klingen viel besser als eine«, erwiderte der Mann.

Alaska wehrte sich wie eine Wilde, als sie aus dem Büro

und zurück in das Lagerhaus gezerrt wurde. Aber so sehr sie auch trat und sich wand, sie konnte sich nicht aus dem Griff der Männer befreien.

»Nein! Er schickt das Geld!«, schrie sie den Mistkerl an, der immer noch im Büro saß.

Er rief nur: »Das ist mir egal«, während sie weggeschleppt wurde.

Diesmal hielt sie sich nicht zurück, als die Männer sie durch das Lagerhaus zerrten. Sie schrie aus Leibeskräften. Keiner sah sich auch nur nach ihr um. Es war, als wäre sie tatsächlich unsichtbar.

Sie öffnete den Mund, um erneut zu schreien, aber einer der Schläger hielt ihr die Hand über den Mund ... und die Nase. Es dauerte einen Moment, bis sie merkte, dass sie nicht atmen konnte.

Panik breitete sich in ihr aus. Sie krallte sich heftig an der Hand des Mannes fest, aber er ließ nicht los.

Sie sah nur noch das widerliche Lächeln auf seinem Gesicht, als die Dunkelheit über sie hereinbrach.

Als Alaska aufwachte, lag sie wie ein Sack Kartoffeln über der Schulter eines Mannes. Sie hob ihren Kopf leicht an und sah sich um, wobei sie feststellte, dass sie dabei waren, sich durch eine riesige Menge von Holzkisten zu schlängeln.

Der Mann, der sie festhielt, bemerkte, dass sie wach war, ließ seine Schulter sinken und sie fiel zu Boden. Sie stöhnte, als sie auf dem Boden landete, versuchte aber sofort, auf die Beine zu kommen.

Der Mann war auf ihren Fluchtversuch vorbereitet. Er packte ihren Arm an derselben Stelle wie zuvor und drückte fest zu. Er zerrte sie, obwohl sie sich noch einmal mit aller Kraft wehrte, zum hinteren Ende eines riesigen Lagercontainers. Es waren dieselben Metallcontainer, die sie auf dem Hof durch das Fenster des Lieferwagens gesehen hatte.

Zwei Männer im Inneren des Containers griffen nach ihr und zogen sie hinein. Sie zogen sie an die Rückwand, bevor sie sie auf den Metallboden warfen. Alaska hatte den Bruchteil einer Sekunde Zeit, um sich umzusehen, lange genug, um einen Eimer in einer Ecke und eine Wasserflasche zu entdecken, die an der Wand darüber befestigt war und aus deren Boden ein langer Schlauch herauskam – bevor plötzlich alles dunkel wurde.

Erschrocken drehte sie sich dorthin zurück, wo die Männer noch vor einem Moment gestanden hatten. Als sie die Hand ausstreckte, stieß sie sofort auf eine harte Oberfläche, die sich etwa einen Meter vor ihr befand. Verwirrt drückte sie auf etwas, das sich anfühlte wie ... eine Wand? Das Metall war kalt an ihren Handflächen und sie fröstelte.

Einen Moment lang war sie unwahrscheinlich erleichtert, dass sie durch diese Wand von ihren Entführern getrennt war.

Bis die Realität sie wieder einholte und ihr Herz erneut zu rasen begann. Sie mochte vor den Angriffen ihrer Entführer sicher sein ... aber sie war jetzt in einem Container eingesperrt.

Das war nicht gut. Es war wirklich verdammt schlecht.

Sie erinnerte sich daran, dass der Verantwortliche gesagt hatte, sie würde in einen Zug nach China gesetzt werden – und da flippte sie völlig aus, schrie aus Leibeskräften und trat und schlug in der Dunkelheit gegen das Metall. »Lasst mich raus«, schluchzte sie und hörte nichts als den Klang ihrer eigenen Stimme, die um sie herum widerhallte.

Wie lange sie auf die Metallwand einschlug und um Hilfe schrie, wusste Alaska nicht. Aber als sie schließlich auf den Hintern rutschte und ihre Arme um die Knie schlang, war sie erschöpft und noch verängstigter. Tränen liefen ihr über die Wangen, ihre Hände schmerzten von den Schlägen auf das Metall und ihre Ohren rauschten von ihrem eigenen panischen Geschrei.

Jetzt, da sie nicht mehr schrie, konnte sie Geräusche auf der anderen Seite der Metallwand wahrnehmen. Die Stimmen waren gedämpft und ununterscheidbar, aber sie konnte Vibrationen unter ihren Füßen spüren. Klopfen, als würden Gegenstände auf den Boden fallen. Sie erinnerte sich an all die Holzkisten, die sie gesehen hatte, bevor sie hier hineingeworfen worden war.

Sie war voller Verzweiflung. Offensichtlich wurde sie in ein verstecktes Abteil in einem Container gesteckt, ganz nach hinten. Und jetzt waren die Lagerarbeiter dabei, den Rest der Fläche mit diesen Kisten zu beladen. Sie hatte keine Ahnung, was darin war, aber sie nahm an, dass es etwas Legales war. Wer würde einen Container mit völlig legalen Waren durchsuchen?

Niemand.

Sie dachte an den Eimer, den sie in ihrem Gefängnis gesehen hatte ... war das etwa ihre Toilette? Erneut stieg ihr die Galle hoch. Ja, sie hatten ihr Wasser gegeben, aber wie lange würde die Luft in ihrem Gefängnis reichen? Wollten sie sie verhungern lassen?

Alaska legte den Kopf auf ihre Knie und weinte. Sie war so gut wie tot.

Ihr Entführer hatte sie reingelegt. Er würde Drakes Geld nehmen – und das Geld des Mannes, der sie gekauft hatte – und sie würde einfach verschwinden ... wie so viele andere Frauen vor ihr wahrscheinlich auch.

Brick tat der Kiefer weh, weil er die Zähne so fest zusammenbiss. Obwohl sie alles so schnell wie möglich abwickelten, war es ihm immer noch viel zu langsam.

Wegen eines Problems bei der Abfertigung verließ das Team Colorado viel später als geplant, was Brick fast zum Durchdrehen brachte. Er wollte sich gar nicht ausmalen, was Alaska in diesem Moment durchmachte. Es brauchte Zeit, um quer durch die Welt zu fliegen, Zeit, die er wahrscheinlich nicht hatte.

Die Männer, die Tex für die Mission rekrutiert hatte, planten gerade jeden ihrer Schritte nach ihrer Ankunft in Sankt Petersburg. Tex hatte den Anruf zu einer Produktionsstätte und einem Rangierbahnhof nicht weit außerhalb der Stadt zurückverfolgt. Nach ihrer Landung würden sie direkt dorthin fahren.

Aber wäre Alaska noch dort? Ging es ihr gut?

Brick hatte keine Ahnung. Er bezweifelte, dass derjenige, der sie entführt hatte, darauf warten wollte, dass die zwei Millionen auf sein Konto überwiesen wurden. Wahrscheinlich rechnete er damit, sowohl das Lösegeld als auch den Preis zu bekommen, den der Käufer gezahlt hatte.

Der Käufer.

Verdammter Mist.

Jemand hatte Alaska *gekauft.* Das war skrupellos.

Sein Fachgebiet waren Terroristen. Nicht Männer, die so abartig waren, Frauen zu kaufen und zu verkaufen.

Die Männer, mit denen er unterwegs war, kannten sich in dieser Welt jedoch gut aus. Sie waren Experten darin, Frauen und Kinder aufzuspüren und aus dem Sexgewerbe zu befreien. Tiny hatte sich zuvor mit ihnen unterhalten und erfahren, dass der Anführer der Gruppe seine eigene Frau zehn Jahre nach ihrer Entführung erfolgreich gerettet hatte.

Brick freute sich zwar für den Mann und seine Frau, aber momentan zählte für ihn nur Alaska. Innerlich war ihm ganz schlecht. Sie war für ihn da gewesen, als er sie am meisten gebraucht hatte, in seinem dunkelsten Moment. Er konnte den Gedanken nicht ertragen, was die Frau, die tagelang an seiner Seite in einem unbequemen Krankenhausbett geschlafen hatte, in diesem Moment vielleicht durchmachte.

Tex hatte ein Wunder vollbracht und ihnen die Genehmigung zur Landung auf russischem Boden verschafft. Brick hatte keine Ahnung, wie er es geschafft hatte oder zu was für Mitteln er hatte greifen müssen, er war nur froh, dass sie keinen Fallschirmsprung aus dem Flugzeug machen mussten. Und nicht nur das, auch ein Team von *Spetsnaz*, den russischen Spezialkräften, würde sie auf diesem Einsatz begleiten. Brick wusste, dass Tex Beziehungen hatte, aber selbst er war überrascht, dass die Russen bereit waren, auf dieser Ebene zu kooperieren.

Niemand hielt sie auf, als sie das Flugzeug verließen und auf die Rollbahn gingen. Sie liefen auf einen in der Nähe geparkten Transporter zu. Der Fahrer nickte, als sie sich näherten, und alle stiegen ein. Sie sprachen nicht, als sie die Fahrt antraten, wahrscheinlich gingen sie den Plan im Geiste noch einmal durch.

Sobald sie das Lagerhaus erreichten, von dem der Anruf ausgegangen war, würden sie sich schnell und gewaltsam Zutritt verschaffen, und zwar mit einer gewaltigen Machtdemonstration. Brick betete nur, dass sie noch dort war ... und zwar lebend.

Er und Tiny würden die Nachhut bilden und den anderen sechs Männern Rückendeckung geben. So sehr Brick sich auch wünschte, an der Spitze des Angriffsteams zu stehen, es war Jahre her, dass er auf einem Einsatz gewesen war. Und er wollte auf keinen Fall eine Schwachstelle darstellen, was unter Umständen dazu führen könnte, dass Alaska verletzt oder getötet wurde. Also hielt er sich im Hintergrund und ließ die Männer tun, was sie am besten konnten.

Als sie sich im Schutze der Dunkelheit dem Gelände näherten, war Brick erleichtert, dass sich kaum jemand dort herumtrieb. Es gab keine Lastwagen, die Lagerbehälter vom Lagerplatz zu den Zügen transportierten. Die Waggons auf den Schienen standen still und warteten darauf, mit Fracht beladen zu werden. Die wenigen Leute, die er sah, warfen einen Blick auf die Lkw-Karawane, die sich auf das Hauptgebäude zubewegte, und verschwanden klugerweise in der Dunkelheit.

Als sie in der Nähe des Lagerhauses anhielten, ging alles blitzschnell.

Innerhalb weniger Augenblicke, nachdem der Transporter in der Nähe des Gebäudes angehalten hatte, umzingelten Schwärme von getarnten Männern das Lagerhaus. Brick beobachtete aus geringer Entfernung, wie Türen und Fenster aufgebrochen wurden und alle – russische Soldaten und amerikanische Söldner – ins Innere strömten.

Aber er konnte nur an Alaska denken. Er hoffte, sie würden sie finden und sie da rausholen.

Aber als aus einer Minute zwei und dann fünf wurden, wurde Brick ganz flau im Magen.

Sie war nicht hier. Ihm war klar gewesen, dass diese Möglichkeit bestand, es hatte zu lange gedauert, sie zu finden ... aber es war trotzdem ein Schock.

Tiny las seine Gedanken und sagte: »Ruhig, Brick. Zieh keine voreiligen Schlüsse.«

Wie sollte er das nicht? Wenn sie dort war, hätte die russische Spezialeinheit sie längst gefunden. Oder die Männer hätten sie zu ihm gebracht. Mit jeder Sekunde, die verging, sank seine Hoffnung immer mehr.

Er war zu spät dran. Es spielte keine Rolle, dass er so schnell wie möglich aufgebrochen war. Er war nicht rechtzeitig bei ihr.

In diesem Moment ertönten mehrere Schüsse im Lagerhaus.

Tiny und Brick gingen beide auf die Knie und hielten ihre Waffen bereit. Es wurde geschrien, sowohl auf Englisch als auch auf Russisch, und Brick blieb angespannt, während sie darauf warteten zu erfahren, was passiert war.

Wenige Augenblicke später steckte einer der Männer aus Colorado den Kopf aus der Tür und nickte ihnen zu. »Die Situation ist unter Kontrolle.«

»Alaska?«, fragte Brick.

Der Mann presste die Lippen aufeinander und schüttelte leicht den Kopf, bevor er wieder im Haus verschwand.

»Wir werden sie finden«, versicherte Tiny ihm, als sie aufstanden, und legte eine Hand auf Bricks Schulter. Er musste sich zusammenreißen, um nicht auf die Knie zu fallen. Das Gefühl, dass er den einzigen Menschen, der je für ihn da gewesen war – der immer für ihn da gewesen war –, im Stich gelassen hatte, lastete schwer auf seinen Schultern.

Ohne auf Tinys Bemerkung einzugehen, betrat er das Lagerhaus.

Etwa drei Dutzend Angestellte waren in einer Ecke zusammengepfercht worden und wurden von mehreren Mitgliedern der *Spetsnaz* bewacht. Vier der Männer standen mit gezogenen Waffen an einer Bürotür.

Er ging zu ihnen hinüber.

Brick ignorierte den warnenden Unterton in Tinys Stimme, als er seinen Namen rief, und ließ sich nicht aufhalten. Als er ankam, traten die Männer vor ihm auseinander und ließen ihm Platz, damit er sehen konnte, was in dem Raum vor sich ging.

Ein Mann, gekleidet in einen dreiteiligen Anzug, lag auf dem Boden, die Hände auf dem Rücken verschränkt. Unter ihm befand sich Blut, das sich in beängstigendem Tempo ausbreitete. Aber er war nicht eingeschüchtert. Er bettelte nicht um sein Leben. Als Brick den Raum betrat, grinste der Mann sogar.

»Lassen Sie mich raten. Sie sind der Ehemann. Dieser ... Drake?«, spottete der Mann verächtlich.

Brick nickte einmal.

»Ich hätte wissen müssen, dass diese Tussi ein Ass im Ärmel hat. Sind Sie überhaupt ihr Ehemann?«

»Ja«, entgegnete er knapp.

»Dann muss sie fantastisch im Bett sein, denn eine Schönheit ist sie wirklich nicht«, bemerkte der Mann.

Brick stürzte nach vorn, um dem unbewaffneten Dreckskerl die Seele aus dem Leib zu prügeln, aber die Männer auf beiden Seiten packten ihn an den Armen und hielten ihn auf.

Den *Spetsnaz*-Soldaten, die Wache standen, gefielen die Worte des Mannes offensichtlich auch nicht, oder vielleicht war es der Ton seiner Stimme. Wie dem auch sei, beide bewegten sich gleichzeitig und traten ihn auf beiden Seiten in den Rumpf.

Der Mann grunzte und hustete, Blut spritzte aus seinem Mund und verteilte sich auf dem Betonboden.

»Ihr werdet sie nie finden«, keuchte er, als er wieder atmen konnte. »Sie wird von Hunderten von Männern in ganz Asien gefickt werden. Mein Kunde ist sehr großzügig. Es macht ihm nichts aus zu teilen. Das liegt natürlich daran, dass er ein hübsches Sümmchen von Männern bekommt, die die Chance haben wollen, all den perversen Schweinkram zu machen, den sie schon immer mit einer Frau machen wollten, aber noch nicht die Gelegenheit dazu hatten. Er ist stinkreich. Er bekommt immer, was er will. Und dieses Mal wollte er eine Amerikanerin für seinen Stall.«

Bricks Kehle brannte vor Wut. Er wollte dem Mann

sagen, er solle die Klappe halten, aber er wusste so gut wie jeder im Raum, je mehr der Mann redete, desto wahrscheinlicher war es, dass er etwas verraten würde, das sie zu ihrer Zielperson führen würde.

Nein, nicht zu ihrer Zielperson ... zu *Alaska*.

»Es war so leicht, sie zu überlisten.« Der Mann lachte. »Das sind die Frauen immer. Dumme Touristinnen, die hier sind, um Sehenswürdigkeiten zu besichtigen ... man muss ihnen nur einen Tag lang Honig ums Maul schmieren, damit sie unvorsichtig werden. Dann, bumm – wenn sie das nächste Mal in den Wagen steigen, gehören sie uns.« Er lachte wieder, Blut tropfte von seinem Kinn. Das Geräusch nagte an Bricks Nerven.

»Ich werde sterben, das wissen wir alle. Aber ich gewinne *trotzdem*. Ich habe überall in diesem verdammten Land Agenten. Regierungsbeamte, die leicht zu bestechen sind, damit sie wegschauen. Schwache Männer, die meiner Organisation gehorchen, weil sonst *ihre* Schwestern, Mütter und Töchter verschwinden. Ihr habt mich vielleicht erwischt, aber ihr werdet uns nie aufhalten. Es steckt zu viel Geld im Verkauf von Muschis.«

Brick konnte sich nicht mehr zurückhalten. Er riss sich aus der Umklammerung der Männer los und kniete sich vor dem Mistkerl hin, packte ihn bei den Haaren und riss seinen Kopf nach oben. »Wo ist sie, du verdammter Drecksack?«, knurrte er ihm ins Gesicht.

Der Mann lächelte nur. Ein böses Lächeln, das Brick einen Schauer über den Rücken jagte.

»Weg. Sie wird meinem Kunden übergeben und ist dann nichts weiter als nur ein Spielzeug für Tausende von Männern, in das sie ihre Schwänze stecken können.«

Brick zögerte nicht. Sein Arm bewegte sich ohne bewusstes Zutun seines Gehirns. Er schlug das Gesicht des Mannes auf den Boden, so fest er konnte.

Dann tat er es noch einmal. Und noch einmal.

Diesmal rührte sich keiner der umstehenden Männer, um ihn aufzuhalten. Es war offensichtlich, dass sie wussten, dass die Welt ohne diesen Mistkerl ein besserer Ort war.

Es war Tiny, der ihn schließlich zum Aufhören brachte. Er legte ihm eine Hand auf die Schulter und sagte: »Brick. Es ist vorbei. Er ist tot.«

Brick merkte, dass er schwer atmete, als er das Haar des Mannes losließ und aufstand.

Während all der Jahre, in denen er ein SEAL gewesen war, hatte er sich kein einziges Mal von seinen Gefühlen überwältigen lassen. Aber er war noch nie in einer Situation wie dieser gewesen. Eine Frau, die eine seiner besten und ältesten Freundinnen war, war verschwunden, und die Zukunft, die sie erwartete – die, die dieser tote Mistkerl ihm so klar vor Augen geführt hatte –, war abscheulich.

Er hörte, wie sich die Russen unterhielten, aber er wusste nicht, was sie sagten. Und das war auch nicht wichtig.

Wo war Alaska?

Frustration stieg in ihm auf. Den Dreckskerl zu töten, der sie entführt hatte, fühlte sich gut an, aber es löste das Problem nicht.

Brick drehte sich um und trat aus dem plötzlich viel zu kleinen Büro. Er konnte nicht atmen. Er brauchte Luft. Er drängte sich an den Männern an der Tür vorbei und blieb stehen, als er im eigentlichen Lagerhaus war. Er holte tief Luft. Dann noch einmal.

Ehe er sichs versah, keuchte er. Er atmete viel zu schnell.

Er sah zu den Männern, die in der Ecke kauerten und ihn und die Männer der russischen Spezialeinheit anstarrten. Sie waren verängstigt, das war offensichtlich, aber Brick war das verdammt egal. Sie mussten etwas gesehen haben. Sie mussten etwas *wissen*. Es gab hier keine Unschuldigen.

Alaska war nicht die erste Frau, die entführt und hierhergebracht worden war, das war klar.

Brick zuckte überrascht zusammen, als einer der *Spetsnaz*-Soldaten hinter ihm schrie. Seine Stimme hallte durch den Raum und die Blicke aller Mitarbeiter richteten sich auf den Mann. Er sagte noch ein paar Dinge zu der Gruppe und Brick betete, dass die Worte Drohungen waren.

Keiner der Angestellten rührte sich.

Brick ließ entmutigt die Schultern sinken.

Die Männer wollten offensichtlich nicht reden – und er konnte es ihnen nicht verdenken. Der tote Mann, der im Büro lag, arbeitete nicht allein. Er hatte andere, die mit Sicherheit seinen Betrieb übernehmen würden. Wenn einer der Angestellten etwas sagte, wäre er am Morgen tot. Oder ihre Angehörigen würden verschwinden, so wie unzählige andere Frauen auch.

Ohne ein Wort zu sagen, ging Brick auf die Tür zu. Er musste raus. Er hatte in Bezug auf Alaska versagt – und er musste sich wahnsinnig zusammenreißen, um nicht auf der Stelle zusammenzubrechen.

Er spürte, dass Tiny ihm folgte, aber er blieb nicht stehen. Er verließ das Lagerhaus und starrte auf die Container um ihn herum. Es mussten Hunderte sein ... Tausende. Sie alle warteten darauf, mit den elektronischen Artikeln gefüllt zu werden, die in der Lagerhalle verpackt waren. Sie würden wer weiß wohin verschifft werden.

Der Gedanke, dass die Frauen zusammen mit den Waren verpackt und an Perverse geliefert wurden, die für Sexsklavinnen bezahlt hatten, war für Brick der Tropfen, der das Fass zum Überlaufen brachte.

Er schaffte es, einen Schritt zur Seite zu machen, bevor er sich übergab.

Das trug auch nicht gerade dazu bei, dass er sich besser fühlte. Er fühlte sich schmutzig, wenn er einfach nur dastand. Hatte Alaska genau an dieser Stelle gestanden? Hatte sie gewusst, was mit ihr passieren würde? Das musste der Fall gewesen sein. Er öffnete den Mund, um sich erneut zu übergeben, und sein Magen drehte sich um. Allerdings kam nichts mehr heraus.

»Brick!«, rief irgendjemand ziemlich eindringlich von der Tür her. »Komm wieder rein!«

Es war einer der Männer. Wie betäubt ging Brick zurück ins Lagerhaus und wischte sich dabei mit dem Handrücken den Mund ab.

»Einer der Angestellten ist eingebrochen. Er hat Alaska gesehen«, sagte der Mann – Gray, wie sein Team ihn nannte – leise.

»Was? Können wir uns sicher sein, dass er nicht lügt?«, fragte Brick.

»Einigermaßen. Er sieht verängstigt aus. Er sagt, er habe eine sechzehnjährige Tochter. Der Mistkerl hat behauptet, sie werde beobachtet, und wenn er etwas über das, was hier vor sich geht, sagen würde, würde sie verschwinden, wie so viele andere auch.«

»Glaubst du, wir können ihm trauen?«

Gray schnaubte. »Haben wir denn eine Wahl?«

Brick presste die Lippen zusammen und wusste, dass er recht hatte.

»Die *Spetsnaz* haben ihm und seiner Familie Schutz versprochen, wenn er kooperiert. Und wenn seine Informationen stimmen.«

»Wo ist sie? Was für Informationen hat er denn?«

»Es ist so, wie wir dachten – sie wurde in einen der Container gesteckt.«

»In welchen?«, fragte Brick. Das war die Preisfrage. Ohne zu wissen, in welchem Container oder zumindest in welchem Zug sie sich befand, würde es unmöglich sein, sie zu finden.

»Vier-zwei-eins-sieben. Er sagte, das sei die Nummer des Containers. Er war sich nicht sicher, wohin er verschickt wird, aber er schwört, dass er gesehen hat, wie eine Amerikanerin hineingezerrt wurde, bevor er beladen und dann auf einen Waggon gesetzt wurde.«

Bricks Herz schlug wieder wie wild. Es schlug so stark und schnell, dass es ihm richtiggehend wehtat. Er sah sich um, als würde der Transportbehälter wie von Zauberhand vor ihm auftauchen. »Wie lange ist das her? Wo steckt der Container jetzt?«

»Gestern Abend. Die Russen verfolgen den Container gerade.«

Verzweiflung machte sich in Brick breit. *Gestern Abend.* Das war mindestens vierundzwanzig Stunden her. Selbst eine Stunde war zu lang, um in einem verdammten Container eingesperrt zu sein.

Er musste in Bewegung bleiben. Etwas tun. Wenn nötig, würde er die verdammte Kiste quer durchs Land verfolgen.

Die Zeit drängte. In diesen Metallcontainern konnte nicht viel Luft sein. Und hatte sie Nahrung? Wasser? War sie verletzt? Je schneller sie Alaska fanden, desto größer waren ihre Überlebenschancen.

Die Zeit schien sich zu verlangsamen. Sekunden schienen wie Minuten. Minuten wie Stunden. Brick konnte nur auf und ab gehen, warten und beten, dass die *Spetsnaz* den Container finden würden.

Tiny war von Bricks Seite gewichen und sah und hörte zu, wie die Russen die Dateien auf dem Computer im Büro des Mistkerls durchgingen. Niemand hatte sich für ihn interessiert, sodass er noch immer blutüberströmt auf dem Boden lag. Brick tat es nicht leid, dass er dem Mann das Gesicht zerschlagen und seinen Tod beschleunigt hatte. Nicht im Geringsten.

Dann kam Tiny aus dem Raum. Brick versuchte, seinen Gesichtsausdruck zu deuten.

»Sie haben ihn«, erklärte er.

Adrenalin durchströmte Bricks Körper und sorgte dafür, dass seine Hände zitterten. »Wo ist er?«

»Er hat den Rangierbahnhof heute Morgen verlassen.«

Bricks Magen krampfte sich zusammen.

Tiny hob eine Hand. »Aber die Behörden wissen, wo er steckt – und sein Ziel ist Peking, genau wie der Dreckskerl angedeutet hat.«

»Verdammt!«

Sein Freund packte ihn an der Schulter und schubste ihn praktisch in Richtung des Lieferwagens, der vor der Tür des Lagerhauses hielt. »Komm, lass uns dein Mädchen holen.«

Das ließ Brick sich nicht zweimal sagen.

Es hatte viel zu lange gedauert, bis die Russen sich organisiert hatten. Aber jetzt saßen sie in Hubschraubern und flogen über die russische Provinz. Der Zug, auf dem Alaskas Container war, hatte Moskau angeblich noch nicht erreicht. Der Plan war, ihn abzufangen, bevor er ankam.

Brick konnte nur beten, dass der Angestellte sie nicht reingelegt hatte. Wenn Alaska nicht in Container vier-zwei-eins-sieben war, war sie so gut wie tot. Jeder einzelne der Männer wusste das. Sie wussten besser als jeder andere, was mit Frauen geschah, die im Sexgewerbe verschwanden.

Brick hielt den Blick auf den Boden gerichtet, der sich mehrere hundert Meter unter dem Hubschrauber befand. Bei jedem Zug, den sie passierten, spannten sich seine Muskeln an, aber bisher war der Hubschrauber nicht langsamer geworden.

In der Ferne erhaschte er einen Blick auf einen weiteren Zug, auf dem sich Container um Container stapelten. Er schien viel länger zu sein als die anderen, an denen sie vorübergeflogen waren.

Er hörte, wie einer der Soldaten der russischen Sondereinsatzkräfte über die Ohrhörer mit seinen Kameraden sprach. Er verstand die Worte nicht, aber der Tonfall ließ Vorfreude in seinen Adern aufsteigen.

Sie hatten ihn gefunden.

Die Hubschrauber wurden langsamer und Brick beobachtete, wie sich der führende Hubschrauber senkte, bis er vor dem Zug schwebte. Der Pilot war absolut erstaunlich, er wich Gefahren aus, während er den Hubschrauber zur Seite drehte, sodass mehrere Mitglieder der *Spetsnaz* ihre Gewehre auf das große Fenster des Triebwagens richten konnten.

Brick kam sich vor wie in einem James-Bond-Film. Er hörte nicht, wie die Bremsen des Zuges einrasteten, aber er sah, wie kurz darauf Rauch von den Schienen aufstieg, als der Zug langsamer wurde.

Die Soldaten unterhielten sich weiter über die Mikrofone und versuchten wahrscheinlich herauszufinden, in welchem der Container die Zielperson war.

Als sie ihn gefunden hatten, war es offensichtlich – die Russen begannen, sich aus den Hubschraubern abzuseilen, um einen Waggon fast in der Mitte des Zuges anzusteuern.

Als Brick an der Reihe war auszusteigen, wimmelte es nur so von russischen Spezialkräften. Einige waren zur Zugmaschine gegangen, um den Zugführer zu bewachen. Andere hatten ihre Positionen rund um den entsprechenden Waggon eingenommen. Es war schwierig, an die Tür an der Rückseite des Containers heranzukommen, weil sie sich in der Nähe des nächsten Transportbehälters befand, aber schließlich wurde sie so weit aufgerissen, dass man hineinsehen konnte.

Brick und Tiny drängten sich hinter Gray und dem Rest seines Teams, um zu sehen, was drin war. Er schluckte schwer beim Anblick der Holzkisten, die in der Metallkiste vom Boden bis zur Decke gestapelt waren.

»Jesus ...« Es würde sehr lange dauern, den Container zu leeren. Vor allem, weil sie es von Hand machen mussten. Es gab keine Gabelstapler, die sie benutzen konnten; sie befanden sich buchstäblich mitten im Nirgendwo. Ganz zu schweigen davon, dass sie nicht in der Lage waren, den Container von dem Waggon zu entfernen, was die Entleerung erleichtert hätte.

Sie beschlossen, nicht darauf zu warten, dass der Zug einen günstigeren Ort zum Entladen erreicht hatte. Das war auch gut so, denn Brick wäre durchgedreht, wenn Alaska noch eine Minute länger hätte warten müssen, bevor er sie rettete.

Alle Männer begannen zusammenzuarbeiten. Sie bildeten ein Fließband und luden die Kisten eine nach der anderen aus. Glücklicherweise waren die meisten so klein, dass sie von zwei Personen gehoben werden konnten. Es dauerte zu lange, aber Brick zwang sich, ruhig zu bleiben. Die Männer um ihn herum taten ihr Bestes, um den Container so schnell wie möglich zu leeren.

Erst als sie den Container zu drei Vierteln geleert hatten, geriet Brick wieder in Panik. Es gab kein Zeichen von Alaska. Er begann, sich zu fragen, ob sie tatsächlich *in* einer der Kisten war, die sie ausgeräumt hatten. Wenn ja, hätte sie zusammengefaltet sein müssen wie ein Stück verdammter Müll, um hineinzupassen.

Er überlegte, ob er die größeren Kisten öffnen sollte, nachdem er einen Blick in den Container geworfen und festgestellt hatte, dass nur noch ein paar Kisten übrig waren.

Er ignorierte die mitleidigen und frustrierten Blicke in den Gesichtern um ihn herum.

Sie ist nicht hier. Der Angestellte hat gelogen ...

Nein. Brick wollte das nicht glauben.

Er hatte den Mann gesehen. Hatte die Angst in seinem Gesicht gesehen. Hatte die Aufrichtigkeit in seiner Stimme gehört, als er erzählt hatte, was er wusste. Alaska war hier. Er spürte es.

»Was nun?«, fragte Tiny. »Sollen wir damit anfangen, die Kisten zu öffnen?«

Brick nickte und untersuchte den Container sorgfältig ... dann legte er langsam den Kopf schief, als ihm etwas einfiel. »Warte, nein – die Abstände hier drin sind falsch. An der Außenseite des Containers befinden sich zwanzig Platten. Ich zähle hier drinnen nur achtzehn.«

Jede Metallplatte war etwa dreißig Zentimeter breit. Das Innere des Containers war gut einen halben Meter kürzer, als es sein sollte.

»Falsche Wand«, sagten Brick und Tiny wie aus einem Mund.

Die Russen stimmten zu und versuchten bald herauszufinden, wie sie die Metallplatte am hinteren Ende des Containers, die nahtlos zu sein schien, loswerden konnten. Brick musste sich wahnsinnig beherrschen, sich zurückzuhalten und sie arbeiten zu lassen. Alaska war hinter dieser Wand. Er spürte es.

Einer der Männer stieß einen aufgeregten Ausruf aus, als er ein Stück der falschen Wand in Bodennähe aufbrach.

Sofort ertönte ein Kreischen, das sich anhörte, als käme es von einem verwundeten Tier. Einige der Männer hielten sich die Ohren zu und stolperten zurück, aber Brick ging nach vorn.

Er *hasste* das Geräusch. Bei dem Entsetzen, das er in diesem Schrei hörte, hätte er am liebsten gleichzeitig geweint und jemanden umgebracht. Und doch freute er sich darüber.

Dieses Geräusch bedeutete, dass sie Alaska gefunden hatten.

Brick schob ein paar Männer aus dem Weg, als er sich der Öffnung näherte. Einer der Russen hielt eine leistungsstarke Taschenlampe in der Hand und richtete sie auf den weniger als einen Meter breiten Spalt zwischen der falschen Wand und der Rückseite des Containers. Das Licht war so hell, dass Bricks Augen tränten – und er war nicht eine halbe Ewigkeit in einem dunklen, engen Raum eingesperrt gewesen.

»Mach die Taschenlampe aus«, knurrte er und schob den Arm des Mannes von dem Loch weg. »Du blendest sie, verdammt!«

Jemand übersetzte seine Worte und der Lichtstrahl erlosch.

Brick ging auf Hände und Knie und steckte den Kopf in das Loch. Er konnte überhaupt nichts sehen. »Alaska?«

»Ich bringe dich um, wenn du noch näher kommst!«

Ihre Worte waren nur ein Röcheln. Ihre Stimme war rau und kratzig. Als hätte sie um Hilfe geschrien ... was sie wahrscheinlich auch getan hatte.

»Ich bin's, Brick. Drake. Du bist in Sicherheit.«

Einen Moment lang hörte er nur ein schweres Atmen. Dann: »Nein, bist du nicht. Du versuchst, mich dazu zu bringen, meine Deckung aufzugeben. Du kannst mich mal! Wenn du deinen Schwanz in meine Nähe bringst, reiße ich ihn ab!«

Brick hörte ein etwas ungläubiges Lachen hinter sich, aber er war nicht amüsiert. Nicht im Geringsten. »Ich bin es wirklich, Al. Weißt du noch, als wir mit zehn Jahren Krieg spielten und ich die glänzende Idee hatte, mich unter dem Wohnwagen der alten Mrs. Harrison zu verstecken? Ich lag dieser Schlange Auge in Auge gegenüber und sie hat mich zu Tode erschreckt. Aber du hast ganz ruhig zugegriffen und sie von mir weggezogen. Ich glaube, da habe ich gemerkt, wie mutig und erstaunlich du bist. Seitdem hast du mich jeden Tag aufs Neue beeindruckt.«

»*Drake?*«, flüsterte sie.

»Ja, Liebes. Ich bin's. Ich werde zu dir reinkommen, okay?« Der Gestank von Schweiß und menschlichen Ausscheidungen brannte ihm in der Nase, aber Brick ignorierte ihn. Seine einzige Sorge war Alaska. Sie war am Leben – und er war so verdammt dankbar dafür. Er hoffte auch, dass sie unversehrt war ... zumindest körperlich.

Sie würden sich mit den mentalen Auswirkungen ihrer Entführung befassen, sobald sie zu Hause und in Sicherheit waren.

Ein Wimmern ertönte und Brick nahm das als Zustimmung. Seine Schultern waren fast so breit wie der verdammte Raum, in dem sie sich befand, und er musste sich winden und strecken, als er auf Händen und Knien zu ihr kroch. Brick war dankbar, dass derjenige, der die verdammt helle Taschenlampe in der Hand hielt, sie wieder eingeschaltet hatte und sie auf den Boden des Raumes richtete, sodass er gerade genügend Licht hatte, um sie in der Ecke kauern zu sehen.

Doch Alaska zu sehen war fast so schmerzhaft, wie nicht zu wissen, wo sie gewesen war. Ihre Augen waren zusammengekniffen, als wäre selbst die winzige Lichtmenge, die aus dem Loch kam, zu viel. Sie schien kleiner zu sein, als er sie in Erinnerung hatte ... aber es war der Ausdruck von Qual und Verzweiflung in ihrem Gesicht, der ihn zu überwältigen drohte.

»Ich bin hier«, versicherte er ihr leise.

»Du bist gekommen«, flüsterte sie.

»Ja, verdammt, das bin ich«, antwortete er mit leiser,

zitternder Stimme. »Ich habe dir gesagt, wenn du jemals etwas brauchst, brauchst du nur ein Wort zu sagen, und ich werde für dich da sein. Es tut mir nur leid, dass ich so lange gebraucht habe.«

»Er hat mich hier reingesteckt, sobald er das Telefongespräch beendet hatte«, wimmerte sie. »Dabei hatte er dir gesagt, er würde auf das Geld warten.«

»Er wird dir nie wieder wehtun«, versprach Brick und streckte eine Hand nach ihr aus. Er wollte sie in seine Arme ziehen, aber er wollte nichts tun, was sie verletzen oder beunruhigen könnte. Er hatte keine Ahnung, ob sie angegriffen oder vergewaltigt worden war, bevor man sie in diese verdammte Kiste gesteckt hatte. Und er wollte auf keinen Fall ihr Trauma noch verstärken.

»Er wird nicht gerade glücklich darüber sein. Er sagte, der Kerl, an den er mich verkauft hat, ist mächtig.«

»Pssst«, beruhigte Brick sie. »Ich werde dich jetzt berühren. Ist das okay?«

»Ja, aber ... Drake ... ich bin schmutzig.«

»Ist mir egal«, versicherte er ihr.

»Ich musste in einen Eimer machen«, erklärte sie mit so leiser Stimme, dass er sie nur mit Mühe verstehen konnte.

»Ist mir trotzdem egal.« Brick berührte ihre Hand – und sie zuckte so schnell zurück, dass er hörte, wie ihr Ellbogen gegen die Metallwand neben ihr schlug. »Ganz ruhig, Al.«

Er rückte so nahe wie möglich heran und nahm dann langsam ihr Gesicht in seine Hände. Ihre Haut fühlte sich an seinen warmen Handflächen kalt an, doch er konnte nicht anders, als sich ein wenig zu entspannen, als sie den Kopf leicht neigte und sich ein wenig an ihn schmiegte.

Sie hob die Hände und umklammerte seine Handgelenke fest, so fest, dass es fast wehtat.

»Deine einzige Aufgabe ist es, dich von jetzt an bis zu dem Moment, an dem wir in das Flugzeug zurück in die

Staaten steigen, auf *mich* zu konzentrieren. Auf niemanden sonst. Hast du verstanden?«

»Die Sachen in meiner Wohnung ...«, begann sie.

Der Gedanke, sie allein in irgendeiner Wohnung in Europa abzusetzen, während sie mit den Nachwirkungen ihrer Tortur zu kämpfen hatte, war schrecklich. Er würde das auf keinen Fall tun. »Ich werde dafür sorgen, dass deine Sachen nachgeschickt werden«, erklärte er mit Nachdruck.

Einen Moment lang dachte er, sie würde protestieren. Er konnte spüren, wie ihr ganzer Körper zitterte ... aber schließlich atmete sie tief durch und nickte leicht.

»So ist es gut«, lobte er sie. »Da draußen sind eine Menge Leute. Aber du brauchst keine Angst vor ihnen zu haben. Sie sind alle deinetwegen hier. Um dich zu finden. Aber noch einmal – deine einzige Aufgabe ist es, auf mich zu achten. Egal was passiert. Kannst du das machen?«

»Ich werde es versuchen.«

»Okay. Ich werde rückwärtsgehen. Halte dich an mir fest und wir machen es gemeinsam.«

Sie schlurften langsam und unbeholfen durch den Raum, und als sie das Loch erreichten, sagte Brick: »Ich muss dich für einen kurzen Moment loslassen, aber ich will nicht, dass du *mich* loslässt. Alles klar?«

Sie nickte.

Brick zog sich auf Händen und Knien aus dem Loch zurück. Die ganze Zeit über spürte er Alaskas Hand an seinem Handgelenk. Er hockte vor dem Loch und griff nach ihrer freien Hand. »Das machst du wirklich gut, Al. Nur noch ein kleines Stückchen weiter.«

Er half ihr, aus dem Loch und in den höhlenartigen Container zu kriechen. Sie machte ihre Augen zu, weil das Licht hier draußen vergleichsweise hell war.

»Ich passe auf dich auf«, versicherte er ihr, legte seinen Arm um ihre Taille und zog sie an sich, während er aufstand. Ihre Körper berührten sich, Brust an Brust. Er war mit seinen ein Meter dreiundachtzig nur etwa zehn Zentimeter größer als sie, sodass sie perfekt aneinanderpassten. Er spürte, wie sie am ganzen Körper zitterte.

Sie öffnete die Augen einen Spaltbreit und drehte sofort den Kopf, um sich umzusehen.

»Nein, Al. *Mich.* Sieh mich an.«

Immer noch zitternd gehorchte sie sofort.

Brick wollte nicht, dass sie das Gefängnis sah, in dem sie gefangen gehalten worden war. Er wollte nicht, dass sie Angst vor dem russischen Militär hatte, das sie umgab. Er wollte nicht, dass diese Rettung ihrer ohnehin schon angeschlagenen Psyche noch mehr Angst einflößte.

Er ging rückwärts zur Tür des Containers und war erleichtert, als Tiny und Gray da waren, um ihm nach draußen zu helfen, sodass er Alaska nicht auch nur einen Augenblick lang loslassen musste.

»Es ist so verdammt schön, dich zu sehen«, erklärte Gray leise.

Brick spürte, wie sie bei der Stimme des anderen Mannes zusammenzuckte.

»Ruhig, Alaska. Es ist alles in Ordnung. Das ist Gray. Er ist ein Freund. Er und seine Kameraden sind den ganzen Weg von Colorado gekommen, um dich zu finden.«

Sie nickte und sah ihn mit zu Schlitzen verengten Augen an. Verdammt, er war so stolz auf sie.

»Danke, dass du gekommen bist«, flüsterte sie, dann drückte sie ihre Stirn gegen ihn ... und ein komisches Gefühl machte sich in seiner Brust breit. Ihr sofortiges Vertrauen nach allem, was sie durchgemacht hatte, bedeutete für ihn die Welt.

»Der Hubschrauber wartet. Er wird uns direkt zum Flughafen bringen«, sagte Tiny.

Da sie so nahe bei ihm war, spürte er, wie sich Alaskas Muskeln erneut anspannten.

»Das ist Tiny. Er ist einer der anderen Besitzer der *Zuflucht*«, erklärte Brick ihr.

»Welcher? Der Motorradfahrer, der Brillenträger, der Ed-Sheeran-Doppelgänger, Jake Ryan oder einer der beiden anderen?«, flüsterte sie.

Tiny brach in Gelächter aus. »Oh, die mag ich«, sagte er.

Brick lachte nicht, aber seine Mundwinkel verzogen sich zu einem leichten Lächeln. »Jake Ryan«, sagte er zu ihr.

Alaska nickte ihm zu.

In diesem Moment rief einer der russischen Soldaten einem seiner Teamkameraden etwas zu. Alaska zuckte heftig in seinen Armen zusammen.

»Es ist alles in Ordnung. Du bist in Sicherheit«, beruhigte er sie, beugte sich leicht vor und hob sie hoch.

Alaska klammerte sich an ihn, als er sie von dem Chaos weg zu einem Hubschrauber trug. Er war auf einem Feld nicht weit von den Bahngleisen gelandet. Sie öffnete nicht die Augen, sondern schlang einfach ihre Arme um seinen Hals und hielt sich fest.

»Sie wird mit den russischen Behörden sprechen müssen, bevor wir aufbrechen«, bemerkte Gray, der sich im Gehen neben ihnen materialisiert hatte.

»Nein«, sagte Brick.

»Okay«, sagte Alaska gleichzeitig.

Als Brick zu ihr hinunterblickte, sah er, dass ihre Augen erneut leicht geöffnet waren. Aber ihr Blick blieb auf ihn gerichtet, wie er es ihr befohlen hatte.

»Wenn es anderen Frauen hilft, nicht so zu enden wie ich, muss ich es tun«, erklärte sie leise.

Brick schüttelte den Kopf. »Er ist tot, Al. Ich verspreche dir, dass er keine anderen Frauen mehr verkaufen wird.«

»Aber sind alle Leute, die mit ihm gearbeitet haben, auch tot? Was ist mit Igor?«

»Wer ist Igor?«, fragte Gray.

»Der Fahrer. Der Fremdenführer. Ich dachte, er wäre ganz nett. Aber offensichtlich war das ein Schwindel. Und die Typen, die er am zweiten Tag mit mir mitgenommen hat? Die Schläger, die mich festhielten und dafür sorgten, dass ich nicht weglief? Was ist mit dem Kerl, der mich gekauft hat? Es sind noch so viele andere Leute beteiligt, Drake. Wenn ich ihnen nicht sage, was ich weiß, könnten sie immer noch da draußen sein und andere entführen.«

Sie hatte recht. Brick wusste es. Aber ihm gefiel die Vorstellung nicht, dass sie nicht die Möglichkeit haben sollte, sich zu entspannen, bevor sie mit den Behörden sprach.

»Gut«, stimmte er zögernd zu.

»Bleibst du bei mir?«, fragte sie leise.

»Ich hatte nicht vor, dich vorläufig überhaupt aus den Augen zu lassen.« Die Antwort kam bestimmt und nachdrücklich. Es war verblüffend, wie viel ihm diese Frau trotz der vielen Kilometer, die zwischen ihnen gelegen hatten, bedeutete. Ihre ständigen E-Mails und Nachrichten während der letzten vier Jahre hatten sich in seine Psyche eingegraben und ihm mehr Kraft gegeben, als sie je wissen würde, und allein der Gedanke, dass sie nicht mehr für ihn da sein würde, um mit ihm zu plaudern, um sein täglicher Anker zu sein, erschütterte ihn zutiefst.

Sie machte erneut die Augen zu und legte den Kopf an seine Schulter. Brick legte die Arme um sie und schickte ein Dankesgebet in den Himmel, während er zum Hubschrauber ging. So viele Dinge waren gut gegangen, sodass Alaska in diesem Moment in seinen Armen lag. Es hätte nur ein einziger falscher Hinweis genügt, und er hätte sie verloren. Sie wäre auf der anderen Seite der Grenze gewesen und hätte in der Hölle gelebt.

Er hatte Vader und seine anderen Teamkameraden nicht retten können, aber er spürte, dass sie jetzt über ihn wachten.

Er wusste genau, dass dies erst der Anfang von Alaskas Reise war. Sie mochte denken, dass sie, sobald sie in die Staaten zurückgekehrt war, auch zu ihrem normalen Alltag zurückkehren konnte, aber er und seine Freunde wussten besser als die meisten, wie schwierig das sein konnte. Brick hoffte, dass sie sich ohne große Schwierigkeiten erholen würde ... aber angesichts der Art und Weise, wie sie jedes Mal zusammenzuckte, wenn jemand mit ihr sprach, und wie sie ununterbrochen in seinen Armen zitterte, hatte er das Gefühl, dass seine tapfere Freundin einen harten Weg vor sich hatte.

Brick war mehr als dankbar, dass er den perfekten Ort für Alaska hatte, an dem sie sich erholen konnte. Ihre Mutter spielte keine Rolle mehr in ihrem Leben und sie konnte nirgendwo anders hingehen, hatte niemanden, an den sie sich wenden konnte. Er betete, dass sie *Die Zuflucht* ebenso wohltuend und beruhigend finden würde wie er. Wenn sie erst einmal die Dämonen in ihrem Kopf überwunden hatte, würde sie gehen können, wohin sie wollte.

Er hasste jetzt schon den Gedanken, dass sie vielleicht gehen würde, aber er würde sie nie im Leben zurückhalten. Seine Alaska war ein Freigeist ... und im Moment war sein einziges Ziel, ihr zu helfen, wieder die offene, freundliche Frau zu werden, die sie war, bevor irgendein Dreckskerl versucht hatte, sie unter seinem Stiefel zu zermalmen.

KAPITEL SECHS

Alaska konnte nicht aufhören zu zittern. Es war lächerlich. Sie war in Sicherheit. In einem Flugzeug auf dem Weg zurück in die Vereinigten Staaten. Das Treffen mit den russischen Beamten war anstrengend gewesen. Viel anstrengender, als sie erwartet hatte. Und das Einzige, was sie davor bewahrt hatte, einen Nervenzusammenbruch zu bekommen, war Drake. Er war nicht von ihrer Seite gewichen, er hatte mit seiner starken, warmen Hand die ganze Zeit über ihre gehalten, sie beruhigend auf ihr Bein oder auf den Rücken gelegt. Er war buchstäblich der einzige Grund dafür, dass sie nicht zusammengebrochen war.

Sie hätte nicht gedacht, dass es schwierig sein würde zu erzählen, was passiert war. Aber während sie sprach, wurde ihr alles auf einmal klar – und zwar sehr klar. Sie konnte nicht leugnen, dass sie so kurz davor gewesen war, eine Statistik zu werden. Nur eine weitere Frau, die spurlos verschwunden war, um nie wieder aufzutauchen. Sie wäre gezwungen worden, mit wer weiß wie vielen Männern Sex zu haben. Sie wäre immer und immer wieder vergewaltigt worden ... und niemanden hätte es interessiert.

Sie hatte sich zusammenreißen können, bis sie in das Flugzeug gestiegen waren, das sie zurück in die Vereinigten Staaten brachte. Es war nicht so sehr die Tatsache, dass sie in einem Flugzeug war, was ihr schließlich den Rest gab, sondern das Wissen, dass sie darin stundenlang gefangen sein würde ... genau wie in diesem Container.

Sie hatte ihre Reaktion vor Drake verheimlichen können, worüber sie sehr froh war. Sie wollte ihm gegenüber nicht schwach wirken. Immerhin war sie nicht vergewaltigt worden. Sie war nicht verletzt worden. Sie hatte wirklich großes Glück gehabt, und sie hatte nicht das Gefühl, dass sie ein Recht hatte, sich so gehen zu lassen.

Aber all das zu wissen half nicht gegen ihre Angst. Je länger sie sich im Flugzeug befand, angeschnallt auf einem Sitz, an das Fenster gepresst, ohne einen Fluchtweg, desto panischer wurde sie.

Das Privatflugzeug war nicht überfüllt. Die sieben Männer, mit denen Drake nach Russland gekommen war, waren da. Auch Tiny war da. Außerdem gab es noch etwa ein Dutzend anderer Männer, die Alaska nicht kannte. Die meisten sprachen Englisch, aber ein paar unterhielten sich leise auf Russisch. Drake hatte ihr geschworen, dass sie in Sicherheit war ... aber Alaska hatte sich auch in Sicherheit gefühlt, bevor sie entführt wurde.

In einem Augenblick war sie angeschnallt, starrte aus dem Fenster und versuchte, ihre aufsteigende Panik unter Kontrolle zu bringen, und in der nächsten kauerte sie auf dem Boden vor ihrem Sitz, die Hände über dem Kopf, zitternd und schluchzend.

»Verdammt«, hörte sie Drake leise sagen.

Daraufhin rollte sie sich nur noch fester zusammen.

»Alaska, sieh mich an«, befahl er ihr.

Sie konnte nur den Kopf schütteln und ihre Augen noch fester zusammenkneifen.

Es dauerte einige Minuten, aber schließlich bemerkte sie, dass Drake sich nicht bewegt hatte. Er hockte neben ihr auf dem Boden. Gut, dass in diesem Privatflugzeug mehr Platz zwischen den Sitzreihen war als in einem Linienflugzeug.

Er sprach in einem tiefen, ruhigen Ton mit ihr. Er versicherte ihr, dass sie in Sicherheit war. Dass ihr nichts passieren konnte. Dass er nicht zulassen würde, dass ihr etwas zustößt. Dass sie in einem Flugzeug voller knallharter Söldner und ehemaliger Navy SEALs saß, die eher sterben würden, als jemanden in ihre Nähe zu lassen, der ihr Böses wollte.

»Ich bekomme keine Luft«, flüsterte sie, keuchte und versuchte, Sauerstoff in ihre Lunge zu bekommen.

»Doch, das tust du«, versicherte Drake ihr. »Dein Verstand spielt dir einen Streich. Mach die Augen auf. Sieh mich an, Al. Du bist nicht mehr in diesem Container. Du bist frei. Ich bin hier.«

Sie versuchte es, wirklich, aber sie konnte ihre Augenlider nicht dazu bringen, ihr zu gehorchen.

»Immer mit der Ruhe, Al. Wenn du so weit bist, bin ich hier. Versuche, ein wenig langsamer zu atmen. Atme mit mir gemeinsam ... genau so. Gut gemacht. Ich weiß, es ist nicht leicht für dich, in diesem Flugzeug zu sein. Wenn ich dich mit dem Boot nach Hause bringen könnte, würde ich es tun. Aber das würde zu lange dauern. Halte bitte einfach durch. Bald sind wir in der *Zuflucht*. Warte, bis du die Bergluft schnupperst. Ich schwöre, sie ist sauberer und frischer als alles, was du je geatmet hast. Unsere Hauskuh und Nervensäge Melba wird dich lieben. Du solltest nur wissen, dass sie, wenn du ihr zu viel Aufmerksamkeit schenkst, nie aufhören wird, dich um weitere Streicheleinheiten anzubetteln. Und ich kann es kaum erwarten, dass du Mutt kennenlernst. Meinen dreibeinigen Hund. Er ist unglaublich. Er scheint immer zu wissen, wann ich ihn brauche. Er weckt mich auf, wenn ich Albträume habe, und weicht nie von meiner Seite, wenn die Welt über mir zusammenzubrechen droht.«

Alaska hörte Drakes Worte wie aus dem Ende eines langen Tunnels. Nach einer Weile wurde seine Stimme zu ihrem Anker. Sie konzentrierte sich eher auf das Auf und Ab seines Tons als auf das, was er eigentlich sagte.

Sie schluckte schwer und zwang sich schließlich, die Augen zu öffnen. Sie wollte in seiner Gegenwart nicht völlig außer sich sein. Sie wollte stark sein.

Wie konnte sie auch etwas anderes sein? Nach Deutschland, als sie gesehen hatte, wie Drake sich aus der düsteren Stimmung befreien konnte, in der er sich befunden hatte, nachdem seine besten Freunde vor seinen Augen getötet worden waren ... sie hatte ihn so bewundert. Sie wollte so sein wie Drake. Mutig. Unerschütterlich.

»Da bist du ja«, sagte er, als sie in seine schönen blauen Augen sah. »So ist es richtig, sieh mich weiter an. Ich bin ja da. Niemand wird dir mehr wehtun. Hast du das verstanden?«

Sie nickte ein klein wenig, und das Lächeln, das er ihr schenkte, war fast schmerzhaft anzusehen.

»Ich weiß, es ist schwer. Ich weiß es. Aber du kannst diese Sache durchstehen.«

»Wie?«, flüsterte sie.

»Weil du Alaska Stein bist, und der stärkste Mensch, den ich kenne.«

Sie schnaubte und schüttelte den Kopf.

»Das bist du«, erklärte er mit Nachdruck. »Meine Mutter hat mir alles über dich erzählt, nachdem ich von zu Hause weggegangen war. Und natürlich habe ich während der letzten vier Jahre ständig Ehrfurcht vor dir gehabt. Du reist allein durch ganz Europa. Du nimmst Jobs an, die nicht einfach sind, vor allem, wenn du die Landessprache nicht beherrschst. Du hast eine unglaublich starke Persönlichkeit, die erfrischend und bewundernswert ist.«

»Ich habe das Gefühl, nicht mehr derselbe Mensch zu sein«, gab sie zu. »Und dabei ist mir nicht einmal etwas passiert! Es ist so lächerlich.«

»Ah. Schuldgefühle. Das ist ein Gefühl, das ich sehr gut kenne«, erklärte er ihr. »Du fühlst dich schuldig, weil du mit dem, was passiert ist, zu kämpfen hast, obwohl du nicht verletzt wurdest«, bemerkte er. Es war keine Frage, sondern eine Feststellung.

Alaska nickte.

»Tu dir das nicht an«, erklärte er nachdrücklich. »Du hast ein ausgesprochen traumatisches Erlebnis hinter dir. Ich kann mir nicht vorstellen, was du in diesem Container durchgemacht haben musst.«

Alaska zitterte und schloss noch einmal die Augen. Es war furchtbar gewesen. Die Dunkelheit, die Geräusche der Kisten, die um sie herum aufgestapelt wurden, die Tatsache, dass sie ihr Geschäft in einem Eimer hatte verrichten müssen, das Trinken von Wasser wie ein Tier aus der Vorrichtung an der Wand, der Hunger, die Angst, keine Luft mehr zu bekommen. All das war furchtbar gewesen.

»Ist schon in Ordnung, du musst noch nicht darüber reden. Irgendwann ... wirst du es müssen. Glaub mir, ich weiß es. Aber im Moment musst du einfach nur weitermachen. Du musst über nichts nachdenken. Und nichts tun. Ich bringe dich nach Hause und dann kannst du anfangen, wieder gesund zu werden, okay?«

Sie wollte zustimmen. Ihm versichern, dass sie das schaffen würde. Aber sie konnte einfach nur dasitzen und zittern.

Als sie spürte, wie Drake sanft mit der Hand ihr Gesicht umschloss, breitete sich Wärme in ihr aus und verdrängte die Kälte, die sich in ihrem Körper eingenistet hatte. Sie griff nach oben, legte ihre eigene Hand auf seine und drückte seine Handfläche fester an ihre Wange.

»Ich bleibe bei dir, Al. Ich beschütze dich.«

Sie lehnte sich an ihn und obwohl sie zwischen den Sitzen eingeklemmt waren, schaffte Drake es irgendwie, sie auf seinen Schoß zu ziehen. Sie schmiegte sich an ihn und ließ ihre Gedanken ziehen. Sie hörte nicht, wie andere mit ihm sprachen, spürte kaum, wie sie nach oben gezogen wurde und Drake sich auf einen der Sitze setzte. Sie klammerte sich an ihn, als wäre sie ein zweijähriges Kind.

Aber sie schlief nicht. Konnte es nicht. Als sie das letzte Mal in einem Fahrzeug eingeschlafen war, war sie in der Hölle gelandet. So müde sie auch war, ihr Körper wollte nicht abschalten. Nicht vollständig.

Die Heimreise schien kein Ende nehmen zu wollen. Sie hatten einmal das Flugzeug wechseln müssen und es kostete sie wahnsinnige Überwindung, freiwillig in das zweite Flugzeug zu steigen. Die Männer, die Drake begleitet hatten, waren mitfühlend und respektvoll. Sie hatte vage bemerkt, dass sie alle Eheringe trugen. Sie war froh, dass sie jemanden hatten, der zu Hause auf sie wartete.

Die Fahrt von Colorado nach New Mexico war wie im Flug vergangen und zum Glück nur kurz gewesen. Sie hatte eine höllische Migräne, sodass ihr Kopf pochte, und ihr war übel, obwohl sie während der letzten drei Tage nicht viel gegessen hatte. Drake hatte es geschafft, sie auf dem Flug von Russland nach Colorado dazu zu bringen, ein wenig zu essen, aber alles schien ihr wie ein Stein im Magen zu liegen.

»Geht es ihr gut?«, hörte Alaska Tiny wie aus weiter Ferne fragen. Sie kuschelte sich wieder an Drake, als wäre er das Einzige, was sie davor bewahren könnte, in Millionen

Stücke zu zerbrechen ... und das war er wahrscheinlich auch.

»Nicht wirklich«, lautete Drakes Antwort.

Alaska wollte darüber lächeln. Sie wusste es zu schätzen, dass er nicht versuchte, ihren Zustand zu beschönigen.

»Soll ich Henley anrufen?«

»Noch nicht. Sie wird auf jeden Fall mit ihr reden müssen, aber ich denke, sie braucht ein paar Tage, um sich zu erholen.«

Sie hörte das Gespräch der beiden, ohne die Worte wirklich zu begreifen. Sie hatte auch keine Ahnung, wer Henley war, aber sie verstand, dass Drake sie nicht zwingen wollte, sich sofort mit jemandem zu treffen. Sie war erleichtert.

»Wir sind im Moment ausgebucht, aber die Hütte, die wir für die ehemaligen Kriegsgefangenen aufheben, ist frei.«

»Sie wird bei mir bleiben«, antwortete Drake.

Tiny schwieg einen Moment, bevor er sagte: »Gut. Das ist wahrscheinlich das Beste.«

»Al?«

Sie antwortete nicht. Sie hielt einfach die Augen geschlossen.

»Alaska«, wiederholte Drake, ein wenig fester.

»Hm?«

»Kannst du mal kurz die Augen öffnen?«

Sie schüttelte den Kopf, der immer noch an seine Brust gelehnt war. Sie spürte sein leises Lachen an ihrer Wange mehr als dass sie es hörte.

»Bitte?«

Seufzend und mit dem Wissen, dass sie diesem Mann nichts abschlagen konnte, öffnete Alaska leicht die Augen und neigte den Kopf gerade so weit zurück, dass sie ihm ins Gesicht sehen konnte. Sein Bart war in der kurzen Zeit, die sie mit ihm verbracht hatte, ein wenig gewachsen. Sie hatte den Drang, eine Hand zu heben und seine Wange zu reiben, um zu sehen, ob das Haar dort kratzig oder weich war, aber sie hatte nicht die Kraft dazu.

»Hast du immer noch Kopfschmerzen?«, wollte er wissen.

Sie nickte.

Er hob eine Hand und strich mit dem Daumen sanft über ihre Schläfe. »Wenn wir in der *Zuflucht* sind, lasse ich Pipe kommen und nach dir sehen. Er war der Sanitäter seines Teams und ist das, was einem Arzt am Nächsten kommt.«

Alaska antwortete nicht, zu sehr war sie in ihren Gedanken versunken und versuchte zu entscheiden, ob seine Augen sie mehr an das Wasser in der Karibik oder an den blauen Himmel über den Alpen erinnerten.

»Gut ... also, es wird folgendermaßen ablaufen. Tonka holt uns vom Flughafen ab und bringt uns zurück zur *Zuflucht*. Während du duschst, besorge ich etwas zu essen für uns. Wir essen in meiner Hütte zu Abend, dann kannst du dich ausruhen. Ich bin sicher, dass du dich morgen früh viel besser fühlen wirst. Ich werde dich morgen den anderen Jungs vorstellen, okay?«

Sie hörte nur heraus, dass Drake sie allein lassen wollte, während er das Abendessen besorgte. Der Gedanke, allein zu sein, war absolut beängstigend. Sie könnte entführt werden, und sie wusste, sie *wusste* einfach, wenn sie noch einmal entführt würde, hätte sie beim zweiten Mal nicht mehr so viel Glück.

Sie umklammerte sein Handgelenk mit beiden Händen und schüttelte den Kopf. Jedes heftige Schütteln verschlimmerte ihre Migräne, aber das war ihr gerade egal.

»Hör auf, Alaska«, befahl Drake. »Du tust dir weh. Was ist los?«

»Lass mich nicht allein«, flüsterte sie vehement und

hatte plötzlich Angst, der russische Mann könnte sie hören. Ein Teil von ihr wusste, dass der Mann tot war; Drake hatte es gesagt, und sie konnte ihm vertrauen. Aber ein anderer Teil war sich sicher, dass es eine List war. Dass er Drake und seine Freunde reingelegt hatte. Das böse Monster hatte nur gewartet, bis sie allein war, um seinen Zug zu machen. Sie konnte die Entschlossenheit in seinem Blick nicht vergessen, sie zu dem Käufer in China zu bringen. Wie glücklich er mit dem Geld war, das er für ihre Auslieferung erhielt.

Drake starrte sie einen Moment lang an, dann nickte er. »Du wirst in der *Zuflucht* sicher sein, Al. Glaubst du, ich lasse noch einmal zu, dass jemand Hand an dich legt? Das wird nicht geschehen. Nicht nur das, auch Tonka, Spike, Pipe, Owl, Stone und Tiny werden es nicht zulassen. Wenn du in meiner Hütte bist, bist du absolut sicher, ob ich nun da bin oder nicht.«

Alaska schüttelte erneut den Kopf. »Das bin ich nicht! Er wird mich finden. Mich erneut in den Container stecken!«, beharrte sie. Ihre Erinnerungen drohten sie zu überwältigen, aber Alaska kämpfte vehement dagegen an. Sie musste es Drake begreiflich machen.

»Ich kann euch etwas zu essen in die Hütte bringen«, sagte Tiny leise.

Drake wandte den Blick nicht von ihr ab, sondern nickte nur. »Danke. In Ordnung, Al, ich bleibe, während du dich frisch machst.«

»Klamotten?«, fragte Tiny.

Alaska schenkte Drakes Antwort keine Beachtung. Sie war zu erleichtert, dass er sie nicht allein lassen würde. Sie brauchte *dringend* eine Dusche. Sie musste den Dreck abwaschen. Zwischen ihrer Rettung, ihrem Gespräch mit den Behörden und dem Abflug war keine Zeit gewesen. Sie wusste, dass sie stank. Sie wusste auch, dass es ihr egal sein sollte nach allem, was sie durchgemacht hatte. Aber es war ihr nicht egal. Sie musste sich unbedingt duschen.

Sie schloss noch einmal die Augen, und als Drake sie auch weiter im Arm hielt, gab sie sich Mühe, um sich zu entspannen. Morgen würde sie stärker sein. Morgen würde sie sich zusammenreißen und mit ihrem Leben weitermachen. Aber im Moment konnte sie sich nur an diesen einen Menschen klammern, zu dem sie jahrzehntelang aufgeschaut hatte.

Für den Rest der Reise hielt Alaska die Augen geschlossen und vertraute darauf, dass Drake sie wohlbehalten an ihr Ziel bringen würde. Als sie nach dem Verlassen des Flugzeugs stolperte, fing er sie auf und hob sie hoch. Das Gefühl, getragen zu werden, war ihr fremd. Sie war keine kleine Frau. Sie war auch nicht gerade groß. Sie war einfach durchschnittlich. Keiner der wenigen Männer, mit denen sie zusammen gewesen war, hatte sie jemals auf diese Weise hochgehoben. Sie waren nicht stark genug gewesen. Aber natürlich war ihr Drake stark.

Tief in ihrem Inneren wusste Alaska, dass sie ihn nicht als »ihren« Mann betrachten sollte. Irgendwann würde sie wieder zu ihrem normalen Ich zurückkehren, und dann würde sie ihr Leben in die Hand nehmen müssen. Ihre Sachen aus Europa zurück in die Staaten schicken lassen, einen Job finden, ein Bankkonto eröffnen ... all diese banalen Kleinigkeiten. Im Moment überließ sie Drake nur allzu gern die Führung.

Sie spürte, wie sich das Fahrzeug unter ihr bewegte, als sie auf *Die Zuflucht* zusteuerten, aber Alaska fühlte sich wieder einmal, als ginge sie das Ganze nichts an. Sie hatte das Gefühl, dass sie sich über ihre derzeitige Apathie Sorgen machen sollte, aber sie konnte die Energie nicht aufbringen. Sie war müde, so verdammt müde, aber sie konnte nicht schlafen. Dabei wäre sie zu verwundbar. Der

Russe oder sein Käufer könnten sie ausfindig machen, wenn sie ihre Deckung aufgab.

Der Wagen hielt an und Alaska hörte Stimmen um sie herum, als Drake ausstieg, wobei er sie immer noch in seinen Armen hielt.

»Geht es ihr gut?«

»Sie wird schon wieder.«

»Was braucht ihr von uns?«

»Pipe, kannst du mit uns in meine Hütte kommen? Sie hat Kopfschmerzen und ich glaube, es ist nur, weil alles zu viel für sie ist, aber ich will sicher sein.«

»Natürlich.«

»Alles in Ordnung mit den Gästen?«

»Ja.«

»Gut. Wo ist Mutt?«

»Er bleibt nachts bei mir, aber tagsüber sitzt er mürrisch auf deiner Terrasse. Er wird sich freuen, dass du wieder da bist.«

»Soll ich Henley anrufen?«, fragte eine unbekannte Stimme.

»Tiny macht das schon. Ich werde die Dinge einfach abwarten. Mal sehen, wie es ihr morgen früh geht.«

»Wenn du etwas brauchst, sag bitte Bescheid, sonst nehmen wir es dir übel.«

»Das werde ich, versprochen. Im Moment braucht sie nur Schlaf. Und sie muss sich sicher fühlen.«

»Sie ist hier in Sicherheit.«

Alaska kannte die Männer nicht, die sich unterhielten, aber sie konnte hören, wie entspannt Drake war, als er mit ihnen sprach. Er war nicht angespannt, klang nicht im Geringsten nervös. Wenn er ihnen vertraute, konnte sie das auch. Außerdem hatte sie das Bild von Drake mit seinen Freunden und den anderen Besitzern der *Zuflucht* schon so oft gesehen, dass sie sich alle vor ihrem inneren Auge vorstellen konnte, als sie miteinander sprachen. Sie wusste natürlich nicht, wer wer war, aber es war trotzdem ein Trost, dass sie das Gefühl hatte, sie irgendwie schon zu kennen.

»Sie sieht ziemlich geschafft aus«, bemerkte der Mann mit dem englischen Akzent.

Abwesend erkannte Alaska, dass es sich um Pipe handeln musste. Er war beim SAS gewesen, dem britischen Äquivalent der Spezialeinheit. Sie hatte seine Abteilung im Internet nachgeschlagen und war beeindruckt gewesen von dem, was sie dort gelesen hatte.

»Das ist sie auch. Ich werde sie jetzt nach Hause bringen«, entgegnete Drake.

»Ich bringe euch gleich etwas zu essen vorbei«, bot Tiny an.

»Das weiß ich zu schätzen.«

Dann setzten sie sich wieder in Bewegung.

»Sie scheint auch nicht ganz bei sich zu sein«, bemerkte Pipe, als sie weitergingen. »Wie lange ist sie schon so?«

»Fast die ganze Reise über. Das Flugzeug ... war nicht gut. Wir fanden sie in einem eineinhalb Quadratmeter großen Raum hinter einer versteckten Wand in einem Metallcontainer. Alles, was da drin war, war ein verdammter Eimer zum Reinpinkeln und eine Vorrichtung an der Wand, die Wasser enthielt, und sie musste wie eine verdammte Wüstenrennmaus aus einem Schlauch trinken«, knurrte Drake.

Alaska verspannte sich angesichts der Wut in seiner Stimme.

»Tut mir leid, Liebes«, sagte er in dem beruhigenden Ton, nach dem sie sich sehnte.

»Also ist sie wahrscheinlich hungrig, dehydriert und ich schätze, dass ihr nach der ganzen Zeit in der Dunkelheit die Augen wehtun.«

Alaska hatte den flüchtigen Gedanken, dass Pipe wahrscheinlich ein verdammt guter Sanitäter war. Er kannte sie erst seit einigen Minuten und hatte, nachdem er nur wenig über ihre Tortur gehört hatte, ihren Zustand genau beschrieben.

»Ja«, stimmte Drake ihm zu.

Die Männer sprachen einen Moment lang nicht, das einzige Geräusch waren ihre Schritte auf dem Boden, als sie weitergingen. Dann bellte ein Hund.

»Hey, Mutt! Ich weiß, Kumpel. Ich bin zu Hause. Ich muss erst Alaska reinbringen und es ihr bequem machen, bevor ich dich streicheln kann. Warte mal ...« Er lachte leise und Alaska spürte, wie Drakes Hund an ihren Beinen schnüffelte, als sie in seine Hütte getragen wurde.

Sie verkrampfte sich und wartete darauf, dass Drake sie absetzte, dass er sie losließ, aber zu ihrer Überraschung setzte er sich hin und hielt sie auf seinem Schoß. Das Kissen neben ihr sank ein und sie spürte, wie eine feuchte Zunge über ihre Wange strich.

Danach war es unmöglich, die Augen geschlossen zu halten, also öffnete sie sie einen Spaltbreit und stellte erleichtert fest, dass das Licht in der Hütte nicht eingeschaltet worden war. Draußen war es noch hell genug, um gut sehen zu können, aber durch die vielen Fenster um sie herum schien kein Sonnenlicht.

Sie befand sich auf einem Sofa, saß seitlich auf Drakes Schoß, und sie hatte Zeit, einen Fernseher, einen Sofatisch, einen Sessel und ein Bücherregal auszumachen, bevor der Hund sie erneut abschleckte.

Es war unmöglich zu sagen, was für ein Hund Mutt war, aber Alaska bekam einen Eindruck von langen Beinen, einem Gesichtsausdruck, der einem fröhlichen Lächeln glich, und viel weißem und hellbraunem Fell, bevor der Hund sich irgendwie zwischen sie und Drake gedrängt hatte. Mutt wog wahrscheinlich um die fünfzehn

Kilo und war damit nicht riesig, aber auch kein Schoßhündchen.

Zu Alaskas Überraschung drehte sich der Hund nicht zu Drake um und versuchte, seine Aufmerksamkeit zu erlangen. Stattdessen wandte er sich *ihr* zu und legte seinen Kopf auf ihre Schulter.

Alaska ließ ihren Arm von Drakes Hals fallen und schloss ihn um den Hund. Mit einer Hand hielt sie immer noch den Stoff von Drakes Hemd fest, während sie mit der anderen den Hund festhielt. Sie spürte den schnellen Herzschlag von Mutt an ihrer Brust und seinen warmen, hündischen Atem an ihrem Hals. Er bewegte sich nicht, schien sich einfach an sie zu kuscheln.

Emotionen schnürten Alaska die Kehle zu, aber sie hielt ihre Tränen krampfhaft zurück. Sie durfte sich nicht gehen lassen. Nicht noch einmal.

»So ist das also, Kumpel?«, fragte Drake mit einem kleinen Lachen. »Ich schätze, ich kann es dir nicht verübeln. Sie ist ziemlich fantastisch.«

Alaska brauchte einen Moment, um zu begreifen, dass er von ihr sprach. Sie war nicht fantastisch. Sie war *Sekretärin*, um Himmels willen. Eine, die nie einen Job länger als ein paar Jahre hatte. Sie hatte keinen Kontakt mehr zu ihrer Mutter. Verdammt, sie wusste nicht einmal, wo die Frau im Moment steckte. Und sie hatte es irgendwie geschafft, sich von einem Verrückten entführen zu lassen, der sie in die sexuelle Sklaverei verkaufen wollte.

Sie war definitiv nicht erstaunlich. Nicht einmal ansatzweise.

Alaska schüttelte den Kopf, senkte ihr Kinn und vergrub ihre Nase in dem weichen Fell von Mutts Hals. Er roch nach … Natur. Dreck, Kiefernholz und Jagdhund. Es war merkwürdig, wie sehr der Geruch sie beruhigte.

Irgendwie schaffte Pipe es, sie oberflächlich zu untersuchen, während sie auf Drakes Schoß und mit Mutt in ihren Armen dasaß. Er stellte fest, dass sie dehydriert war, aber mit ausreichend Schlaf und Nahrung sollte sie sich in ein paar Tagen wieder vollkommen erholt haben.

Alaska erlaubte sich, in die Benommenheit zurückzufallen, die sie zuvor eingehüllt hatte. Es war einfacher, Drake alles zu überlassen und sich keine Gedanken machen zu müssen. Sie hörte vage, wie Pipe wegging, und Drake saß noch ein paar Minuten lang mit ihr in den Armen auf dem Sofa, ohne sich zu bewegen oder zu sprechen.

Doch viel zu früh für Alaskas Geschmack sagte er: »Wir müssen dich unter die Dusche bringen. Mutt, runter.«

Der Hund in ihren Armen drehte den Kopf, leckte ihr das Ohr und sprang dann herunter.

»Komm schon, Al, du wirst dich besser fühlen, wenn du dich geduscht hast.«

Sie war sich da nicht sicher, aber da es Drake war, der sie bat, sich in Bewegung zu setzen, tat sie es. Er legte einen Arm um ihre Taille, während er sie einen kurzen Gang entlang zu einem Badezimmer führte. Er setzte sie auf die Toilette, griff hinüber und drehte das Wasser in der Dusche auf. Er nahm ein Handtuch aus einem kleinen Schrank und legte es über einen Wandhalter. Dann zog er eine Schublade auf und nahm eine Zahnbürste heraus, die noch verpackt war. Er öffnete sie und legte sie neben das Waschbecken. Schließlich ging er vor ihr in die Hocke.

»Al?«

Sie starrte ihn an. Alaska fühlte sich, als würde sie sich selbst von irgendwo hoch oben beobachten.

»Hörst du mir zu?«

Nach einem Moment nickte sie.

»Du musst unter die Dusche gehen. Wasch dir die Haare. Benutze meine Seife. Ich hole dir ein paar Klamotten von mir, die du danach anziehen kannst. Ist das in Ordnung?«

Sie nickte erneut.

Aber Drake rührte sich nicht von der Stelle. Er streckte die Hand aus und legte seine Handfläche an ihre Wange. Er war warm, und die Schwielen an seiner Hand fühlten sich vertraut und tröstlich an. »Du bist hier sicher, okay?«

Sie nickte ein drittes Mal.

Drake seufzte. »Wirst du ertrinken, wenn ich dich allein lasse?«

Alaska runzelte leicht die Stirn und schüttelte den Kopf.

»Gut. Ich stehe vor der Tür, wenn du mich brauchst. Aber ich weiß, dass du das schaffst. Du wirst dich danach viel besser fühlen. Ich schwöre es.«

Alaska sah zu, wie er aufstand und den Raum verließ. Für einen Sekundenbruchteil geriet sie in Panik. Sie war seit ihrer Rettung aus der Metallkiste nicht mehr allein gewesen. Ihre Atmung beschleunigte sich und ihr Herz begann, wie wild zu klopfen.

Drake kam mit einem Stapel Kleidung zurück. Er legte sie neben das Waschbecken und die Zahnbürste und hielt ihr schweigend die Hand hin.

Alaska wusste, dass sie kurz davor stand durchzudrehen – und das gefiel ihr ganz und gar nicht. Sie legte ihre Hand in seine und ließ sich von ihm auf die Beine ziehen.

»Du machst mich fertig, Liebes. Du bist stärker, als dieser Dreckskerl dachte. Er hat sich mit der falschen Frau angelegt. Du hast ihn überlistet, indem du mich angerufen und unseren Code benutzt hast. Es tut mir leid, dass ich nicht schneller da war, aber du hast gewonnen, Al. Du hast gewonnen. Er ist tot und er kann keine anderen Frauen entführen, okay?«

Seine Worte durchbrachen die Eisschicht, die sie zu umgeben schien. Sie musste stärker sein. Sie musste so sein, wie Drake es gewesen war, als er vor all den Jahren alle seine Freunde auf dieser Mission verloren hatte. Sie nickte.

Es gefiel ihr, die Erleichterung in seinen Augen über ihre Zustimmung zu sehen. Sie leckte sich über die Lippen und sagte leise: »Ich schaffe das.«

»Verdammt richtig, das wirst du«, erklärte Drake. Dann beugte er sich vor und küsste sie auf die Stirn. Seine Lippen waren warm auf ihrer Haut und Alaska konnte nicht anders, als sich wieder in seine Arme zu schmiegen. Aber dann atmete sie tief ein ... und roch sich selbst. Sie rümpfte die Nase.

»Noch mal, ich lasse dich nicht allein. Ich bin direkt vor der Tür. Tiny sollte bald hier sein und uns etwas zu essen bringen. Dann kannst du etwas schlafen. Morgen früh geht es dir dann bestimmt schon besser.«

Alaska war sich da nicht so sicher, aber sie nickte trotzdem.

Dann war sie wieder allein im Bad.

Sie nahm die Zahnbürste in die Hand und begann, sich die Zähne zu putzen. Diese banale Aufgabe beruhigte sie. Als sie fertig war, verspürte sie eine überraschende Euphorie. Sie mochte den frischen, sauberen Geschmack in ihrem Mund. Sie wollte, dass der Rest von ihr genauso sauber war.

Langsam entledigte sie sich ihrer Kleidung, ließ sie auf dem Boden liegen und trat in die Duschkabine. Das heiße Wasser benetzte sofort ihr Haar und ihren Körper. Es fühlte sich gut an. Wirklich gut.

Wie lange sie so dastand und das Wasser auf sich einprasseln ließ, wusste Alaska nicht, aber schließlich wurde sie erfrischt genug, um sich etwas Shampoo in die Hand zu schütten. Sie schäumte ihr schulterlanges braunes Haar ein und ein vertrauter Geruch stieg ihr in die Nase. Drake.

Sie würde seinen Duft überall wiedererkennen.

Sie spülte die Seife aus und wusch sich erneut die Haare. Dann machte sie es ein drittes Mal. Es fühlte sich an, als könnte sie den Gestank von Angst, Gefangenschaft und dem scharfen Geruch von Metall niemals aus ihren Haaren herauswaschen. Sie schüttete etwas Duschgel auf einen Waschlappen und wurde sofort mit mehr von Drakes Duft belohnt. Holzig, ein wenig nach Zitrusfrüchten und erdig. Es fühlte sich an, als läge sie noch immer in seinen Armen, obwohl sie allein war.

Nachdem sie sich die Haut fast wund geschrubbt hatte, stand Alaska wieder mit nach oben gewandtem Gesicht unter dem Strahl. Ein Schluchzen drang aus ihrer Kehle und ließ sich nicht zurückhalten, aber wieder einmal erstickte sie die Tränen. Sie drehte energisch das Wasser ab und griff nach dem Handtuch, das Drake ihr hingehängt hatte. Die Jogginghose war zu groß, aber die Tatsache, dass sein Duft sie einhüllte, sowie der Geruch von frisch gewaschener Baumwolle fühlte sich himmlisch an.

Vorsichtig öffnete sie die Badezimmertür und war sich der Dampfwolke bewusst, die aus dem Raum quoll. Sie tat ihr Bestes, um nicht in Panik zu geraten, als sie Drake nicht sofort sah. Sie ging drei Schritte in den Flur und seufzte erleichtert auf, als sie ihn in der Küche sah. Tiny war offensichtlich da gewesen und wieder gegangen, denn auf der Küchentheke standen mehrere Tüten.

Mutt sah sie zuerst und seine Krallen klapperten auf dem Holz unter seinen Pfoten, als er auf sie zueilte. Als er sie erreichte, lehnte er sich gegen ihr Bein, und Alaska hätte schwören können, dass er lächelte, als er sie anstarrte.

»Komm her, Alaska. Tiny hat uns von allem ein bisschen was mitgebracht. Wir haben Suppe, Brot, das unser Koch heute Nachmittag gemacht hat, grüne Bohnen, Truthahn in Scheiben und Kartoffelpüree.«

Er stellte einen großen Teller mit Speisen auf den

kleinen Zweipersonentisch in seiner Küche und rückte ihr einen Stuhl zurecht.

Alaska hatte keinen Hunger, aber sie ging gehorsam hinüber und setzte sich. Sie wollte nichts tun, was ihn verärgern könnte. Dann hätte er sie vielleicht aufgefordert zu gehen. Als sie auf das Essen hinabstarrte, wurde ihr übel.

»Du musst nicht alles essen. Nur ein bisschen. Dein Körper braucht die Nährstoffe, Al. Bitte.«

Sie hob die Gabel an und nickte. Sie würde ein klein wenig essen. Für ihn.

Sie erinnerte sich nicht daran, dass sie überhaupt etwas gekostet hatte, aber sie musste hungriger gewesen sein, als sie gedacht hatte, denn als Drake seinen Stuhl vom Tisch zurückschob, war die Hälfte der Mahlzeit auf ihrem Teller schon weg.

»Ich bin stolz auf dich, Al. Gut gemacht«, lobte er sie, als er ihren Teller nahm.

Alaska starrte auf den Tisch vor ihr. Dieses schwebende Gefühl kehrte zurück. Er war stolz auf sie, weil sie etwas gegessen hatte? Gott, sie war erbärmlich.

Dann war Drake wieder da. Er zog sie auf die Füße und führte sie an dem Sofa vorbei zurück in den Flur. Er kam am Badezimmer vorbei und ging in ein Schlafzimmer. Sie sah ein Doppelbett mit einem großen hölzernen Kopfteil und einer marineblauen Tagesdecke, bevor ihr die Augen wie von selbst zufielen.

»Steig ins Bett, Alaska«, bat er sie.

Sie gehorchte und wurde bald wieder von Drakes männlichem Duft umhüllt. Hier in seinem Bett war er noch viel stärker. An seiner Bettwäsche. Und die Matratze fühlte sich wunderbar an unter ihrem geschundenen Körper. Das Sitzen und Liegen auf dem harten Metall der Kiste, in der sie eingesperrt gewesen war, war unangenehm und schmerzhaft gewesen.

Nachdem er die Decke über sie gezogen hatte, drehte Drake sich um, um den Raum zu verlassen – und Alaska konnte nicht verhindern, dass ihr ein Wimmern entwich.

Er drehte sich noch einmal um, betrachtete sie einen Moment lang und ging dann langsam auf die andere Seite des Bettes. Ohne ein Wort zu sagen, schlüpfte er unter die Decke und zog sie an sich.

Alaska *hasste* es, sich so schwach zu fühlen. Wie oft hatte er ihr versichert, dass sie in Sicherheit war? Dass der Russe tot war? Sie wusste es, aber tief in ihrer Psyche fühlte es sich an, als wäre sie ganz auf sich allein gestellt und würde wieder entführt werden.

Die Matratze zu ihren Füßen senkte sich und sie stellte fest, dass Mutt ihnen ins Zimmer gefolgt und auf das Bett gesprungen war. Sie lag auf der Seite, Drake auf dem Rücken, und sie spürte, wie der Hund sich in ihren Kniekehlen niederließ. Sie war von Wärme umgeben.

Zum ersten Mal seit Tagen fühlte sie sich endlich sicher.

»Schlaf, Al«, sagte Drake sanft. »Ich weiß genau, wie du dich fühlst, weil es mir genauso gegangen ist. Ich verspreche dir, dass du dich besser fühlen wirst, wenn du etwas geschlafen hast. Aber du musst nicht Wonder Woman sein. Du hast etwas Schreckliches durchgemacht und überlebt. Deine Freiheit wurde dir genommen. Man hat dir mit einigen ziemlich schrecklichen Dingen gedroht. Aber dir geht es gut. Du bist in Sicherheit. Es tut mir so leid, was dir passiert ist, aber ich bin so verdammt dankbar, dass du noch hier bist. Die Welt ist ein besserer Ort, weil du da bist.

Das hast du damals zu mir gesagt ... erinnerst du dich? Im Krankenhaus, in Deutschland. Ich habe es nicht vergessen. Wenn es schwer wird, wenn ich das Gefühl habe, keinen Tag mehr durchzuhalten, wenn die Schuldgefühle mich erdrücken, weil ich als Einziger überlebt habe, denke ich an diese Worte. Und dann fühle ich mich besser. Allein das Wissen, dass du irgendwo da draußen bist und dich freust, dass ich lebe, gibt mir die Kraft weiterzumachen.«

Diesmal war es unmöglich, die Tränen zurückzuhalten, und sie liefen ihr über die Wangen und durchtränkten den Stoff seines Hemdes.

»Ich meine es ernst. Wenn du nicht zu mir nach Deutschland gekommen wärst ... ich will nicht darüber nachdenken, wo ich dann jetzt vielleicht sein könnte. *Die Zuflucht*, meine neuen Freunde, die Tatsache, dass ich überlebensfähig bin ... das alles verdanke ich *dir*. Der Grund, warum du hier bist, tut mir leid, aber es tut mir nicht leid, dass du hier bist. Schlaf, Al. Wir werden die Dinge einen Tag nach dem anderen angehen, okay?«

Oh mein Gott. Das war ... sie wusste nicht, was das war. Sie wusste nur, dass sie in ihrem ganzen Leben noch nie so schöne Worte gehört hatte. Und Drake – *Drake* – hatte sie zu *ihr* gesagt.

Sie hatten nicht viel darüber gesprochen, dass sie ihn besucht hatte. Sie hatten sich Nachrichten und E-Mails über zahllose andere Dinge hin und her geschickt, aber nicht über diese dunkle Zeit in seinem Leben gesprochen. Zu wissen, dass ihr Besuch ihm wirklich geholfen hatte, sorgte dafür, dass sie jetzt nicht mehr das Gefühl hatte, dass die Anziehungskraft, die sie zwischen ihnen spürte, vollkommen einseitig war.

Sie schloss die Augen, aber sie konnte die Tränen nicht zurückhalten. Sie liefen, als hätte jemand einen Wasserhahn aufgedreht. Aber Drake schien das nicht zu stören. Er legte einfach seine Hand auf ihren Arm, den sie über seinen Bauch geschlungen hatte, und drehte sich um, um sie noch einmal auf die Stirn zu küssen.

KAPITEL SIEBEN

Brick hasste das Gefühl der Hilflosigkeit. Er hatte einen Großteil seiner Karriere als Navy SEAL damit verbracht, in jeder Situation, in die er versetzt wurde, die Verantwortung zu übernehmen. Außer an *jenem* Tag. Da war er zum ersten Mal in seinem Leben völlig hilflos gewesen. Seitdem hatte er hart daran gearbeitet, nie wieder in eine solche Lage zu geraten.

Bis jetzt.

Als er im Bett lag, Alaska im Arm hielt und ihre Tränen an seiner Schulter spürte, überkam ihn die Hilflosigkeit. Er war sich nicht sicher, was er sagen sollte, damit sie sich besser fühlte. Sie weinte sogar im *Schlaf*, um Himmels willen. Es war offensichtlich, dass sie Angst hatte, allein gelassen zu werden.

Die Leere in ihrem Blick hatte ihn schon beunruhigt. Aber das hier war noch schlimmer. So erleichtert er auch war, dass sie endlich ein paar Gefühle zeigte, so sehr nagte es doch an ihm.

Mutt wimmerte tief in seiner Kehle, hob den Kopf und starrte Alaska an.

»Alles in Ordnung«, flüsterte er. »Sie ist in Sicherheit.« Er war sich nicht sicher, ob er sich oder den Hund damit beruhigen wollte. Aber Mutt schien sich von seinen Worten trösten zu lassen und legte seinen Kopf auf Alaskas angezogene Knie.

Schließlich hörte sie auf zu weinen, aber es fiel Brick nicht leicht einzuschlafen. Er hatte keine Ahnung, warum Alaskas Schmerz ihn so tief berührte. Ja, er kannte sie schon fast sein ganzes Leben lang, und er hatte sie bisher respektiert und gemocht. Aber zu wissen, wie nahe er dran gewesen war, sie zu verlieren, nie wieder eine E-Mail oder SMS von ihr zu erhalten ... das traf ihn schwer.

Sie war die Erste gewesen, der er vom Kauf des Landes mit seinen neuen Freunden erzählt hatte. Sie war so aufgeregt gewesen. Sie hatte jedes Bild bejubelt, das er geschickt hatte. Sie hatte ihm sogar Vorschläge gemacht, wo er die Gästehütten aufstellen sollte. Obwohl sie Tausende von Kilometern voneinander entfernt waren, war sie für ihn da gewesen. Geistig, wenn auch nicht körperlich.

Die Tatsache, dass sie hier war – körperlich anwesend – war ein Wunder. Er wusste es. Seine Freunde wussten es. Und er hatte das Gefühl, dass sie es auch wusste.

Brick wollte Alaska unbedingt helfen, wieder zu sich selbst zu finden. Um sich von ihrer Tortur zu erholen. Er wollte nichts tun, was ihr das vermasseln könnte. Allerdings hatte er das Gefühl, je länger sie hier war, je mehr Zeit sie mit ihm verbringen konnte, desto schwieriger würde es werden, sie wieder loszulassen, sobald sie sich erholt hatte. Sie war eine erwachsene Frau, und wenn sie sich endlich wieder einigermaßen normal fühlte, konnte sie beschließen, in ihr nomadisches – und wahrscheinlich aufregenderes – Leben in Europa zurückzukehren.

Den Rest der Nacht döste er vor sich hin und wachte immer wieder auf, und als er das letzte Mal aufwachte, gerade als die Sonne über dem Horizont auftauchte, befanden sich er und Alaska – und Mutt – in genau denselben Positionen, in denen sie die ganze Nacht gelegen hatten. Alaska war an seine Seite gepresst und benutzte seine Schulter als Kopfkissen. Mutt war zu einem Ball zusammengerollt und lag in dem Winkel ihrer Knie, die sie angezogen hatte.

Es fühlte sich gemütlich an. Warm. Intim.

So ungern er sich auch bewegen wollte – und er wollte nicht, dass Alaska allein aufwacht –, er musste auf die Toilette. Er musste sich bei seinen Freunden melden und sich vergewissern, dass mit der *Zuflucht* alles in Ordnung war. Er war ein paar Tage weg gewesen, und obwohl er wusste, dass sie mit allen auftauchenden Problemen auch allein zurechtkamen, war dieser Ort immer noch sein Baby.

»Bleib hier, Mutt«, sagte er leise.

Sein Hund hob den Kopf, dann senkte er ihn mit einem Seufzer wieder.

Lächelnd schob Brick sich vorsichtig von Alaska weg und legte ihr ein Kissen unter den Kopf. Sie grummelte ein wenig, bewegte sich auf dem Bett, öffnete aber nicht die Augen. Er war erleichtert. Brick hatte keine Ahnung, ob sie wirklich geschlafen hatte, während sie in dem Container eingesperrt gewesen war, aber ihr Körper musste sich nach all dem Stress und Schreck, den sie erlebt hatte, sicherlich erholen.

Vier Stunden später, nachdem er sich vergewissert hatte, dass es den derzeitigen Gästen gut ging, und nachdem er gefrühstückt und mit Henley McClure gesprochen hatte, der Therapeutin, die sich mit den Gästen traf, die ihre Dienste brauchten oder wollten, machte Brick sich ein wenig Sorgen, weil Alaska immer noch nicht aufgewacht war. Sie hatte jetzt über zwölf Stunden geschlafen und aus

Erfahrung wusste er, dass übermäßiger Schlaf ein Zeichen von Depression sein konnte.

Mutt war vor etwa zwei Stunden aus dem Schlafzimmer gekommen und Brick hatte ihn rausgelassen, um sein Geschäft zu erledigen. Normalerweise ging der Hund weg und verbrachte seine Zeit mit der Erkundung des Geländes rund um die Hütte, aber heute kam er gleich wieder herein, kehrte nach dem Fressen ins Schlafzimmer zurück und kuschelte sich erneut an Alaska.

Als Brick es nicht mehr aushielt, ging er in den Flur, um nach ihr zu sehen. Als er leise die Tür öffnete, sah er, dass sie wach war. Sie saß auf dem Bett und streichelte abwesend einen entzückten Mutt, während ihr Blick auf die Wand vor dem Bett gerichtet war.

Als er sich umdrehte, um zu sehen, was sie betrachtete, konnte Brick sich ein Lächeln nicht verkneifen.

»Es hängt an meiner Wand in jedem Haus, in dem ich wohne, seit ich achtzehn bin«, erklärte er ihr.

Alaska zuckte zusammen, drehte sich um, und sah ihn erschrocken an.

»Es tut mir leid, ich dachte, du hättest mich kommen hören«, entschuldigte er sich. Mit einem Kopfnicken deutete er auf die Stickerei an der Wand. »Ich wollte, dass es das Erste ist, was ich sehe, wenn ich aufwache. Damals hat es mich angespornt, meine SEAL-Ausbildung zu beenden. Um mir mein Abzeichen zu verdienen. In meinen Zwanzigern erinnerte es mich daran, wer ich war. Und jetzt ... erinnert es mich an meine verlorenen Freunde. Ich bin vielleicht kein SEAL mehr, aber was ich getan habe, die Leben, die ich gerettet habe ... das war von Bedeutung.«

»Ich ... wie in aller Welt hast du das überhaupt bekommen?«, fragte sie leise.

»Nachdem du am Abend meiner Abschlussfeier mein Haus verlassen hattest, sah meine Mutter, wie du die

Sachen, die du mir mitgebracht hattest, in den Müll geworfen hast. Sie ging hinaus und holte es und gab es mir am nächsten Morgen, bevor ich ins Ausbildungslager fuhr.«

»Es ist furchtbar«, sagte sie leise. »Die Stiche sind ungleichmäßig und es ist schwer zu erkennen, was dieser goldene Fleck ist.«

»Als ich es das erste Mal sah, wusste ich, dass es der Dreizack der SEALs ist. Und diese Worte zu sehen ... Navy SEAL Drake Vandine ... zu wissen, dass du keinen Zweifel daran hattest, dass ich eines Tages *tatsächlich* ein SEAL sein würde ... ich bekam eine Gänsehaut, als ich das Geschenk aufgemacht habe.«

»Unglaublich, dass du das Ding all die Jahre mit dir herumgetragen hast.«

Brick kam ins Zimmer und setzte sich auf die Bettkante. Er bedrängte sie nicht, sondern wollte, dass sie verstand, wie viel ihm das Geschenk bedeutete, das sie ihm vor all den Jahren gemacht hatte. »Mein Name ist vielleicht ein bisschen schief geraten und die Farben stimmen auch nicht ganz, aber das hast du mit Herzblut gemacht, Alaska. Du hast viel Zeit und Energie investiert, um es für mich zu machen. Es hat mir mehr bedeutet, als du je wissen wirst. Und das tut es *immer noch*.«

Sie schloss die Augen und seufzte.

»Al?«, fragte er leise. Er war sich nicht einmal sicher, was er mit diesem einen Wort sagen wollte.

»Ich fühle mich merkwürdig«, gab sie zu, ohne die Augen zu öffnen.

»Inwiefern?«, fragte Brick beunruhigt. »Muss ich Pipe anrufen? Verdammt, ich sollte dich in die Stadt bringen, damit der Arzt dich untersuchen kann.«

Sie schüttelte den Kopf, öffnete schließlich die Augen und sah ihn an. »Nein, nicht körperlich. Nur ... seltsam. Als passte ich nicht in meine eigene Haut. Ich bin nervös und schreckhaft, und der Gedanke, dieses Haus, dieses Zimmer ... dieses *Bett* ... zu verlassen, bringt mich zum Weinen. Das bin nicht ich – und das finde ich schrecklich.«

»Ich sage das nur ungern, Liebes, aber das ist normal. Nach dem, was du durchgemacht hast, ist es eine natürliche Reaktion, sich zu verkriechen und Schutz zu suchen. Als ich aus dem Krankenhaus kam, ging es mir auch so.«

»Wie lange hat dieser Zustand gedauert?«, wollte sie wissen.

Brick rümpfte die Nase. »Länger als mir lieb gewesen wäre. Aber weißt du, was geholfen hat?«

»Was?«

»Hierherzukommen. Den Himmel zu betrachten. Zu wissen, dass es da draußen Menschen wie dich gibt, an die ich mich anlehnen kann, wenn ich es brauche.«

Alaska starrte ihn einen Moment lang an. »Ich war noch nie ein Naturmensch«, erklärte sie schließlich.

Brick lachte. Er konnte einfach nicht anders. »Und das von dem Mädchen, das sich seelenruhig eine Ringelnatter geschnappt hat? Die immer im Dreck und im Gras herumkroch, wenn wir Soldaten gespielt haben?«

Sie verzog die Lippen zu einem schiefen Lächeln. »Das habe ich nur deinetwegen getan«, sagte sie leise.

Das Eingeständnis traf Brick tief in seinem Innersten und er brauchte einen Moment, bevor er antworten konnte. »Lass dich von der Natur heilen«, erklärte er schließlich. »Ich verspreche dir, dass du nicht mehr im Dreck kriechen musst, und du musst mich auch nicht mehr vor Schlangen retten. Wir werden die Dinge einen Tag nach dem anderen angehen. Wir gehen wandern. Essen leckere Mahlzeiten. Lachen mit guten Freunden.«

»Drake, ich kann hier nicht lange bleiben. Ich muss mir über mein Leben klar werden. Ich habe keine Arbeit mehr. Ich muss eine finden. Ich muss meine Sachen aus meiner

Wohnung holen, mir einen neuen Ausweis und ein Bankkonto hier in den Staaten besorgen ... und apropos Geld, ich kann es mir sicher nicht leisten hierzubleiben.«

Er war ein wenig entrüstet. »Denkst du, ich verlange Geld von dir, wenn du bei mir wohnst?«

Sie sah ihn einen Moment lang an, dann sagte sie: »Eigentlich solltest du das. Dieser Ort ist traumhaft. Und ich weiß, dass du immer lange im Voraus ausgebucht bist. Du und deine Freunde habt hier einen Platz geschaffen, an den Menschen kommen können, wenn sie eine Pause von ihrem stressigen Leben brauchen. Und ich weiß auch von der besonderen Hütte. Ihr seid alle großzügig, verdammt gute Geschäftsleute und anständige Menschen noch dazu. Das möchte ich nicht ausnutzen.«

Brick beugte sich vor, erfreut darüber, dass sie sich über *Die Zuflucht* informiert hatte. »Es ist einer der besten Orte, um zu heilen, und deshalb möchte ich, dass du bleibst. Das Geld ist mir verdammt egal. Es geht mir darum, mich für den Gefallen zu revanchieren, den du mir vor vier Jahren getan hast. Wenn du es willst, gehört die spezielle Hütte dir. Solange du willst. Unentgeltlich.«

Er hob seine Hand, bevor sie protestieren konnte. Irgendwie wusste er, was sie sagen wollte.

»Und bevor du mir jetzt sagen willst, dass du kein Kriegsveteran bist, dann irrst du dich. Du wurdest gegen deinen Willen entführt und gefangen gehalten. In der Welt wird heute ein Krieg gegen den Sexhandel geführt, und du warst definitiv ein Opfer davon. Aber du wirst diesen russischen Drecksack nicht gewinnen lassen. Auf keinen Fall. Ich kenne dich zu gut. Du wirst dieses komische Gefühl, das du hast, irgendwann überwinden. Ich weiß es.«

Brick gefiel der Blick nicht, der sich auf ihrem Gesicht ausbreitete, als sie schweigend über sein Angebot nachdachte.

»Was? Was hast du gerade gedacht?«, fragte er.

»Ich weiß nicht ... allein in dieser Hütte zu sein ...« Ihre Worte verebbten, bevor sie ihren Gedanken zu Ende führen konnte.

»Du kannst hier bei mir bleiben«, sagte er, ohne zu zögern.

»Das kann ich nicht«, protestierte sie.

»Warum nicht?«

»Darum! Weil es *dein Zuhause* ist.«

»Und ich lade dich ein, es mit mir zu teilen. Glaubst du, dass ich mich nicht einsam fühle, Al? Glaubst du, ich kämpfe nicht immer noch mit meinen eigenen Dämonen? Das tue ich. Sie sind nicht mehr so stark wie früher, aber sie sind noch da. Das werden sie immer sein. Es gefällt mir nicht, das dir gegenüber zu erwähnen, wo du dich ... daneben fühlst ... aber es ist wahr. Du kannst lernen, mit diesen Dämonen zu leben, ohne zuzulassen, deine Gedanken zu beherrschen, aber sie werden nie verschwinden. Ich möchte dir helfen, sie kleiner zu machen. Bleib bei mir. Lass dich von diesem Ort und der Natur hier heilen.«

Er wartete mit angehaltenem Atem. In Wahrheit wäre es eines der schwierigsten Dinge, die er je getan hatte, sie hier in der Hütte bei sich zu haben. Je mehr er Alaska um sich hatte, desto mehr wollte er, dass sie blieb. Wenn es für sie an der Zeit war weiterzuziehen, würde es ihm wehtun. Sie zu verlieren würde fast so sehr wehtun wie der Verlust seiner Kampfgefährten.

Aber ... was, wenn sie nicht ginge?

Was, wenn er sie überzeugen konnte zu bleiben?

Seine Mutter hatte ihm vor Jahren gesagt, dass es offensichtlich war, dass Alaska in ihn verknallt war. Eine Frau steckte nicht Energie und Zeit in ein Geschenk wie den Kreuzstich, den sie für ihn gemacht hatte, wenn sie nicht mehr als freundschaftliche Gefühle für ihn hegte. Aber damals war er auf einer Mission gewesen. Er wollte ein Navy SEAL werden. Um in der Welt etwas zu bewirken.

Als er jetzt neben ihr saß, wusste er mit plötzlicher Klarheit, dass es einen weiteren Grund gab, warum er ihr Geschenk all die Jahre aufbewahrt hatte. Einen Grund, warum es eines seiner wertvollsten Besitztümer war. Ein Grund, warum er so in Panik geraten war, als er hörte, dass Alaska in Gefahr war.

Sie hatte geschafft, was keine andere Frau geschafft hatte ... sie war ihm unter die Haut gegangen.

Bricks Tage waren besser, wenn er von ihr hörte. Seine Stimmung hellte sich auf, wenn er mit ihr telefonieren konnte. Es hätte offensichtlich sein müssen, aber erst in diesem Moment, mit seiner Freundin direkt vor ihm, wurde es ihm klar ...

Er fühlte sich zu Alaska hingezogen.

Diese Erkenntnis beunruhigte oder schockierte ihn nicht. Stattdessen war es, als wäre ihm eine schwere Last von den Schultern genommen worden, die er seit vier Jahren mit sich herumgetragen hatte.

Könnten die Gefühle, die sie einst für ihn gehabt hatte, wiederaufleben? Hatten sie eine Chance, dass eine Beziehung zwischen ihnen funktionieren könnte?

Brick war sich nicht sicher ... doch jetzt, da er seine Gefühle erkannt hatte, wollte er es versuchen. Aber behutsam. Wenn Alaska bereit war.

»Es wird kein Problem sein, dir einen Ausweis und ein Bankkonto zu besorgen und dein Geld hierher zu überweisen«, bemerkte er und wusste, dass seine oberste Priorität sein musste, dass sie sich wohl und sicher fühlte. »Und ich bin sicher, dass du in Los Alamos einen Job finden kannst. Wenn es dir wieder gut geht und du bereit bist ... kannst du zu größeren und besseren Dingen aufbrechen.«

Es fiel ihm schwer, diese Worte auszusprechen, aber Brick wollte sie auf keinen Fall zurückhalten.

»Bist du sicher?«, fragte sie leise. »Ich fühle mich, als wäre ich in dein Leben eingedrungen, ohne dass du Einspruch dagegen erheben konntest.«

Er lachte leise. »Da irrst du dich. In dem Moment, in dem ich hörte, dass jemand am Telefon war und mich seinen Ehemann nannte, wusste ich, dass du es bist. Und ich wusste, ich würde alles tun, um dir zu helfen. Willst du wissen warum?«

»Warum?«

»Weil ich immer eine Verbindung zu dir gespürt habe. Schon immer. Schon beim ersten Mal, als wir uns im Schulbus begegnet sind, in dem Moment, in dem ich dich in Deutschland gesehen habe, bis hin zu dem Moment, in dem ich deine Stimme am anderen Ende der Telefonleitung gehört habe, wie du vor lauter Angst verrückt geworden bist, aber klug gehandelt und getan hast, was du tun musstest, um dir selbst zu helfen. Ich hätte nicht nach Russland fliegen müssen, Liebes. Ich bin mir sogar sicher, dass es dem Team lieber gewesen wäre, wenn ich hiergeblieben wäre und die Jungs ihr Ding hätte machen lassen, ohne mitzukommen. Ich habe dich nicht gezwungenermaßen hierher zurückgebracht – sondern weil ich es wollte. Du hast dich nicht in mein Leben eingemischt und ich wusste *genau*, was ich tue.«

Alaska nahm einen tiefen Atemzug. »Okay«, flüsterte sie.

»Okay«, stimmte Brick zu, erleichterter, als er es in Worte fassen konnte. »Wie wäre es mit einer weiteren Dusche, dann setzen wir uns draußen auf die Terrasse und essen zu Mittag?«

»Mittagessen? Ist es schon so spät?«, fragte sie erstaunt.

»Ja. Du hast deinen Schlaf gebraucht. Ich bin sicher, die Jungs werden zu dir rüberkommen, jetzt, da du nicht mehr quasi komatös bist. Sei nicht beunruhigt, wenn dir in den nächsten Tagen nach viel Schlaf zumute ist.«

»Lass mich raten. Ist das normal?«, fragte sie mit einem kleinen Lächeln.

Als er ihr Grinsen sah, seufzte Brick erleichtert auf. »Genau«, versicherte er ihr. »Wie wär's, wenn du jetzt deinen Hintern in Bewegung setzt ... ich habe noch ein paar Jogginghosen, die du anziehen kannst, bis wir dir eigene Klamotten besorgt haben.«

»Willst du mir jetzt einen auf Navy SEAL machen?«, fragte sie.

»Was?«

»Du weißt schon, Befehle schreien, mir sagen: ›Beeil dich, du Made, schneller, beweg dich‹, und solche Sachen.«

Brick lachte. »Vielleicht. Man kann den Mann aus den SEALs herausnehmen, aber man kann den SEAL nicht aus dem Mann herausnehmen.«

Das Lächeln, das sie ihm schenkte, sorgte dafür, dass sich sein Magen zusammenzog.

»Wir werden dir auch bald Toilettenartikel besorgen«, erklärte er und versuchte zu verbergen, wie ihr Lächeln ihn beeinflusste.

»Oh, ich ... ist schon okay. Ich mag deine Sachen.«

»Es gefällt dir, wie ich zu riechen?«, konnte er nicht umhin zu fragen.

Ihre einfache, ehrliche Antwort bewies, wie stark diese Frau war. »Ja.«

Bricks Schwanz zuckte und das erschreckte ihn so sehr, dass er abrupt aufstand und auf die Tür zuging. »Ich werde sehen, was ich zum Mittagessen auftreiben kann. Lass dir Zeit«, erklärte er, als er den Raum verließ.

Er hätte sich am liebsten selbst in den Hintern getreten, weil er so abrupt gegangen war, aber der Hunger, der plötzlich durch seine Adern schoss, das Verlangen, das aus dem

Nichts gekommen war, nachdem er gehört hatte, dass sie *gern nach ihm roch*, machte es unmöglich, neben ihr sitzen zu bleiben, ohne möglicherweise etwas zu tun, was sie zu Tode erschrecken würde.

Sie war fast in die sexuelle Sklaverei verkauft worden. Was sie jetzt wahrscheinlich auf keinen Fall gebrauchen konnte, war seine Erektion direkt vor ihrer Nase.

Trotzdem ... er konnte das Bild von ihr, wie sie sich gestern und letzte Nacht an ihn geklammert hatte, nicht aus dem Kopf bekommen. Sie hatte sich nicht beruhigt, bis er sie im Arm gehalten hatte. Und es war ihm nicht entgangen, wie sie ihre Nase in seiner Halsbeuge vergraben hatte.

Brick zwang sich, an irgendetwas anderes zu denken – an den Klempner, der später kommen sollte, um ein undichtes Rohr in einer der Hütten zu überprüfen, an den Speiseplan für die nächste Woche, den er noch einmal durchgehen musste ... an *irgendetwas* anderes als an seinen plötzlichen Wunsch, sich umzudrehen und zu der Frau zurückzukehren, die sein Herz erobert hatte, ohne es auch nur versucht zu haben.

Yong Chen starrte den Boten an, der vor seinem Schreibtisch stand und nervös von einem Fuß auf den anderen trat, während sein Blick von Yong zur Tür und wieder zurück wanderte. Die Nachricht, die er gebracht hatte, war nicht gut. Ganz und gar nicht. Yong hatte erwartet, der Mann würde ihm mitteilen, dass seine neueste Errungenschaft am Bahnhof angekommen war und gerade zu seinem Haus transportiert wurde.

Stattdessen hatte er erfahren, dass sie weg war.

Sie war weg.

»Raus hier«, bellte Yong zwischen zusammengebissenen Zähnen.

Der junge Bote gehorchte sofort. Er floh aus dem Büro, als hätte er Glück gehabt ... und vielleicht hatte er das auch.

Yong konnte sich nicht erinnern, wann er zuletzt so wütend gewesen war wie in diesem Moment. Er war so aufgeregt gewesen in Erwartung seines neuesten Spielzeugs. Und wenn er ihrer überdrüssig war, wollte er sie wie immer an andere vermieten, um das Geld wieder hereinzuholen, das er ausgegeben hatte.

Er hatte fast sieben Millionen *Yuan* für diese Schlampe ausgegeben – und was hatte er dafür vorzuweisen? Nichts.

Das war inakzeptabel.

Yong beugte sich vor und nahm den Hörer ab. Er würde sich sein Geld von diesem verdammten Russen zurückholen, und wenn es das Letzte war, was er tat.

Dreißig Minuten später war Yong noch wütender als zuvor, als er erfuhr, dass die Frau, die er bestellt hatte, gerettet worden war, noch bevor sie Russland verlassen hatte.

Sein Kontaktmann war tot ... das Geld, das er ihm gegeben hatte, weg.

Wütend hob Yong den schweren Hefter auf seinem Schreibtisch auf und warf ihn mit voller Wucht quer durch den Raum. Er prallte gegen die Wand und zerbrach beim Aufprall, sodass Teile durch den Raum flogen. Der befriedigende Anblick half allerdings nicht dabei, seine Wut zu zügeln. Seit Tagen hatte er sich darauf gefreut, die Amerikanerin zu bekommen. Es war leicht, russische, indische, chinesische und sogar koreanische Muschis zu kriegen. Aber Amerikanerinnen ... die waren ziemlich selten. Und Yong hatte erwartet, dass seine wie versprochen geliefert werden würde.

Er saß eine ganze Weile da und brütete vor sich hin.

Keiner seiner Mitarbeiter wagte es, ihn zu stören. Es hatte sich herumgesprochen, dass der neueste »Gast« in ihrem Haushalt nicht mehr kommen würde. Demütigung übermannte ihn. Er hatte mit der Frau geprahlt. Er hatte seinen Freunden und Kunden versprochen, dass sie an die Reihe kommen würden, wenn er mit ihr fertig war, sobald sie ausreichend trainiert war. Er hatte sich so sehr auf diese Ausbildung gefreut. Es war sein Lieblingsprojekt, wenn er ein neues Produkt erwarb.

Sie waren immer so widerspenstig, wenn sie ankamen. Aber es brauchte selten mehr als ein paar Sitzungen mit ihm, bis sie bereit waren, die Beine zu spreizen und alles zu tun, was er befahl.

Der Gedanke, dass seine amerikanische Schlampe gerettet worden war, dass sie sich in Sicherheit wähnte, dass sie ihn irgendwie überlistet hatte ... ließ seinen Magen vor Bitterkeit kochen.

Er hatte eine Million amerikanische Dollar gezahlt – und er wollte, was ihm rechtmäßig zustand.

Nichts würde ihn daran hindern, sein Eigentum einzufordern. Sie würde darum betteln, dass Yong selbst sie nach ein paar Sitzungen mit seinen raueren Kunden behielt.

Das würde ihre Strafe sein. Er würde sie sofort anderen überlassen ... während er zusah.

Aber zuerst musste er sie kriegen.

Sie zu finden würde ziemlich einfach sein. Er kannte bereits den Namen des Mannes, den sie um Hilfe gebeten hatte. Der Stellvertreter des russischen Maklers hatte ihm alles gesagt, was er wissen wollte, weil er wahrscheinlich Angst hatte, dass Yong wegen seiner Frauen woanders hingehen würde.

Der Mann hieß Drake und behauptete, er sei ihr Ehemann. Ihm gehörte eine Art Geschäft in New Mexico namens *Die Zuflucht*. Yong hatte keinen Zweifel daran, dass seine Muschi *dort* war und fälschlicherweise annahm, dass sie jetzt, da sie in den Vereinigten Staaten war, sicher war.

Da lag sie allerdings ziemlich falsch.

Yong würde sich persönlich darum kümmern, sie zurückzuholen.

Zum ersten Mal seit Stunden lächelte er. Das würde ein Spaß werden. Es war Jahre her, dass er persönlich eine Akquisition durchgeführt hatte, aber er erinnerte sich immer noch an den aufregenden Adrenalinstoß, wenn die Zielperson merkte, dass sie getäuscht worden war.

Er hatte einige logistische Probleme zu lösen. Er musste ein gefälschtes Visum und Papiere unter falschem Namen besorgen, um in die USA zu gelangen. Er brauchte eine Tarngeschichte, um in die Nähe dieses Mistkerls von Drake zu kommen. Sobald er die Lage an dieser *Zuflucht* ausgekundschaftet hatte, würde er seinen Zug machen. Er würde seine Sieben-Millionen-*Yuan*-Muschi nach Hause bringen und sie sich unterwürfig machen.

Niemand führte Yong Chen an der Nase herum. Vielleicht konnte er den Russen, der ihn hintergangen hatte und sich dann dummerweise hatte erschießen lassen, nicht töten, aber er konnte immer noch bekommen, was er gekauft und bezahlt hatte.

KAPITEL ACHT

Alaska hatte noch nicht den Mut aufgebracht, sich weit von Drakes Hütte zu entfernen. Sie hatten auf der hinteren Veranda zu Mittag gegessen. Das Chili war perfekt gewürzt und hatte hervorragend geschmeckt. Aber kaum hatte sie aufgegessen, konnte sie die Augen nicht mehr offen halten. Sie entschuldigte sich ausgiebig, denn sie wusste, dass Drake sie seinen Freunden vorstellen wollte, aber er schob ihre Bedenken beiseite und half ihr wieder ins Haus.

Als sie sich zum Schlafen auf das Sofa gelegt hatte, hatte er die Fliegengittertür offen gelassen. Das Rauschen des Windes und der Vögel in den Bäumen und das Gefühl von frischer Luft waren so völlig anders als ihr Gefängnis in dem Container. Aber anders als in der Nacht zuvor schlief sie unruhig und wurde von Albträumen geplagt.

Schließlich zwang sie sich aufzustehen. Sie und Drake setzten sich wieder einmal zum Abendessen auf die Veranda. Sie trug immer noch seine Jogginghose und hatte keine Lust, irgendwohin zu gehen oder sich mit jemandem zu treffen.

Drake hatte beiläufig erwähnt, dass er die Kleidung, die

sie bei ihrer Rettung getragen hatte, weggeworfen hatte, was für Alaska mehr als in Ordnung war. Sie hatte keinen Zweifel daran, dass ihr Anblick viel zu viele schlechte Erinnerungen wachrufen würde. Irgendwann würde sie sich neue Kleidung kaufen müssen. Die Energie aufbringen, um etwas anderes zu tun als zu essen, zu schlafen und herumzusitzen ... aber morgen war ein neuer Tag.

Mutt war ihr ständiger Begleiter gewesen, als wüsste er, dass sie ihn im Moment mehr brauchte als Drake. Wenn sie ihn nicht gerade streichelte, hatte er seinen Kopf auf ihrem Oberschenkel, wenn er neben ihr saß. Seine Anwesenheit beruhigte sie irgendwie, wofür sie dankbar war.

Nachdem sie darauf bestanden hatte, beim Abwasch zu helfen, hatten sie sich noch einmal auf die Veranda begeben. Die Sonne ging gerade unter und aus irgendeinem Grund machte Alaska sich keine Sorgen über die große Dunkelheit des Waldes, der sich vor ihr ausbreitete.

»Dieser Ort ist erstaunlich, Drake. Du kannst sehr stolz sein«, erklärte sie, während sie mit einer Hand über Mutts Rücken strich. Der Hund war ihr sofort auf den Schoß gesprungen, als sie sich hingesetzt hatte. Drake hatte versucht, ihn zum Runterkommen zu bewegen, aber Alaska genoss das angenehme Gewicht des Tieres. Er war auch sehr gut darin, sie in der leicht kühlen Luft warm zu halten.

»Weißt du, als ich die Idee für *Die Zuflucht* hatte, stellte ich mir vor, dass es ein entspanntes, kleines Unternehmen sein würde. Ich wollte vor allem Leute einladen, die ich im Dienst kennengelernt hatte, um eine Weile zu campen und abzuhängen. Doch jetzt ist es so viel mehr als das.«

Alaska nickte. »Das kann man wohl sagen. Ich habe deinen Erfolg seit der Eröffnung verfolgt, und du hast weit mehr als nur einen Ort, an dem man Urlaub machen kann. Die Männer und Frauen, die dich hier besucht haben, haben nur Gutes über ihren Aufenthalt zu berichten. Sie hatten das Gefühl, dass sie sich zum ersten Mal seit Langem wieder einmal so richtig entspannen konnten.«

»Ich glaube, das liegt eher an der Gegend und weniger an der *Zuflucht* selbst«, bemerkte Drake achselzuckend.

»Da irrst du dich gewaltig«, erwiderte Alaska. »Du und deine Freunde habt einen Ort geschaffen, der genau die Menschen anspricht, die mit den Dingen zu kämpfen haben, die sie gesehen und getan haben. Angefangen bei der Therapeutin, die kommt, um mit ihnen zu reden, über die Art und Weise, wie die Mahlzeiten zubereitet werden, bis hin zu den Tieren, die sicherlich therapeutisch wirken, und den Hütten selbst. Es ist unglaublich hier, Drake.«

Plötzlich spürte sie seinen Blick auf sich und sie sah zu ihm hinüber. »Was?«

»Es ist nur ... du hast ja anscheinend *wirklich* unsere Fortschritte verfolgt.«

Ein wenig verlegen zuckte Alaska mit den Schultern. »Ich habe mir Sorgen um dich gemacht«, gab sie zu. »Als du Deutschland verlassen hast, hatte ich *gehofft*, dass du das Geschehene überstehen würdest, aber ich habe mich immer wieder gefragt, wie die Dinge außerhalb unserer E-Mails liefen. Also ... habe ich dich wohl oder übel im Internet gestalkt.«

Drake lachte. Das Geräusch war tief und rau und sorgte dafür, dass Schmetterlinge in Alaskas Bauch aufflatterten.

»Wenn mir jemand anderes gesagt hätte, dass er mich so genau beobachtet, wäre ich wahrscheinlich besorgt gewesen. Aber zu wissen, dass du dir genügend Sorgen um mich machst, um deinen Finger am Puls dessen zu haben, was ich tue, fühlt sich gut an. Und wenn wir schon Geheimnisse austauschen ... ich hoffe, du verstehst das nicht falsch, aber ich bin froh – sehr froh –, dass ich mich für den Gefallen revanchieren kann, den du mir vor vier Jahren getan hast. Ich hasse den Grund, aus dem du hier bist, aber ich bin trotzdem so froh, dass du hier bist, Alaska. Auch wenn wir seit unserem Abschluss nicht mehr als ein paar Tage miteinander verbracht haben, zähle ich dich zu meinen engsten Freunden.«

Alaska stiegen Tränen in die Augen, und sie ließ den Kopf sinken und betrachtete ihre Hände, mit denen sie immer noch Mutt streichelte.

»Jeden einzelnen Tag in meinem Leben sehe ich beim Aufwachen als Erstes das Geschenk, das du mir gemacht hast. Zu wissen, dass da draußen jemand mit solcher Überzeugung an mich geglaubt hat, als ich noch fast ein Kind war, hat mir die Zuversicht gegeben, die schweren Zeiten zu überstehen. Und glaub mir, davon gab es im Laufe der Jahre eine ganze Menge. Ich werde alles in meiner Macht Stehende tun, um dir zu helfen, diese schwere Zeit durchzustehen. Ich werde nicht lügen, der Kampf gegen die eigenen Dämonen kann unerträglich schwer sein ... aber ich glaube an dich. Ich weiß, dass du es schaffen kannst.«

Seine Worte gingen ihr sehr nahe. Um zu verbergen, wie viel ihr seine Worte bedeuteten, scherzte Alaska: »Zwingst du mich dazu zu sticken?«

Drake lachte leise. »Vielleicht. Wir können es in unser Programm hier in der *Zuflucht* aufnehmen. Ein Handarbeitsabend. Du kannst unsere Lehrerin sein.«

Alaska verdrehte die Augen. »Genau. Ich sage es dir nur ungern, aber das ist das Einzige, was ich je mit Kreuzstich bestickt habe. Und es ist furchtbar geworden.«

»Es ist das Schönste, was ich je gesehen habe«, widersprach Drake.

Alaska sah zu ihm hinüber, überrascht über seinen Tonfall, und erstarrte bei dem Blick in seinen Augen. Er starrte sie eindringlich an.

Noch nie hatte sie so viel Aufmerksamkeit bekommen, schon gar nicht von einem Mann.

Sie hatte viele Bücher gelesen, in denen Frauen immer wieder davon sprachen, die Lust und das Verlangen in den Augen eines Mannes zu sehen, aber sie hatte es nie selbst erlebt. Die meiste Zeit schauten die Männer durch sie *hindurch*. Wenn sie sich überhaupt die Mühe machten, sie anzusehen, dann nur, weil sie etwas wollten. Entweder Sex oder etwas, das mit den vielen Orten zu tun hatte, an denen sie gearbeitet hatte.

Einen Moment lang starrten sie einander an. Alaska hielt den Atem an, während sie darauf wartete, dass Drake weitersprach. Als er nichts weiter tat, als sie mit seinen intensiven blauen Augen anzusehen, senkte sie schließlich den Blick wieder auf den Hund in ihrem Schoß.

Es war ihr unangenehm, im Mittelpunkt seiner Aufmerksamkeit zu stehen. So sehr sie sich auch manchmal darüber ärgerte, immer im Hintergrund zu sein, so war sie doch daran gewöhnt. Dass Drake sie ansah, als würde er sie wirklich sehen, war irgendwie beängstigend.

Als wüsste er, dass sie sich unwohl fühlte, lehnte er sich in seinem Stuhl zurück und schloss die Augen. »Was morgen betrifft ... ich dachte, wir gehen zum Frühstück in die Lodge. Unser Koch ist sehr bemüht, für jeden Geschmack etwas dabei zu haben. Angefangen bei Joghurt und frischem Obst bis hin zu Pfannkuchen, Speck und Omeletts, die auf Bestellung zubereitet werden, wenn du das möchtest. Das Frühstück wird in Buffetform serviert, sodass nicht alle zur gleichen Zeit da sind.«

Alaska war sich noch nicht sicher, ob sie bereit war, ihre sichere Blase in Drakes Hütte zu verlassen, aber sie konnte nicht so tun, als wäre sie einfach nur im Urlaub. Es gab Dinge, die sie tun musste, um mit ihrem Leben weiterzumachen.

Drake fuhr fort: »Dann dachte ich, wir könnten runter in die Scheune gehen und ich stelle dir Melba vor. Ich glaube, sie ist mehr in den sozialen Medien als alles andere hier im Camp. Wir könnten den schönsten Sonnenaufgang oder Sonnenuntergang erleben, den du je gesehen hast, oder jemand könnte endlich einen Durchbruch haben und sich hundertmal besser fühlen als zu dem Zeitpunkt, an dem er hierhergekommen ist ... und doch werden immer nur Bilder von Melba gepostet und sie ist oft auch das Einzige, worüber die Leute sprechen, wenn sie nach Hause zurückkehren.«

Alaska hatte in der Tat schon eine Menge Bilder von der Hauskuh gesehen. Sie hatte große braune Augen, braun-weißes Fell und schien die Menschen einfach zu lieben. Auch sie hatte eine ebenso traumatische Geschichte wie die meisten Gäste. Sie wurde gerettet, kurz nachdem Drake *Die Zuflucht* eröffnet hatte. Daher schien die Verbindung zwischen der Kuh und den Menschen noch besonderer zu sein.

Alaska war überrascht, als sie spürte, wie sich Vorfreude in ihr breitmachte. Es war schon eine Weile her, dass sie sich auf etwas so sehr gefreut hatte wie auf die Begegnung mit einer gutmütigen Kuh.

»Dann können wir den Rest des Tages sehen, was sonst noch so auf uns zukommt«, erklärte Drake. »Wenn du müde bist, können wir hierher zurückkommen und du kannst ein Nickerchen machen. Oder wenn du willst, kann ich dich herumführen. Ich zeige dir, wo die Büroräume in der Hauptlodge sind, wir könnten eine kleine Wanderung machen, oder wir könnten hierher zurückkehren und auf der Veranda sitzen und nichts tun.«

»Du musst nicht auf mich aufpassen«, sagte sie zu ihm. Alaska gefiel es, dass er »wir« sagte und nicht »du«, aber sie hatte auch Schuldgefühle. Er hatte ein Geschäft zu führen. »Ich bin sicher, du hast Besseres zu tun.«

»Habe ich nicht«, sagte er, drehte den Kopf und fixierte

sie mit einem weiteren Blick. »Das ist einer der Gründe dafür, warum wir immer zu siebt sind, nämlich dann ist immer jemand da, der einspringt, wenn es nötig ist. Wir haben alle unsere Probleme«, erklärte er feierlich. »Manchmal müssen wir für eine Weile verschwinden. Wir müssen in den Wald gehen, um unser Gleichgewicht wiederzufinden. Oder wir müssen unsere Familien oder Freunde besuchen, die mehr als wir damit zu kämpfen haben, sich in die Gesellschaft einzufügen. Wenn einer von uns eine Auszeit nehmen muss, ist das in Ordnung. *Die Zuflucht* wird nicht zusammenbrechen. Wir können alle jeden Job machen und wir verstehen, dass man manchmal eine Auszeit braucht. Dass ich mir also Zeit nehme, um bei dir zu sein, um dafür zu sorgen, dass es dir gut geht, ist für alle völlig in Ordnung. Und es gibt nichts, was ich lieber täte, als dir voller Stolz mein Reich zu zeigen und es mit deinen Augen zu sehen.«

»Okay.«

Er grinste. »Was ist okay, Al?«

»Okay, wir können morgen machen, was du vorgeschlagen hast.«

Sein Lächeln ließ nicht nach. »Gut. Die Jungs werden alle da sein. Tonka isst nie in der Lodge, aber er kommt vorbei. Wenn nicht, ist er sicher unten in der Scheune. Er ist unser hauseigener Tierexperte. Ich bin mir nicht sicher, warum Mutt hier mich statt ihn ausgewählt hat. Er ist wie ein Tierflüsterer.«

»Mutt weiß eben, was gut ist«, erklärte Alaska. Dann biss sie sich auf die Lippe und überlegte, wie sie das, was sie ansprechen wollte, formulieren sollte. Sie war gestern Abend zu sehr neben sich gewesen und sie hatte noch nicht die Gelegenheit gefunden, heute mit ihm darüber zu reden. Aber jetzt ging die Sonne unter und ihr lief die Zeit davon. »Drake?«

»Ja, Al?«

»Ähm ... wegen letzter Nacht ...«

Als sie nicht weitersprach, fragte er: »Ja, was ist damit?«

»Ich war wirklich völlig fertig und ich wollte nicht ... ich weiß nicht ...« Ihre Stimme wurde leiser und sie merkte, dass ihr Gesicht knallrot war. Das sollte ihr nicht so peinlich sein, wie es der Fall war. Sie war fast vierzig Jahre alt. Erröten war lächerlich. »Wo soll ich heute Nacht schlafen?«, platzte sie schließlich heraus. »Ich kann nicht in deinem Bett schlafen. Das ist nicht richtig.«

»Für mich fühlt es sich verdammt richtig an«, murmelte Drake. Dann drehte er sich zu ihr um. »Du hast letzte Nacht wie ein Stein geschlafen«, bemerkte er.

Alaska nickte. Er hatte nicht ganz unrecht. Natürlich lag das wahrscheinlich daran, dass sie kaum geschlafen hatte, während sie in dieser Metallbox eingesperrt gewesen war. Und die ganze Reise in die Staaten war ziemlich traumatisch gewesen. Aber das brauchte sie gar nicht zu sagen. Drake wusste es.

»War es dir unangenehm?«, wollte er wissen.

»Nein.« Sie würde ihn nicht anlügen.

»Was ist dann das Problem?«, fragte er.

»Drake, ich habe nicht die Angewohnheit, so beiläufig mit Männern zu schlafen«, erklärte sie ein wenig verärgert. »Ich kann auf dem Sofa schlafen.«

»Auf keinen Fall«, entgegnete er mit entschlossenem Kopfschütteln. »Ich nehme gern das Sofa. Aber, Alaska ... es ist noch zu früh.«

Sie runzelte verwirrt die Stirn. »Zu früh wofür?«

»Dass du allein bist. Weißt du, in dem Krankenhaus in Deutschland hatte ich nicht mehr als eine Stunde am Stück geschlafen, bis du gekommen warst – außer ich wurde mit Betäubungsmitteln vollgepumpt. Aber das Wissen, dass du da warst, dass ich nicht allein war, hatte endlich dafür gesorgt, dass mein Gedankenkarussell aufhört. Davor konnte ich, wenn ich die Augen schloss, nur die Körperteile meiner Freunde durch die Luft fliegen sehen. Dann warst du da, und jedes Mal, wenn ich aufwachte, drehte ich sofort den Kopf und sah dich fest schlafen. In Sicherheit. Das bedeutete ... mir so wahnsinnig viel. Nach dem, was du durchgemacht hast, glaube ich, dass es das Schlimmste für dich wäre, vorläufig allein zu schlafen.«

Sie wollte protestieren. Ihm sagen, dass sie das natürlich konnte; sie hatte ihr ganzes Leben lang allein geschlafen. Aber tief in ihrem Inneren wusste sie, dass er recht hatte. Selbst als sie heute Morgen ein Nickerchen gemacht hatte, hatte sie sich hin und her gewälzt und war nicht wirklich zur Ruhe gekommen.

Drake streckte die Hand aus und nahm sie in seine. »Du kannst mir vertrauen, Al. Es wird nichts passieren. Wir werden einfach nur schlafen. Ich passe auf dich auf und du kannst auf mich aufpassen, okay?«

»Das ist nicht normal«, seufzte sie.

Drake zuckte nur mit den Schultern. »Was zum Teufel ist heutzutage schon ›normal‹? Wir sind alle auf unsere eigene Weise verkorkst, und wenn du die Nacht nur überstehen kannst, ohne den Verstand zu verlieren oder einen Albtraum nach dem anderen zu haben, wenn du neben einem Freund schläfst ... wen kümmert das schon? Wenn du dir Sorgen darüber machst, was die anderen Jungs denken werden, musst du das nicht. Es ist für sie offensichtlich, dass du mir wichtig bist. Sie würden alles für mich tun, und damit auch für dich.«

Ein Teil von ihr wollte weiter protestieren. Aber sie konnte nicht leugnen, dass es auf eine Weise beruhigend war, neben Drake zu schlafen, die sie nicht erklären konnte. »Okay«, flüsterte sie. »Aber wenn es dir irgendwann zu viel wird und du deinen Freiraum zurückhaben willst, musst du versprechen, es mir zu sagen. Ich bin sicher, es gibt Hotels in Los Alamos. Da kann ich jederzeit unterkommen.«

»Auf gar keinen Fall, Al. Bist du müde?«

Sie zuckte mit den Schultern. »Ein wenig.«

»Wie wäre es, wenn wir reingehen? Ich muss noch Papierkram durchsehen, Logistikkram, und du kannst lesen oder fernsehen oder was auch immer, bis du bereit bist, schlafen zu gehen. Mutt, runter«, befahl er.

Der Hund stöhnte, tat aber, was Drake befahl. Er sprang von Alaskas Schoß und streckte sich. Er streckte ein Vorderbein aus und wölbte den Rücken.

»Geh dein Geschäft erledigen, Mutt. Es ist Schlafenszeit.«

Der Hund stürmte in die Dunkelheit davon und Alaska runzelte die Stirn. »Hast du keine Angst, dass er wegläuft und nicht mehr zurückkommt?«

»Am Anfang hatte ich das schon. Ich hatte vorher noch nie einen Hund gehabt. Aber Mutt weiß, wie gut er es hier hat. Außerdem glaube ich, dass die Tatsache, dass er ein Bein verloren hat, ihn genauso mitgenommen hat wie alle anderen hier. Er sucht immer die Nähe eines Menschen.«

Wie zum Beweis kam Mutt zurück auf die Veranda gelaufen und blieb direkt bei Drake stehen, wo er sich hinsetzte und ihn mit einem so bewundernden Blick ansah, dass Alaska nur mit Mühe verhindern konnte, in Gelächter auszubrechen.

Drake lächelte sie an. »Komm, wir machen es dir gemütlich.«

Sie gingen gemeinsam ins Haus und Alaska beobachtete aufmerksam, wie Drake die Glasschiebetür verriegelte, einen Holzstab zum zusätzlichen Schutz gegen den Boden legte und dann zu allen Fenstern und der Haustür ging, um sich zu vergewissern, dass sie alle verschlossen waren.

In der Vergangenheit hatte sie sich nie so sehr für das

Abschließen interessiert. Aber das war damals und nicht heute. Sie schätzte es sehr, dass er so auf Sicherheit bedacht war.

Sie ging vor ihm den Gang hinunter und er wies ihr den Weg zum Badezimmer. »Geh schon, ich muss meinen Laptop und so holen.«

Alaska protestierte nicht und ging ins Bad, um sich bettfertig zu machen. Sie fühlte sich ein wenig unbehaglich, als sie wieder auftauchte und ins Schlafzimmer ging. Drake saß bereits auf dem Bett, die Beine vor sich ausgestreckt, die Füße nackt, den Laptop auf dem Schoß. Er lächelte sie an, als sie eintrat, und stellte den Computer zur Seite. »Bin gleich wieder da«, erklärte er und verließ den Raum.

Alaska kroch unter die Decke und seufzte noch einmal voller Freude, als der männliche Duft sie erneut einhüllte.

Drake kehrte zurück und setzte sich genau wieder dahin, wo er vorher gesessen hatte. Sie lag auf der Seite und sah ihn einen Moment lang an. Er drehte den Kopf und fragte: »Alles in Ordnung? Kann ich dir ein Buch oder etwas anderes holen? Ich kann den Fernseher einschalten.«

Alaska schüttelte den Kopf. »Nein, es geht mir gut. Sitzt du immer hier, wenn wir telefonieren?«, fragte sie.

»Manchmal. Entweder hier, auf dem Sofa oder auf der Veranda.«

Alaska nickte. Es gefiel ihr, sein Zuhause endlich persönlich zu sehen.

Er wandte sich wieder seinem Computer zu und begann, etwas zu tippen. Nach einer Weile zuckten seine Lippen und er sah wieder zu ihr hinüber. »Willst du nur daliegen und mich anstarren, während ich arbeite?«

Alaska nickte. »Es ist faszinierend.«

»So interessant ist es *wirklich* nicht«, entgegnete er trocken. »Den Vertrag mit der Wäscherei zu verlängern und dafür zu sorgen, dass die Rechnungen bezahlt werden, ist nicht besonders aufregend.«

»Es ist nur ... ich habe mir dich immer als einen Typ vorgestellt, der viel unternimmt. Es ist schön zu sehen, dass du etwas so unglaublich Alltägliches tust, wie am Computer zu arbeiten.« Kaum hatte sie diese Worte ausgesprochen, bereute Alaska sie. Was, wenn er ihre Bemerkung falsch auffasste?

Aber zu ihrer Erleichterung lachte er. »Ja, ein Navy SEAL zu sein war körperlich immer viel anstrengender. Aber es gab auch jede Menge Berichte und anderen Papierkram, den wir ausfüllen mussten.«

»Ich weiß, ich wollte nur ...« Alaska zuckte mit den Schultern.

Er lächelte, dann wandte er die Aufmerksamkeit wieder dem Computerbildschirm zu.

Es hatte etwas seltsam Intimes, neben Drake im Bett zu liegen, während er seinen Papierkram erledigte. Alaska war sich nicht sicher, wann sie anfing einzuschlafen, aber sobald sie wegdriftete, erschrak sie, weil ihr Unterbewusstsein sich weigerte, vollständig abzuschalten.

»Ganz ruhig, Alaska. Es ist alles in Ordnung. Du bist in Sicherheit.«

Sie schlug die Augen auf und sah Drake, der immer noch auf dem Bett lag. Dann rutschte er zu ihrer Überraschung zu ihr hinüber, bis er direkt neben ihr lag. Er nahm einen ihrer Arme und legte ihn über seinen Schoß. Seine Hüfte war direkt neben ihrem Gesicht und ihr Arm lag zwischen der Kante seines Laptops und seinem Bauch. Er legte seine Hände wieder auf die Tastatur, seine Handgelenke ruhten auf ihrem Unterarm.

»Besser?«, fragte er.

Überraschenderweise war es viel besser, Körperkontakt mit ihm zu haben. Alaska nickte.

»Gut.«

Die Tatsache, dass er keine große Sache aus ihrer irritierenden – oder zumindest, wie sie fand, irrationalen – Angst machte, half ihr sehr, sich zu entspannen.

»Es wird mit der Zeit leichter. Ich verspreche es, Liebes«, bemerkte er sanft. »Stört dich das Licht des Bildschirms?«

Sie schüttelte den Kopf, wobei ihre Nase fast die dünne Baumwolle der Pyjamahose berührte, die er trug. Fast hätte sie sie kommentiert, als er ins Zimmer kam. Einen harten, knallharten ehemaligen SEAL wie Drake mit einer weichen Baumwollhose im Bett zu sehen, erschien ihr unpassend. Ob er sie immer im Bett trug, wusste sie nicht, aber es gefiel ihr, dass seine Schlafenszeit-Routine so ... *normal* war.

Alaska trug immer noch die Jogginghose, die sie den ganzen Tag über getragen hatte. Sie hatte sonst nichts anzuziehen und zum Glück war sie äußerst bequem. Drake hatte ihr ein T-Shirt fürs Bett gegeben anstelle des Sweatshirts, das sie sich heute Morgen geliehen hatte.

Alaska schloss die Augen und bewegte sich ein wenig, bis ihre Stirn auf Drakes Hüfte ruhte. Sie atmete tief ein, wobei sein Duft sie beruhigte, der ihr jetzt erneut in die Nase stieg. Jetzt war kein einziger Hauch von Metall mehr in ihren Nasenlöchern. Kein Knarren des harten Containers. Keine gedämpfte russische Unterhaltung im Hintergrund.

Als Alaska dieses Mal einschlief, schlief sie tief und fest. Sie träumte nicht. Und sie fühlte sich so sicher wie seit Langem nicht mehr.

Brick hatte die Arbeit an seinem Computer beendet, aber er wagte nicht, sich zu bewegen. Alaskas Arm war zwischen seinen Handgelenken und seinen Oberschenkeln eingeklemmt. Ihr Gesicht war an seine Hüfte gepresst. Sie hatte sich sogar so bewegt, dass ihre Knie an sein Bein gepresst waren.

Wann hatte er das letzte Mal mit einer Frau geschlafen? Er konnte sich nicht erinnern. Vor der beschissenen Mission, bei der seine Freunde ums Leben gekommen waren, hatte er gelegentlich Sex gehabt, aber nie mit jemandem die Nacht verbracht. Er genoss den Sex, hatte aber nicht das Bedürfnis nach mehr. Alaska hatte recht – sein Leben war damals ziemlich hektisch gewesen. Auch wenn Bones, Rain und die anderen ihm immer gesagt hatten, dass er etwas verpasste, dass es alles veränderte, wenn er eine Frau fand, mit der er sein Leben teilen konnte, hatte er es nicht wirklich verstanden.

Und nach diesem schrecklichen Tag war er zu verwirrt und zu sehr damit beschäftigt gewesen, wieder gesund zu werden, um überhaupt an eine Beziehung zu denken. *Die Zuflucht* war seine Geliebte geworden, und er hatte keine andere gewollt.

Jetzt, da er neben Alaska saß und sah, wie seine Anwesenheit sie beeinflusste, wie sie sich entspannen konnte, sobald sie ihn körperlich berührte ... begann er zu verstehen, was Mad Dog und die anderen ihm vor all den Jahren zu sagen versucht hatten.

Die Zuflucht mochte seine Geliebte sein, aber sie hatte ihm nie die Befriedigung gegeben, wie es Alaska in so kurzer Zeit getan hatte.

Mit langsamen Bewegungen klappte Brick den Laptop zu und stellte ihn auf den Tisch neben seinem Bett. Dann rutschte er langsam nach unten, bis er auf dem Rücken lag. Er hielt Alaskas Arm fest, und als er lag, legte er ihn sich über den Bauch.

Sie seufzte und schmiegte sich an ihn. Er legte seinen Arm um ihre Schultern und er zog sie näher an sich heran.

»Drake?«, murmelte sie.

»Ich bin da«, beruhigte er sie.

»Hast du deine Arbeit erledigt?«, fragte sie schläfrig.

»Ja.«

»Gut.«

»Schlaf, Al.«

»Okay.«

Kaum war das Wort über ihre Lippen gekommen, atmete sie wieder tief und gleichmäßig.

Ihm war nicht entgangen, wie tief sie eingeatmet hatte, als er das erste Mal näher gerückt war. Er *liebte* es, dass sie seinen Duft so mochte. Diese Tatsache hatte eine Wirkung auf sein Inneres, die er nicht einmal ansatzweise erklären konnte. Er konnte auch nicht leugnen, dass er jedes Mal, wenn sie mit seinem Duft an ihrer Haut aus der Dusche kam, ein ungewöhnliches Gefühl der Zuneigung verspürte.

Viele Leute würden behaupten, dass er sich aufgrund einer Art Beschützerkomplex in sie verliebte, aber da lägen sie falsch. Alaska Stein war immer einfach nur da gewesen ... immer im Hintergrund ... aber dennoch da. Und jetzt, da er die kleinen Dinge über sie erfuhr, als Erwachsener? Ihre Vorlieben und Abneigungen, wie unprätentiös sie war, wie sie versuchte, ihre Ängste und Unsicherheiten vor ihm zu verbergen?

Ja, genau. Diese Frau konnte ihn für alle anderen ruinieren.

Er spürte, wie sie neben ihm zusammenzuckte, als hätte sie in ihren Träumen etwas gesehen, das sie erschreckte. Brick nahm sie fester in den Arm, drehte sich um und küsste sie auf den Kopf.

»Ganz ruhig, du bist in Sicherheit, Al.«

Zu seiner großen Befriedigung entspannte sie sich sofort.

Mutt hob den Kopf, als wollte er nach ihnen beiden

sehen, dann senkte er ihn wieder und legte ihn auf Alaskas Wade.

Brick war so verdammt nahe dran gewesen, dies nie zu erleben. Dass sie nicht in diesem Moment neben ihm lag. Und dieser immer wiederkehrende Gedanke war abscheulich und inakzeptabel. Wenn sie nicht klug genug gewesen wäre, den Russen davon zu überzeugen, sie ihn anrufen zu lassen ... wenn sie ein schwächerer Mensch gewesen wäre, jemand, der diesen verdammten Sarg, in den sie gesteckt worden war, nicht hätte überleben können ... wenn er nicht sofort gehandelt hätte, wenn der Lagerarbeiter sich nicht dazu durchgerungen hätte, ihnen die Nummer des Containers zu verraten, in dem sie gefangen gehalten wurde ...

Es gab so viele Dinge, die hätten schiefgehen können, und Alaska wäre für ihn für immer verloren gewesen.

Brick war kein sehr religiöser Mann, aber er sprach ein Dankgebet, dass sie verschont geblieben war. Dass er Alaska hierher, auf seinen Berg, hatte bringen können, um sie zu heilen. Sie hatte keinen leichten Weg vor sich, aber sie würde es schaffen. Daran hatte Brick nicht den geringsten Zweifel.

Er schlief ein mit dem Gewicht von Alaskas Kopf auf seiner Schulter und dem tiefen Wissen, dass er genau da war, wo er sein sollte.

KAPITEL NEUN

Wieder einmal wachte Alaska allein im Bett auf, doch als sie sich streckte, fühlte sie sich erstaunlich erholt. Alles in allem war sie überrascht, wie gut sie geschlafen hatte, aber sie war natürlich froh darüber. Und zum ersten Mal freute sie sich darauf, mehr von der *Zuflucht* zu sehen. Sie war immer noch dabei, alles, was passiert war, zu verarbeiten, aber jetzt ... wollte sie ein wenig auf Entdeckungsreise gehen.

Als sie sich aufsetzte, sah sie die schiefe Stickerei, die sie für Drake gemacht hatte, an der Wand und schüttelte den Kopf. Sie konnte immer noch nicht glauben, dass er dieses Ding wirklich hatte, oder wie viel es ihm offenbar bedeutete.

Sie ging aus dem Schlafzimmer und sah Drake mit Mutt auf seiner Veranda sitzen. Er kraulte abwesend den Kopf des Hundes und starrte in den Wald. In der anderen Hand hielt er eine Tasse Kaffee.

Alaska schlüpfte ins Badezimmer und rümpfte beim Anblick ihres Spiegelbildes die Nase. Sie sah immer noch schlecht aus. Ihr Haar war wirr, ihre Wangen blasser als sonst, und sie brauchte nicht unter ihre Kleidung zu schauen, um die blauen Flecke zu sehen, die sie immer noch auf ihrem Körper spüren konnte.

Aber sie hatte Glück gehabt. Sehr viel Glück. Und es war an der Zeit, wieder mit dem Leben anzufangen ... Schritt für Schritt. Der Gedanke, allein in eine Wohnung zu ziehen, machte ihr eine Heidenangst, aber darüber brauchte sie sich jetzt noch keine Gedanken zu machen, denn heute konnte sie erst mal *Die Zuflucht* mit Drake an ihrer Seite erkunden.

Alaska wünschte sich, sie hätte ein paar Klamotten, die ihr passten, und verließ das Badezimmer, nachdem sie die Toilette benutzt und sich die Zähne geputzt und die Haare gerichtet hatte. Sie machte einen Abstecher in die Küche, um sich eine Tasse Kaffee einzuschenken, bevor sie sich auf den Weg zur Veranda machte.

Drake musste sie kommen gehört haben, denn er drehte sich um und lächelte sie an, noch bevor sie die Tür geöffnet hatte.

»Guten Morgen«, begrüßte er sie leichthin.

»Guten Morgen«, erwiderte sie und nahm auf dem Stuhl Platz, den sie als »ihren« Stuhl betrachtete. Sie sprachen einen Moment nicht miteinander, während Alaska das Land um sie herum auf sich wirken ließ. Die Luft war kühl und als sie fröstelte, stand Drake auf und ging in die Hütte. Einen Moment später kam er mit einer kuscheligen Wolldecke zurück. Er legte sie ihr auf den Schoß, schenkte ihr noch ein kleines Lächeln, dann setzte er sich wieder hin und nahm seinen Kaffee in die Hand.

»Danke.«

»Gern geschehen.«

»Ist dir nicht kalt?«, fragte sie.

»Nein.«

Wieder entstand ein entspanntes Schweigen zwischen

ihnen. Dann sagte Drake: »Tiny ist heute Morgen mit ein paar Klamotten für dich vorbeigekommen. Sie liegen drinnen auf dem Sofa. Er war sich nicht sicher, welche Größe du hast, also hat er ein paar Leggings mit elastischem Bund und ein paar T-Shirts in verschiedenen Größen mitgebracht. Wir müssen dir noch passende Stiefel besorgen, aber in der Zwischenzeit hat er ein Paar Sandalen zum Hineinschlüpfen besorgt.«

Alaska schluckte schwer angesichts der Rührung, die sie zu überwältigen drohte. Es war eine unglaublich rücksichtsvolle Geste. Sie war mit nichts als den Kleidern, die sie am Leib trug, hierhergekommen … und die wollte sie nie wiedersehen. Es machte ihr nichts aus, Drakes Jogginghose zu tragen, aber der Gedanke, etwas zu tragen, das vielleicht passte, war auf jeden Fall ausgesprochen verlockend. Sie kannte Drakes Freunde nicht einmal, und doch hatten sie sie besser behandelt als die sogenannten Freunde, die sie im Laufe der Jahre gefunden hatte.

Sie tranken ihren Kaffee aus, dann ging sie wieder hinein, um sich für das Frühstück in der Lodge fertig zu machen. Die Leggings passten perfekt und sie wählte das rosa T-Shirt, auf dem in großen Druckbuchstaben *Los Alamos* stand. Die Sandalen waren ein bisschen groß, aber das machte ihr nichts aus.

Als sie zu dem großen Gebäude in der Mitte des Resorts hinübergingen, bemerkte Drake: »Im Moment sind alle zwölf Hütten belegt. Es kommen nicht alle zum Frühstück, aber es wird wahrscheinlich ziemlich voll sein. Wir können drinnen am großen Esstisch essen oder in der Sitzecke oder sogar draußen, wenn dir das lieber ist. Wir versuchen, den Gästen verschiedene Möglichkeiten zu bieten, was das Essen anbelangt. Manche fühlen sich in der Nähe von Fremden nicht wohl, andere brauchen eine Wand im Rücken, und wieder andere haben etwas Platzangst und essen lieber draußen. Wenn es richtig kalt ist, haben wir Propanheizungen, damit sie beim Essen nicht erfrieren.«

Alaska hatte sich über *Die Zuflucht* informiert, aber ihr war nicht klar, auf wie viele kleine Details Drake und seine Freunde aufgrund der Bedürfnisse ihrer Kunden achten mussten. Die meisten Geschäftsinhaber mussten nicht darüber nachdenken, so viele verschiedene Möglichkeiten anzubieten, wenn es um etwas so Einfaches wie das Essen ging.

»Sehen wir einfach mal, wie es läuft«, erklärte er ihr.

Sie runzelte die Stirn. »Wie es läuft?«

»Wo du essen willst.«

Sie hätte ihm am liebsten versichert, dass es ihr gut ging. Dass Frühstücken keine große Sache war, selbst nach dem, was sie durchgemacht hatte. Er musste ihr am Gesicht angesehen haben, dass sie im Begriff war zu protestieren, denn er fuhr fort.

»Al, seit deiner Rettung hast du so gut wie niemanden außer mir in deiner Nähe gehabt. Man kann nicht vorhersehen, was deine verbleibenden Ängste noch auslösen könnte. Vielleicht passiert gar nichts, und das wäre fantastisch. Aber *falls* dich etwas nervös macht, brauchst du dich deswegen nicht zu schämen. Jeder einzelne Mensch hier, und auch die meisten Tiere, müssen mit den Folgen der Traumata fertigwerden, die das Leben ihnen in den Weg gelegt hat. Du musst nur herausfinden, wie du mit deinen eigenen Dämonen umgehen kannst, und von da aus weitermachen.«

Alaska gefiel das nicht. Ganz und gar nicht. Sie war immer stolz auf ihre Unabhängigkeit gewesen. Sie war stolz auf die Tatsache, dass sie allein im Ausland gelebt hatte. Dass sie mehr von der Welt gesehen hatte, als die meisten Menschen je sehen würden. Aber jetzt fragte sie sich, ob diese Unabhängigkeit nun der Vergangenheit angehörte. Ob sie als verängstigte und einsame alte Frau enden würde, die Angst hatte, ihre Wohnung zu verlassen.

»Verdammt. Jetzt denkst du zu viel nach«, murmelte Drake. Er blieb stehen und legte seine Hand auf ihren Unterarm. »Ich will damit nur sagen, dass du mit dem Strom schwimmen sollst. Wenn du da reinkommst und dir irgendetwas Unbehagen bereitet, finden wir auf jeden Fall eine Lösung, okay?«

»Meine Probleme sind nicht deine Probleme«, erwiderte sie.

»Wie bitte?«

»Ich ... ich glaube, in ein paar Tagen geht es mir wieder gut, und ich will *auf keinen Fall*, dass du dir neben all deinen Problemen auch noch Gedanken um meine Probleme machst.«

Anstatt sich zu ärgern, grinste Drake.

»Warum grinst du?«, fragte sie.

»Weißt du, ich habe in der Vergangenheit schon einige deiner Vorträge gehört. Am Telefon. In E-Mails. Du machst dir immer Gedanken um mich. Sagst mir, dass ich zu viel arbeite. Machst dir Sorgen, dass ich nicht genügend Urlaub nehme. Aber ich habe noch nie die Falte auf deiner Stirn gesehen, die entsteht, wenn du mit mir schimpfst.« Er streckte einen Finger aus und strich sanft über die Stirnfalte zwischen ihren Augen.

Bei dieser einfachen Berührung schossen Funken durch ihren ganzen Körper, direkt bis zu ihren Zehen.

»Ich finde sie süß«, informierte Drake sie mit einem Augenzwinkern, bevor er nach ihrer Hand griff, seine Finger mit ihren verschränkte und dann gemeinsam mit ihr den Weg zur Hütte fortsetzte.

»Im Ernst, Drake ...«, begann Alaska zu sagen, aber er unterbrach sie.

»Du kannst mir sagen, dass ich mir keine Sorgen um

dich machen soll, bis du schwarz wirst, aber es wird keinen Unterschied machen. Du bist buchstäblich meine längste Freundin ... es ist unmöglich, dass ich mir *keine* Gedanken um dich mache.«

Autsch. Er hatte sie gerade als nichts weiter als eine Freundin eingestuft. Das war verdammt schade. Und wie. Aber sie nahm an, Drakes Freundin zu sein war besser als die Alternative. Außerdem war *sie* zwar seit ihrem vierzehnten Lebensjahr in ihn verliebt, aber es war ja nicht so, dass ein oder zwei Tage in ihrer Nähe dazu führen würden, dass Drake plötzlich die Augen geöffnet wurden und er ihr zu Füßen fiel, um ihr seine Liebe zu erklären.

Sie kam nicht dazu, etwas zu erwidern, denn sie waren bereits bei der Hütte angekommen. Er öffnete ihr die Tür und sie ging hinein, wobei es ihr leidtat, dass er ihre Hand losließ. Aber sie sagte sich, dass sie sich an so etwas besser nicht gewöhnen sollte.

Als sie sich umsah, war sie wieder einmal schwer beeindruckt von allem, was Drake und seine Freunde auf die Beine gestellt hatten. Sie traten in den großen, offenen Raum der Lodge. An einer Seite befand sich ein riesiger Kamin, um den herum bequeme Ledersofas und -sessel standen. Auf den Hartholzböden lagen helle Teppiche und die freiliegenden Dachsparren ließen den Raum noch größer wirken, als er ohnehin schon war. Die Gerüche, die aus der Küche kamen, sorgten dafür, dass ihr der Magen knurrte.

Drake lächelte, als er das hörte, nahm ihren Ellbogen und führte sie nach links in den Essbereich. Dort gab es einen großen Tisch, an dem mindestens sechzehn Personen Platz hatten, und einen kleineren mit vier Stühlen drum herum. In der Nähe befand sich ein langer Buffettisch auf Rollen, der bis unter die Decke mit verschiedenen Sachen fürs Frühstück gefüllt war.

Durch die Fenster konnte sie den Essbereich im Freien sehen, von dem Drake ihr erzählt hatte. Auf der Terrasse standen mehrere Picknicktische mit Sonnenschirmen und ein paar Propanheizungen. Durch eine Tür vom Speisesaal aus hatten die Gäste leichten Zugang zu dem zusätzlichen Essbereich.

An dem großen Tisch saß ein halbes Dutzend Fremder, die frühstückten und sich leise unterhielten. Als sie und Drake ankamen, blickten sie alle zu ihnen hinüber und grüßten sie herzlich.

Alaska lächelte zurück ... aber erst als Drake näher kam und seinen Arm um ihre Taille legte, merkte sie, dass sie stehen geblieben war.

»Es ist alles in Ordnung, Liebes. Atme einfach tief durch.«

Sie ließ den Atem, den sie offenbar angehalten hatte, mit einem Zischen aus. Sie versuchte herauszufinden, was sie an der zwanglosen Szene so belastete.

»In Ordnung, ich denke, wir setzen uns an den kleineren Tisch. Komm schon«, erklärte Drake und führte sie um die Gäste herum zu dem Vierertisch.

Sie machte sich vage Sorgen, dass die anderen sie für unhöflich halten könnten, aber sie konnte sich nicht dazu durchringen, sich zu setzen und mit ihnen zu sprechen.

Drake zog einen Stuhl heran und sie setzte sich wie ferngesteuert. Er zog einen weiteren Stuhl so nahe an ihren heran, dass ihre Oberschenkel sich berührten. »Sieh mich an, Al.«

Sie drehte den Kopf. Sobald sie sich auf seine vertrauten blauen Augen konzentrierte, entspannte sie sich ein wenig.

»Sind dir hier zu viele Leute?«, fragte er.

»Nein«, entgegnete sie sofort.

»Liegt es daran, dass du sie nicht kennst?«

Alaska schüttelte den Kopf.

Drake betrachtete sie einen Moment lang, bevor er fragte: »Was denkst du, warum du dann so nervös bist?«

Alaska schloss die Augen und holte tief Luft. »Ich weiß es nicht. Ich schätze, ich ... es hat eine Erinnerung an jenen Morgen in mir wachgerufen. Die Leute, die an den Gemeinschaftstischen saßen und sich unterhielten, erinnerten mich an das Frühstück, das ich gegessen habe, bevor ... bevor ich entführt wurde.«

Sie spürte, wie er ihr die Hand an die Wange legte.

»Der erste Flashback ist der schwerste. Manches wird leichter werden, anderes nicht so sehr. Aber du machst das sehr, *sehr* gut, Liebes.«

Alaska öffnete die Augen und sah Drake an, um herauszufinden, ob er ihr etwas vormachte oder ob er die Wahrheit sagte.

Sobald sie ihm in die Augen sah, erklärte er: »Als ich das erste Mal nach meiner Rückkehr Donner gehört habe, hatte ich einen Nervenzusammenbruch. Ich bin im Veteranenkrankenhaus unter einen Tisch gesprungen und habe geschrien, dass alle um mich herum in Deckung gehen sollen.« Er zuckte mit den Schultern, als wäre es ihm nicht im Geringsten peinlich, über diese schwierige Erinnerung zu sprechen. »Du kannst mir also glauben, wenn ich dir sage, dass du dich großartig hältst, okay?«

»Okay«, flüsterte sie.

»Hey«, sagte eine tiefe Stimme leise.

Alaska drehte sich um und sah, dass Pipe in der Nähe stand. Er war derjenige, den sie als »den Motorradfahrer« bezeichnet hatte. Er hatte Tattoos, die fast jeden Zentimeter seiner Arme und das, was sie von seiner Brust sehen konnte, bedeckten. Außerdem hatte er längliches Haar und einen viel längeren Bart als die anderen Jungs. Wenn sie ihn in einer Kneipe getroffen hätte, wäre sie wahrscheinlich misstrauisch gewesen, aber da er einer von Drakes Freunden war, entspannte sie sich.

»Geht's dir gut?«, fragte er Alaska.

»Ja.«

»Soll ich dir etwas vom Buffet holen?«

Seltsam beruhigt von seinem britischen Akzent öffnete Alaska den Mund, um abzulehnen, aber Drake kam ihr zuvor. »Danke, Mann. Ich denke, ein bisschen von allem? Ich werde alles essen, was sie nicht isst.«

Pipe nickte. »Kein Problem. Bin gleich wieder da.«

Kaum hatte er sich umgedreht, sah Alaska Drake stirnrunzelnd an. »Ich bin kein Invalide. Ich hätte mir selbst ein Frühstück holen können.«

»Ich weiß. Aber du brauchst keinem von uns hier zu beweisen, wie zäh du bist. Wir wissen das schon.«

Alaska wollte etwas darauf erwidern. Aber als sie dazu ansetzte, legte Drake ihr einen Finger auf die Lippen.

»Lass dich von mir ... von *uns* ... ein bisschen verwöhnen, Alaska. Es wird viele Gelegenheiten geben, deine Unabhängigkeit zu beweisen. Aber dies ist dein erster Ausflug zurück in die Welt. Manchmal ist es besser, kleine Schritte zu machen, als sich ins Leben zurückzustürzen.«

Alaska schluckte die Erwiderung hinunter, die ihr auf der Zunge gelegen hatte. Es fühlte sich wirklich gut an, von Drake und seinen Freunden umsorgt zu werden. Angefangen bei den Kleidern über Pipe, der sich um ihr Wohlergehen kümmerte, als sie hier ankam, bis hin zu seinem Angebot, ihr Frühstück zu holen.

Sie nickte und wurde mit einem Lächeln von Drake belohnt. »Danke, Al.«

Während des gesamten Gesprächs hatte er seine andere Hand nicht von ihrem Gesicht genommen, und als er sich schließlich wieder auf seinen Stuhl setzte, musste Alaska einen Seufzer der Enttäuschung zurückhalten, dass er sie nicht mehr berührte.

Sie war nie die Art von Frau gewesen, die sich nach menschlichem Kontakt sehnte. Während all der Jahre, bevor sie von zu Hause weggegangen war, hatte ihre Mutter im Grunde genommen aufgehört, sie aus Zuneigung zu berühren. Sie war entweder zu betrunken oder high, um sich überhaupt daran zu erinnern, dass sie eine Tochter hatte, geschweige denn, dass sie dazu fähig gewesen wäre, sie zu umarmen oder ihr zu sagen, wie sehr sie sie liebte. Und abgesehen von ein paar Freunden, die sie im Laufe der Jahre gehabt hatte, war sie nie von jemandem wirklich berührt worden, nicht einmal beiläufig.

Drake schien das fast demonstrativ zu machen und berührte sie so oft wie seit Jahren nicht mehr. Es fühlte sich gut an. Zu gut.

»Bitte sehr«, erklärte Pipe.

Alaska war so in Gedanken versunken, dass sie überrascht zusammenzuckte, und Drake legte eine Hand auf ihren Oberschenkel und murmelte: »Ganz ruhig, Al.«

Sie schluckte schwer, sah zu Pipe auf und schenkte ihm ein kleines Lächeln. Doch aus dem Lächeln wurde bald ein erstaunter Blick mit offenem Mund auf die beiden Teller, die der Mann vor ihr und Drake auf den Tisch gestellt hatte.

»Heiliger Strohsack! Du kannst doch nicht wirklich erwarten, dass wir das alles essen.«

Sowohl Drake als auch Pipe lachten.

»Ich wusste nicht, was ihr am liebsten esst, also habe ich, wie Brick gesagt hat, von allem ein bisschen geholt. Keine Sorge, alles, was ihr nicht aufesst, wird an die Ziegen verfüttert. Sie lieben es, wenn die Augen der Leute größer sind als ihre Mägen.«

»Willst du dich zu uns setzen?«, lud Alaska ihn zaghaft ein.

»Sicher. Ich bin gleich wieder da«, entgegnete er, während er sich umdrehte, um sich selbst einen Teller zu holen.

»Du musst nicht höflich sein«, versicherte Drake ihr, als er außer Hörweite war. »Wenn du lieber allein essen willst, wird das jeder hier verstehen.«

»Das ist aber nicht der Fall. Außerdem habe ich Pipe kennengelernt ... und du vertraust ihm. Und ich weiß, dass ich nicht in diesem Hotel in Sankt Petersburg bin.«

»Nein, das bist du nicht. Aber wenn du irgendwann Abstand brauchst, lass es mich einfach wissen. Oder du lässt es mich nicht wissen und stehst einfach auf und gehst raus. Ich werde mir etwas einfallen lassen.«

Pipe kehrte zurück und hatte einen der anderen Besitzer der *Zuflucht* mitgebracht.

»Ich bin Owl. Darf ich mich zu euch setzen?«, fragte der Neuankömmling.

Sowohl Drake als auch Pipe sahen sie an, um seine Frage zu beantworten.

»Natürlich«, sagte Alaska zu ihm.

Owl setzte sich und sagte dann: »Es gibt kein ›Natürlich‹. Es ist unmöglich zu wissen, was eine bestimmte Situation auslösen könnte. Die Farbe meiner Haare könnte dich nervös machen, wenn sie dich an jemand anderen erinnert«, meinte er achselzuckend.

»Das ist nicht der Fall«, beruhigte Alaska ihn. Aber sie verstand, was er meinte. Wieder einmal war sie beeindruckt, wie unglaublich intuitiv diese Männer waren. Sie betrieben nicht nur ein Resort, sondern taten wirklich alles, um anderen Männern und Frauen zu helfen, die schwere Traumata durchgemacht hatten.

Die anderen Besitzer der *Zuflucht* kamen zu verschiedenen Zeiten in den Raum, während sie aßen. Sie alle machten sich die Mühe, zu ihr zu kommen, sich ihr vorzustellen, ihr zu sagen, wie froh sie waren, dass es ihr gut ging, und sich bei ihren Kollegen zu melden. Es war offensichtlich, wie sehr die Jungs einander mochten und wirklich respektierten.

Nachdem sich die anderen an den großen Tisch mit den Gästen gesetzt hatten, wandte sich Owl an Alaska und sagte: »Du scheinst kein Problem damit zu haben, dir unsere Namen zu merken.«

Sie zuckte mit den Schultern. »Ich konnte mir schon immer gut Namen und Gesichter merken. Das hängt damit zusammen, dass ich eine Verwaltungsassistentin bin. Damit ich die Kunden mit Namen begrüßen kann ... und damit ich mir merken kann, wer in der Vergangenheit eine Nervensäge war, damit ich besonders zuckersüß bin, wenn ich wieder mit demjenigen rede.«

»Ich bin mir nicht sicher, ob das vollständig erklärt, woher du weißt, wer jeder ist. Das ist das erste Mal, dass du Stone, Spike und Owl triffst. Ich weiß, ich habe dir ihre Namen genannt, als du danach gefragt hast, nachdem du das Bild in meiner Hütte von unserem ersten Tag gesehen hast, aber trotzdem«, sagte Drake.

Warum musste er so aufmerksam sein? Alaska war klar, dass sie rot wurde. »Da ist dieses Bild von euch allen auf der Webseite der *Zuflucht*«, erklärte sie so lässig wie möglich.

Sowohl Drake als auch Pipe lächelten.

»Du hast uns also gestalkt«, bemerkte Pipe.

»Nein! Natürlich nicht«, protestierte Alaska. »Ich habe nur ein gutes Gedächtnis.« Auf keinen Fall wollte sie zugeben, dass sie das Bild gespeichert hatte – und sogar so weit gegangen war, es auszudrucken und an die Wand hinter ihrem Computer zu heften.

»Nun, ich bin beeindruckt«, entgegnete Drake.

Alaska schnaubte. »Es ist ja nicht so, dass es schwer wäre, sich an dich zu erinnern. Erstens, Pipe, siehst du nicht gerade aus wie die anderen mit deinem Motorradfahrer-Look.«

»Und du hast gesagt, dass Tiny dich an diesen Typen aus diesem Achtzigerjahre-Film erinnert«, merkte Drake an.

»Ja. Und natürlich kenne ich *dich* schon«, bemerkte Alaska mit einem Nicken zu Drake. »Stone ist der mit der Brille und Owl erinnert mich an Ed Sheeran. Bleiben nur noch Tonka und Spike. Ich verwechsle sie irgendwie schon, auch wenn Tonka uns vom Flughafen abgeholt hat. Ich war nicht besonders ... aufmerksam«, beendete sie schwach.

Alle Männer murmelten ihre Zustimmung.

»Aber vor allem ... ihr seid alle unvergesslich. Ich meine, ihr seid ja nicht gerade unansehnlich«, erklärte Alaska, während sie in dem Rührei auf ihrem Teller herumstocherte. »Es würde mich nicht überraschen, wenn Frauen hierherkommen würden, nur um einen Blick auf die heißen Besitzer zu werfen.«

Drake, Owl und Pipe tauschten einen Blick aus, und Alaska musste lächeln. »Lasst mich raten. Das ist schon passiert.«

Pipe zuckte mit den Schultern. »Kann schon sein. Aber es ist nicht so, dass einer von uns nach einer Frau sucht. Die Frauen, die mit großen Hoffnungen gekommen sind, sind ziemlich enttäuscht wieder abgereist.«

»Wir haben uns darauf geeinigt, uns nie mit einem der weiblichen Gäste einzulassen«, erklärte Drake ihr.

»Das könnte unschön werden, und wir haben uns geschworen, unser Privatleben nie mit dem Geschäftlichen zu verbinden«, fügte Owl hinzu.

Alaska nickte, aber tief in ihrem Inneren ging die Hoffnung, dass sie Drake irgendwie dazu bringen könnte, sie als etwas mehr als nur eine »alte Freundin« zu sehen, in Flammen auf.

»Nur fürs Protokoll«, sagte Drake beiläufig, »du bist kein Gast.«

Alaska blickte zu ihm auf und Drake sah ihr direkt in die Augen.

»Stimmt ja«, erklärte Pipe schließlich mit einem Grinsen, »du bist ja seine Frau.«

Alaska verschluckte sich an dem Bissen Rührei, den sie gerade herunterschlucken wollte.

»Stimmt's, Brick?«, fragte er und grinste immer noch.

»Pipe war derjenige, der mich kontaktiert hat, als du angerufen hast«, erklärte Drake ihr.

Ah. Richtig. »Was anderes ist mir nicht eingefallen, um dich darauf aufmerksam zu machen, dass etwas nicht stimmt«, erklärte sie leise.

»Das war perfekt und so verdammt klug«, versicherte Drake ihr. »Ich wusste sofort, dass du am Telefon bist und mich brauchst.«

»Das stimmt. Brick hat uns erzählt, wie du zu ihm nach Deutschland gekommen bist, indem du allen erzählt hast, du seist seine Verlobte«, fügte Owl hinzu.

Alaska schluckte. »Ich bin mir sicher, dass sie sich gefragt haben, was zum Teufel mit Drake los ist, als sie meine gewöhnliche Visage gesehen haben«, bemerkte sie und errötete heftig.

»An dir ist nichts gewöhnlich«, konterte Drake.

»Stimmt«, mischte Pipe sich ein. »Angefangen bei deinem kastanienbraunen Haar über den Funken Intelligenz in deinen großen Rehaugen bis hin zu deinem Rückgrat aus Stahl ... ich würde sagen, du bist weit davon entfernt, gewöhnlich zu sein.«

Alaska schüttelte den Kopf. Sie schätzte es, dass sie versuchten, sie aufzumuntern. Aber sie wusste, was sie war und was sie nicht war.

In diesem Moment ertönte auf der anderen Seite des

Raumes ein lautes Krachen, das sie zusammenzucken ließ. Es gab eine hektische Bewegung und sie stellte fest, dass zwei der Leute, die am Gästetisch saßen, so schnell aufgestanden waren, dass ihre Stühle mit einem Knall auf den Boden hinter ihnen aufschlugen. Ein anderer war neben dem Tisch in die Hocke gegangen ... und die Frau, die einen Teller mit Essen fallen gelassen hatte, sah mit entsetztem Gesichtsausdruck darauf hinunter.

»Ich kümmere mich um die Frau«, sagte Pipe leise, als er aufstand.

Stone und Spike sprachen bereits mit den beiden Leuten, die ihre Stühle umgeworfen hatten. Beide sahen nervös aus und Alaska hatte den Eindruck, dass sie, wenn sie Waffen gehabt hätten, bereits geschossen hätten. Tonka kniete neben dem Mann, der immer noch hinter seinem Sitz kauerte.

Drake legte noch einmal eine tröstende Hand auf ihr Bein. »Alles in Ordnung?«, fragte er.

Alaska sah ihn an. »Warum sollte nicht alles in Ordnung sein?«

»Laute Geräusche wie diese können manche Menschen aus der Fassung bringen. Das verschlimmert ihre posttraumatische Belastungsstörung.«

Sie nickte verständnisvoll. »Es geht mir gut.«

»Gut«, erklärte Drake mit einem Nicken. »Willst du in die Scheune zu den Tieren gehen und einen Spaziergang machen?«

»Du brauchst nicht zu bleiben?«, fragte sie und deutete mit dem Kopf auf den Raum hinter ihm.

»Nein, die anderen haben alles unter Kontrolle. Wir versuchen, keine große Sache daraus zu machen, wenn so etwas passiert. Ich wette, die Gäste werden sich schnell wieder erholen. Leider sind sie es gewohnt, so zu reagieren

... zumindest werden sie hier nicht angestarrt und behandelt, als würde etwas mit ihnen nicht stimmen.«

Er hatte nicht unrecht. Schon jetzt setzten sich die Gäste, die eine schlechte Reaktion gehabt hatten, wieder an den Tisch.

»Dann ja, ich würde diese Melba, über die ich im Internet so viel gelesen habe, gern kennenlernen«, erklärte Alaska ihm.

Drake nickte und hob ihre Frühstücksteller an. Er brachte sie zu einem kleinen Tisch in der Nähe der Tür und räumte die nicht gegessenen Speisen in einen Behälter und die Teller in einen anderen.

Tiny räumte den zerbrochenen Teller und das fallen gelassene Essen weg. Auf dem Weg nach draußen trafen sie auf Tonka.

»Wir sind auf dem Weg zur Scheune«, sagte Drake zu ihm.

»Ich gehe nur runter, um die Tiere zu füttern«, sagte Tonka. »Willst du helfen?«, fragte er Alaska.

Sie lächelte und nickte enthusiastisch.

»Warnung: Die Ziegen werden versuchen, alles zu fressen, was sie in die Nähe ihres Mauls bekommen. Das Futter, deine Finger, dein Hemd ...«, erklärte Tonka ihr.

»Danke für die Vorwarnung.«

Die drei machten sich auf den Weg zur Scheune. Sie war so groß wie die Hütte selbst. Rot gestrichen und mit einem großen eingezäunten Gelände dahinter. Da Alaska sich über das Anwesen informiert hatte, wusste sie, dass sie Ausritte mit den Pferden anboten und dass sie Melba bekommen hatten, als auf einer nahe gelegenen Farm ein großes Feuer ausgebrochen war und ihr Besitzer sie nicht mehr haben wollte, als es offensichtlich wurde, dass sie ein Trauma erlitten hatte, nachdem sie aus dem brennenden Gebäude gerettet worden war. Die Ziegen waren aufgenommen worden, als die Ranch, auf der sie lebten, verkauft wurde, und man hatte sie zum Verhungern zurückgelassen. Die verschiedenen Katzen waren entweder in der Gegend ausgesetzt worden oder man hatte sie hergebracht, um die Mäuse in der Scheune in Schach zu halten.

Drake schien sich damit zufriedenzugeben, dass sie und Tonka über die Tiere und ihre Gewohnheiten sprachen. Aber er war nie weiter als ein paar Zentimeter von ihr entfernt. Anstatt sich erdrückt zu fühlen, fühlte Alaska sich sicher. Sie wusste, dass sie das niemals getan hätte, wenn sie allein hier draußen gewesen wäre. Denn obwohl Drake so nahe war, musste sie an all die Orte denken, an denen sich jemand verstecken und dann herausspringen und sie packen könnte. Es war dumm. Sie war nicht mehr in Russland. Niemand lauerte ihr auf und versuchte, sie zu entführen. Trotzdem konnte sie das Gefühl nicht loswerden.

Aber mit Drake an ihrer Seite gelang es ihr, die Panik zu kontrollieren.

Sie weigerte sich, darüber nachzudenken, was passieren würde, wenn es an der Zeit war, abzureisen und mit ihrem Leben weiterzumachen, und konzentrierte sich auf die Fütterungsanweisungen, die Tonka ihr für die verschiedenen Tiere gab.

KAPITEL ZEHN

Brick behielt Alaska genau im Auge. Im Großen und Ganzen schien sie sich mit den Tieren zu amüsieren. Sie lachte, als Melba ihren großen Kuhkopf an ihre Schulter legte und muhte, als Alaska sie unter ihrem Kinn kraulte. Sie fand die Ziegen unheimlich süß ... bis sie anfingen, an ihrem T-Shirt zu knabbern. Die meisten Katzen hielten Abstand, aber die Pferde freuten sich über die zusätzlichen Karotten, die sie mit einem Lächeln anbot.

Ihm fiel auch auf, dass ihre Augen ständig in Bewegung waren. Sie suchte ihre Umgebung ständig nach Gefahren ab. Er konnte es ihr nicht verübeln. Brick tat immer noch dasselbe, selbst Jahre nach der Explosion, die seine SEAL-Karriere beendet und seine Freunde getötet hatte.

Aber ihm gefiel die Angst in ihren Augen nicht, wenn sie den Blick durch den Raum schweifen ließ. Aus Erfahrung wusste er, dass diese Angst mit der Zeit verschwinden würde, aber im Moment würde er alles tun, um ihre Ängste zu lindern.

Nachdem er zwei Stunden im Stall mit den Tieren verbracht hatte, war es an der Zeit, Tonka seinen Aufgaben zu überlassen. Er war erstaunlich geduldig mit Alaska gewesen, was Brick zu schätzen wusste. Sein Freund war nicht dafür bekannt, besonders freundlich zu den Gästen zu sein. Er konnte wunderbar mit den Tieren umgehen, viel besser als mit den Menschen. Aber Tonka schien sich von Alaskas Fragen nicht irritieren zu lassen und war viel wortreicher als sonst. Er hatte sie sogar bei ein paar Aufgaben helfen lassen, was äußerst ungewöhnlich war.

Alaska schien ein Händchen für Menschen *und* Tiere zu haben.

Alle seine Freunde kannten sie schon vor ihrer Entführung. Sie wussten, dass sie zu Bricks besten Freunden zählte. Er hatte ihnen die Geschichte erzählt, wie sie in Deutschland in sein Krankenzimmer gestürmt war und wie sehr sie ihm geholfen hatte, sein neues Leben nach seiner Zeit als Navy SEAL wieder in den Griff zu bekommen. Er vermutete, dass all die Geschichten, die er im Laufe der Jahre über sie erzählt hatte, ihnen das Gefühl gaben, sie bereits ein wenig zu kennen. Und Brick war dankbar dafür. Ihm gefiel es nämlich wahnsinnig, wenn die Männer, die er am meisten respektierte, mit seiner Alaska auskamen.

»Willst du spazieren gehen?«, fragte er, als sie die Scheune verließen.

Sie nickte, rümpfte dann die Nase und sah auf ihre Füße hinunter, wobei sie einen hochhielt. »Ich habe allerdings Sandalen an.«

»Mist, das hatte ich vergessen. Meinst du, wir sollten in die Stadt fahren und ein paar Sachen für dich besorgen? Es gibt zwar kein Einkaufszentrum oder so etwas, aber es gibt ein paar Geschäfte, die Wanderausrüstung verkaufen, und wir können in den Supermarkt gehen und ein paar andere Sachen kaufen, bis deine Sachen ankommen.«

»Bis meine Sachen ankommen?«, fragte sie verwirrt.

»Ja. Ich weiß nicht, wie lange es dauern wird, bis deine

Sachen hier eintreffen, aber in deiner Wohnung wird gerade gepackt.«

»Ach ja? Was zum Teufel, Drake?«

Brick liebte es, dass sie ihn bei seinem richtigen Namen nannte. So gut wie nur sie und seine Mutter nannten ihn Drake. »Ich hatte noch keine Gelegenheit, es dir zu sagen«, erklärte er ihr achselzuckend.

Alaska stemmte die Hände in die Hüften und runzelte die Stirn. »Was, wenn ich nicht *will*, dass meine Sachen gepackt werden? Was, wenn ich zu meinem Job zurückkehren will?«

»Willst du das? Willst du denn zurück?«, fragte er ruhig. Innerlich schlug sein Herz abnormal schnell, während er auf ihre Antwort wartete.

Sie seufzte und ließ ihre Hände von den Hüften fallen. Sie sah überall hin, nur nicht zu ihm, als sie sagte: »Nein. Aber das ist nicht der Punkt.«

Brick legte einen Finger unter ihr Kinn und drehte sanft ihr Gesicht, sodass sie keine andere Wahl hatte, als ihn anzusehen. »Ich dachte nur, du würdest dich wohler fühlen, wenn du ein paar deiner eigenen Sachen dahättest. Ich versuche nicht, dein Leben zu übernehmen. Du bist eine erwachsene Frau, die schon sehr lange ihre eigenen Entscheidungen trifft. Aber du hast auch etwas Schreckliches durchgemacht. Ich möchte dir helfen, Al. Meine Hilfe ist nicht an Bedingungen geknüpft. Wenn die Zeit reif ist und du bereit bist, werde ich dir helfen, dorthin zu gehen, wo du hinwillst. Wenn das heißt, zurück nach Europa, dann eben dorthin. Aber ich habe das Gefühl, dass du noch nie wirklich entschleunigt hast. Nimm dir diese Zeit, um nachzudenken, zu entspannen und einfach durchzuatmen.«

Er starrte in ihre ausdrucksstarken braunen Augen und hielt den Atem an. Er war nie ein Mann gewesen, der sich gern um andere kümmerte. Er mochte unabhängige

Frauen. Diejenigen, die nicht anhänglich waren und nicht viele Altlasten mit sich herumschleppten. Aber er stellte fest, dass er sich gern um Alaska kümmerte. Und zwar sehr. Sie war unabhängig, ganz sicher, aber mit einer Verletzlichkeit, die sich in seiner Brust festsetzte und sein Herz eroberte.

Sie nickte leicht.

Brick ließ den Atem in einem langen Seufzer ausströmen. »Gut. Also ... einkaufen? Dann eine kleine Wanderung? Ich würde dir gern den Table Rock zeigen. Ich weiß nicht, wie er offiziell heißt, wenn er überhaupt einen offiziellen Namen hat, aber so nennen wir diesen riesigen Felsen an einem der Wanderwege. Er ist nicht allzu weit von hier entfernt und die Aussicht ist fantastisch. Wir können entweder etwas zu Mittag essen, während wir in der Stadt sind, oder etwas aus der Küche stibitzen, wenn wir zurückkommen, und es mitnehmen.«

»Klingt gut«, sagte sie leise. »Drake?«

»Ja, Al?«

»Danke. Für alles. Ich meine es ernst. Ich wäre in großen Schwierigkeiten gewesen, wenn du nicht herausgefunden hättest, wo ich bin, und mich da rausgeholt hättest.«

»Gern geschehen«, erwiderte er einfach. Dann, um sie nicht in schlechten Erinnerungen zu verstricken, fragte er: »Willst du fahren?«

Alaska blinzelte überrascht. »Wirklich?«

»Nein. Keiner außer mir fährt mein Baby«, entgegnete er grinsend.

Sie verdrehte die Augen. »Typisch Mann.«

»So bin ich«, stimmte er zu. Dann griff er nach ihrer Hand und machte sich auf den Weg zu seiner Hütte. Es war ihm wirklich total egal, ob sie seinen Rubicon fuhr oder nicht. Er hatte mehr Kratzer und Beulen, als er zählen konnte. Aber er war zuverlässig und es machte Spaß, ihn zu fahren, besonders im Sommer, wenn er die Türen und das Verdeck abnahm.

Er drückte leicht ihre Hand; sie fühlte sich gut in seiner an. Vertraut. Als hätte er ihre Hand während der letzten zwanzig Jahre jeden Tag seines Lebens gehalten. Was verrückt war, denn er konnte sich nicht erinnern, Alaska vor Deutschland jemals wirklich berührt zu haben.

Trotz der Umstände konnte Brick nicht leugnen, dass er es liebte, sie hierzuhaben, dass er es genoss, sie besser kennenzulernen. Und obwohl sie zusammen aufgewachsen waren, gab es noch so viel mehr, was er entdecken wollte.

Die Fahrt in die Stadt war für Alaska schwierig. Sie hatten angehalten, um ihr ein gutes Paar Wanderstiefel zu kaufen, und Brick hatte darauf bestanden, auch einige Hosen und Oberteile für sie mitzunehmen. Dann waren sie zu einem größeren Kaufhaus gefahren, um Drogerieartikel, Unterwäsche und einige andere Kleidungsstücke zu besorgen, bis ihre Sachen eintrafen. Dort ging es dann bergab.

In dem viel größeren Geschäft war Alaska nervös und schaute sich ständig um, während sie einkauften. Brick erkannte die Anzeichen eines drohenden Zusammenbruchs und brach den Einkauf ab. Er hatte es geschafft, das Nötigste für sie zu besorgen, aber alles andere würde warten müssen.

Er machte sich Vorwürfe, weil er sie so gedrängt hatte. Er hätte es besser wissen müssen.

Die Fahrt zurück zur *Zuflucht* verlief schweigend. Als sie zu seiner Hütte zurückkehrten, sagte er: »Zieh dich um, dann gehen wir zur Haupthütte und holen uns etwas zum Mittagessen, bevor wir losgehen.«

Sie nickte nur, während sie mit ihren neuen Sachen im Schlafzimmer verschwand.

Erst als sie endlich auf dem Weg zum Table Rock waren, erwähnte er den Ausflug in die Stadt. »Es tut mir leid«, erklärte er ihr. »Ich habe dich unter Druck gesetzt. Du hättest mir stattdessen einfach deine Größe sagen sollen, dann hätte ich einen der Jungs in die Stadt geschickt.«

Aber sie schüttelte den Kopf und erwiderte: »Nein, das war gut für mich. Ich kann mich nicht ewig verkriechen. Ich hätte schwören können, dass ich die Männer, die mich entführt haben, immer wieder gesehen habe. Ich weiß, dass sie auf keinen Fall hier sind, aber mein Gehirn bestand darauf, dass sie hinter jedem Regal oder im nächsten Gang darauf lauerten, mich wieder zu schnappen.«

»Wenn du mich fragst, ist das nicht ungewöhnlich«, bemerkte Brick leise.

»Kann schon sein. Aber ich hasse es.«

»Das Gefühl wird irgendwann wieder verschwinden«, versicherte er ihr. »Versprochen. Mir ging es damals auch so. Jedes Mal wenn ich jemanden mit einer Tasche sah, war ich davon überzeugt, dass sie voll mit Sprengstoff war und dass derjenige den Ort, an dem wir uns gerade befanden, in die Luft jagen würde. Für mich war das Betreten von Gebäuden immer das Schwierigste. Im Grunde erlebte ich jedes Mal den Moment, in dem das Haus in die Luft flog. Sobald ich auf die Schwelle trat, geriet ich in Panik ... ich dachte, das ganze Ding würde mir um die Ohren fliegen.«

Alaska schaute schüchtern zu ihm hinüber. »Wirklich? Du sagst das nicht nur, damit ich mich besser fühle?«

»Wirklich«, versicherte er ihr. »Sogar heute noch muss ich manchmal die Augen schließen, wenn ich durch eine Tür gehe.« Brick wurde klar, dass sie der erste Mensch war, dem er das gestand, abgesehen von seiner Therapeutin. Aber anstatt sich dafür zu schämen, fühlte es sich befreiend an.

»Das Gehirn ist eine erstaunliche Sache. Es kann uns

helfen, komplizierte mathematische Gleichungen zu lösen und komplizierte Musikstücke zu spielen, aber es kann auch unser schlimmster Feind sein. Es kann den Bruchteil einer Sekunde unseres Lebens nehmen und sie immer und immer wieder abspielen, und egal wie sehr wir versuchen, zu vergessen oder unser Gehirn umzuprogrammieren, manchmal gelingt das nicht. Aber du wirst lernen, damit umzugehen und es für dich zu *nutzen*. Ich will damit nicht sagen, dass du niemals in der Lage sein wirst, in einen überfüllten Laden zu gehen, ohne ständig über die Schulter zu schauen, aber gleichzeitig ist es vielleicht gar nicht so schlecht, sich seiner Umgebung ein wenig bewusster zu sein.

Ich konnte mein Gehirn so trainieren, dass ich ein Gebäude betreten kann, ohne in Panik zu geraten, aber ... wie schon gesagt, muss ich es manchmal mit geschlossenen Augen tun.« Brick zuckte mit den Schultern. »So ist das eben. Und es könnte schlimmer sein. Ich finde es schrecklich, dass meine Freunde nicht mehr da sind, um *irgendein* Gebäude zu betreten, aber ich akzeptiere mein Leben so, wie es jetzt ist. Auch wenn es manchmal verdammt hart ist.«

Alaska sagte ein paar lange Minuten nichts, während sie weitergingen. Brick drängte sie nicht. Sie musste ihre Entführung verarbeiten. Er war so verdammt dankbar, dass er sie gefunden hatte, bevor etwas noch Schlimmeres passiert war. Wenn sie den Container nicht gefunden hätten, hätte Brick seine Suche auf Peking ausgeweitet. Er hätte nicht aufgehört, nach ihr zu suchen. Aber die Frau, die er schließlich gefunden hätte, wäre nicht dieselbe Alaska gewesen, die er immer gekannt hatte.

Es hätte viel mehr gebraucht als einen Aufenthalt in der *Zuflucht*, um sie wieder heilen zu lassen, wenn der Mistkerl, an den sie verkauft worden war, sie in die Hände bekommen hätte.

Seine Gedanken waren düster geworden und als sie sprach, zuckte Brick überrascht zusammen.

Verdammt. Er durfte nicht über die Was-wäre-wenn-Situation nachdenken. Alaska war jetzt hier, und sie würde wieder gesund werden. Irgendwann.

»Ich glaube, es liegt eher daran, dass ich dachte, ich wäre in Russland sicher. Weißt du, der erste Tag der Rundreise war gut. Igor war lustig, auch wenn er ständig mit seinem Handy telefonierte. Als dann der zweite Tag kam und ich mich unwohl fühlte, weil die anderen Gäste nicht an der Tour teilnahmen, sagte ich mir, ich sei paranoid. Ich kannte den Fremdenführer, und obwohl ich die einzige Frau war und das nicht gerade toll fand, hatte ich nicht das Gefühl, dass mein Leben in Gefahr war. Ich war zu vertrauensselig. Ich bin sogar eingeschlafen«, gab sie leise zu. »Im Fahrzeug war es so warm und die Fahrt war so ruhig, dass ich in dem verdammten Wagen eingeschlafen bin. Ich dachte, wir wären auf dem Weg aus der Stadt, um diesen Palast zu sehen. Als ich aufwachte, wusste ich nicht mehr, wo ich war, und die Männer im Wagen hielten mich fest, sodass ich mich nicht wehren konnte. Und Igor fuhr weg, ohne sich noch einmal umzudrehen.«

»Du hattest keinen Grund, ihm nicht zu vertrauen«, erklärte Brick.

»Das mag schon sein. Aber als ich heute in dem Laden war, musste ich ständig daran denken. Dass ich einerseits das Gefühl hatte, vollkommen in Sicherheit zu sein. Dass ich das tue, was alle anderen auch tun ... einen normalen Einkaufsbummel machen. Aber andererseits sagte mein Verstand mir auch immer wieder, dass ich mich in dem Wagen in Russland ebenfalls in Sicherheit gefühlt hatte. Dass es eine normale Besichtigungstour war. Und sieh nur, was daraus geworden ist. Ich konnte nicht aufhören, mich umzuschauen, um mich zu vergewissern, dass mir niemand auflauerte. Es war beunruhigend. Ich konnte mein Gehirn nicht abschalten und mich auf das Einkaufen konzentrieren.«

Sie tat ihm unheimlich leid. »Ich weiß«, sagte er. Was hätte er sonst sagen sollen?

Dann holte Alaska tief Luft. »Es wird besser werden«, erklärte sie mit Nachdruck.

Und Brick schwor, dass dies der Moment war, in dem er sich vollkommen in sie verliebte.

Sie hätte völlig verbittert sein können. Wütend über ihre Umstände. Wütend auf die Welt. Aber stattdessen zog sie sich an ihren eigenen Haaren aus dem Morast. Weil sie stark war. Mutig. Tapfer.

Sie war genau die Art von Frau, die er an seiner Seite haben wollte. Die Art, mit der er den Rest seines Lebens zusammen sein wollte. Jemand, der nicht zusammenbricht, wenn das Fahrzeug kein Benzin mehr hat oder das Abendessen angebrannt ist. Eine Frau, die mit den Schultern zuckt und ihr Leben weiterlebt.

Aber sie redete weiter, sodass Brick keine Zeit hatte, irgendetwas über seine verblüffende Offenbarung zu äußern oder irgendwie sonst darauf zu reagieren. Und das war auch gut so, denn wenn er ihr offen gesagt hätte, dass er sie liebte, hätte sie ihn wahrscheinlich ausgelacht.

»Dieser Wald ist wunderschön. Als meine Mutter nach Kalifornien gezogen ist, damals, als sie noch mit mir gesprochen hat, hat sie gemeckert, dass die Fahrt durch New Mexico verdammt langweilig sei und es dort nichts als trockene Ebenen gäbe.«

»Nun, die gibt es, aber es gibt auch wunderschöne Gebirgszüge, besonders hier im Norden des Staates«, bemerkte Brick. »Redest du immer noch nicht mit deiner Mutter?«, fragte er.

Während der letzten vier Jahre hatte er tatsächlich

immer mal wieder etwas über Alaskas Familie aufgeschnappt. Sie hatte ihren Vater nie persönlich kennengelernt und nachdem Brick zur Marine gegangen war, hatte Alaska so ziemlich die gesamte Verantwortung für ihre Mutter übernommen. Nach der Highschool belegte sie Kurse an der öffentlichen Hochschule, hatte einen Vollzeitjob und musste ihre Mutter oft nachts um zwei Uhr abholen, wenn sie anrief, um von einer Kneipe heimgebracht zu werden. Wenn sie nicht anrief, musste Alaska ihre Vormittage damit verbringen, sie zu suchen, um sie nach Hause zu bringen.

Nach ihrem Abschluss hatte Alaska einen Job im Ausland angenommen ... und ihre Mutter scherte sich nur darum, weil sie die Miete für den Wohnwagen ohne Alaskas Anteil nicht hätte bezahlen können. Sie hatte ihre Tochter als undankbar bezeichnet und ihr dann mitgeteilt, dass sie mit einer Freundin nach Kalifornien ziehen würde.

»Nein«, antwortete Alaska auf seine Frage. »Das letzte Mal habe ich vor zwei Jahren oder so von ihr gehört. Ich hatte weder ihre Nummer noch ihre E-Mail-Adresse. Irgendwie hat sie meine herausbekommen, mir geschrieben und mir erzählt, wie toll alles ist. Dann hat sie mich um Geld gebeten.« Sie seufzte angewidert. »Sie hat sich nicht geändert. Ich habe immer gehofft, dass sie vielleicht irgendwann die Kurve kriegt und erkennt, dass sie ihr Leben verschwendet. Aber mittlerweile ist mir klar geworden, dass sie das wahrscheinlich nicht tun wird. Und wie dem auch sei, ich kann nicht für ihre Entscheidungen verantwortlich sein.«

»Sicherlich wird sie wissen wollen, was mit dir passiert ist und dass du in Sicherheit bist«, gab Brick zu bedenken.

Alaska zuckte nur mit den Schultern. »Das bezweifle ich. Ich bin mir nicht sicher, ob ich will, dass sie weiß, dass ich wieder in den Staaten bin. Ich habe das Gefühl, dass ihre E-

Mails, in denen sie um Geld bittet, häufiger kommen würden. Und obwohl ich ihr schon lange kein Geld mehr geschickt habe, fällt es mir immer noch schwer, sie zu ignorieren. Deshalb ist es mir lieber, wenn sie denkt, dass ich noch in Europa bin.«

»Okay, Liebes.« Brick vermutete, dass sie wahrscheinlich immer mit der Beziehung zu ihrer Mutter hadern würde. Es machte ihn wütend, dass die Frau sich so wenig um eine so selbstlose Tochter kümmerte.

»Was ist mit *deiner* Mutter? Geht es ihr gut?«, wollte sie wissen.

Das war wieder typisch. Alaska versäumte es nie, nach seiner Mutter zu fragen. Sie hatte die Frau buchstäblich seit über zwanzig Jahren nicht mehr gesehen, und dennoch sorgte sie sich um ihr Wohlergehen.

»Es geht ihr gut. Ich habe letzte Woche mit ihr gesprochen. Sie wollte mit einer Gruppe von Freundinnen Bridge spielen gehen, und danach wollte sie mit einer anderen Gruppe von Freundinnen in eine Schwulenkneipe gehen, um zu tanzen.«

»Deine Mutter ist eine Lesbe?«, fragte Alaska mit großen Augen und überraschtem Gesichtsausdruck.

Brick lachte. »Nein. Aber sie sagt, sie geht lieber in Schwulenkneipen als in normale Kneipen, weil die Musik besser ist, alle so freundlich sind und sie sich nicht mit ›alten, runzligen Typen‹ herumschlagen muss – ihre Worte, nicht meine –, die sie anmachen.«

Alaska lachte, das fröhliche Geräusch hallte in den Bäumen um sie herum wider und Brick konnte sich nicht erinnern, jemals ein schöneres Geräusch gehört zu haben. »Deine Mom ist fantastisch«, bemerkte sie, als sie sich wieder unter Kontrolle hatte.

»Das ist sie«, stimmte Brick zu.

»Ich bin sicher, sie ist sehr stolz auf dich«, fuhr Alaska fort.

»Ja. Lange dachte ich, ich hätte sie im Stich gelassen. Nachdem ich aus dem Krankenhaus entlassen worden war, war ich irgendwie verloren. Aber sie hat mich nicht bedrängt, mir einen Job zu suchen oder mich zusammenzureißen. Sie hatte immer ein gutes Wort für mich übrig und hat mich aufgemuntert. Sie weinte, als ich mit den anderen Jungs die Papiere für den Kauf dieses Anwesens unterschrieben habe. Damals war es nichts weiter als ein Stück Erde. Aber sie sagte mir, sie wisse, dass ich es zu etwas Besonderem machen würde. Du erinnerst mich an sie.«

»Ich?«, fragte Alaska.

»Ja. Sie hat auch immer an mich geglaubt. Egal was passierte, sie hatte keine Zweifel daran, dass ich alles erreichen würde, was ich mir vornahm.«

»Du bist die Art von Mann, an die man leicht glauben kann. Du strahlst Zuversicht aus, Drake.«

»Danke. Obwohl ich nicht immer selbstbewusst war. Du hättest mich beim SEAL-Training sehen sollen. In der Höllenwoche war ich *so* kurz davor, die Glocke zu läuten und aufzugeben.« Er hielt seine Hand hoch, Daumen und Zeigefinger berührten sich fast.

»Was hat dich dazu motiviert weiterzumachen?«, fragte sie.

»Meine Hartnäckigkeit. Meine Idiotie. Der Gedanke an die Stickerei unten in meiner Tasche mit meinem Namen und ›Navy SEAL‹ darauf.«

Alaska stolperte und sah zu ihm hinüber, die Stirn in Falten gelegt.

»Das ist die Wahrheit«, sagte er und konnte ihr leicht am Gesicht ablesen, dass sie ihm nicht glaubte. »Mir war klar, wenn ich aufgebe, muss ich dein Geschenk ansehen und habe jedes

Mal das Gefühl, dich enttäuscht zu haben. Ich konnte es nicht. Also danke, dass du immer da warst, um mir einen Tritt in den Hintern zu geben und mich anzufeuern, wenn es nötig war.«

»Gern geschehen«, sagte sie leise, ohne ihm in die Augen zu schauen.

Brick konnte sehen, wie sich ihre Wangen röteten, und fand das reizend. Da er aber nicht wollte, dass sie sich noch mehr schämte, als sie es ohnehin schon tat, richtete er seine Aufmerksamkeit wieder auf den Weg.

Als sie um die nächste Kurve bogen und der Table Rock in Sicht kam, stieß Alaska einen begeisterten Schrei aus.

»Oh mein Gott, ist das schön!«

Sie hatte nicht unrecht. Der Felsen überblickte eine kleine Schlucht. In der Nähe des Felsens gab es einen ziemlich steilen Abhang und Bäume, so weit das Auge reichte. Es war die Natur in ihrer schönsten Form.

Brick ließ sie auf dem massiven flachen Felsen Platz nehmen und holte das Mittagessen heraus, das er zusammengestellt hatte. Es war nichts Besonderes – Truthahnsandwiches, Kartoffelchips, Wasser in Flaschen und Äpfel –, aber es schmeckte wie die beste Mahlzeit, die er je gegessen hatte, jetzt, da er hier mit Alaska aß.

Nach einem Moment, während sie weiter ihre Sandwiches aßen, fragte er: »Also … du hast deinen College-Abschluss gemacht. Hattet ihr eine Abschlussfeier? Meine Mutter erwähnte, dass du keine hattest, als du deinen Highschool-Abschluss gemacht hast.«

Sie schaute ihn mit einem Blick an, den er nicht deuten konnte.

»Ich war nicht einmal bei der Feier«, erwiderte sie nach einem Moment. »Ich hatte es vor, aber dann rief unser Nachbar mich an, dass meine Mutter auf dem Rasen vor unserem Wohnwagen ohnmächtig geworden war. Ich musste nach Hause fahren und sie ins Haus holen, und sie war ... schwierig. Ich habe die Zeremonie verpasst.«

»Oh, Mist. Das tut mir leid.«

Alaska zuckte mit den Schultern. »Ist schon okay. Keine große Sache.«

Es war eine große Sache, und das wussten sie beide. Aber Brick wollte nicht weiter über eine so schmerzhafte Erinnerung sprechen.

»Kurz darauf habe ich meinen ersten Job im Ausland angenommen«, erzählte sie ihm.

»Offensichtlich hat dir das Leben in Europa gefallen«, bemerkte Brick.

Ein Lächeln erschien auf ihren Lippen. »Das hat es, zumindest im Großen und Ganzen.«

Sie verbrachten die nächsten fünfundvierzig Minuten damit, über einige der Orte zu sprechen, an denen sie gelebt hatte, und über die interessanten Menschen, denen sie im Laufe der Jahre begegnet war.

Als sie zur *Zuflucht* zurückkehrten, war es schon fast Zeit für das Abendessen. »Willst du in der Lodge essen oder in der Hütte etwas kochen?«, fragte er.

»Hättest du etwas dagegen, wenn wir selbst etwas kochen? Ich bin nicht besonders hungrig und ich bin mir nicht sicher, ob ich schon bereit bin, mit vielen anderen Menschen zusammen zu sein.«

Er war stolz auf sie, dass sie das nicht nur wusste, sondern es auch aussprechen konnte. »Natürlich nicht«, entgegnete er. »Hast du Lust auf irgendetwas Bestimmtes?«

»Nein. Ich bin mit einer Schüssel Müsli zufrieden, ehrlich gesagt. Das ist sozusagen mein Lieblingsessen.«

Er grinste. »Ich glaube, da kann ich dir etwas Besseres bieten.«

»Okay ... aber ich hoffe, du weißt, dass du nicht für mich kochen musst.«

»Aber es macht mir Spaß. Ich esse eher hier als drüben in der Lodge, aber ich koche lieber für zwei als für einen.« Er fügte nicht hinzu, dass es ihm eigentlich gefiel, sich um sie zu kümmern, dafür zu sorgen, dass sie etwas Gesundes zu sich nahm, während sie sich geistig und körperlich erholte. Ihm war nicht entgangen, wie steif sie nach ihrer kurzen Wanderung war und wie vorsichtig sie sich bewegte. Am liebsten wäre er zurückgegangen und hätte den Russen noch ein bisschen schmerzhafter umgebracht, aber da er das nicht konnte, würde er sich stattdessen darauf konzentrieren, dass Alaska so schnell wie möglich wieder gesund wurde.

»Wenn das so ist, dann gern. Ich bin keine gute Köchin«, erklärte sie ihm lächelnd.

Er erwiderte ihr Lächeln. Mit Alaska zusammen zu sein war angenehm – und beruhigend. Brick hatte nicht das Bedürfnis, sich ständig mit ihr zu unterhalten; sie wusste sowieso mehr über ihn als irgendjemand anderes außer seiner Mutter. Sie um sich zu haben fühlte sich ... richtig an.

Der Gedanke, dass sie ohne ihn zurück in die Welt gehen würde, war schmerzhaft, aber wenn es das war, was sie schließlich wollte, würde er sie mit einem weiteren Lächeln gehen lassen und ohne sie zurückzuhalten ... indem er sie wissen ließ, wie viel sie ihm zu bedeuten begann.

KAPITEL ELF

Alaska lächelte zufrieden in ihre Tasse Kaffee, als sie auf Drakes Veranda saß. Sie war erst seit zwei Wochen in der *Zuflucht* und fühlte sich bereits besser. Stärker. Sie war sogar wieder in Los Alamos gewesen und hatte nicht mehr das Bedürfnis, sich alle paar Augenblicke zu vergewissern, dass niemand sie im Laden von hinten packen wollte.

Sie war auch besser darin geworden, allein zu sein. Sie fühlte sich zwar immer noch nicht ganz wohl, aber Mutt half ihr. Sogar sehr. Wann immer Drake weggehen musste, um etwas zu tun, was mit der Leitung der *Zuflucht* zu tun hatte, sorgte er dafür, dass Mutt bei ihr blieb.

Mit jedem Tag, der verging, fühlte Alaska sich ein bisschen normaler. Was sie betraf, war dieser Ort ein Wunder. Es war wirklich ein Zufluchtsort, an dem sie ihr Gleichgewicht und die Zuversicht zurückgewinnen konnte, sich der Welt wieder entgegenzustellen.

Aber das war noch nicht alles. Sie war vollkommen zufrieden damit, hierzubleiben und einfach zu existieren.

Je mehr sie Drakes Freunde kennenlernte, desto mehr mochte sie sie. Sie hatten sehr unterschiedliche Persönlichkeiten, waren sich aber insofern ähnlich, als sie beschützend, ein wenig dominant und freundlich waren. Alaska war sich nicht sicher, ob sie jemals eine Gruppe von Männern getroffen hatte, die brummiger und engagierter waren, oder solche Überflieger. Sie alle setzten sich dafür ein, *Die Zuflucht* so gut wie möglich zu machen, und wollten, dass jeder einzelne Gast sich besser fühlte, wenn er das Haus verließ, als bei seiner Ankunft.

Apropos besser fühlen ... Drake war gerade drüben in der Lodge. Er hatte ein Treffen mit dem Rest seiner Freunde wegen eines ausländischen Investors. Der Mann hatte offenbar von Bekannten, die in Los Alamos lebten und in der nahe gelegenen, streng geheimen Forschungseinrichtung der Regierung arbeiteten, von der *Zuflucht* gehört. Er hatte sich über den Kontaktlink auf der Webseite mit Drake in Verbindung gesetzt und nach einer Woche E-Mail-Verkehr hatten die Eigentümer der *Zuflucht* zugestimmt, sich per Videokonferenz mit ihm zu unterhalten.

Drake hatte nicht viel mehr als das gesagt, aber Alaska merkte, dass er neugierig war, was der potenzielle Investor zu bieten hatte. Der Mann musste sehr überzeugend gewesen sein, denn Drake und seine Freunde waren bereits versierte Geschäftsleute.

Mutt war auf ihren Schoß gekommen und ließ sich gern streicheln, während Alaska ihre obligatorische Tasse Kaffee trank und die Umgebung auf sich wirken ließ. Sie liebte den süßen Hund. Aber ehrlich gesagt gefiel ihr alles an der *Zuflucht*. Die Hütten, die Lodge. Die Angestellten waren alle äußerst gastfreundlich und nett ... sogar die Gäste waren zurückhaltend und respektvoll gewesen. Sie und Drake hatten noch ein paar weitere Wanderungen unternommen, und selbst der Wald beruhigte sie irgendwie.

Sie war nie wirklich ein Naturmensch gewesen. Die letzten zwanzig Jahre hatte sie in verschiedenen Städten verbracht. Sie hatte nicht einmal Wanderschuhe besessen, bis Drake ihr vor ein paar Wochen das erste Paar gekauft hatte.

Jetzt konnte sie ein paar verschiedene Pilzsorten und sogar Giftefeu erkennen. Okay, das war nicht sonderlich beeindruckend, aber für jemanden, der sich der Ranke noch nie bis auf einen Meter genähert hatte, hielt sie es für einen guten ersten Schritt.

Ihre Sachen waren vor Kurzem aus Europa angekommen und Drake hatte einen Lagerraum für sie gemietet. Es war seltsam, ihr ganzes Leben zu sehen, Dinge, die sie zum letzten Mal gesehen hatte, bevor sie in den Urlaub gefahren war, und das alles fein säuberlich verpackt in einer relativ kleinen Anzahl von Kartons. Sie wollte gar nicht daran *denken*, dass jemand ihre Unterwäsche angefasst hatte, um sie einzupacken. Was dumm war, denn vermutlich hatte derjenige nicht mal mit der Wimper gezuckt. Aber sie würde sowieso alles waschen, bevor sie es erneut anzog.

Drakes Hütte war jetzt etwas voller als bei ihrer Ankunft, aber er hatte sich kein einziges Mal beschwert. Er hatte darauf bestanden, einige der Bilder, die sie in ihrer Wohnung gehabt hatte, in seinem Wohnbereich aufzuhängen. Eines Nachmittags, als sie nach Table Rock zurückgekehrt waren, hatte er auch ein Selfie von ihnen beiden gemacht, es dann gerahmt und zu der Sammlung von Dekoartikeln in seinen Bücherregalen hinzugefügt.

Überall, wo sie hinschaute, sah Alaska Dinge aus ihrem Leben, die sich mit denen von Drake vermischten. Das gab ihr ein warmes Gefühl. Obwohl er nie erwähnt hatte, dass sie sich einen Job suchen und weiterziehen sollte, konnte sie nicht umhin, daran zu denken. Das Zusammenleben mit Drake war im wahrsten Sinne des Wortes ein wahr gewordener Traum, und obwohl sie jeden Moment, den sie mit ihm verbringen konnte, zu schätzen wusste, rechnete sie nicht damit, dass dies ein dauerhaftes Arrangement sein könnte.

Das Problem war, je mehr Zeit sie mit Drake verbrachte und in seine Welt eintauchte, desto mehr wollte sie bleiben.

Sie wusste, dass sie das nicht konnte. Irgendwann würde sie mit ihrem Leben weitermachen müssen. Alaska hatte keine Ahnung, wohin sie als Nächstes gehen sollte, aber sie hatte zumindest beschlossen, nicht wieder ins Ausland zu gehen. Es ging ihr zwar besser, aber sie hielt sich für außerstande, die USA zu verlassen.

Hier in den Staaten passierten schlimme Dinge. Das wusste sie. Es war nicht so, dass sie sicher war, nur weil sie in ihrem Heimatland lebte. Aber in einem Land zu leben, dessen Sprache sie nicht beherrschte, bereitete ihr jetzt Sorgen, auch wenn das vorher nicht der Fall gewesen war. Vielleicht lag es daran, dass sie nicht aufhören konnte, darüber nachzudenken, was passiert wäre, wenn sie nicht gefunden worden wäre. Wenn sie erfolgreich nach China geschmuggelt worden wäre. Sie wäre nicht in der Lage gewesen zu kommunizieren. Sie wäre nicht in der Lage gewesen, um Hilfe zu bitten ... falls überhaupt jemand, mit dem sie in Kontakt kam, ihr helfen wollte.

Der Gedanke, wieder so verletzlich zu sein, ängstigte sie zu Tode.

Also würde sie hierbleiben. Vielleicht in den Nordosten ziehen. Maine hörte sich gut an ...

So weit von Drake entfernt, wie es ging, ohne die USA zu verlassen.

Ihm nahe zu sein und ihn nicht haben zu können war schmerzhaft. Mit jedem Tag mehr. Abstand zwischen sie zu bringen war das Beste für sie. So käme sie nicht noch mehr in Versuchung, zu hoffen, dass aus ihnen mehr als Freunde werden würden.

Während der letzten zwei Wochen hatte sie jeden

Moment mit Drake genossen. Sie hatten gelacht, sie hatte geweint, sie hatten geredet, sie hatten in völliger Stille zusammengesessen. Er hatte für sie gekocht und sie hatte sich revanchiert. Es war unglaublich einfach, mit ihm zusammen zu sein und mit ihm zu leben ... und mit jedem Tag, der verging, verliebte Alaska sich mehr in ihn.

Es hatte sogar Momente gegeben, in denen sie sicher war, dass Drake mehr für sie empfand als nur Freundschaft. Aber sie wollte auf keinen Fall etwas tun oder sagen, das ihr das Gegenteil beweisen würde. Also saugte sie einfach seine Zuneigung auf und genoss die Zeit mit ihm, damit sie, wenn sie zu Ende ging, Erinnerungen hatte, die ein Leben lang hielten.

Ein blechernes Geräusch aus dem Inneren der Hütte erregte Alaskas Aufmerksamkeit. Dann erinnerte sie sich daran, dass Drake ihr gesagt hatte, dass jede Hütte über eine Gegensprechanlage verfügte, die im Notfall aktiviert werden konnte. Sie hatte nicht gefragt, welche Art von Notfall so etwas rechtfertigen würde, aber als sie hörte, dass jemand durch das Funkgerät in Drakes Hütte sprach, begann ihr Herz zu rasen.

Schnell stand sie auf, entschuldigte sich bei Mutt, als sie ihn störte, und betrat das Haus. Sie hörte nur das Ende des Gesprächs.

»... bist du da?«

Sie ging zur Wand hinüber und drückte den Knopf, um zu antworten. »Hallo?«

»Alaska?«

Stirnrunzelnd erkannte sie die Stimme als die von Robert, dem Koch der Lodge. »Ja, ich bin's. Was ist denn los? Ist mit Drake alles in Ordnung?«

»Ihm geht's gut. Aber er und der Rest der Jungs sind immer noch in dieser Besprechung. Hier ist die Hölle los und ich brauche Hilfe.«

»Was ist denn los?«

»Die Reservierungen für den nächsten Juli wurden heute freigegeben ... was bedeutet, dass das Telefon ununterbrochen klingelt. In den Wochen um den vierten Juli sind wir immer ausgebucht. Du weißt schon – Leute, die versuchen, dem Feuerwerk in ihrer Nachbarschaft zu entkommen. Sie sind ein großer Auslöser der Belastungsstörung. Jedenfalls sind auch Leute hier, die auschecken wollen, und andere, die einchecken wollen – und Becky hat gekündigt.«

Alaska blinzelte. »Was?«

»Ja. Sie sagte, sie könne den Stress nicht mehr ertragen, und ist einfach gegangen. Ich habe eine Eingangshalle voller Leute, das Telefon hört nicht auf zu klingeln und ich bin gerade dabei, das Mittagessen zuzubereiten.«

»Ich bin auf dem Weg«, versicherte Alaska ihm.

»Ich brauche wirklich nur jemanden, der alle ruhig hält, bis die Jungs mit ihrer Besprechung fertig sind«, erklärte Robert.

»In Ordnung. Ich kümmere mich darum. Ich bin gleich da.«

»Vielen Dank. Ich hätte nicht gefragt, wenn ich nicht verzweifelt wäre.«

»Könntest du vielleicht eine Ladung deiner tollen Schokokekse auftischen?«, fragte sie.

»Meinst du, das hilft?«, fragte Robert.

»Es kann sicher nicht schaden«, erwiderte sie.

»Du hast recht. Und ja, ich kümmere mich darum.«

»Bis gleich.«

Alaska drehte sich um und ging hinunter ins Schlafzimmer – wo sie und Drake immer noch jede Nacht zusammen in einem Bett schliefen. Als Freunde. Nicht als etwas anderes.

Alaska weigerte sich, auf die zerwühlten Decken zu schauen und erneut traurig zu werden, weil sie nur Freunde waren. Sie ging stattdessen zum Schrank, in dem sie einige ihrer aus Europa eingetroffenen Kleidungsstücke untergebracht hatte. Ein Großteil ihrer »Arbeitskleidung«, wie sie sie nannte, befand sich im Lager, aber ein paar Hosen und schickere Blusen waren in die Kartons mit ihrer Freizeitkleidung gepackt worden. Es war zu mühsam, sie zurück nach Los Alamos zu bringen und zu verstauen, also hatte sie sie einfach neben Drakes Kleidung aufgehängt.

Dankbar darüber, dass sie nun etwas Professionelleres zum Anziehen hatte, zog Alaska schnell ihre Leggings aus und eine körperbetonte schwarze Hose an. Dazu wählte sie eine professionell aussehende weiße Bluse, zog aber ihre Stiefel an, da sie sowohl bequem als auch praktisch für das Gelände in dieser Gegend waren.

Sie lief in einem langsamen Trab in Richtung Lodge. Mutt lief neben ihr her und Alaska konnte sich ein Lächeln nicht verkneifen.

Als sie an der Hintertür der Hütte ankam, lief der Hund auf die Scheune zu und Alaska atmete tief durch, bevor sie eintrat. Sie konnte hören, wie die Leute in dem großen Raum auf und ab gingen, aber sie nahm sich die Zeit, ihren Kopf in die Küche zu stecken.

»Ich bin hier«, sagte sie zu Robert. Als er ihr vorgestellt worden war, hatte er ihr unmissverständlich gesagt, dass sein Name Robert sei und dass er so genannt werden wolle. Nicht Bobby. Nicht Rob. *Robert*. Er war in den Sechzigern und hatte langes, graues Haar, das er im Nacken zu einem Pferdeschwanz zusammengebunden trug. Er war indianischer Abstammung und sehr stolz auf sein kulturelles Erbe. Seine Haut war dunkel und faltig, und er trug häufig klobigen Türkisschmuck. Er war ein wenig exzentrisch – und kochte einige der besten Gerichte, die Alaska je gegessen hatte.

Er blickte zu ihr hinüber und sie konnte sofort die

Erleichterung in seinem Gesicht sehen. »Ich weiß, ich hätte den Jungs Bescheid sagen sollen, aber ich habe gemerkt, dass sie sich sehr auf ihre Besprechung gefreut haben. Ich wollte nichts tun, was diesen Investor dazu bringen könnte, der *Zuflucht* kein Geld zu geben, wenn er von dem Chaos erfährt, das hier gerade herrscht.«

»Ist schon gut. Wir kriegen das schon hin«, beschwichtigte Alaska ihn. Dabei war sie sich ganz und gar nicht sicher, *ob* sie eine Lösung finden konnte, aber sie würde tun, was sie konnte, um die Gäste zu beruhigen.

Sie stürmte in den Eingangsbereich und wurde sofort mit negativer Stimmung von unzufriedenen Gästen und dem Geräusch eines klingelnden Telefons bombardiert. Sie ging hinter den Tresen, wo sie Becky während der letzten zwei Wochen unzählige Male hatte sitzen sehen. Als sie die Telefonanlage in Augenschein nahm, atmete sie ein wenig auf. Sie kannte sie von einem ihrer früheren Jobs.

Als Erstes drückte sie die Stummtaste des Klingeltons. Dann holte sie tief Luft und drehte sich zu den etwa ein Dutzend Leuten im Eingangsbereich um.

»Entschuldigen Sie bitte die Verwirrung. Unsere Rezeptionistin hatte einen persönlichen Notfall und musste überstürzt aufbrechen, aber jetzt bin ich hier. Ich werde mein Bestes tun, um Sie alle so schnell wie möglich wieder auf den Weg zu bringen, wenn Sie sich noch ein wenig gedulden könnten. Diejenigen, die auschecken ... muss jemand von Ihnen einen Flug erwischen?«

Zu ihrer Erleichterung schüttelten alle den Kopf.

»Okay, gut. Wie Sie wissen, ist das Mittagessen am Abreisetag nicht inbegriffen, aber ich denke, wir können heute eine Ausnahme machen. Bitte bedienen Sie sich am Buffet, während Sie warten. Robert arbeitet hart in der Küche, um dafür zu sorgen, dass es genügend zu essen für alle gibt. Und ich bin mir sicher, dass Sie auch riechen können, dass er eine Ladung seiner unglaublich leckeren Schokoladenkekse backt. Die sind warm besonders lecker.«

Sie holte tief Luft, bevor sie fortfuhr: »Ich brauche etwa fünfzehn Minuten, um mich in das Computersystem einzuarbeiten und dafür zu sorgen, dass alles bereit ist. Diejenigen, die darauf warten, sich anzumelden, können sich auch gern am Mittagessen bedienen. Oder Sie können auch in die Scheune gehen, wenn Sie wollen. Ich verspreche Ihnen, dass Melba, unsere Hauskuh, Sie mit offenen Armen empfangen wird. Sie liebt es, wenn man sie unter dem Kinn krault. Aber passen Sie auf die Ziegen auf – sie werden versuchen, Ihnen glauben zu machen, sie seien am Verhungern, indem sie Ihr Hemd, Ihre Hose und alles andere, was sie in die Finger bekommen, auffressen.«

Alaska lächelte die Gruppe an. Zu ihrer Erleichterung schien sich die Mehrheit ein wenig zu entspannen. Aus Erfahrung wusste sie, dass die Leute meistens nur jemanden brauchten, der das Kommando übernahm, um das Chaos zu organisieren.

»Das ist kein guter Start für meinen Urlaub«, brummte ein Mann. »Ich dachte, dieser Ort sollte entspannend sein. Ich fühle mich nicht sehr entspannt.«

Ohne eine Pause einzulegen – und in der Hoffnung, dass Drake nicht ausflippen würde –, nickte Alaska verständnisvoll. »Ich verstehe Ihre Frustration. Mir würde es an Ihrer Stelle genauso gehen.« Sie hatte schon vor langer Zeit gelernt, dass es am besten war, mit einem unzufriedenen Kunden mitzufühlen, ihm das Gefühl zu geben, dass seine Meinung wichtig war ... und wenn möglich einen Rabatt zu geben. »Als kleine Entschuldigung von der *Zuflucht* für die Verwirrung erhält jeder hier fünfzig Dollar Rabatt auf seine Rechnung.«

Als sie das hörten, lächelten die meisten Gäste tatsächlich. Sogar der Mann, der verbal seinen Unmut geäußert hatte.

Als alle den unmittelbaren Bereich um die Rezeption verlassen hatten, setzte Alaska sich hin und hielt den Atem an, während sie die Maus hin und her bewegte, um den Computer aufzuwecken. Zu ihrer Erleichterung war Becky so schnell gegangen, dass sie sich nicht die Mühe gemacht hatte, ihn herunterzufahren. Das war nicht klug, aber da es zu ihren Gunsten war, konnte Alaska nicht allzu verärgert sein.

Im Laufe der Jahre hatte sie mehr als ein Dutzend verschiedener Verwaltungsprogramme erlernen müssen. Eine ihrer besten Fähigkeiten war die Kunst, sich schnell in Computersysteme einzuarbeiten. Sie klickte zehn Minuten lang herum, bis sie ziemlich sicher war, dass sie in der Lage sein würde, Gäste ein- und auszuchecken, Quittungen zu drucken und Kreditkarten einzugeben. Sie war erleichtert, als es auch relativ einfach war, Rabatte zu gewähren.

Sie atmete tief durch und ging in den Speisesaal, um ihren ersten Kunden auszuchecken.

Brick schaltete den Computer aus und wandte sich an seine Freunde. »Und? Was haltet ihr davon?«

»Wenn er es ernst meint, klingt es gut. Wirklich gut«, erwiderte Spike.

»Da bin ich deiner Meinung«, pflichtete Pipe ihm bei.

»Ich meine, es ist schon ein bisschen seltsam, dass jemand aus China hier investieren will, oder?«, fragte Tonka. Er war der Skeptiker in der Gruppe, was nicht schlecht war. Es war klug, jemanden zu haben, der es als seine Aufgabe ansah, alternative Meinungen zu präsentieren.

»Vielleicht. Aber er will in den USA investieren, was nicht ungewöhnlich ist. Und er erwähnte seinen Freund vor Ort, der ihm von der *Zuflucht* erzählt hat und der glaubt, dass es das Potenzial hat, so viel mehr zu sein, als es jetzt ist«, bemerkte Owl.

»Aber *wollen* wir, dass es mehr wird?«, fragte Tiny achselzuckend.

Sein Freund hatte nicht ganz unrecht. Im Moment hatten sie ein Dutzend Hütten, einen Koch und mehrere Männer und Frauen, die kamen, um die Zimmer zu reinigen, sich um den Garten um die Hütten herum zu kümmern und die Gästezimmer und die Lodge instand zu halten ... es war schon ein ziemlich großer Betrieb.

Der potenzielle Investor, ein Mr. Choo, schlug vor, ein weiteres Dutzend Hütten, ein größeres Hauptgebäude mit dreißig hotelähnlichen Zimmern, mehr Wanderwege und sogar ein paar Campingplätze zu errichten.

»Der Gedanke, mehr Männern und Frauen mit einer posttraumatischen Belastungsstörung helfen zu können, ist verlockend«, entgegnete Brick. »Aber zu welchem Preis? Eines der besten Dinge an der *Zuflucht* ist die Exklusivität und Ruhe an diesem Ort.«

»Wir müssten aber nicht alles umsetzen, oder? Wir könnten weitere Hütten und die Campingplätze hinzufügen, aber nicht das Hotelgebäude. Das würde es uns ermöglichen, mit einem Investor zusammenzuarbeiten, ohne die Atmosphäre des Ortes zu verändern«, schlug Stone vor.

»Aber eine Verdoppelung der Gästezahl würde immer noch viel mehr Arbeit im Hintergrund bedeuten«, gab Spike zu bedenken.

Brick hob seine Hand. »Ich schlage vor, dass wir uns alle etwas Zeit nehmen, um darüber nachzudenken. Wir müssen ja nicht sofort etwas entscheiden. Selbst wenn er am Ende hierherkommt, um sich das Anwesen anzusehen, könnte er seine Meinung ändern, nachdem er es gesehen hat. Und selbst wenn nicht, können wir immer noch beschließen, nichts zu unternehmen. Ja, das Geld wäre willkommen, aber als wir die Papiere für dieses Grundstück unterschrieben haben, waren wir uns alle einig, dass wir nicht reich werden wollen, richtig?«

Alle nickten mit dem Kopf.

»Also lassen wir seinen Vorschlag erst einmal sacken. Ich denke, wir wären dumm, wenn wir die Summe, die er genannt hat, ablehnen würden, ohne seinen Vorschlag zumindest zu überdenken. Es gibt Dinge, die wir alle tun wollen, um *Die Zuflucht* zu verbessern, und so viel Geld auf der Bank zu haben würde es sicherlich einfacher machen. Denken wir erst einmal darüber nach, und wir werden in ein paar Tagen noch einmal darüber reden und das Für und Wider besprechen. Einverstanden?«

Wieder nickten alle.

Als seine Freunde begannen, den Raum zu verlassen, schaute Brick auf die Uhr. Verdammt, die Videokonferenz hatte drei Stunden gedauert. Er hatte nicht vorgehabt, so lange weg zu sein. Alaska machte zwar große Fortschritte bei ihrer Genesung, aber es war offensichtlich, dass sie immer noch nervös wurde, wenn sie längere Zeit allein war.

Wann immer er daran dachte, was sie durchgemacht hatte, wurde Brick wieder wütend. Niemand hatte es verdient, wie ein Stück Fleisch behandelt zu werden. Oder als Eigentum. Und jeder, der irgendetwas mit dem Sexhandel zu tun hatte, sollte in der Hölle schmoren – vor allem diejenigen, die die eigentliche Entführung durchgeführt hatten.

Brick sammelte gerade die Diagramme ein, die er benutzt hatte, um Mr. Choo Details über die Abläufe des Betriebs zu geben, und alle seine Notizen, als Spike seinen Kopf wieder in den Raum steckte.

»Ähm ... ich glaube, das solltest du dir ansehen, Brick.«

Bei dem komischen Tonfall, den sein Freund anwandte, wurde er sofort nervös. »Warum? Was ist los?«

»Das wirst du schon sehen. Komm mit.«

Brick ließ die Papiere auf dem Tisch liegen und machte sich auf den Weg zum Ausgang. Kaum war er aus der Tür, roch er den unverkennbaren Duft von Plätzchen. Was seltsam war, denn Robert machte normalerweise nur abends Plätzchen. Irgendetwas an dieser kleinen Veränderung in der Routine des Chefkochs ließ Brick noch nervöser werden, als er den Eingangsbereich betrat.

Auf den ersten Blick sah er nichts, was fehl am Platz war. Ein paar Gäste tummelten sich vor der Rezeption, aber alle schienen sich wohlzufühlen, was eine Erleichterung war. Manchmal waren neu angekommene Gäste angespannt, weil sie nicht wussten, was sie in einer neuen Umgebung erwartete. Ihre posttraumatische Belastungsstörung konnte sie übermannen.

»Sieh mal nach, wer an der Rezeption sitzt«, erklärte Spike schließlich lachend.

Brick brauchte einen Moment, um zu verstehen, was er da sah.

Alaska saß an Beckys Platz hinter dem Computer und reichte einen altmodischen Schlüssel an einen Mann Mitte zwanzig.

Ohne zu zögern, ging Brick schnell auf die Rezeption zu und hörte, wie Alaska sagte: »Bitte genießen Sie Ihren Aufenthalt. Wenn Sie etwas wünschen, brauchen Sie nur zu fragen. Henley, die Therapeutin, wird morgen hier sein, falls Sie ihre Dienste in Anspruch nehmen wollen. Die Mahlzeiten werden in Buffetform angeboten und das Frühstück gibt es von acht bis halb zehn. Die übrigen Zeiten stehen auf dem Plan, den ich Ihnen gegeben habe. *Die Zuflucht* heißt Sie herzlich willkommen und ich denke, Sie werden

Ihren Aufenthalt als erholsam und entspannend empfinden. Ich weiß, dass es bei mir so war.«

Sie schenkte dem jungen Mann ein breites Lächeln, als er ihr zunickte, ein Lächeln erwiderte und sich dann auf den Weg zu seiner Hütte machte.

»Was um alles in der Welt ist hier los?«, fragte Brick.

Alaska drehte sich zu ihm um. »Oh – hi, Drake. Ist deine Besprechung vorbei?«

»Ja. Alaska, was machst du da? Wo ist Becky?«

»Anscheinend hat sie gekündigt.«

»*Was?* Ist das dein Ernst?«

»Hmhm. Robert hat mich über die Gegensprechanlage kontaktiert und ich bin gekommen, um zu helfen. Eine Zeit lang ging es drunter und drüber, aber ich glaube, jetzt ist alles wieder in Ordnung. Und ich sollte es dir selbst sagen, bevor du es später herausfindest – ich habe etwa zehn Leuten fünfzig Dollar Rabatt gegeben. Ich kann es aber zurückzahlen.«

Brick winkte das verrückte Angebot ab. »Du zahlst es nicht zurück. Aber warum?«

»Nun, die Hälfte der Gäste war sauer, dass sie nicht auschecken konnte, und die andere Hälfte war irritiert, dass sie nicht einchecken konnte. Ich konnte sehen, dass sie alle nervös waren, entweder wegen der Heimreise oder weil ihr Urlaub nicht gut begonnen hatte. Nach vielen Jahren in der Verwaltung habe ich gelernt, dass Rabatte der schnellste Weg sind, um Menschen glücklich zu machen.«

Sie hatte nicht unrecht.

»Oh, ich habe den abreisenden Gästen auch das Mittagessen spendiert. Und ich habe Robert gebeten, seine fantastischen, weichen, unwiderstehlichen Plätzchen zu backen. Es geht doch nichts über einen Preisnachlass *und* leckere Backwaren, um die Leute glücklich zu machen. Ich habe also alle ein- und ausgecheckt, aber ich habe das Telefon noch nicht angerührt. Die Leitungen laufen heiß.«

Alaska schaute stirnrunzelnd auf das Telefon und Brick konnte sehen, dass beide Leitungen mit eingehenden Anrufen blinkten. Auch die Nachrichtenanzeige blinkte.

»Mist. Die Reservierungen für den vierten Juli wurden heute geöffnet«, erinnerte er sich mit einem Stöhnen.

»Ja«, entgegnete Alaska. »Jetzt, da ich den Eingangsbereich geräumt habe, kann ich anfangen, den Anrufbeantworter zu überprüfen und die Leute in der Reihenfolge zurückzurufen, in der sie eine Nachricht hinterlassen haben«, bemerkte sie und setzte sich an den Computer.

Brick starrte sie ausdruckslos an. »Warum solltest du das tun?«

»Weil es getan werden muss«, antwortete sie mit einem verwirrten Stirnrunzeln.

»Du bist hier zu Gast«, protestierte er.

»Nein, bin ich nicht. Ich meine, ich *bin* es, aber ich zahle nicht. Ich habe deine Großzügigkeit lange genug ausgenutzt. Ich möchte helfen. Und damit das klar ist: Ich finde, die Preise sind zu niedrig. Ja, dieser Ort liegt mitten im Nirgendwo, aber es ist immer noch ein Resort mit allen erdenklichen Annehmlichkeiten. Ihr bietet Verpflegung, Unterhaltung und sogar kostenlose Therapiesitzungen für jeden, der hier wohnt. Ich denke, man könnte problemlos hundert Dollar pro Nacht auf den Zimmerpreis aufschlagen und die Leute würden es trotzdem bezahlen. Das würde auch helfen, die Hütte für die ehemaligen Kriegsgefangenen zu finanzieren. Oh! Ihr könntet auch eine Spendentaste auf eurer Webseite einrichten, damit die Leute Geld für die Hütte schicken können und um Geld für Leute zu sammeln, die es sich nicht leisten können hierherzukommen, aber wirklich brauchen, was ihr hier in der *Zuflucht* anbietet.«

Brick konnte sie einfach nur anstarren.

Sie runzelte wieder die Stirn. »Was? Oh, verdammt, ich bin zu weit gegangen, nicht wahr? Ich wollte nur helfen. Es tut mir so leid, Drake. Ich werde einfach ...«

»Verdammt noch mal, Brick, ich habe gerade mit dem Kerl, der Hütte 10 gemietet hat, gesprochen – du weißt schon, der mürrische alte Kerl, der mit nichts zufrieden war?«, sagte Owl. »Er hat mir fünf Minuten lang ein Ohr abgekaut und uns ein Kompliment gemacht, wie *Die Zuflucht* das Chaos heute gemeistert hat. Er war besonders froh, dass er vor seiner Abreise noch etwas zu essen bekam, da er heute eine lange Strecke fahren muss und nicht anhalten wollte. Und man könnte meinen, wir hätten ihm die gesamten Kosten für seinen Aufenthalt erstattet und nicht nur fünfzig Dollar.« Owl drehte sich zu Alaska um und lächelte breit. »Du bist unglaublich!«

Sie errötete heftig. »Danke. Und jetzt, da du es erwähnst, denke ich, dass es nicht schlecht wäre, denjenigen, die abreisen, regelmäßig ein Mittagessen anzubieten, die es vielleicht wollen. Es würde doch nicht viel mehr kosten, oder? Und es würde die abreisenden Gäste mit einem guten Gefühl und einem vollen Bauch zurücklassen.«

»Finde ich auch«, erklärte Owl. »Allerdings sollten wir das vielleicht mit Robert abklären.«

Brick ging hinter den Schreibtisch und griff nach Alaskas Arm. »Kannst du die Rezeption für eine Minute übernehmen?«, fragte er seinen Freund.

Owl grinste. »Klar doch. Aber zwing mich bitte nicht, ans Telefon zu gehen.«

»Das mache ich, wenn Drake mit mir fertig ist«, versicherte Alaska ihm.

»Wenn er dich anbrüllt, ignoriere ihn«, befahl Owl.

»Ich werde sie nicht anschreien«, knurrte Brick, während er Alaska vom Schreibtisch weg zur Hintertür führte. Sie sprach nicht, als er sie nach draußen führte und auch nicht während des gesamten Weges zu seiner Hütte.

Er führte sie hinein und sobald sich die Tür hinter ihnen geschlossen hatte, sagte sie: »Drake ...«

Er ließ ihr keine Gelegenheit, etwas anderes zu sagen. Er drückte sie mit dem Rücken gegen die Wand und tat das, woran er während der letzten zwei Wochen immer wieder gedacht hatte. Er küsste sie.

Sie erstarrte für den Bruchteil einer Sekunde, als er mit der Zunge an ihren Lippen entlangfuhr ... dann stieß sie einen Seufzer aus und schmolz in seinen Armen dahin.

Brick hatte das nicht geplant, aber als er sie an der Rezeption sah und hörte, wie sie, ohne zu zögern, einsprang, wenn man sie brauchte, war er überwältigt von Dankbarkeit und Liebe.

Diese Frau war ...

Sie war einfach alles. Er hatte noch nie jemanden getroffen, der so selbstlos war. Und nicht nur das, sie hatte irgendwie in Windeseile ein Computersystem erlernt, das zu verstehen Becky Wochen gebraucht hatte. Sie hatte es geschafft, eine Situation zu retten, die der *Zuflucht* extrem schlechte Kritiken eingebracht hätte. Die Leute, die Unannehmlichkeiten gehabt hatten, verließen das Resort trotzdem mit einem Lächeln im Gesicht.

Sie brauchte nicht zu helfen. Brick hatte nicht *erwartet*, dass sie helfen würde, um genau zu sein. Aber sie hatte es trotzdem getan.

Die letzten zwei Wochen waren die besten seines Lebens gewesen – und gleichzeitig die frustrierendsten. Je mehr Zeit er mit Alaska verbrachte, desto schwerer fiel es ihm, ihr nicht zu zeigen, wie viel sie ihm bedeutete. Er hatte es genossen, ihr dabei zuzusehen, wie sie sich langsam entspannte. Wenn sie lachte, schlug sein Bauch Purzelbäume. Sie verstand sich mit seinen Freunden, als würde sie sie schon seit Jahren kennen.

Und die Nächte ... Gott. Sie im Arm zu halten war ein wahr gewordener Traum. Er hatte nicht gewusst, wie intim es sein konnte, mit jemandem zu schlafen. Sie hatten keinen Sex, aber ihre emotionale Intimität ... sie war so viel stärker als alles, was er je empfunden hatte. Zu wissen, dass sie ihm vertraute, dass er sie nicht verletzen oder etwas nehmen würde, was sie nicht bereit war zu geben, war ein berauschendes Gefühl. Zu wissen, dass sie jeden Tag ein wenig mehr heilte ... das machte es wert, vor Sehnsucht nach ihr fast zu vergehen. Die Frustration, in ihrer Nähe zu sein, ihr aber nicht zu sagen, wie viel sie ihm bedeutete.

Er hatte seine Gefühle zwei Wochen lang zurückgehalten, und das war jetzt nicht mehr möglich. Nicht nachdem er erfahren hatte, was sie für *Die Zuflucht* getan hatte ... und für ihn.

Zu seiner Erleichterung – und Erregung – erwiderte sie den Kuss ebenso enthusiastisch, mit ihrer Zunge umschmeichelte sie immer wieder die seine. Er ließ eine Hand zu ihrem Hinterkopf wandern, um sie ruhig zu halten, während er sie küsste. Ein leises Stöhnen in ihrer Kehle machte ihn nur noch mehr an.

Erst als er spürte, wie sie ihre Fingernägel in seine Seiten grub und ihr Bein gegen seins stemmte, wurde ihm klar, was er da tat.

Diese Frau verdiente mehr als nur eine schnelle Nummer an der Wand. Obwohl die Vorstellung, genau das zu tun, reizvoll war, war dies weder der richtige Zeitpunkt noch der richtige Ort dafür.

Brick löste seine Lippen mühsam von ihren, aber er ließ sie nicht los. Er legte seine Hand in ihren Nacken und seine Stirn an die ihre. Sie atmeten beide schwer, und mit jedem Atemzug berührten ihre Brüste seinen Oberkörper. Bricks

Schwanz lag steif an ihrem Bauch, aber das schien sie nicht zu stören, und er konnte sich nicht von ihr losreißen, selbst wenn sein Leben davon abhinge.

»Drake?«, flüsterte sie.

Er nahm einen tiefen Atemzug. »Ich ... mir fehlen die Worte, um all das zu erklären, was ich im Moment fühle«, gab er zu.

»Bist du sauer?«, fragte sie.

»*Sauer?* Nicht im Geringsten. Ich bin überwältigt. Ich bin stolz. Ich bin wütend auf Becky, weil sie einfach so gegangen ist. Und ich bin verdammt angetörnt.«

»Das merke ich«, flüsterte sie.

Brick lachte leise, dann hob er die Stirn gerade so weit an, dass er ihr in die Augen sehen konnte. »Nur damit du es weißt: Der Rabatt, das Mittagessen und die Plätzchen waren eine brillante Idee. Ich bin mir nicht sicher, warum Robert ausgerechnet dich gebeten hat, ihm zu helfen, anstatt unsere Besprechung zu unterbrechen, aber er hat das Richtige getan.«

»Er wusste, wie wichtig euch die Sache war, und er wollte nichts tun, was eine mögliche Investition gefährden könnte. Wenn der Kerl gemerkt hätte, dass im Eingangsbereich ein Chaos herrscht, hätte er vielleicht nicht investieren wollen.«

»Vielleicht. Vielleicht auch nicht. Aber du warst großartig zu allen. Und Robert auch. Er kann schwierig sein.«

Alaska zuckte mit den Schultern. »Er ist nicht so schlimm. Außerdem glaube ich, dass er schwierig sein darf, weil er so ein toller Koch ist.«

»Stimmt. Also ... was uns betrifft.«

Sie versteifte sich.

»Ich will dich«, erklärte er unverblümt. »Ich will dich nicht unter Druck setzen. Oder irgendetwas tun, was dich verängstigen könnte. Aber ich will dich so sehr, Alaska. Ich mag alles an dir. Je mehr Zeit ich mit dir verbringe, desto mehr Zeit *möchte* ich mit dir verbringen. Aber ich schätze unsere Freundschaft zu sehr, um sie zu gefährden. Wenn du das nicht willst, wenn du *mich* nicht willst, dann ist das okay. Zwischen uns wird sich nichts ändern. Du kannst trotzdem so lange hierbleiben, wie du willst und wie es dir guttut.«

Brick konnte den Ausdruck in ihren Augen nicht lesen, aber er hielt den Atem an, während er auf ihre Antwort wartete.

»Drake, ich ... bist du sicher?«

»Ja.«

»Aber du kannst jede haben, die du willst. Ich bin nicht ... ich bin nichts Besonderes.«

»Ich will niemanden sonst, und natürlich bist du etwas Besonderes.«

»Ich bin total gewöhnlich«, sagte sie nachdrücklich, fast anklagend. »Durchschnittlich. *Langweilig.* Du verdienst so viel mehr als jemanden wie mich.«

»Falsch. Ich verdiene jemanden, der genau ist wie du. Jemanden, der großzügig ist. Lustig. Mit dem man leicht zusammen sein kann. Jemanden, der meine tiefsten Ängste und meine Eigenheiten kennt und keine Angst davor hat. Ich brauche kein Supermodel an meinem Arm, Al. Ich brauche jemanden, der mich so mag, wie ich bin. Der an mich glaubt. Und ich kann mir niemanden auf der Welt vorstellen, der mehr an mich glaubt als du. Ich habe eine Stickerei an der Wand, die das beweist.«

Alaska schloss die Augen und Brick verkrampfte sich.

»Es ist in Ordnung, wenn du Nein sagst, Al. Wie ich schon sagte ... es wird sich nichts ändern.«

Sie öffnete die Augen und sah ihn an. »Ich habe dich schon immer gewollt«, gab sie leise zu. »Ich habe jeden Mann, mit dem ich ausgegangen bin, mit dir verglichen, und keiner konnte dir das Wasser reichen. Ich will dich.

Und wenn ich dich nur für einen Monat, eine Woche, eine einzige Nacht haben kann ... ich werde es nehmen. Ich bitte dich nur darum, Geduld mit mir zu haben, wenn du bereit bist weiterzuziehen.«

»Und wenn ich nie bereit bin weiterzuziehen?«, fragte er.

Ihre Augen füllten sich mit Tränen und sie schüttelte den Kopf. »Tu es nicht. Ich habe kein Problem damit, eine Affäre mit dir zu haben, denn mein ganzes Leben lang habe ich davon geträumt, dass du mich so ansiehst, wie du es jetzt tust. Aber führe mich nicht an der Nase herum. Lass mich nicht glauben, dass das etwas Dauerhaftes sein könnte.«

Brick runzelte die Stirn. Es schien ihm völlig unverständlich, dass diese Frau ihren eigenen Wert nicht kannte. Aber er hatte noch viel Zeit, ihr das klarzumachen. »Okay«, stimmte er leise zu.

Er hatte nicht die Absicht, sie aus seinem Bett zu lassen, niemals, jetzt, da sie darin lag. Aber wenn sie die Gewissheit brauchte, dass er ihr sagen würde, wenn er die Beziehung beenden wollte, würde er sie ihr geben. Er hatte nicht vor, irgendetwas zu beenden. Das würde sie irgendwann merken.

»Wie wäre es mit einem Kuss, um die Sache zu besiegeln?«, erklärte er, während er den Kopf senkte. Er gab ihr keine Gelegenheit, zuzustimmen oder zu widersprechen.

Sie würde ihm eindeutig nicht widersprechen. Tatsächlich stellte sie sich auf die Zehenspitzen und erwiderte den Kuss ebenso leidenschaftlich.

Brick fühlte sich so energiegeladen wie seit Jahren nicht mehr. Er war aufgeregt gewesen, als sie *Die Zuflucht* eröffnet hatten, aber dass Alaska zustimmte, eine Beziehung mit ihm einzugehen, fühlte sich an, als würde es ihm Möglichkeiten eröffnen, von denen er nie zu träumen gewagt hätte.

Sie atmeten beide wieder schwer, als er sich ein zweites

Mal zurückzog. »Können wir jetzt darüber reden, woher du weißt, wie man unser Computersystem bedient?«, fragte er und tat sein Bestes, um nicht darauf zu achten, wie ihre Brüste ihre Bluse ausfüllten – und wie gern er sie den Flur hinunter in das Bett gezogen hätte, in dem sie jede Nacht miteinander schliefen.

»So schwer ist das nicht«, bemerkte sie achselzuckend.

»Becky hat zwei Wochen gebraucht, um zu lernen, wie man Leute ein- und auscheckt.«

Sie runzelte die Stirn. »Tatsächlich?«

»Ja.«

»Wow. Das System ähnelt dem, das ich in Frankreich benutzt habe. Und das Telefonsystem ist *genau* wie das, das ich in Finnland benutzt habe. Es gibt natürlich kleine Unterschiede, aber ich habe mir zehn Minuten Zeit genommen und im System herumgeklickt und herausgefunden, wie man die einfachen Sachen macht. Für Berichte brauche ich normalerweise etwas länger.«

»Also ... Becky hat gekündigt. Es wird eine Weile dauern, bis wir einen Ersatz für sie gefunden haben. Würdest du ...«

»Ja«, erklärte sie, ohne ihn ausreden zu lassen.

»Du weißt nicht, was ich sagen wollte«, erwiderte er grinsend.

»Wenn du mich fragen wolltest, ob ich einspringe, dann ist die Antwort ja«, sagte sie zu ihm.

»Gott sei Dank. Ich kann dir gar nicht sagen, wie sehr wir alle die Arbeit am Schreibtisch hassen. Und wir sind auch nicht besonders gut darin.«

»Das bezweifle ich. Alle Gäste, denen ich begegnet bin, fanden euch toll.«

»Das liegt daran, dass wir nicht versuchen, am Computer zu arbeiten«, informierte er sie lachend. »Und ich werde mit den anderen über die Preise der Zimmer sprechen. Und der Spendenknopf ist eine tolle Idee. Wir bezahlen dich natürlich.«

Alaska schüttelte bereits den Kopf. »Ich wohne hier schon seit zwei Wochen umsonst. Ihr müsst mich nicht bezahlen.«

»Ja, du warst hier als mein *Gast* – und du wirst auch weiterhin als mein Gast bleiben«, fügte er mit Nachdruck hinzu. »Das ist nicht verhandelbar. Wenn du Verwaltungsarbeit für uns machst, wirst du dafür bezahlt.«

»In Ordnung«, stimmte sie leise zu.

»Und du wirst nur vier Stunden am Tag arbeiten.«

»Aber, Drake ...«

»Ich meine es ernst. Du bist hier, um wieder gesund zu werden, nicht um wie eine Verrückte zu arbeiten«, erklärte er streng. »Ich denke, dass du in dieser Zeit alles schaffen kannst, was zu tun ist. Ich schätze, du bist sowieso doppelt so effizient, wie Becky es war.«

»Was ist mit den Gästen, die später einchecken müssen?«, fragte sie.

»Ich werde Tiny bitten, das zu erledigen. Er ist unser Ansprechpartner, wenn es um Spätankömmlinge geht.«

»Okay.«

»Okay«, stimmte Brick zu. Er ließ den Blick über ihr Gesicht gleiten.

»Was?«, fragte sie und Röte stieg ihr in die Wangen.

»Ich kann es immer noch nicht fassen, dass du wirklich hier bist. Seit wir uns in Deutschland wiedergetroffen haben, habe ich ständig an dich gedacht. Ich hatte das Gefühl, als würde mir etwas fehlen. Du hast gefehlt, Alaska. Ich habe dich vermisst.«

Sie presste die Lippen fest aufeinander und er sah, wie sich Tränen in ihren Augen bildeten.

»Nicht weinen«, befahl er. »Ich kann nicht damit umgehen, wenn du weinst.«

»Es sind Freudentränen.«

»Trotzdem. Ich werde das nicht versauen«, sagte er, mehr zu sich selbst als zu ihr.

»Ich werde mein Bestes geben, um es auch nicht zu versauen«, erklärte sie.

»Gut. Also ... glaubst du, es sind noch welche von diesen Plätzchen übrig?«

Alaska lächelte. »Na ja, ich habe mir ein paar genommen. Sie sollten noch auf dem Schreibtisch liegen – es sei denn, Owl hat sie inzwischen gefunden und aufgegessen. Aber ich schätze, Robert hätte nichts dagegen, noch eine Ladung zu machen, wenn ich ihn darum bitte.«

»Es überrascht mich nicht im Geringsten, dass du Robert um den kleinen Finger gewickelt hast.« Brick küsste sie noch einmal. Ein kurzer, heftiger Kuss, dann verschränkte er seine Finger mit ihren und wandte sich zur Tür.

Sie waren auf halbem Weg zurück zur Lounge, als sie zögernd fragte: »Ist das komisch, Drake?«

»Nein«, antwortete er, ohne darüber nachdenken zu müssen. »Ich mag dich, du magst mich, wir schlafen bereits im selben Bett ... was ist daran seltsam?«

Zu seiner Erleichterung lachte sie. »Eben. Was sollte denn daran seltsam sein?«, fragte sie rhetorisch.

Als sie in die Lounge kamen, war es offensichtlich, dass Owl die anderen über die Geschehnisse informiert hatte. Alle bedankten sich ausgiebig bei Alaska für ihre Hilfe.

Spike betrachtete ihre miteinander verschränkten Hände und zog eine Augenbraue hoch. Brick fand, dass es am besten war, es direkt anzusprechen.

»Alaska und ich sind zusammen«, sagte er unverblümt. »Sie ist auch bereit, den Verwaltungskram zu übernehmen, bis wir jemanden einstellen können, aber nur vier Stunden am Tag. Tiny, wenn du dich um die späten Check-ins kümmerst, wird das schon klappen.«

»Was ist mit den Reservierungen für den vierten Juli?«, fragte Stone.

»Wenn Owl sich um die Rezeption kümmern kann, werde ich die Nachrichten abhören und Anrufe entgegennehmen«, sagte Alaska.

»Abgemacht«, sagten alle Jungs wie aus einem Mund.

»Wir hassen das Telefon«, fügte Pipe hinzu und verzog das Gesicht.

»Alaska hat ein paar Vorschläge gemacht, die wir auch in Betracht ziehen sollten«, sagte Brick zu seinen Freunden.

»Aber das hat doch noch Zeit«, protestierte sie.

»Ich bin neugierig«, bemerkte Spike.

»Ich auch«, stimmte Owl zu.

»Wir können das alles besprechen, wenn wir wieder zusammenkommen, um über die Besprechung von heute Morgen zu reden«, schlug Pipe vor.

Alle nickten zustimmend und machten sich auf den Weg. Tonka war offenbar schon in die Scheune geflüchtet.

»Bist du sicher, dass du zurechtkommst?«, fragte Brick sie.

»Ja. Wenn ich irgendwelche Fragen habe, wende ich mich an Owl«, beruhigte sie ihn.

»Es ist seltsam, gleichzeitig wütend und dankbar für den Tag zu sein, der so lange her ist«, bemerkte Brick leise und meinte damit den Tag, an dem er verletzt und seine Teamkameraden getötet worden waren.

»Drake«, protestierte Alaska leise.

»Ich werde mit Robert reden, um mich davon zu überzeugen, dass es ihm gut geht«, sagte er, ohne sie auf seine Worte eingehen zu lassen. »Ich bringe dir später ein paar Plätzchen mit.«

»Danke.«

Brick war ebenso dankbar, aber nicht überrascht, dass seine Freunde kein Wort über seinen und Alaskas neuen Beziehungsstatus verloren hatten. Er hatte ihre fragenden und spekulativen Blicke während der letzten zwei Wochen mitbekommen, aber er hatte seine Entscheidung, sie in seine Hütte zu holen, nicht erklärt, außer dass er ständig wiederholt hatte, dass sie Freunde waren. Ihre Nicht-Reaktion auf seine Erklärung war so gut wie eine Zustimmung.

Er beugte sich vor und küsste sie auf die Lippen, bevor er ihre Hand drückte und in Richtung Küche ging. Es war ein unglaubliches Gefühl, sie so küssen zu können, wie er es seit Tagen ersehnt hatte. Er wäre ein Narr, wenn er sich Alaska durch die Lappen gehen lassen würde – und er war alles andere als ein Narr.

Brick lächelte und fühlte sich so unbeschwert wie schon lange nicht mehr, als er sich auf die Suche nach weiteren Plätzchen machte.

Yong Chen lächelte, als er auf den leeren Bildschirm seines Computers starrte. Er hatte die letzten Stunden damit verbracht, sich den Hintern abzulügen, und er fühlte sich wirklich gut mit seinen Fortschritten. Er kam dem Ziel immer näher, auf das er hinarbeitete.

Sein neuer Plan war sogar noch aufregender als sein ursprünglicher. Ja, es wäre besser gewesen, wenn er sein Spielzeug bereits in China gehabt hätte, um sie zu brechen und an seine treuen Kunden zu verkaufen. Aber sie dem Mann, der sie gerettet hatte, direkt vor der Nase wegzuschnappen, wäre noch besser. Aufgrund seiner weitreichenden Verbindungen im Dark Web hatte er bereits über ein Dutzend Männer in den USA, die daran interessiert waren, mit seiner Erwerbung eine Runde zu drehen ... natürlich erst, nachdem er *selbst* dran gewesen war.

Er würde die Schlampe nach Kalifornien bringen und dort ein paar Wochen mit ihr verbringen. Ein Freund, den er vor Jahren kennengelernt hatte und der ähnliche sexuelle Interessen hatte, hatte ihm sein Spielzimmer im Keller angeboten. Er hatte bereits eine schalldichte Einrichtung mit Fesseln und allen erdenklichen Geräten, die Yong zum ... Spielen brauchen könnte.

Wenn er fertig war und sie begriffen hatte, dass sie ihrem Schicksal doch nicht entkommen war, würde er sich das Geld, das er mit der Vermietung verdienen würde, in die Tasche stecken – viel mehr, als er ursprünglich für sie bezahlt hatte – und nach China zurückkehren.

Er hatte ein neues Mädchen bestellt. Er würde gerade noch rechtzeitig zurückkehren, um sie abzuholen.

Seine Kunden in Peking würden enttäuscht sein, dass sie nicht mit der Amerikanerin spielen konnten, die ihnen versprochen worden war, aber er hatte das Gefühl, dass ihnen die nächste noch besser gefallen würde ... sie war jünger, schlanker und hatte naturblondes Haar. Eine Besonderheit in China.

Lächelnd stand Yong auf und richtete seinen Schwanz in seiner Hose. Bald. Seine Zeit würde bald kommen.

KAPITEL ZWÖLF

Alaska musste sich zwicken, um sicher zu sein, dass sie nicht träumte, als die Tage vergingen. Den Morgen verbrachte sie wie immer mit Drake auf seiner Veranda. Sie tranken ihren Kaffee und sprachen über den bevorstehenden Tag. Dann verbrachte sie ein paar Stunden drüben in der Lodge, wo sie Gäste ein- und auscheckte und Anrufe entgegennahm. Am Nachmittag unternahmen sie, Drake und Mutt eine Wanderung um das Grundstück. Sie freute sich auf die Bewegung und darauf, das Land um die Lodge herum kennenzulernen. Und sie war so glücklich und zufrieden wie schon lange nicht mehr.

Außerdem erfuhr sie jeden Tag mehr über *Die Zuflucht*. Sie hatte schon immer gewusst, dass nicht nur Militärangehörige mit einer posttraumatischen Belastungsstörung aufgenommen wurden. Jeder, der ein Trauma erlebt hatte, wurde mit offenen Armen empfangen. Aber eine der interessanteren Entdeckungen war, dass alle Mitarbeiter der *Zuflucht* benachrichtigt wurden, wenn jemand ankam, von dem eine Gefahr ausging – zum Beispiel ein Stalker oder ein Ex-Freund, der nachtragend war. Personal *und* Gäste.

Obwohl Waffen auf dem Gelände nicht erlaubt waren, erklärte Drake, dass jeder, der sich auf dem Gelände aufhielt, für die Sicherheit eines Gastes wichtig sein konnte und natürlich auch zu seiner eigenen Sicherheit alarmiert werden musste.

Wenn jemand nicht mitmachen wollte, wenn seine Belastungsstörung es ihm unmöglich machte, sich in einer solchen Situation wohlzufühlen, wurde ihm das Geld zurückerstattet und er erhielt einen kostenlosen Aufenthalt in Wert des ursprünglich gebuchten. Zu Alaskas Überraschung hatte in drei Jahren nur eine Person dieses Angebot angenommen. Alle anderen Gäste waren bereit und eifrig dabei, auf die schwächeren Besucher aufzupassen.

Das allein bestärkte Alaska in ihrem Glauben an die Menschheit.

Es gab auch ein Lockdown-Verfahren. Wenn etwas passierte, das die Gäste in Gefahr brachte, wurden alle über die Gegensprechanlage benachrichtigt und es wurde erwartet, dass sie sich in ihren Hütten oder in der Lodge verschanzten. Die Sicherheitsvorkehrungen, die Drake und seine Freunde getroffen hatten, waren beeindruckend, und Alaska vermutete, dass sie einen großen Teil dazu beitrugen, dass alle sich sicher fühlten.

Drake hatte anfangs befürchtet, dass Alaska wegen einiger Dinge, die sie über den Betrieb hinter den Kulissen der *Zuflucht* erfuhr, beunruhigt sein könnte, aber in Wirklichkeit fühlte sie sich durch das Wissen sogar noch stolzer – und sicherer – als zuvor.

Obwohl sie sich darüber freute, mehr über das Geschäft zu erfahren, wurde dies durch die Zeit, die sie mit Drake selbst verbrachte, in den Schatten gestellt. Seitdem sie verkündet hatten, dass sie jetzt zusammen waren, verbrachten sie ihre Abende so wie früher: mit Lesen und

Fernsehen, aber mit dem zusätzlichen Vorteil, dass sie miteinander rummachten – und zwar viel.

Und jeden Abend, wenn sie ins Bett gingen, hielt sie den Atem an und hoffte, dass *dies* die Nacht sein würde. Die Nacht, in der er mehr tun würde, als sie nur im Arm zu halten.

Sie konnte nicht leugnen, dass sie nervös war, mit dem Mann Sex zu haben, den sie seit Jahren begehrte, aber ihre Vorfreude überwog jede Beklemmung. Sie wollte gut genug für ihn sein – im Bett und außerhalb –, auch wenn sie immer noch glaubte, dass sie Drake Vandine niemals gerecht werden würde. Aber sie hatte nicht gelogen; sie würde jede Minute mit ihm genießen, die sie bekommen konnte.

Er hatte ein weiteres langes Treffen mit seinen Freunden gehabt und sie hatten beschlossen, den potenziellen Investor in *Die Zuflucht* einzuladen, um zu sehen, ob sein Interesse noch vorhanden war, nachdem er den Ort persönlich gesehen hatte. Drake war besorgt über ihre Reaktion gewesen, als sie erfuhr, dass der Mann Chinese war, aber Alaska versicherte ihm, dass sie nicht verärgert war. Ja, irgendeine anonyme Person in Peking hatte sie dem Sexhändler abgekauft, aber sie war noch nicht einmal auf halber Strecke nach Asien gewesen. Sie würde wohl kaum die männliche Bevölkerung eines ganzen Landes für ihr Martyrium verantwortlich machen.

Wer auch immer dieser Käufer war, sie nahm an, dass er sich bedeckt hielt, um nicht in die Nachwehen ihrer Rettung verwickelt zu werden. Außerdem war es unwahrscheinlich, dass er wusste, wer sie war oder wohin sie nach ihrer Rettung verschwunden war. Der Mann, der hier in der *Zuflucht* an jenem schicksalhaften Tag angerufen hatte, war tot.

Heute Morgen war Drake von seinem gemütlichen

Kaffee auf der Veranda weggerufen worden, um einen Baum zu fällen, der auf einen der beliebten Wanderwege auf dem Grundstück gestürzt war. Sie hatte die Stunde vor der Arbeit für sich allein und wollte sich eigentlich ausruhen, aber dann fiel ihr ein, dass Henley McClure an diesem Morgen in der *Zuflucht* sein würde.

Die Therapeutin kam dreimal pro Woche zu den Gästen. Alaska war den Sitzungen bisher aus dem Weg gegangen. Sie war sich nicht sicher warum. Vielleicht weil sie nicht bereit war, über das Geschehene zu sprechen. Vielleicht weil es ihr peinlich war, wie leicht sie sich hatte täuschen lassen.

Aber aus welchem Grund auch immer, heute Morgen war Alaska bereit. Zumindest um an einer Gruppensitzung teilzunehmen und zu sehen, wie die Dinge standen.

Das Alleinsein war einfacher geworden. Sie sprang nicht mehr bei jedem seltsamen Geräusch auf und die Albträume waren fast völlig verschwunden. Natürlich hatte sie das Gefühl, dass Letzteres darauf zurückzuführen war, dass sie jede Nacht an Drake gekuschelt einschlief, aber trotzdem.

Jetzt, da sie in der *Zuflucht* arbeitete, fühlte Alaska sich verpflichtet, mehr über die Arbeit der Therapeutin zu erfahren, damit sie in Zukunft die Gäste besser über ihre Möglichkeiten informieren konnte.

Nachdem sie also ihre zweite Tasse Kaffee ausgetrunken und Mutt ein paar Streicheleinheiten gegeben hatte, verließ sie Drakes Hütte in Richtung Lodge. Neben dem Essbereich befand sich ein Raum, den Henley normalerweise für Sitzungen nutzte. Wenn ein Gast signalisierte, dass er oder sie ein privateres Gespräch wünschte, wurden die entsprechenden Vorkehrungen dafür getroffen.

Die meisten Gäste waren seit Henleys letztem Besuch neu hinzugekommen und Alaska wusste, dies bedeutete, dass die Sitzung möglicherweise voller als sonst sein würde.

Robert war gerade dabei, das Frühstücksbuffet abzuräumen, als sie eintraf. Der Koch schenkte ihr ein einladendes Lächeln, als sie sich auf den Weg in den Therapieraum machte.

Alaska hatte *geglaubt*, sie sei bereit, aber in dem Moment, in dem sie den Raum betrat, hätte eine plötzliche Nervosität sie fast dazu gebracht, sich umzudrehen und zu gehen.

Es ging ihr *gut*. Sie brauchte das nicht. Ihr war eigentlich nichts passiert. Sie war nicht vergewaltigt worden. Sie war nicht einmal wirklich verletzt gewesen. Nicht so wie die meisten Menschen, die sie kennengelernt hatte und die hierherkamen, um zu heilen.

Sie war gerade einen Schritt zurückgewichen, als eine tiefe Stimme neben ihr ertönte.

»Alles in Ordnung?«

Alaska zuckte zusammen und wich schnell aus, während sie sich gleichzeitig nach hinten umsah.

Tonka stand neben ihr und runzelte die Stirn über ihre Reaktion.

»Tut mir leid«, sagte sie und sah zu Boden. Tonka war nett. Das waren alle Männer, die *Die Zuflucht* leiteten. Sie hatte am wenigsten Zeit mit ihm verbracht, weil er immer im Stall war und sich um die Tiere kümmerte. Er verkehrte nicht mit den anderen in der Lodge und sie sah ihn nur selten dort essen. Die Tiere schienen ihn zu beruhigen, wie nichts anderes es konnte.

»Nein, *mir* tut es leid. Ich hätte nicht so hinter dir auftauchen sollen«, bemerkte er leichthin. »Es ist noch nicht zu spät, um zu gehen, weißt du. Selbst wenn Henley anfängt, kannst du immer noch gehen.«

Seine Worte sorgten dafür, dass Alaska ihren Entschluss fasste. »Nein. Ich muss wissen, was hier vor sich geht, damit ich den Gästen besser sagen kann, was sie zu erwarten haben.«

Tonka starrte sie einen Moment lang an. Er war groß, ein paar Zentimeter größer als Drake, sodass sie den Kopf zurücklegen musste, um ihm in die Augen zu sehen. Sein dunkles Haar war gut gepflegt, ebenso wie sein Bart. Von allen Freunden Drakes, den Besitzern der *Zuflucht*, schien Tonka der am meisten ... Mitgenommene zu sein. Er schien sehr angespannt zu sein und mischte sich nicht unter die Gäste, sondern zog es vor, seine Zeit in der Scheune mit den unzähligen Tieren zu verbringen, die jetzt die Farm bevölkerten.

Es waren die Emotionen, die sie in seinen Augen sah, die ihre Aufmerksamkeit erregten. Der Schmerz, den sie in ihnen sah, ließ ihr Herz schmerzen. Wie die anderen war auch dieser Mann durch die Hölle und zurück gegangen. Sie kannte seine Geschichte nicht, und Drake hatte zugegeben, dass *er* sie auch nicht kannte, aber es war offensichtlich, dass das, was ihm zugestoßen war, weitreichende Folgen hatte.

»Du erinnerst mich an das Eichhörnchen, das hinter der Scheune wohnt«, sagte er leise.

»Ähm ... danke?«, sagte Alaska.

Tonkas Lippen zuckten amüsiert. »Als ich es das erste Mal sah, war es kurz davor zu sterben. Es war total abgemagert, zwei seiner Pfötchen fehlten und sein Schwanz hatte keine Haare mehr. Es war verdammt hässlich ... und so verdammt erbärmlich, dass es in seinem besten Interesse gewesen wäre, wenn ich es von seinem Elend befreit hätte.«

Alaska atmete scharf ein. »Ähm ... autsch?«, sagte sie und rümpfte die Nase.

»Tut mir leid, du erinnerst mich in keiner Weise an dieses Eichhörnchen wegen deines Aussehens. Ich habe nur versucht, die Szene zu erklären.«

Durch seine Worte fühlte sie sich ein wenig besser. Er fuhr fort.

»Ich ging nach drinnen und holte eine Handvoll Mandeln, die ich zum Mittagessen essen wollte. Ich setzte mich an die Seite der Scheune und redete mit dem Eichhörnchen. Ich warf ihm ein paar der Nüsse zu und schließlich fasste der kleine Kerl den Mut, näher zu kommen. Ich nehme an, das lag an seinem knurrenden Magen und nicht an meiner geistreichen Unterhaltung«, bemerkte er mit einem schiefen Grinsen.

Alaska war fasziniert. So viel hatte er seit ihrer Ankunft nicht gesprochen.

»Wie auch immer, der kleine Kerl war offensichtlich verängstigt, aber gleichzeitig so verdammt entschlossen. Ich weiß nicht, was mit ihm passiert ist, warum er in dem Zustand war, in dem er sich befand, aber obwohl er eindeutig Todesangst vor mir hatte, vor der neuen Erfahrung, die er machte, ist er nicht weggelaufen. Deshalb erinnerst du mich an ihn.«

Alaska starrte den Mann an und entspannte sich ein wenig. Sie war verängstigt. Eigentlich war es lächerlich. Es gab nichts, wovor sie Angst haben musste. Sie musste während der Sitzung nicht einmal reden, wenn sie nicht wollte. Sie hatte die Notizen darüber gelesen, was in der Gruppentherapie passierte. Henley würde das Gespräch leiten und jeder, der etwas beitragen wollte, konnte das tun.

»Ist das Eichhörnchen noch da?«, fragte sie nach einem Moment.

Tonka lächelte wieder und es veränderte seinen gesamten Gesichtsausdruck. »Ja. Ich habe ihm eine Eichhörnchen-Wohnung gebaut. Sie steht am Fuße eines Baumes hinter der Scheune. Er hat jetzt eine Freundin und sie haben dieses Jahr Babys bekommen. Die Haare an seinem Schwanz sind nachgewachsen, er ist fett und glücklich, und es scheint ihm nichts auszumachen, dass er nicht auf Bäume klettern kann.«

Alaska grinste. »Das freut mich.«

»Mich auch. Also ... bleibst du oder gehst du?«, fragte er.

Alaska straffte die Schultern und sagte: »Ich bleibe. Und du?«

Tonka zuckte mit den Schultern. Er versuchte, es lässig wirken zu lassen, aber Alaska konnte die Anspannung in ihm spüren. »Ich bleibe.«

Sie gingen gemeinsam in den Raum und nahmen nebeneinander Platz. Die Stühle waren erstaunlich bequem. Es waren keine einfachen Klappstühle. Drake und die anderen hatten sich ordentlich ins Zeug gelegt, denn sie wollten, dass die Männer und Frauen, die zu den Sitzungen kamen, so entspannt wie möglich waren, und das bedeutete, dass sie nicht auf billigen, harten Metallsitzen saßen.

Sechs Gäste gesellten sich zu ihnen, zusammen mit Henley. Die Therapeutin war zierlich, um die Einsdreiundsechzig, etwa Mitte dreißig. Es sah so aus, als hätte sie indianische Vorfahren. Ihr dichtes braunes Haar war zu einem langen Zopf zusammengebunden, der über ihren Rücken hing. Sie trug einen weiten, bodenlangen lila Rock und eine weite weiße Bluse. Das Blau ihrer türkisfarbenen Halskette hob sich von dem hellen Stoff ab.

Sie war wunderschön – und Alaska kam sich im Vergleich dazu schäbig vor. Natürlich fühlte sie sich in der Gegenwart vieler Frauen so, das war also nichts Neues.

Aber sobald Henley zu sprechen begann, entspannte sich Alaska. Sie hatte eine tiefe, beruhigende Stimme und begrüßte die Gruppe, als würde sie sich wirklich freuen, dabei zu sein. Nachdem sich alle vorgestellt hatten, begann Henley, über Traumata zu sprechen. Wie es die Menschen auf unterschiedliche Weise beeinflusst.

Nach einigen Minuten sagte einer der Gäste, ein Mann,

der aussah, als sei er Mitte fünfzig oder so, leise: »Nichts für ungut, aber wie kann jemand wie Sie wissen, was ich durchgemacht habe? Waren Sie jemals beim Militär? Mussten Sie töten oder liefen Sie Gefahr, getötet zu werden? Haben Sie jemals einem anderen Menschen in die Augen sehen müssen, kurz bevor Sie ihm den Kopf weggeblasen haben?«

Seine Worte waren hart, auch wenn sein Ton mild war, und Alaska verstand irgendwie, worauf er hinauswollte. Wie konnte sich diese Frau in die Gäste der *Zuflucht* einfühlen? Sie wirkte so ruhig und selbstsicher wie keine andere, die Alaska je erlebt hatte. Andererseits hatte sie bei ihrem Aufenthalt an diesem Ort gelernt, dass die Art und Weise, wie Menschen sich selbst darstellen, nicht unbedingt etwas über ihre Erfahrungen mit Traumata aussagte.

Sie spürte, wie Tonka sich neben ihr versteifte, und Alaska drehte den Kopf leicht, um ihn anzusehen. Er umklammerte die Armlehnen des Stuhls mit aller Kraft. Ein Muskel in seinem Kiefer kribbelte und seine Lippen waren fest aufeinandergepresst. Alaska konnte nicht wirklich sagen, ob er kurz davor war, den Gast zu verprügeln, oder ob er ihm zustimmte.

»Ich denke, Sie werden mir alle zustimmen, dass man nicht sagen kann, welche Traumata jemand erlitten hat, wenn man ihn nur ansieht. Die Menschen sind sehr gut darin geworden, ihre vermeintlichen Unvollkommenheiten vor der Welt zu verbergen. Das ist ein Überlebensmechanismus. Wir denken, wenn andere wüssten, wie kaputt wir uns innerlich fühlen, würden sie wahrscheinlich schreiend weglaufen. Die Realität ist, dass selbst die bestaussehende Person ihre Dämonen haben kann.«

Der Mann schnaubte leicht. »Wollen Sie uns damit sagen, dass *Sie* Dämonen haben?«

Henley lehnte sich in ihrem Stuhl vor und fixierte den Mann mit einem ruhigen Blick.

Aus irgendeinem Grund wartete Alaska gespannt auf ihre Antwort.

»Ja. Als ich zehn Jahre alt war, war ich mit meiner Mutter zu Hause im Reservat. Mein Vater hat im Kasino gearbeitet. Es war spät, wahrscheinlich gegen Mitternacht oder so. Ich wachte durch die Schreie meiner Mutter auf. Ich sprang aus dem Bett und stürmte zu meiner Tür. Aus irgendeinem Grund riss ich sie nicht auf, sondern spähte durch den Spalt. Ich sah meine Mutter im Wohnzimmer, wo sie mit zwei Männern kämpfte. Sie hatten sie auf den Boden gedrückt und ein Mann schnitt ihr die Kleider vom Leib, ohne Rücksicht darauf, ob er sie dabei verletzte. Für einen Moment trafen sich unsere Blicke – meiner mit dem meiner Mutter –, sie hörte nicht auf, mit den Männern zu kämpfen, aber sie bedeutete mir, mich zu verstecken.

Ich war in meinem Zimmer gefangen, der einzige Weg nach draußen führte durch das Wohnzimmer, wo die Männer meiner Mutter wehtaten. Das Fenster in meinem Zimmer war zugenagelt, um die Kälte und den Staub fernzuhalten. Ich kroch unter mein Bett, zwischen die Kartons, die dort gelagert waren, und rollte mich zu einem Ball zusammen. Einen Moment später flog meine Tür auf und ich hörte, wie einer der Männer dem anderen sagte, dass das Zimmer leer sei.

Die beiden Männer zerrten meine Mutter ins Zimmer, warfen sie auf das Bett und vergewaltigten sie. Immer und immer wieder. Direkt über meinem Kopf. Ich hörte jeden Schrei, jedes Weinen, jedes Klatschen ihrer Haut gegen ihre, als sie sie stundenlang vergewaltigten. Als sie endlich fertig waren, hörte ich, wie sie auf sie einstachen. Einmal. Zweimal ... siebenundfünfzigmal. Sie lachten, als sie sie töteten. Sie sagten ihr, sie sei nichts als indianischer Abschaum, der es nicht verdiene zu existieren. Sie schimpften darüber, dass ihre Tochter nicht zu Hause war und sie deshalb keinen Spaß mit ihr haben konnten.

Nachdem sie gegangen waren, blieb ich wie erstarrt vor Angst allein zurück. Ich hörte keinen Laut von meiner Mutter, aber ihr Blut begann, durch die Matratze zu sickern. Ich sah, wie der Fleck über meinem Kopf langsam größer wurde, während sie ausblutete.«

»Verdammt noch mal«, rief einer der Gäste leise aus.

Alaska stimmte ihm von ganzem Herzen zu.

Henley hatte ihre Geschichte fast emotionslos vorgetragen und Alaska vermutete, dass sie sie nicht zum ersten Mal erzählte. Sie arbeitete seit mindestens zwei Jahren in der *Zuflucht* und war wahrscheinlich schon öfter in der Situation gewesen, ihren Patienten ihr persönliches Trauma zu erzählen, die nicht glaubten, dass sie jemals verstehen könnte, was sie durchgemacht hatten. Es war herzzerreißend ... und ihre Bereitschaft, ihren Schmerz zu teilen, war beeindruckend.

»Mein Vater kam bei Tagesanbruch nach Hause. Er fand seine Frau tot auf meinem Bett und suchte verzweifelt das Haus nach mir ab. Ich kam nicht heraus, bis die Polizei eintraf. Erst dann schob ich die Kartons beiseite und kroch unter dem Bett hervor. Ich habe fünf Jahre lang nicht gesprochen. Also ... ja, ich habe Dämonen«, beendete Henley. »Ich schätze, meine Dämonen könnten sogar einige Ihrer Dämonen wie eine Kleinigkeit erscheinen lassen. Aber diese Sitzungen sind nicht dazu da, um zu vergleichen, wessen Geschichte schlimmer ist. Sie sollen Ihnen helfen zu verstehen, dass Sie nicht allein sind. Sie sind nicht der Einzige, der traumatisiert ist. Sie sind nicht der Einzige, der das Gefühl hat, manchmal aus der Haut fahren zu können. Sie sind nicht der Einzige, der Schuldgefühle hat.«

»Schuldgefühle?«, fragte eine Frau. »Sie können sich

unmöglich schuldig fühlen für das, was passiert ist«, rief sie aus, ihre Stimme war voller Mitgefühl.

»Kann ich nicht? Ich habe nichts getan«, sagte Henley. »Ich habe nicht einmal versucht, Hilfe zu holen. Wenn ich unter dem Bett hervorgekommen wäre, hätten sie sich vielleicht auf mich konzentriert, und meine Mutter hätte sich das Messer schnappen und sich wehren können.«

»Sie waren doch noch ein Kind«, entgegnete ein Mann.

Henley zuckte mit den Schultern. »Schuld interessiert sich nicht dafür, wie alt man ist. Es ist einfach so. Das menschliche Gehirn entwirft Hunderte von ›Was-wäre-wenn‹-Szenarien. Was wäre, wenn wir dies anders gemacht hätten? Was wäre, wenn wir das anders gemacht hätten? Was wäre, wenn wir nicht für diese Tasse Kaffee angehalten hätten? Was wäre, wenn wir auf unser Bauchgefühl gehört hätten? Die Realität ist, was geschehen ist, ist *geschehen*. Wir können nicht zurückgehen und es ändern. Wenn wir diese eine Sache anders gemacht hätten, wäre das Ergebnis vielleicht anders ausgefallen. Aber wir haben es nicht getan. Und wir müssen mit dem Ergebnis leben. Wir können nichts weiter tun, als mit unserem Leben weiterzumachen. Uns mit unserer aktuellen Realität abfinden und einen Fuß vor den anderen setzen.«

Plötzlich war es im Raum ganz still geworden und Alaska schloss die Augen, während sie über Henleys Worte nachdachte. Sie hatte recht. Es gab so viele Dinge, von denen sie sich wünschte, sie hätte sie an diesem Tag anders gemacht ... aber nichts davon änderte etwas daran, wo sie jetzt stand.

»Für so viele Was-wäre-wenns gibt es genauso viele Dinge, die Sie richtig gemacht haben«, fuhr Henley fort. »Es mag schwer sein, sich das einzugestehen, denn es ist viel einfacher, an all die Dinge zu denken, von denen man glaubt, man hätte sie falsch gemacht. In meinem Fall war es das Richtige, sich zu verstecken. Zu schweigen. Wenn ich unter dem Bett hervorgekommen wäre, wäre ich wahrscheinlich tot, genau wie meine Mutter. Und ich wäre vergewaltigt worden. Mit zehn Jahren. Ich bin mir nicht sicher, ob ich das verkraftet hätte, wenn ich überlebt hätte.

Egal wie groß Ihre Situation ist, was Sie getan haben, was passiert ist ... egal wie oft Sie sich wünschen, Sie hätten die Dinge anders gemacht, die Wahrheit ist ... Sie haben viele Dinge richtig gemacht. Es könnte immer schlimmer sein. Daran glaube ich wirklich.«

Wieder musste Alaska zustimmen. Sie hatte die Geistesgegenwart besessen, ihren Entführer dazu zu bringen, Drake anzurufen. Hätte sie das nicht getan, wäre sie jetzt wahrscheinlich tot ... oder wünschte es sich.

»Möchte noch jemand etwas sagen? Wenn niemandem etwas einfällt, was Sie richtig gemacht haben, können wir in der Gruppe bestimmt helfen. Es ist viel einfacher, eine Situation als Außenstehender zu beurteilen«, erklärte Henley.

Langsam begannen die Leute, ihre Geschichten zu erzählen. Die Gründe für ihren Besuch in der *Zuflucht*. Alaska hörte aufmerksam zu. Die Dinge, die die Gäste erlebt hatten, waren allesamt herzzerreißend. Aber Henley hatte recht: Als Gruppe konnten sie auf die Dinge hinweisen, die jeder Einzelne richtig gemacht hatte.

Alaska blieb stumm. Ihr Problem war nicht, dass sie nicht wusste, was sie an diesem Tag richtig gemacht hatte, sondern eher, dass sie das Gefühl hatte, kein Recht zu haben, so verkorkst zu sein, wie sie sich manchmal fühlte. Schuldgefühle, dass sie nicht so sehr gelitten hatte wie andere um sie herum.

Auch Tonka sprach nicht. Und sein Griff um die Armlehnen des Stuhls hatte sich nicht gelockert. Er schien genauso angespannt zu sein wie zu Beginn von Henleys

Geschichte. Sie wusste nicht, ob er sich aufregte, weil er darüber nachdachte, was ihm zugestoßen war ... oder weil er wütend darüber war, was mit *Henley* geschehen war.

Sie bezweifelte, dass es das erste Mal war, dass er ihre Geschichte hörte. Aber wenn es ihn so wütend machte, warum nahm er dann an den Gruppensitzungen teil?

Sie versuchte immer noch, das herauszufinden, als er abrupt aufstand und leise zur Tür ging.

Für einen kurzen Moment sah Alaska einen Blick der Trauer – und der intensiven Sehnsucht – in Henleys Augen, bevor sie blinzelte und die Aufmerksamkeit wieder der Frau zuwandte, die gerade sprach.

Sie hatte das Gefühl, dass Tonkas Reaktion etwas Persönliches war. Er war zu der Therapiesitzung gekommen, hatte aber nichts gesagt. Er hatte seine Geschichte nicht erzählt. War er da, um Henley zu unterstützen? Um sich selbst zu quälen? Alaska hatte keine Ahnung. Aber ihr entging nicht, wie Henleys Schultern ein wenig sanken, nachdem er gegangen war.

Alaska vermutete auch, dass sie etwas gesehen hatte, von dem weder Henley noch Tonka gewollt hatten, dass es jemand erfuhr. Sie hatten irgendeine Art von Verbindung ... aber aus welchem Grund auch immer waren sie nicht bereit oder willens, darauf zu reagieren.

Alaska stand auf und entschuldigte sich, kurz nachdem Tonka gegangen war. Obwohl sie sich nicht an dem Gespräch beteiligt hatte, fühlte sie sich seltsam erleichtert. Sie hatte während ihres Aufenthalts in Russland einige Dummheiten gemacht, aber sie hatte auch das getan, was Tausende von anderen Touristen jeden Tag taten. Es war normal gewesen, Igor zu vertrauen, einem Reiseführer, der ihr empfohlen worden war. Und als ihre Situation gefährlich geworden war, hatte sie sich an den einzigen Menschen gewandt, dem sie hundert Prozent vertraute und von dem sie sicher war, dass er ihr helfen würde. Und das hatte er getan.

Ihre Gedanken blieben bei Drake, als sie sich auf den Weg zurück zur Hütte machte, um sich auf ihre Schicht an der Rezeption vorzubereiten. Es war immer noch sehr viel los. Die Hütte war bis August nächsten Jahres ausgebucht und auch in den übrigen Monaten gab es nicht mehr viele freie Plätze. Außerdem hatte Drake nach Rücksprache mit den anderen den Preis für die Hütten erhöht und Alaska hatte dazu beigetragen, auf der Webseite eine Spendentaste einzubauen, indem sie ein paar Geschichten von ehemaligen Kriegsgefangenen geteilt hatte, die davon profitiert hatten, kostenlos in der Hütte wohnen zu können.

Allein in der letzten Woche hatten sie bereits zehntausend Dollar an Spenden eingenommen.

Gedankenverloren stieß Alaska einen überraschten Schrei aus, als Mutt wie aus dem Nichts neben ihr auftauchte und sich an ihre Hand schmiegte.

»Mutt, bei Fuß«, sagte Drake mit Nachdruck von hinten.

Als Alaska sich umdrehte, sah sie Drake aus dem Wald auf sie zukommen.

Ohne nachzudenken, trat sie auf ihn zu und schlang ihre Arme um ihn. Zu ihrer Erleichterung drückte Drake sie sofort fest an sich.

»Was ist los? Alles in Ordnung?«

Er war immer so besorgt um sie. Da sich jahrelang kein Mensch für ihr Wohlergehen interessiert hatte, fühlte es sich besonders gut an.

»Ich bin einfach so dankbar, dass ich hier bin. Dass du gekommen bist, um mich zu retten«, erklärte sie leise.

Drake schlang seine Arme fester um sie. »Du musst nicht dankbar sein, dass ich gekommen bin, als du mich gebraucht hast.«

»Doch, das muss ich«, versicherte sie ihm. »Wenn du mir

nicht geglaubt hättest. Oder wenn du gezögert hättest. Oder wenn du nicht die Verbindungen hättest, die du hast … dann wäre ich jetzt nicht hier.«

»Wie kommst du jetzt darauf?«, fragte er leise.

»Ich habe heute Morgen an Henleys Sitzung teilgenommen«, erklärte sie ihm.

Sie konnte spüren, wie seine Muskeln sich anspannten. Er legte ihr einen Finger unter das Kinn und hob ihren Kopf an, um ihr in die Augen zu sehen. »Und?«

»Und nichts. Es war gut. Es hat mich nur zum Nachdenken gebracht. Den Mistkerl davon zu überzeugen, dass ich verheiratet bin und dass du das Doppelte von dem zahlen würdest, was er von seinem Kunden verlangt, um mich zurückzubekommen, war das Beste, was ich an jenem Tag getan habe. Natürlich war er ein Drecksack, der vorhatte, dein Geld zu nehmen *und* das des anderen auch, aber trotzdem … meine Entscheidung war gut.«

»Ja, das war sie verdammt noch mal. Ich will mir gar nicht ausmalen, was passiert wäre, wenn du es nicht getan hättest«, gab Drake zu.

Alaska schauderte, dann schüttelte sie den Kopf. »Aber ich bin jetzt hier. Und es geht mir gut. Ich glaube, ich werde immer Probleme mit kleinen, dunklen Räumen haben, aber damit kann ich umgehen. Denn die Alternative wäre um einiges schlimmer gewesen.«

»Du hast also Henleys Geschichte gehört?«, fragte Drake.

Alaska nickte. »Ich schätze, du hast sie auch gehört?«

»Ja. Wir alle haben sie gehört. Sie ist fantastisch.«

»Ich glaube, zwischen ihr und Tonka läuft etwas«, platzte Alaska heraus.

Drake zog überrascht die Augenbrauen hoch. »Tonka und Henley? Das glaube ich nicht.«

Alaska zuckte mit den Schultern. »Ich habe den

Eindruck, dass sie sich vielleicht mehr mögen, als sie zugeben wollen.«

»Verdammt. Tonka ist ... er ist nicht in der Lage, eine Beziehung zu führen. Ich weiß nicht, ob er das jemals sein wird.«

»Ich glaube, sie weiß das. Aber das Herz will, was das Herz will«, antwortete sie leise. »Selbst wenn der Verstand weiß, dass es nie passieren wird, hält es das Herz nicht davon ab zu hoffen.«

Drakes Gesichtsausdruck wurde sanfter. »Ich habe das Gefühl, so viel verpasst zu haben«, flüsterte er. »So viel Zeit vergeudet zu haben.«

Alaska schüttelte den Kopf. »Keiner von uns beiden wäre der Mensch, der er heute ist, wenn wir unsere Erfahrungen nicht gemacht hätten.«

Er seufzte. »Ich weiß, dass du recht hast, aber wenn ich in der Zeit zurückgehen und verhindern könnte, was dir passiert ist, würde ich es tun.«

»Ich weiß. Und ich würde dasselbe für dich tun.«

Sie wussten beide, wie lächerlich das war. Es war ja nicht so, dass sie ein SEAL war, und sie wäre sicher nicht zur gleichen Zeit wie er in dieser kleinen Stadt gewesen, als die Bombe hochging.

»Danke«, sagte Drake leise.

»Gern geschehen.«

»Nein, ich danke *dir* ... dafür, dass du stark bist. Klug. Dafür, dass du hier bist. Dafür, dass du an der Rezeption hilfst. Dafür, dass du unglaublich bist.«

Alaska errötete. »Gern geschehen«, wiederholte sie. »Obwohl ich diejenige sein sollte, die sich noch einmal bei dir bedankt.«

»Dann bedanken wir uns eben gegenseitig«, beschloss er, während er sie an seine Seite drückte und sie in zügigem Schritt zu seiner Hütte führte.

»Wozu die Eile?«, fragte sie.

»Weil ich dich unbedingt küssen möchte. Und ich möchte ungestört sein, denn ich werde mir Zeit lassen. Ich werde dir genau zeigen, wie dankbar ich bin, dass du hier bist. Dass du dich aus irgendeinem Grund nicht von meiner Launenhaftigkeit abschrecken lässt und davon, wie viel ich arbeite. Ich möchte dafür sorgen, dass du erkennst, wie wichtig du bist, nicht nur für mich, sondern auch für alle meine Freunde. Du bist so schnell ein Teil der *Zuflucht* geworden, dass ich mir nicht vorstellen kann, wie es wäre, wenn du nicht mehr da bist.«

Seine Worte brachten sie zum Schmelzen ... und erregten sie so sehr, dass sie dachte, sie würde sterben, wenn er nicht innerhalb der nächsten zehn Sekunden seine Lippen auf ihre legte. Sie hatten es langsam angehen lassen. Sie hatten viel geknutscht, ja, aber mehr nicht. Wenn er Sex gewollt hätte, hätte sie, ohne zu zögern, zugestimmt. Aber so fühlte sie sich, als wären sie ein Paar. Auch wenn sie zusammenlebten, war die Aufregung, die sie verspürte, wenn sie zum ersten Mal mit jemandem Zeit verbrachte, wenn sie seine Vorlieben und Abneigungen kennenlernte, und die Schmetterlinge in ihrem Bauch ... all das war immer noch da.

Sie wollte nicht, dass dies eine einmalige Affäre war. Eine kurzfristige Beziehung. Sie hatte sich ihr ganzes Leben lang gewünscht, Drake zu gehören, und sie hatte Todesangst, etwas zu tun, womit sie das vermasseln könnte. So sehr sie sich auch wünschte, mit ihm zu schlafen, sie würde ihn das Tempo bestimmen lassen.

Und wenn er sie ins Haus holen wollte, um sie zu küssen, war das für sie völlig in Ordnung. Die Wahrheit war, dass sie jede Sekunde, die sie mit ihm verbrachte, wahnsinnig genoss ... selbst wenn er launisch war. Das machte ihn zu einem echten Menschen. Außerdem war sie selbst sehr launisch. In der einen Sekunde war sie glücklich, in der nächsten saß sie wieder in diesem dunklen Container.

Er begleitete sie zur Hütte, und sobald sie drinnen waren, drückte er sie mit dem Rücken gegen die Wand neben der Tür. Er küsste sie lange und intensiv. Und dieser Kuss fühlte sich anders an. Er war so leidenschaftlich wie immer, aber er war auch ... *emotionaler*. Vielleicht lag es an den Geschichten, die Alaska gerade gehört hatte. Vielleicht lag es auch daran, dass sie ihre eigene Tortur vor Augen hatte. Sie war sich nicht sicher, aber sie wusste, dass es ihr sehr gefiel.

Gerade als die Dinge vom Knutschen zu etwas Tieferem übergingen, zog Drake sich zurück.

Alaska hatte eine Hand hinten in seine Jeans geschoben und die andere unter sein Hemd. Seine Brustwarze war hart unter ihren Fingern und sie konnte das Stöhnen nicht unterdrücken, das ihren Mund verließ, als er aufhörte.

Er hatte eine Hand in ihren Nacken gelegt, die andere auf ihren Rücken, unter ihrem Oberteil, und er hielt sie an sich gedrückt. Er atmete genauso schwer wie sie und Alaska konnte seine Erektion an ihrem Bauch spüren.

»Ich will dich«, platzte sie heraus.

»Verdammt«, stöhnte Drake. »Ich will dich auch.«

Sie wartete, aber er bewegte sich nicht. »Drake?«

»Ich wollte nur kurz eine Pause einlegen«, erklärte er. »Ich soll mit einer Gruppe eine Wanderung zum Table Rock und darüber hinaus machen, wenn die Leute Lust dazu haben.«

Alaska seufzte. »Und ich muss zur Lodge, um zwei Gäste auszuchecken und die neuen, die heute ankommen, zu begrüßen.«

»Endlich ist es so weit«, sagte Drake.

Alaska runzelte die Stirn. »Was ist so weit?«

»Das mit uns. Ich habe vielleicht zweiundzwanzig Jahre

gebraucht, um zu verstehen, was ich die ganze Zeit wusste, aber jetzt sehe ich dich, Al. Und ich mag langsam sein, aber ich bin nicht dumm. Ich werde die Zeit aufholen, die wir verloren haben.«

»Okay«, flüsterte sie, und das hörte sich gut an.

»Okay«, stimmte er zu.

Keiner von beiden bewegte sich.

Drake lächelte. »Du wirst mich loslassen müssen, Schatz.«

»Und du wirst mich ebenfalls loslassen müssen«, erwiderte sie.

Sein Grinsen wurde breiter. »Ich hatte keine Ahnung, dass es so sein kann.«

»Dass was wie sein kann?«

»Mit jemandem zusammen zu sein. Eine Freundin zu haben. Jemanden zu lieben.« Dann beugte er sich hinunter, küsste ihre Nase und ließ seine Finger unter dem Haar in ihrem Nacken hervorgleiten.

Alaska war sich nicht sicher, ob sie noch atmete. Hatte er das wirklich gesagt? Nein, er konnte es nicht ernst gemeint haben. Nur weil sie ihn schon immer geliebt hatte, hieß das nicht, dass er nach ... was ... ein paar Wochen genauso empfand? Nein, er hatte wohl nur allgemein gesprochen.

»Wir sehen uns nach dem Mittagessen«, sagte Drake.

»Hast du heute Nachmittag nicht noch eine Besprechung mit diesem Mr. Choo?«, fragte Alaska.

»Drake runzelte die Stirn. »Verdammt. Hatte ich vergessen. Ja. Wir sind dabei, seinen Besuch in der *Zuflucht* zu planen.«

»Ich könnte uns hier Abendessen kochen ... wenn du willst«, schlug sie vor.

»Okay. Wenn es dir nichts ausmacht.«

»Ich habe nichts dagegen.«

»Das hört sich gut an. Alaska?«

»Ja?«

»Heute Abend, wenn wir ins Bett gehen ...« Er hielt inne.

Eine Gänsehaut bildete sich auf ihren Armen. »Ja?«

»Wir werden mehr tun, als nur zu schlafen. Bist du bereit dazu?«

Sie konnte sich ein breites Grinsen nicht verkneifen. »Ja.«

»Gut.« Dann trat er wieder auf sie zu, als könnte er sich einfach nicht von ihr fernhalten. Er zog sie fest an sich und küsste sie noch einmal. Lange, langsam und so leidenschaftlich, dass Alaska sich beherrschen musste, um nicht zu einer Pfütze auf dem Boden zu zerfließen.

Er zog sich zurück und starrte sie einen Moment an, bevor er die Tür öffnete. Er schaute noch einmal zurück, leckte sich über die Lippen und war dann verschwunden.

Alaska brauchte ein wenig länger, bis sie sich traute, sich zu bewegen. Sie stieß sich von der Wand ab und ging ins Schlafzimmer, um sich die professionellere Kleidung anzuziehen, die sie bei der Arbeit trug.

Yong Chen spürte, wie das Adrenalin durch seine Adern strömte. Jetzt war es endlich so weit. Die Besitzer von der *Zuflucht* waren härtere Verhandlungspartner, als er erwartet hatte. Er war davon ausgegangen, dass sie sich auf die Chance stürzen würden, zusätzliches Geld für ihre rustikale Unterkunft zu bekommen. Aber stattdessen hatten sie sich gegen die von ihm vorgeschlagene Erweiterung gesträubt. Natürlich würde er ihnen sowieso keinen Cent zahlen, aber das wussten sie ja nicht. Die Idee, dass sie ihr Geschäft klein halten wollten, war lächerlich. Er hielt es auch für lächerlich, dass sie sich die Mühe machten, all den Verrückten auf der Welt zu helfen.

Seiner Meinung nach war eine posttraumatische Belastungsstörung nichts anderes als eine Schwäche des Geistes. Er hatte schon mehr als genügend Frauen gesehen, die gebrochen worden waren, sobald sie sich in seinem Versteck befanden. Es war amüsant zu wetten, wie lange die von ihm gekauften Frauen durchhielten, bevor sie um ihr Leben bettelten. Am Anfang waren sie fast immer widerspenstig, aber nachdem ein paar Kunden sich an ihnen vergriffen hatten, änderten sie ihre Einstellung.

Und wenn sie völlig gebrochen waren, entsorgte er sie. Wenn die Herausforderung weg war, machten sie keinen Spaß mehr. Yong liebte diejenigen, die kämpften ... und trotzdem verloren.

Aber die Männer, mit denen er spielte, waren würdige Gegner. Sie taten und sagten viele kluge Dinge, wenn es ums Geschäft ging. Wäre er jemand anderes und tatsächlich daran interessiert gewesen, in ihre hinterwäldlerische Unterkunft zu investieren, wäre er beeindruckt gewesen. Aber da er sich ihnen nur näherte, um seinen Besitz zurückzuerwerben, war es ihm egal, was in den Wäldern von New Mexico, USA geschah.

Und je näher er seiner Abreise in die Staaten kam, desto aufgeregter wurde er. Er hatte noch zehn weitere Kunden arrangiert, die Zeit mit seiner Neuerwerbung verbringen wollten. Das brachte seinen Gewinn auf lockere zwei Millionen US-Dollar. Die ganze Operation hatte etwas so Befriedigendes, dass Yong darüber nachdachte, *sein* Geschäft zu erweitern.

Seine chinesischen Kunden waren loyal. Nirgendwo sonst konnten sie ihre abartigen sexuellen Fantasien ausleben als mit den Frauen, die er für sie kaufte. Aber es war mehr als offensichtlich, dass es überall Männer wie ihn gab. Und da er seine Frauen nie länger als ein paar Wochen, höchstens zwei Monate behielt – dann waren sie völlig nutzlos –, war das Risiko minimal. Er hatte Männer, die die Leichen für ihn entsorgten, aber er hatte im Laufe der Jahre einiges dazugelernt. Yong zweifelte nicht daran, dass er die Leichen in den USA oder in allen anderen Ländern der Welt unentdeckt loswerden könnte.

Sein Schwanz wurde steif bei dem Gedanken, nach Indien, England, Mexiko und in andere Länder zu reisen, um sich ein neues Spielzeug zu besorgen. Er würde sein Honorar von den Männern kassieren, die er über das Dark Web kontaktiert hatte, dann die Beweise entsorgen und als viel reicherer Mann wieder abreisen.

Je mehr er über die Idee nachdachte, desto mehr gefiel sie ihm. New Mexico und die Frau, die entkommen war, würden sein Test sein. Wenn er es dort schaffte, konnte er es überall schaffen.

Vorfreude durchflutete seine Adern. Er wollte jetzt loslegen ... aber er musste Geduld haben. Und das Beste, was er heute erfahren hatte, war, dass die Frau, Alaska Stein, dort war. Genau dort, wo er sie vermutet hatte.

Der Mann, den sie angerufen hatte, hatte Yong direkt zu ihr geführt.

Drake Vandine hatte erwähnt, dass seine Verwaltungsassistentin ihm per E-Mail einen Reiseplan für seinen Besuch in der *Zuflucht* schicken würde. Sie hatten besprochen, was er sich ansehen solle, wen er treffen würde, wenn er dort war, aber Yong hatte nicht wirklich zugehört. Ihn interessierte nur, dass er nicht durch das ganze Land reisen musste, um sein Eigentum zurückzuerwerben. Sie war da. Sie wartete nur darauf, dass er sie holte.

Und er würde sie sich holen. Er würde dafür sorgen, dass sie wusste, dass die Strafe, die sie erhalten würde, zehnmal schlimmer war als das, was sie erlebt hätte, wenn sie seine Pläne nicht durchkreuzt hätte.

Sie fühlte sich jetzt sicher. Sie versteckte sich mitten im Nirgendwo. Aber bald würde er sich an ihrer Angst und ihrem Schreck laben. Und an ihrem Schmerz. Er konnte es kaum erwarten, sie bluten zu sehen.

Yong stand auf. Er musste packen. Er hatte eine Reise vor sich.

KAPITEL DREIZEHN

Brick hatte Schwierigkeiten, sich zu konzentrieren. Er konnte an nichts anderes denken, als endlich zur Hütte zurückzukehren ... und zu Alaska. Er machte sich Vorwürfe, weil er jahrelang nicht gesehen hatte, was sich direkt vor seiner Nase befunden hatte. Er schob es auf die vielen Kilometer, die zwischen ihnen lagen, und ihre sehr unterschiedlichen Lebensstile, aber das waren nur Ausreden.

Er wusste schon, dass sie etwas Besonderes war, seit er achtzehn Jahre alt war. Warum sonst hätte er immer noch die Kreuzstickerei, die sie ihm geschenkt hatte, an seiner Wand hängen? Warum sonst würde er sich innerlich warm und kuschelig fühlen, wenn er das Werk ansah? Warum sonst würde er ein gesteigertes Gefühl der Vorfreude verspüren, wenn sein Telefon klingelte oder wenn er über eine eingehende E-Mail oder Nachricht informiert wurde?

Tief in seinem Unterbewusstsein musste er gewusst haben, dass sie für ihn bestimmt war. Es war schrecklich, dass es so schwierige Umstände gebraucht hatte, um sie zusammenzubringen. Aber jetzt, da er seit Wochen fast jeden wachen Moment mit ihr verbracht hatte, wollte Brick sie nicht mehr verlieren.

Neulich hatte er morgens ein langes Gespräch mit seiner Mutter geführt. Er hatte kurz die Umstände erwähnt, die Alaska in *Die Zuflucht* geführt hatten, und ohne dass er sie dazu aufgefordert oder sie darauf hingewiesen hatte, wie viel Alaska ihm inzwischen bedeutete, hatte seine Mutter einen langen, erleichterten Seufzer ausgestoßen und gesagt: »Das wurde auch Zeit.«

Überrascht hatte er sie gefragt, was sie damit meinte.

Seine Mutter erinnerte ihn daran, dass sie schon in seiner Jugendzeit gewusst hatte, dass Alaska in ihn verknallt war. Das war einer der Gründe, warum sie zum Mülleimer gegangen war, um das Geschenk herauszuholen, das sie für ihn gemacht hatte.

Als Brick seine Mutter beiläufig gefragt hatte, was sie von Alaska hielt, war er ungeheuer erleichtert gewesen, als sie ihm unmissverständlich erklärt hatte, dass er ein Narr sei und nicht der kluge Mann, den sie großgezogen hatte, wenn er sie sich durch die Lappen gehen ließe.

Man konnte mit Sicherheit sagen, dass seine Mutter ein großer Fan von Alaska Stein war.

»Brick, hörst du überhaupt zu?«, fragte Spike.

Er hatte es nicht getan, aber er sah zu seinem Freund hinüber und nickte trotzdem.

Spike hatte um ein kurzes Treffen gebeten, bevor sie alle ihrem Tagesgeschäft nachgingen.

»Kann ich ihm nicht verübeln«, sagte Owl mit einem Grinsen. »Wenn ich eine Frau wie Alaska in meiner Hütte hätte, könnte ich mich auch nicht konzentrieren.«

»Halt die Klappe«, erklärte Brick, hob einen Stift auf und warf ihn nach seinem Freund. Alle lachten.

»Aber im Ernst, Mann. Ich finde es toll«, bemerkte Owl.

»Zu sehen, dass wenigstens einer von uns erfolgreich eine normale Beziehung führt, gibt mir Hoffnung.«

Die anderen nickten.

»Ich bin mir nicht sicher, ob ich das, was Alaska und ich haben, als normal bezeichnen würde«, entgegnete er ehrlich. »Wir haben beide zwanzig Jahre der Freundschaft hinter uns und versuchen, das nicht zu versauen, während wir gleichzeitig mit unseren eigenen Problemen zu kämpfen haben.«

Tiny zuckte mit den Schultern. »Also, ich weiß nicht. Ich würde sagen, ihr zwei habt das Wichtigste, was es in einer Beziehung gibt.«

»Und das wäre?«, fragte Brick, aufrichtig neugierig, was sein Freund zu sagen hatte.

»Ein Fundament. Als wir sie in Russland gefunden haben, warst du der einzige Mensch, der dazu in der Lage war, sie trotz ihrer Panik zu beruhigen. Als sie Hilfe brauchte, warst du der Erste, den sie angerufen hat. Und als sie hörte, dass du in Deutschland im Krankenhaus lagst, hat sie alles getan, um zu dir zu kommen. Ihr beide passt perfekt zusammen. Das ist unschwer zu erkennen.«

Tiny hatte nicht unrecht. Und seine Worte gaben Brick ein gutes Gefühl. »Sie ist ... ein durch und durch guter Mensch«, erwiderte er nach einem Moment. »Und das kann ich von den meisten Menschen, die ich kennenlerne, nicht behaupten. Sie hat kein einziges böses Haar am Leib, was das, was ihr beinahe passiert wäre, umso schrecklicher macht.«

»Wirst du sie behalten?«, fragte Stone.

Brick konnte sich ein leises Lachen nicht verkneifen. »Es ist ja nicht so, dass sie ein Streuner ist, wie Mutt.«

»Du weißt, was ich meine«, bemerkte Stone achselzuckend.

»Wenn sie mich will, ja«, erwiderte er schlicht.

»Gut. *Die Zuflucht* braucht sie. Sie ist eine verdammt gute Rezeptionistin«, erklärte Pipe.

Bricks gute Laune bekam einen kleinen Dämpfer. »Ich will sie nicht, weil sie gut mit den Gästen und dem Papierkram umgehen kann«, knurrte er.

Pipe hob eine Hand. »Wow! Das wollte ich gar nicht andeuten. Aber im Ernst, du musst ein wenig erleichtert sein, dass sie sich so sehr für unser Resort zu interessieren scheint. Würde es ihr nicht gefallen, wäre das sicherlich ein Problem.«

Brick musste sich beherrschen, um sein Temperament zu zügeln. Pipe hatte nicht ganz unrecht.

»Also, jetzt, da wir alle wissen, dass Brick es mit Alaska ernst meint, und wir ihn unterstützen ... wird er es hoffentlich nicht vermasseln. In der Zwischenzeit wollte ich mich schnell mit euch zusammensetzen und über Choos Besuch sprechen. Sind wir so weit, dass wir anfangen können?«, wollte Spike wissen.

Für einen Moment sagte niemand ein Wort.

Spike seufzte. »Das habe ich mir schon gedacht. Ich habe nachgedacht ... vielleicht haben wir uns zu sehr darüber gefreut, dass jemand in diesen Ort investieren will. Dass wir in der Lage sein könnten, zu expandieren und mehr Menschen zu helfen. Aber jetzt, da dieser Typ tatsächlich nächste Woche kommt, muss ich zugeben, dass ich es mir anders überlegt habe.«

Brick schaute sich am Tisch um und sah, wie seine Freunde nickten. »Ich bin mir nicht sicher, ob wir den Besuch jetzt noch absagen können. Choo hat eine Menge Geld bezahlt, um alles vorzubereiten«, entgegnete er.

»Er kommt aber nicht nur unseretwegen, oder?«, fragte Stone. »Er hat noch ein paar andere Treffen und Dinge geplant, dachte ich. Er erwähnte, dass er für anderthalb Monate oder so in den Staaten sein wird.«

»So habe ich das auch verstanden nach dem, was er uns erzählt hat«, stimmte Spike zu.

»Also treffen wir uns trotzdem mit ihm, aber wir müssen ihm sagen, dass wir noch keine endgültige Entscheidung getroffen haben«, bemerkte Tonka, der zum ersten Mal das Wort ergriff.

»Ich stimme zu«, erwiderte Spike. »Ich wollte mich nur davon überzeugen, dass wir uns alle einig sind. Ich meine, ich würde gern mehr Geld bekommen, um diesen Ort noch besser zu machen, aber ich bin mir nicht sicher, ob eine Verdoppelung der Anzahl der Hütten ihn besser machen *würde*. Ich weiß nicht, wie es euch geht, aber solange wir kein Geld verlieren, bin ich mit dem zufrieden, was wir hier aufgebaut haben.«

Alle stimmten zu.

»Also was? Wir lassen Choo einfach herkommen und sagen dann: ›Tut uns leid, wir haben es uns anders überlegt.‹?«, gab Tiny zu bedenken. »Das wäre wahnsinnig unfair von uns, ganz zu schweigen von der Tatsache, dass wir in Zukunft keine Chance mehr hätten, einen anderen Investor zu bekommen, falls wir jemals wieder einen suchen sollten.«

Alle schwiegen einen Moment. Dann sagte Brick: »Wenn wir uns entscheiden weiterzumachen, müssen wir Tex auf diesen Kerl ansetzen, oder?«

»Ja. Aber warum?«, fragte Spike.

»Das hört sich vielleicht total mies an, aber was wäre, wenn wir ihn bitten würden, ihn jetzt zu überprüfen? Bevor er hierherkommt? Wenn er dann etwas Verdächtiges findet, wissen wir auf jeden Fall, dass wir das Richtige tun, wenn wir die Zusammenarbeit ablehnen.«

»Ich bin mir nicht sicher, ob es dadurch leichter wird, Nein zu sagen«, gab Pipe achselzuckend zu bedenken. »Ich meine, wir können ja nicht einfach sagen, dass wir ihn haben überprüfen lassen und uns nicht gefallen hat, was wir gefunden haben.«

»Warum nicht?«, fragte Brick. »Wir wären dumm, einen ausländischen Investor, den wir nicht kennen, nicht überprüfen zu lassen.«

»Stimmt. Oder wir können einfach sagen, dass wir uns nach einem langen Gespräch für eine andere Richtung entschieden haben«, bemerkte Tonka achselzuckend. »Es ist immer besser, alles so unkompliziert wie möglich zu halten, als irgendwelche undurchsichtigen Ausreden zu erfinden.«

»Er hat recht«, erklärte Spike. »Aber es kann trotzdem nicht schaden, zu sehen, was Tex herausfindet. Ich rufe ihn heute an.«

»Eigentlich wollte er mit seiner Frau für zwei Wochen in den Urlaub nach Maine fahren«, sagte Tiny.

»Mist, das hatte ich ganz vergessen. Was ist mit der anderen Frau, mit der er immer arbeitet?«, fragte Spike.

»Elizabeth«, ergänzte Owl.

»Ja, genau die. Vielleicht rufe ich sie mal an.«

»Ich habe gehört, dass sie erschreckend gut ist«, bemerkte Brick. »Ihr Spezialgebiet ist das Dark Web. Wenn es dort etwas über jemanden zu finden gibt, findet sie es.«

»Na, dann hoffen wir mal, dass sie nichts über unseren Freund Mr. Choo findet«, erklärte Spike.

»Da kann ich nur zustimmen«, bemerkte Stone. »Schließlich wollen wir auf keinen Fall, dass uns die Kommunistische Partei Chinas im Nacken sitzt, falls dieser Kerl in irgendwelche zwielichtigen Machenschaften verwickelt ist.«

Brick runzelte die Stirn. Je mehr sie sich unterhielten, desto unbehaglicher fühlte er sich angesichts des Besuchs des Investors. Ehrlich gesagt war er von Anfang an unsicher gewesen, aber er hatte gehofft, dass es nur Paranoia war. Er wollte die Zukunft der *Zuflucht* nicht unwissentlich aufs

Spiel setzen, und das ungute Gefühl war etwas, dessen er sich ohnehin nicht sicher sein konnte. Abgesehen davon … er glaubte fest daran, dass nichts ein Zufall war.

Und er durfte auch nicht außer Acht lassen, dass ein Mann aus China nur wenige Tage nach Alaskas Rettung aus heiterem Himmel Kontakt mit ihnen aufgenommen hatte, um in ihr Resort zu investieren.

Das war nicht das erste Mal, dass ihm dieser Gedanke gekommen war, aber er war davon überzeugt, dass er überreagierte, weil seine Gefühle für Alaska immer stärker wurden.

Er wurde aus seinen beunruhigenden Gedanken gerissen, als er merkte, dass das Treffen mit seinen Freunden vorbei war, als Tonka aufstand, um wie üblich zu den Ställen zurückzugehen, und die anderen ihm folgten.

»Alles in Ordnung?«, fragte Tiny Brick, als sie den Raum verließen, um ihren Tag zu beginnen.

»Ja, ich denke schon«, entgegnete er mit einem Achselzucken.

»Ich bin froh, dass Spike das zur Sprache gebracht hat. Ich habe in letzter Zeit viel darüber nachgedacht.«

»Geht mir genauso«, stimmte Brick zu.

Tiny klopfte ihm auf den Rücken und sagte: »Fürs Protokoll, ich freue mich sehr für dich und Alaska. Ich mag sie wirklich. Sie ist … entspannend. Sie regt sich nicht auf, wenn bei den Gästen etwas schiefläuft. Sie schafft es, alle ruhig zu halten, und ihre Problemlösungsfähigkeiten sind phänomenal.«

Brick war da hundertprozentig seiner Meinung. »Sie erwähnte, dass sie an all den Orten, an denen sie im Ausland gearbeitet hat, eine Menge gelernt hat. Ich glaube, dass der Kontakt mit so vielen verschiedenen Kulturen und Nationalitäten ihr geholfen hat, Situationen anders zu betrachten, und sie toleranter gemacht hat.«

»Das finde ich auch. Und sie tut dir gut.«

»Inwiefern?«, wollte Brick wissen.

»Du bist nicht mehr so leicht aus der Ruhe zu bringen. Du scheinst in der Nähe der Gäste entspannter zu sein.«

Brick dachte über die Beobachtung seines Freundes nach und musste zustimmen. »Ich weiß nicht, ob es daran liegt, dass ich mich verändert habe, oder dass ich mich einfach immer freue, in meine Hütte zurückzukehren und Alaska wiederzusehen«, gab er zu.

»Das ist doch etwas Gutes, mein Freund«, erwiderte Tiny und klopfte ihm noch einmal auf den Rücken. »Ich muss sagen, ich bin ein bisschen neidisch. Nicht dass ich Alaska will; es ist klar, dass sie nur Augen für dich hat. Aber dass du jemanden gefunden hast, der dich glücklich macht. Der dich beruhigt. Was könnten sich alte Soldaten wie wir noch wünschen? Wie auch immer, brauchst du heute Hilfe bei der Wanderung? Zwei der Gäste haben anscheinend wirklich mit ihren Dämonen zu kämpfen.«

»Wenn es dir nichts ausmacht, würde ich mich über Gesellschaft freuen«, entgegnete Brick.

Als sie auf die Gruppe von Gästen trafen, die sich für die Wanderung versammelt hatten, konnte Brick nicht umhin, über Tinys Bemerkungen nachzudenken. Und die seiner anderen Freunde. Er war nicht auf der Suche nach einer Lebenspartnerin gewesen. Aber es war wirklich unmöglich, sich sein Leben ohne Alaska vorzustellen. Obwohl sie nur kurze Zeit mit ihm zusammen gewesen war, war sie ihm unter die Haut gegangen.

Und apropos Haut ... er konnte es kaum erwarten, heute Abend heimzukehren und ihr zu zeigen, wie glücklich er war, dass sie hier war, bei ihm.

Wie immer, wenn er irgendwo hinwollte, schien sich die Welt verschworen zu haben, um Brick davon abzuhalten, nach Hause zu kommen. Die Wanderung mit den Gästen hatte gut begonnen, aber einige der nicht so fitten Wanderer waren ins Hintertreffen geraten. Das ärgerte zwei der jüngeren, fitteren Gäste.

Tiny war mit den jüngeren Männern vorausgegangen, während Brick mit den anderen vier zurückgeblieben war. Sie hatten es bis zum Table Rock geschafft und ein gemütliches Mittagessen eingenommen, doch dann hatte eine der Frauen einen Flashback und weigerte sich weiterzugehen, weil sie sicher war, dass ein Feind in den Bäumen lauerte und sie überfallen wollte.

Brick konnte die anderen drei Gäste nicht guten Gewissens allein zur Hütte zurückschicken, also benutzte er das Funkgerät, das er immer bei sich trug, um Pipe zu kontaktieren und ihn zu bitten, zu ihm zu kommen und zu helfen. Glücklicherweise war Henley gerade in der *Zuflucht*, um eine Einzelsitzung abzuhalten, und sie hatte sich bereit erklärt mitzukommen, um ihm mit der Frau zu helfen.

Vier Stunden später als geplant hatte Brick es endlich zurück zur Lodge geschafft. Er musste den anderen Männern und Frauen, die gehört hatten, was passiert war, versichern, dass alles in Ordnung war. Dass es der Frau, die den schlimmen Erlebnismoment hatte, schon viel besser ging und sie nicht abreisen wollte, dass sie fest entschlossen war zu bleiben. Das führte zu einer improvisierten Gruppensitzung während des Abendessens, bei der jeder von seinen schlimmsten Rückschlägen berichtete.

Als Brick endlich gehen konnte, war er schmutzig, erschöpft und verärgert darüber, dass seine Pläne so schiefgelaufen waren.

Als er sich seiner Hütte näherte, blieb Brick vor der Tür stehen. Die süßen Gerüche, die von drinnen kamen, brachten seinen Magen zum Knurren. Er hatte Alaska eine Nachricht geschickt, dass er zum Abendessen nicht zu Hause sein würde, und den Grund dafür. Er hatte sie eingeladen, zu ihnen in die Lodge zu kommen, aber sie hatte abgelehnt.

Er hatte sich den ganzen Abend über Sorgen um sie gemacht. Er wollte zu ihr gehen, um sich zu vergewissern, dass sie mit der Änderung ihrer Pläne einverstanden war, aber er war nicht in der Lage gewesen zu gehen. Die Gäste schienen besonders einnehmend zu sein, wie sie es gelegentlich waren, und er wollte ihnen auf keinen Fall das Gefühl geben, dass er sie im Stich ließ.

Aber dem köstlichen Duft nach zu urteilen, der aus seiner Hütte kam, war Alaska nicht untätig gewesen.

Brick stieß die Tür auf und machte viel Lärm, um sie wissen zu lassen, dass er zu Hause war. Er hatte aus Erfahrung gelernt, dass es nicht gut war, jemanden mit posttraumatischer Belastungsstörung zu überraschen.

Mutts Krallen klapperten auf dem Boden, als er auf ihn zulief. Lächelnd beugte Brick sich vor, um seinen Hund zu streicheln. »Hey, Junge. Hattest du eine gute Nacht? Du musst Al wirklich mögen, nicht wahr? Ich glaube, du hast schon lange keine Mahlzeit mehr in der Lodge verpasst.« Der Hund wackelte mit dem Schwanz, während Brick sprach, und zeigte ihm damit nonverbal, wie froh er war, dass sein Herrchen zu Hause war.

Brick stand auf und schaute zur Küche hinüber, wo Alaska am Tisch stand und ihn anlächelte.

»Hey«, begrüßte sie ihn leise.

»Hey«, erwiderte er und bewegte sich schnell. Er ging auf sie zu, und als sie sich mit dem Rücken an den Tresen lehnte, blockierte er ihr den Ausweg, indem er seine Hände auf den Granit stützte. Sie legte ihre Hand auf seine Brust, während sie den Kopf in den Nacken legte und ihn ansah.

»Es riecht gut hier drinnen«, stellte er fest.

Alaska zuckte mit den Schultern. »Ich habe mir zum Abendessen einen Salat gemacht, aber dann dachte ich, dass du vielleicht ein paar Schokoladenmuffins zum Nachtisch magst. Ich bin sicher, dass sie nicht Roberts Ansprüchen genügen, aber sie sind auch nicht schlecht.«

»Wenn sie nur halb so gut schmecken, wie sie riechen, dann sind es die besten Muffins, die ich je gegessen habe«, erklärte er mit einem kleinen Lächeln.

Sie erwiderte es, dann runzelte sie die Stirn. »Alles in Ordnung? Ich meine, diese Frau ... ist sie okay?«

»Ja. Sie hatte einen schweren Anfall, aber Henley hat sich toll um sie gekümmert. Und die anderen Gäste waren auch fantastisch mit ihr. Keiner hat ihr gesagt, dass sie irrational ist oder dass sie sich zusammenreißen soll, und wir konnten ohne große Probleme zur Lodge zurückkehren.«

»So etwas Gemeines sagen die Leute tatsächlich? Ich meine, was zum Teufel?«

»Oh ja, das tun sie ... und schlimmer. Wer noch nie unter einem Flashback gelitten oder die Angst erlebt hat, die entsteht, wenn man ein bestimmtes Geräusch hört oder etwas sieht, das einen an das Trauma erinnert, das man durchgemacht hat, kann unmöglich verstehen, wie schwer es sein kann, sich aus diesem dunklen Ort zu befreien.«

Alaska hob eine Hand und legte sie ihm an die Wange. »Es tut mir leid«, sagte sie leise und Verständnis leuchtete in ihren wunderschönen Augen.

Brick nahm ihre Hand in seine und drehte den Kopf, um die Handfläche zu küssen.

»Du siehst müde aus«, bemerkte sie.

Er zuckte mit den Schultern. »Es geht mir gut.«

»Warum nimmst du nicht eine lange, heiße Dusche? Die Muffins sollten inzwischen kühl genug sein, damit ich sie glasieren kann, während du da drin bist. Wenn du fertig bist, können wir uns entspannen und ein paar Episoden *Scrubs – Die Anfänger* ansehen.«

Brick sah sie einen Moment lang an und seufzte dann. »So habe ich mir den heutigen Abend nicht vorgestellt.«

»Ich weiß. Aber so ist das Leben«, erklärte sie vernünftig.

»Ich will dich so sehr«, sagte er unverblümt. »Ich möchte meinen Kopf zwischen deinen Beinen vergraben und mich an dir gütlich tun. Ich will sehen, wie du mir einen bläst. Ich will spüren, wie du um meinen Schwanz zuckst, wenn du zum Orgasmus kommst. Ich will in dir sein, mehr als alles andere, und das schon seit Langem.«

Alaskas Gesicht wurde knallrot, als er sprach, aber sie wandte den Blick nicht ab.

»Aber ich glaube, dass ich dir im Moment nicht die Aufmerksamkeit schenken kann, die wir beide verdienen«, beendete er etwas widerstrebend.

»Lass mich einmal für dich sorgen«, entgegnete Alaska. »Und nur damit du's weißt, ich will das alles auch, aber nicht, wenn ich weiß, dass du einen harten Tag hattest und erschöpft bist.«

Brick schloss die Augen und lehnte seine Stirn an ihre. Er stand da, atmete sie ein und ließ ihre ruhige Art in seine Seele einsickern. Er hatte keine Ahnung, warum er sich so geerdet fühlte, nur weil er neben ihr stand.

»Ab unter die Dusche«, erklärte sie schließlich. »Mach das Wasser ordentlich heiß. Ich werde Muffins, Decken und die Sendung für dich bereithaben, wenn du fertig bist.«

»Okay«, stimmte er zu. Brick hob seinen Kopf und gleichzeitig ihr Kinn mit einem Finger an. Er starrte ihr einen Moment lang in die tiefbraunen Augen, bevor er den Abstand langsam verringerte.

Sie kam ihm auf halbem Weg entgegen, und der Kuss war lang, gemächlich und liebevoll. Sie zog sich als Erste zurück. Brick konnte das Verlangen und die Sehnsucht in ihrem Blick erkennen, aber sie leckte sich nur über die Lippen und legte ihre Hände auf seine Hüften, um ihn in Richtung Bad zu drehen. »Geh, Drake. Ich habe Muffins zu glasieren.«

Er ging.

Aber bevor er zu weit in den Flur gegangen war, drehte er sich um. Alaska hatte die Aufmerksamkeit den Muffins zugewandt, die auf einem Gestell auf der Theke abkühlten. Er beobachtete sie einen Moment lang. Ihm wurde klar, wie gut und *richtig* es sich anfühlte, sie in seiner Hütte zu haben. Als er den Grundriss für sein Haus ausgesucht hatte, hatte er nicht an eine Frau und Kinder gedacht. Er hatte Einfachheit gewollt. Ein großer Wohnbereich, eine funktionelle Küche, zwei Schlafzimmer, ein Bad. Mehr hatte er nicht gebraucht.

Aber er hatte sich geirrt.

Er hatte das hier gebraucht.

Sie.

Alaska.

Sie wuselte in seinem Haus herum, als wäre sie dafür geboren worden.

Sie hatte recht, sie war nicht die auffälligste Frau der Welt. Sie zog es vor, in den Hintergrund zu treten. Sie mochte es nicht, im Zentrum der Aufmerksamkeit zu stehen. Aber für Brick stach sie einfach durch ihre Persönlichkeit hervor. Er war so nahe dran gewesen, sie zu verlieren. Er hatte nicht verstanden, wie die Liebe zu jemandem sein Leben völlig verändern konnte.

Mit diesem Gedanken im Kopf betrat er das Badezimmer. Er stellte das Wasser in der Dusche an, zog sich aus, putzte sich die Zähne und stieg dann unter die Dusche. Während das heiße Wasser auf seine Schultern prasselte, dachte Brick an seine lang verlorenen Kampfgefährten. Vader, Monster, Bones, Rain und Mad Dog hätten *Die*

Zuflucht geliebt. Wenn sie nicht gestorben wären, gäbe es diesen Ort allerdings nicht.

Geben und Nehmen.

Die Welt war voll davon.

Während der letzten vier Jahre hatten ihre Frauen wieder geheiratet, weitere Kinder bekommen ... und ihr Leben weitergeführt. Zuerst hatte Brick es nicht verstanden. Konnte nicht begreifen, wie sie ihre Ehemänner so verraten konnten. Aber jetzt verstand er es. Das Leben ging weiter. Die Menschen veränderten sich. Und wenn man jemanden gefunden hat, der sich wie die andere Hälfte seiner Seele anfühlt, würde man alles tun, *alles*, um diesen Menschen zu behalten.

Die Liebe zu Alaska hatte sein Leben verändert. Sie hatte es vor zweiundzwanzig Jahren verändert, als sie diese Stickerei gemacht hatte. Sie hatte es vor vier Jahren verändert, als sie den Mut hatte, die Navy anzulügen und an seinem Bett aufzutauchen. Und sie hatte es geändert, als sie ihren Entführer überzeugt hatte, ihn anzurufen.

Das Leben war ein verdammt großes Glücksspiel. Manchmal hatte man Glück und würfelte einen Pasch, und manchmal ging man leer aus. Es kam darauf an, wie man spielte, was man tat, wenn man kurz davor war zu verlieren. Wie man zu schätzen wusste, was man bekam, wenn man Glück hatte.

Und Brick wusste, dass er verdammt viel Glück hatte. Andere Männer in Alaskas Leben hätten vielleicht nicht gesehen, was für ein Juwel sie in ihr hatten, aber er schon. Und er war nicht so dumm, sie sich entgehen zu lassen. Sie machte ihn zu einem besseren Mann, und er wusste es. Sie hielt sich für nichts Besonderes, was zu gleichen Teilen frustrierend und Teil ihres Charmes war. Brick würde ihr jeden Tag zeigen, wie sehr sie geschätzt und geliebt wurde, solange er das Privileg hatte, an ihrer Seite zu sein.

Sie würde keinen weiteren Tag erleben, ohne zu wissen, was er für sie empfand.

Da kam ihm eine Idee in den Sinn. Etwas, das er für sie tun konnte und das viel zu spät kam. Es war etwas, das sie für sich selbst niemals tun würde.

Die Erschöpfung zerrte immer noch an ihm, aber jetzt floss auch Vorfreude durch seine Adern. Er hatte viel zu planen, aber Brick hatte keinen Zweifel, dass seine Freunde ihm dabei helfen würden.

Alaska setzte sich neben Drake auf das Sofa und streichelte ihm immer wieder über das Haar. Er schlief fest an sie gekuschelt und seine tiefen Atemzüge verrieten ihr ohne Worte, wie müde er war. Drake schlief nicht gut. Das war ihr schon im Krankenhaus aufgefallen und er hatte es seitdem auch das ein oder andere Mal erwähnt. Aber im Moment, mit seinem Kopf in ihrem Schoß, einen Arm um ihre Oberschenkel geschlungen und Mutt schnarchend in seinen Kniekehlen, schlief er tief und fest.

Es war ein gutes Gefühl, ihm das zu ermöglichen.

Sie konnte nicht leugnen, dass sie ein wenig enttäuscht war, dass sie nicht gerade nackt in seinem Bett lagen und Liebe machten, aber das hier war fast genauso gut. In vielerlei Hinsicht war es intimer.

Es war ein langer Tag gewesen. Alaska hatte das Gefühl, dass Drake es leugnen würde, aber anderen bei ihren traumatischen Reaktionen zu helfen verlangte ihm einiges ab. Es brachte seine eigenen, nicht gerade angenehmen Erinnerungen zurück. Jetzt für ihn da zu sein, ihm zu ermöglichen, sich fallen zu lassen und auf dem Sofa zu dösen, ohne allzu sehr über irgendetwas nachdenken zu müssen, fühlte sich gut an. Sie fühlte sich gebraucht.

So viel Zeit ihres Lebens war sie auf sich allein gestellt gewesen. Niemand kümmerte sich wirklich darum, ob sie kam oder ging. Aber zu sehen, dass Drake die Leckereien, die sie ihm gemacht hatte, zu schätzen wusste, dass sie sich nicht über die Änderung der Essenspläne aufregte, dass sie bereit war, sich auf das Sofa zu setzen und einfach nur fernzusehen ... das bedeutete ihr alles.

Aber es war schon spät. Ihr Bein schlief dort ein, wo Drakes Kopf lag. Und morgen würde ein langer Tag für sie beide werden. Für sie, weil sie an der Neugestaltung der Webseite der *Zuflucht* arbeitete, und für Drake, weil er nach dem, was heute passiert war, die Gäste sicher genauer im Auge behalten wollte.

»Drake?«, sagte sie leise.

Er rührte sich nicht. Aber Mutt hob den Kopf und sah sie an.

Alaska wusste, wie gefährlich es war, jemanden mit Drakes Vergangenheit aus dem Tiefschlaf zu wecken. Sie wollte ihn ins Bett bringen, war sich aber nicht sicher, wie sie es anstellen sollte.

Mutt nahm ihr die Entscheidung aus den Händen. Er sprang vom Sofa, drehte sich um und begann, Drakes schlafendes Gesicht zu lecken.

Alaska konnte sich ein Lachen nicht verkneifen. Zuerst murmelte Drake etwas im Schlaf. Aber als Mutt nicht aufhörte, ihn zu lecken, stöhnte er und hob eine Hand, um den Hund wegzuschieben.

Mutt ließ nicht locker, leckte Drakes Finger, sein Handgelenk und dann wieder sein Gesicht, als er es erreichen konnte.

»Verdammter Hund«, murmelte er. »Ich bin wach.«

Alaska wusste, dass sie wie eine Verrückte lächelte, aber sie konnte einfach nicht anders.

Drake hob den Blick zu ihr und sie erstarrte. Sie konnte

die Emotionen, die sie in seinen Augen sah, nicht deuten, aber ihr Bauch zog sich vor Verlangen zusammen.

»Wie spät ist es?«, fragte er, als der intensive Moment vorüber war.

»Halb eins oder so«, sagte sie zu ihm.

»Mist. Ich wollte nicht auf dir einschlafen.«

»Ist schon gut. Ich habe versucht, dich zu wecken, damit wir ins Bett gehen können, als Mutt beschloss zu helfen.«

»Braver Hund«, sagte Drake, streckte eine Hand aus und streichelte das Fell auf dem Kopf des Hundes. »Ich habe ihm nicht beigebracht, mich auf diese Weise zu wecken. Er hat selbst herausgefunden, dass es besser für mich ist, langsam aufzuwachen, als von einem Wecker überrascht zu werden.«

»Ja, ich wusste nicht genau, wie ich dich aufwecken sollte, ohne dich zu erschrecken.«

Drake setzte sich auf, und zu ihrer Überraschung sah sie einen verschmitzten Blick auf seinem Gesicht. »Ich wüsste da schon ein paar Möglichkeiten«, erklärte er.

Alaska konnte nicht verhindern, dass ihr Blick zu seinem Schoß wanderte. Sogar während sie ihn beobachtete, schien sein Schwanz in seiner Jogginghose zu wachsen.

»Ja, das ist eine Möglichkeit«, sagte er, ohne auch nur ein bisschen verlegen zu klingen. Er stand auf. »Ich lasse Mutt raus, wenn du schon mal ins Bett gehen willst.«

Die Dinge zwischen ihnen waren so ... einfach. So häuslich. Alaska hatte gedacht, dass das Zusammenleben mit einem Mann so viel unangenehmer sein würde. Aber nichts an ihren Tagen oder Nächten mit Drake war bisher unangenehm gewesen, niemals. Er ließ sie immer zuerst auf die Toilette gehen. Er ließ ihr genügend Zeit, sich umzuziehen, ohne dass sie sich Sorgen machen musste, er könne hereinplatzen. Er räumte hinter sich auf. Er passte immer auf sie auf. Sorgte dafür, dass sie genügend zu essen hatte, dass sie es warm genug hatte, dass sie sich nicht langweilte.

Er gab ihr das Gefühl, etwas Besonderes zu sein. Das war etwas Neues für Alaska.

Als sie im Bad fertig war, waren Drake und Mutt schon wieder drinnen. Sie ging mit dem Hund ins Schlafzimmer, während Drake das Bad aufsuchte. Als er zurückkam, kroch sie gerade unter die Decke.

Während er ihr immer Zeit ließ, sich vor dem Schlafengehen allein umzuziehen, hatte Drake kein Problem damit, sich vor ihr umzuziehen. Wahrscheinlich weil er keine Scheu hatte, wenn es um seinen Körper ging. Heute Abend tat Alaska nicht einmal so, als würde sie nicht zusehen, wie er sein Hemd auszog.

Sein Bizeps war so groß, dass sie ihn wahrscheinlich nicht mal mit beiden Händen umfassen konnte. Die Tätowierung mit dem knurrenden Löwen auf seinem linken Arm bewegte sich, als er den Arm anspannte, und selbst vom Bett aus konnte Alaska die Adern in seinen Unterarmen sehen. Warum das so sexy war, wusste sie nicht, aber der Gedanke an diese Hände und Arme, die sie umschlangen, ließ sie zusammenzucken.

Als Nächstes entledigte Drake sich seiner Jogginghose. Sein Hintern in den Boxershorts war steinhart und seine Oberschenkel waren riesig. Er war ein großer Mann ... in jeder Hinsicht. Das war etwas, das sie nicht übersehen konnte. Und heute Nacht ließ sie den Blick auf der Vorderseite seiner Boxershorts verweilen, als er um das Bett herum zu der Seite ging, auf der er schlief.

»Gefällt dir, was du siehst, Schatz?«, fragte er, als er unter die Decke kroch.

Alaskas Brustwarzen waren hart unter ihrem Schlaf-T-Shirt und sie konnte die Feuchtigkeit zwischen ihren Beinen spüren. Anstatt sich zu schämen, dass sie seinen Körper unter die Lupe genommen hatte, fühlte sie sich ermutigt. Und sie wusste instinktiv, dass sie sich bei Drake nicht für ihren eigenen Körper schämen würde. Er würde nicht denken, ihre Brüste seien zu klein oder ihre Brustwarzen zu groß. Er würde ihr nicht das Gefühl geben, dass es ihr unangenehm war, wie feucht sie wurde, wenn sie supererregt war. Und sie hatte das Gefühl, dass er überhaupt kein Problem damit hätte, wenn sie die Kontrolle übernehmen würde.

Sie war vielleicht nicht die sexuell erfahrenste Frau der Welt, aber sie mochte, was sie mochte ... und sie mochte definitiv Drake.

»Ja«, sagte sie einfach.

»Gut. Denn es gefällt mir *ausgesprochen* gut, wie du aussiehst.« Er griff nach ihrer Taille und zog sie an sich, auf ihren üblichen Schlafplatz an seiner Seite.

Alaska schmiegte sich an ihn, kuschelte sich an seine Schulter und machte es sich bequem.

Mit der Hand, die normalerweise auf ihrem Rücken ruhte, griff er nach ihrem T-Shirt und schob es nach oben. Er zog an dem Stoff, bis er mit der Hand darunter gelangen konnte. Er legte seine Handfläche auf ihren Rücken und drückte sie an sich.

Alaska trug normalerweise nur ein Höschen und ein übergroßes T-Shirt im Bett, sodass ihre nackten Beine und sogar ihr Bauch gegen seine ebenso nackte Haut stießen. Und sie konnte nicht aufhören, daran zu denken, wie nahe seine Finger an ihrem Hintern waren. Ihre Brustwarzen taten sogar weh, wie sie sich gegen seine Seite drückten.

»Du fühlst dich so gut an mir an. Ich glaube, das habe ich dir noch nie gesagt«, sagte Drake leise.

Alaska schüttelte den Kopf. »Und du fühlst dich gut an mir an.« Sie ruinierte ihren Verführungsversuch, indem sie heftig gähnte.

Drake lachte und umarmte sie kurz. »Es ist spät. Schlaf, Al.«

Sie wollte protestieren, dass sie zu erregt war, um zu schlafen, aber ihre Augen schienen auf einmal zu schwer zu sein, um sie offen zu halten.

Drake fuhr mit seinen Fingern ihren Arm auf und ab, den sie um seinen Bauch geschlungen hatte. Sie konnte seinen Herzschlag unter ihrer Wange spüren und hören.

»Danke für heute Abend. Das war genau das, was ich gebraucht habe«, sagte er nach einem Moment.

Alaska schlief mit dem Gefühl von Drake an ihrem Körper ein, mit dem Geräusch von Mutt, der hinter ihr schnarchte, und dem Wissen tief in ihrem Innersten, dass sie für diesen Ort bestimmt war.

KAPITEL VIERZEHN

Alaska hatte den *besten* Traum überhaupt.

Sie hatte solche Träume in der Vergangenheit schon oft gehabt, aber dieses Mal schien er viel realer zu sein. Sie lag mit Drake im Bett und er sah sie an, als wäre sie der schönste Mensch der Welt ... daher wusste sie, dass sie träumte. Er glitt an ihrem Körper hinunter, spreizte dann langsam ihre Beine und begann, ihre Klitoris zu lecken. Und er tat nicht nur so, als würde er es tun. Es war, als genoss er wirklich, was er tat, und nicht nur, um sie zu lecken, bevor er »zur Sache« kam.

Erst als Alaska ihre Hände fester in seinem Haar vergrub, wurde ihr klar, dass sie überhaupt nicht träumte.

Jeder Muskel in ihrem Körper versteifte sich, als sie die Augen öffnete und den Kopf hob.

Sie lag auf dem Rücken in Drakes Bett. Es war noch früh, die Sonne war noch nicht durch das Fenster gekommen, aber es schien genügend Licht von draußen, dass sie deutlich das Glitzern in Drakes Augen sehen konnte, als er seinen Kopf leicht zwischen ihren Beinen anhob. Er hatte ihr irgendwie die Unterwäsche ausgezogen, ohne sie zu wecken, und sie war von der Taille abwärts völlig nackt.

»Morgen«, sagte er rau, bevor er sich wieder seiner Aufgabe widmete.

Alaska war nicht wach genug, um Worte zu bilden. Ihr Körper war von der Lust übermannt. In ihren Träumen schien Drake immer genau zu wissen, wo er sie berühren musste, damit sie sich gut fühlte, aber die Realität war so viel besser.

»Drake«, hauchte sie, als er mit dem Daumen die Innenseiten ihrer Oberschenkel streichelte, während er sie verwöhnte.

»Mmmm«, brummte er und Alaska zuckte zusammen, als die Vibrationen durch ihre Klitoris bis zu ihren Brustwarzen schossen.

Sie konnte spüren, wie er lächelte, während er weiterleckte. Es war ein seltsames Gefühl, aber nicht im Geringsten unangenehm.

»Was machst du da?«, brachte sie keuchend hervor.

Er lachte erneut und als er diesmal den Kopf hob, ließ er eine Hand die Führung übernehmen und er begann, in den feuchten Falten zwischen ihren Beinen zu spielen. »Wenn du es nicht weißt, mache ich es nicht richtig«, neckte er sie.

»Das tust du. Ich meine, ich kann sehen und fühlen, was du tust, aber ... warum?«

»Nach gestern Abend, als wir darüber gesprochen haben, wie man jemanden am besten aufweckt, um ihn nicht zu erschrecken ... konnte ich nicht widerstehen. Du hast so fest geschlafen, dass ich dich nicht erschrecken wollte, also habe ich beschlossen, das hier zu versuchen. Gefällt's dir?«

»Ähm ... allerdings«, entgegnete sie.

»Das dachte ich mir schon. Du bist *wirklich* feucht«,

hauchte Drake und senkte den Blick, um zu sehen, wie seine Finger in ihren Körper glitten.

Aber Alaska versteifte sich bei seinen Worten. Er machte sich nicht über sie lustig, das wusste sie. Aber sie hatte das Gleiche schon zu oft auf abfällige Art und Weise gesagt bekommen.

Drake sah sofort auf, offensichtlich spürte er die Veränderung in ihrer Reaktion. »Was? Was habe ich denn gesagt?«

»Nichts, ich … vielleicht sollte ich …«

Sie kam nicht mehr dazu, ihre Aussage zu beenden. Drake rückte ein Stück vor und legte einen Unterarm auf ihren Bauch, um sie leicht festzuhalten. Sie könnte sich bewegen, wenn sie es wirklich wollte, aber ehrlich gesagt summte ihr Körper immer noch von dem, was er getan hatte, bevor sie sich so dummerweise entschlossen hatte, ein kleines Gespräch zu führen.

»Du solltest mir verraten, was ich Falsches gesagt habe, damit ich entweder die falsche Vorstellung, die du in deinem Kopf hast, korrigieren kann, oder ich kann mir selbst in den Hintern treten, weil ich etwas Verletzendes gesagt habe.«

»Ich … du … es ist nicht normal … wie feucht ich werde«, platzte sie heraus. »Ich kann es aber nicht ändern.«

Das Lächeln, das sich auf Drakes Gesicht ausbreitete, war so atemberaubend, dass Alaska nicht wegsehen konnte. »Du denkst, feucht zu werden ist ein Abtörner? Oh, mein Schatz – das ist es ganz und gar nicht.«

»Aber ich veranstalte hier eine Schweinerei. Und ich mache das Bettlaken nass.«

»Das tust du«, stimmte Drake zu. Doch bevor sie etwas erwidern konnte, fuhr er fort: »Und das ist so verdammt sexy, du hast ja keine Ahnung. Wenn wir für den Rest unseres Lebens jeden Tag die Bettwäsche wechseln müssen, dann soll es so sein. Es ist mir völlig egal. Außerdem glaubst du nicht, dass ich ebenfalls eine Schweinerei veranstalte, wenn ich komme? Die Tatsache, dass du ganz feucht wirst, sobald ich meine Zunge zwischen deinen Beinen habe, macht mich wirklich wahnsinnig an.« Er ließ seinen Finger wieder in sie hineingleiten, und sie konnte nicht anders, als ihm ihre Hüften entgegenzustrecken.

»Und zu wissen, dass ich dir nicht wehtun werde, wenn ich hier drin bin, ist eine Erleichterung. Ich habe einen ziemlich großen Schwanz, mein Schatz. Dass du so feucht wirst, beweist nur, dass du für mich gemacht bist. Schäme dich nicht für die Reaktion deines Körpers auf mich, Al. Er ist wunderschön. *Du* bist wunderschön. Und jetzt ... zieh dein T-Shirt aus. Ich will diese Brustwarzen sehen, die mich bisher jede Nacht gequält haben.«

Alaska zögerte einen Moment. Geschah das wirklich? Sie hatte gedacht, nach gestern Abend würden sie mindestens bis heute Abend warten. Vielleicht sogar noch ein paar Nächte. Aber sie hatte nichts dagegen, dass Drake mit ihr Liebe machen wollte. Ganz und gar nicht.

Sie zappelte ein wenig und versuchte, sich das Hemd über den Kopf zu ziehen, ohne sich dabei von Drake lösen zu müssen. Nachdem sie das T-Shirt zur Seite geworfen hatte, sah sie zu ihm hinunter.

»Mein Gott, mein Schatz«, erklärte er fast stöhnend. »Ich weiß nicht, was ich mehr will ... dich hier weiterlecken oder an diesen Schönheiten saugen.«

Als Alaska sich betrachtete, sah sie, dass ihre Brustwarzen sich noch mehr abzeichneten als sonst. Sie waren so hart, dass sie fast schmerzten.

»Sind sie empfindlich?«, fragte Drake fast beiläufig, als er nach einer griff.

In dem Moment, in dem er seine Finger um ihre Brustwarzen schloss, stemmte Alaska ihre Hüften gegen den Finger, der immer noch tief in ihr steckte.

»Oh ja, sie sind empfindlich«, flüsterte Drake. »Verdammt, ich fühle mich, als wäre es Weihnachten und mein Geburtstag in einem.« Dann senkte er den Kopf wieder, während er mit den Fingern weiter mit ihrer Brustwarze spielte.

Die Tatsache, dass er ihre Brüste und ihre Muschi gleichzeitig bearbeitete, war fast zu viel. Alaska wand sich unter ihm, während er sie mit den Händen und den Lippen immer näher an einen Monsterorgasmus heranbrachte. Es war so lange her, dass sie erregt gewesen war, dass Drakes Aufmerksamkeit schmerzte ... auf gute Art.

Es dauerte nicht lange, bis sie spürte, dass sie kurz davor stand zu explodieren. Sie griff nach unten und packte Drakes Handgelenk, dessen Finger immer noch mit ihrer Brust spielten, und drückte fest zu, während sie ihre andere Hand in seinem Haar vergrub.

Ihre Muskeln begannen zu zittern und ihr Körper wand sich ihm entgegen.

Drake musste gespürt haben, dass sie kurz davor war, denn er begann jetzt, es ihr mit zwei Fingern härter zu besorgen, während er heftig an ihrer Klitoris saugte.

»Drake!«, schrie sie, als sie zum Höhepunkt kam.

Ihre Welt wurde für einen Moment dunkel, als die Lust ihren Körper durchströmte. Als sie wieder zu sich kam und merkte, wo sie war, summte Alaskas Körper immer noch. Normalerweise war sie nach einem Orgasmus völlig befriedigt. Sie war fertig. Aber jetzt fühlte sie sich, als stünde sie unter Strom.

Sie zwang sich dazu, den Todesgriff, mit dem sie das Haar ihres Mannes umklammert hatte, zu lösen, und versuchte, wieder zu Atem zu kommen.

Sie beobachtete, wie Drake vortrat. Er ließ sich auf eine Seite sinken, und einen Moment lang konnte Alaska nicht verstehen, was er da tat. Als er seine Boxershorts aus dem Bett schleuderte, atmete sie tief ein.

Sie konnte den Blick nicht von seinem Schwanz lassen, als er nach vorn trat und dabei ihre Beine weiter spreizte. Sein Schwanz war *groß*. Dick und lang.

Alaskas Mund wurde feucht. Sie mochte Sex. Aber sie war noch nicht mit vielen Männern zusammen gewesen, und schon gar nicht mit einem, der so gebaut war wie Drake.

»Wenn du mich weiter so ansiehst, werde ich nicht lange durchhalten«, warnte er.

Alaska ließ den Blick seinen flachen Bauch hinauf, an seinen harten Brustwarzen vorbei und bis hin zu seinem Gesicht wandern. Sein Haar war zerzaust, wahrscheinlich von ihren Händen. Er leckte sich mit der Zunge über die Lippen und sagte: »Du schmeckst so verdammt gut.«

Er beugte sich vor und zog eine Schublade neben dem Bett auf. Als er sich wieder hinkniete, hielt er ein Kondom in der Hand. Ohne viel Aufhebens riss er die Verpackung mit den Zähnen auf und rollte das Gummi über seinen Schaft.

Dann richtete er den Blick noch einmal zwischen ihre Beine.

Alaska freute sich darüber, dass er bereit war, sie beide zu schützen, ohne sich darüber zu beschweren. So sehr sie ihn auch nackt in sich spüren wollte, dies war weder die Zeit noch der Ort, um diese Diskussion zu führen.

Sie hob ihren Hintern von der Matratze, ohne dass ihr Gehirn sie dazu aufforderte, aber nicht bevor sie spüren konnte, wie nass das Laken unter ihr war. Einen Moment lang war es ihr peinlich, aber dann berührte Drakes Schwanz ihre Muschi und sie konnte an nichts anderes mehr denken als daran, ihn in sich zu spüren.

»Ja ...«, sagte sie.

»Bist du sicher? Wenn ich dich einmal habe, lasse ich dich nie wieder gehen«, warnte Drake.

Alaska hätte am liebsten geschnaubt. Als würde das sie abschrecken.

»Ich bin sicher«, hauchte sie.

Brick stand kurz davor, zum Orgasmus zu kommen. Er packte seinen Schwanz an der Wurzel und drückte fest zu. Alaska unter sich zu sehen, ihre Erregung an seinem Bart riechen zu können, zu sehen, wie feucht sie war … nichts hatte ihn jemals so sehr erregt. Er wollte diese Frau mehr, als er jemals jemanden gewollt hatte.

Sie war sinnlich und so verdammt schön, dass es ihm körperlich wehtat. Als sie vorhin zum Orgasmus gekommen war, war ihr Saft über seine Hand gespritzt. Er hatte schon von Frauen gehört, die dazu in der Lage waren, aber er hatte es noch nie selbst erlebt. Bis jetzt. Es war unglaublich, dass sie sich für etwas so verdammt Erotisches schämte.

Selbst jetzt konnte er sehen, wie ihre Schenkel von der Feuchtigkeit ihres Orgasmus glitzerten. Sein Schwanz wurde noch härter, was unmöglich schien.

Wenn er auf sie herabblickte, erschien sie ihm so winzig im Vergleich zu ihm. Einen Moment lang zweifelte er daran, dass er hineinpassen würde. Als er es ihr mit dem Finger besorgt hatte, hatte sich ihre Muschi so fest um seine Finger geschmiegt, dass Brick fast gekommen wäre, als er sich vorgestellt hatte, wie sie sich um seinen Schwanz anfühlen würde. Aber jetzt machte er sich Sorgen. Er wollte ihr nicht wehtun.

»Drake?«, fragte Alaska besorgt. »Stimmt etwas nicht?«

»Nein«, sagte er sofort. »Du bist einfach so wunderbar … ich will mir diesen Moment für immer einprägen.«

Sie lächelte zu ihm auf, griff dann nach unten und schob seine Hand von seinem Schwanz weg. Zu seinem Erstaunen hob sie ihre Hüften an und klemmte seine geschwollene Eichel zwischen ihre Schamlippen. »Bitte«, flüsterte sie. »Ich bin so leer.«

Brick spürte, wie ein Lusttropfen aus seiner Schwanzspitze austrat, und er bewegte sich, ohne nachzudenken. Er drang mit einem heftigen Stoß bis zum Anschlag in sie ein.

Die Erregung, die er bei dem Gefühl empfand, in ihr zu sein, sorgte dafür, dass seine Finger kribbelten und seine Eier sich in Vorbereitung auf einen Monsterorgasmus zusammenzogen. Er hielt den Atem an und betete, dass er sich beherrschen konnte. Er wollte auf keinen Fall, dass das Ganze vorbei war, bevor es richtig angefangen hatte.

»Drake!«, rief Alaska aus. »Du fühlst dich ... oh mein ...«

Dann zog ihre Muschi sich um ihn zusammen und Brick verlor die Kontrolle. Er stützte seine Hände neben ihr auf die Matratze, zog seine Hüften zurück und stieß zu. Er war in seinem ganzen Leben noch nie so froh gewesen, dass eine Frau so feucht werden konnte. Sie nahm ihn, als wäre sie für seinen Schwanz geschaffen ... und soweit es Brick betraf, war sie das auch.

»Ich kann nicht aufhören«, keuchte er, während er sie weiter stieß.

Aber Alaska lag nicht einfach nur brav unter ihm. Sie hob die Hüften, um jedem seiner Stöße entgegenzukommen. Das Geräusch ihrer Haut, die aneinander klatschte, war laut an diesem stillen Morgen, und es diente nur dazu, Brick noch mehr anzufeuern.

Er hatte selten eine Frau getroffen, die alles nehmen konnte, was er zu geben hatte. Nicht nur nehmen, sondern fordern. Alaska war alles, was ein Mann sich von seiner Frau wünschen konnte. Nach außen hin ruhig und höflich, aber im Bett eine verdammte Wildkatze.

Als sie eine Hand zu ihrer Brust hob und begann, mit ihrer Brustwarze zu spielen, daran zu zupfen und sie zwischen ihren Fingern zu rollen, verlor Brick völlig die Kontrolle.

»Oh Gott, genau so. Fester, Al. Ja, verdammt! Du bist so verdammt heiß. Wirst du auf meinem Schwanz kommen? Willst du mich vollspritzen? Ich will dich an meinen Eiern spüren. Ja ... genau so. Willst du mehr?«

Brick hatte keine Ahnung, woher die schmutzigen Worte kamen. Er spürte nur, dass Alaska sich mit jedem unanständigen Wort, das er von sich gab, fester an ihn presste. Sein Schwanz fühlte sich an wie in einer Schraubzwinge. Ein enger, warmer, nasser Schraubstock, der alles tat, um das Leben aus ihm herauszuquetschen. Seine Eier schmerzten ... auf eine gute Art. Er würde so heftig zum Orgasmus kommen wie noch nie in seinem Leben.

Und das alles nur wegen der Granate, die sich unter ihm wand. Er hatte sie bereits geliebt, als er davon überzeugt war, sie sei sanftmütig und ausgeglichen, aber als er jetzt die Leidenschaft sah, die sie in sich verbarg, liebte er sie noch mehr.

Brick verlagerte sein Gewicht auf eine Hand und stieß ein letztes Mal in ihren Körper, dann zog er sich zurück, riss das Kondom ab, spürte nicht einmal, wie es beim Abziehen zwickte, und rieb seinen Schwanz grob und heftig, bis er explodierte.

Er konnte sich nicht erklären, warum er sie unbedingt mit seinem Samen vollspritzen wollte. Es war eine unbewusste Reaktion, eine, die, als er wieder sehen konnte, ein Glücksgefühl in ihm auslöste, als er sein Sperma überall auf ihrem Bauch, ihren Brüsten und sogar auf ihrem Hals sah.

Aber er war noch nicht zufrieden. Das würde er auch nicht sein, bis sie wieder zum Orgasmus gekommen war. Er griff nach ihrer Klitoris und berührte sie fest mit dem

Daumen. Sie stöhnte und versuchte, ihre Hüften wegzuschieben, aber Brick ließ sie nicht. Er fühlte sich wie ein Höhlenmensch und wollte sie wieder kommen sehen.

»Lass dich gehen«, befahl er. »Ich will spüren, wie du kommst.« Er ließ nicht von ihr ab, und als er spürte, wie sie erneut unter ihm zu zittern begann, umspielte ein zufriedenes Lächeln seine Mundwinkel.

»Genau so, Al. Tu es. Komm verdammt noch mal auf mich.«

Sie zuckte noch einmal und er wurde mit einem Schwall ihrer Sahne zwischen ihren Beinen belohnt. Es spritzte auf seinen Schwanz und tropfte hinunter zu seinen Eiern. Es war nicht so viel wie vorher, aber genauso befriedigend. Allein der Gedanke, ihr bald einen G-Punkt-Orgasmus zu verpassen und zu sehen, wie viel sie spritzen konnte, war verdammt erotisch.

Ohne ihr eine Chance zu geben, sich zu schämen oder zu fliehen, ließ Brick sich auf sie hinabsinken. Er konnte sein warmes Sperma auf ihrer Brust spüren, das sich jetzt auch auf seiner Brust verteilte, aber das törnte ihn nicht ab. Nicht einmal ein bisschen. Nichts von dem, was sie getan hatten, bereitete ihm Unbehagen. Im Gegenteil, ihr Liebesspiel bestärkte ihn nur darin, dass er die richtige Entscheidung getroffen hatte. Dass sie perfekt für ihn war.

Er musterte ihr Gesicht, als sie sich von ihrem Orgasmus erholte. Ihr Herzschlag verlangsamte sich und die Fingernägel, die sie in seinen Bizeps gebohrt hatte, lockerten endlich ihren Griff. Er war bereit, sie zu beschwichtigen. Um ihre Verlegenheit zu lindern. Um sie davon zu überzeugen, dass das, was sie getan hatten, nicht nur völlig normal war, sondern der beste Sex, den er je in seinem Leben gehabt hatte.

Doch als sie die Augen öffnete, sah Brick nichts als tiefe Zufriedenheit.

»Alles in Ordnung?«

»Wenn du meinst, dass ich ganz schlaff vor Befriedigung bin und das so schnell wie möglich wieder tun möchte, dann ja.«

Brick lächelte. »Ja, geht mir genauso.«

»Du, ähm ... du weißt doch, wenn du ein Kondom trägst, bedeutet das normalerweise, dass du kommen kannst, während du drinnen bist, oder?«, neckte sie.

Verdammt, Brick liebte diese Frau.

Und im Zuge dessen kam ihm ein weiterer Gedanke in den Sinn. Er wusste ohne Zweifel, dass sie unwiderruflich verändert worden wäre, wenn sie an denjenigen ausgeliefert worden wäre, zu dem der Russe sie geschickt hatte. Ihre natürliche Sexualität wäre unterdrückt und zerstört worden. Der Gedanke, dass diese Frau, diese sinnliche, schöne Frau, etwas so Schreckliches erleben würde, wo sie doch so offensichtlich Spaß am Sex hatte, war abscheulich.

Er verdrängte den Gedanken mit Nachdruck. Er hatte sie gefunden. Sie war in Sicherheit vor diesem Dreckskerl, und er würde alles in seiner Macht Stehende tun, damit sie genau so blieb, wie sie in diesem Moment war. Befriedigt, zufrieden und mit ihrer Sexualität im Reinen.

»Ich weiß«, sagte er mit Verspätung. »Aber ich konnte dem Gedanken, dich mit meinem Sperma bedeckt zu sehen, einfach nicht widerstehen.«

Diesmal errötete sie tatsächlich. »Ähm ... du hattest recht ... Sex ist schmutzig.« Sie rümpfte die Nase.

Brick lachte, dann wurde er ernst. »Ich habe noch nie ... das war ... *verdammt*, Alaska. Du bist unglaublich.«

Sie schenkte ihm ein kleines Grinsen. »Du bist auch nicht so schlecht. Es stört dich wirklich nicht, dass ich, du weißt schon ... superfeucht werde?«

»Habe ich irgendetwas getan, das dich zu dem Gedanken veranlasst, dass es mich stört?«, fragte er.

Sie schüttelte den Kopf.

»Ich muss sagen, ich bin eigentlich erleichtert. Denn ich habe dir nicht gerade Zeit gegeben, dich an mich zu gewöhnen. Wenn du nicht so feucht gewesen wärst, hätte ich dir wehtun können. Du bist für mich gemacht, Al. Ich habe zwanzig verdammte Jahre zu lange gebraucht, um das herauszufinden, aber jetzt weiß ich es: Ich gehöre dir.«

Er sah das Lächeln in ihrem Gesicht und erneut begann sein Schwanz zu zucken. »Ich dachte, Männer sagen es normalerweise andersherum. Dass die Frau ihnen gehört.«

»Ich bin nicht wie die meisten Männer«, entgegnete er achselzuckend. »Außerdem gefällt mir der Gedanke, dir zu gehören, besser. Frauen kümmern sich besser um ihr Eigentum. Und ich habe definitiv kein Problem damit, dass du mit mir angibst. Ich bin stolz, dir zu gehören, Al.«

Für einen Moment dachte Brick, er hätte es vermasselt. Dass er etwas Falsches gesagt hätte. Aber dann holte Alaska tief Luft und nickte.

»Da draußen?«, sagte er und deutete mit dem Kopf auf das Fenster. »Da kannst du sein, wer immer du willst. Schüchtern, zurückhaltend, scheu, professionelle Assistentin, knallharte Kundenbetreuerin ... das ist mir egal. Aber hier drin, in unserem Bett ... möchte ich, dass du genau die bist, die du gerade warst. Eine Frau, die weiß, was ihr gefällt, und es auch tut. Sei hemmungslos. Sag mir, was du magst und was du willst. Übernimm die Kontrolle, wenn du musst. Beide Seiten törnen mich an, Al. Ich respektiere und liebe jede einzelne Facette dessen, was du bist.«

»Ich, äh ... ich mag Sex«, gab sie leise zu.

»Ich glaube, das ist mir gerade klar geworden, mein Schatz«, erklärte Brick.

»Aber mit dir ... da liebe ich es«, sagte sie zu ihm.

»Das ist gut. Denn ich habe das Gefühl, dass wir noch viel Sex miteinander haben werden. Komm, wir müssen duschen, bevor einer der Jungs kommt, um nach uns zu sehen«, bemerkte Brick und kniete sich hin. Er konnte nicht anders, als auf sie hinunterzustarren. Sie war so verdammt schön, dass es schwer zu glauben war, dass er tatsächlich hier mit ihr war. Ihre hinreißende Brust war noch leicht gerötet von ihrem Orgasmus. Ihre Brustwarzen immer noch hart. Und sein Sperma war über ihren ganzen Körper verschmiert und verlieh ihrer Haut einen dekadenten Glanz.

»Bist du sicher, dass du duschen gehen willst?«, fragte sie und sah auf seinen härter werdenden Schwanz hinunter.

»Verdammt. Das hat er schon seit Jahren nicht mehr gemacht. So schnell wieder steif zu werden nach einem Orgasmus, meine ich.«

Als Alaska eine Hand nach ihm ausstreckte, zog Brick sich schnell aus ihrem Griff zurück. »Lass das«, schimpfte er. »Wir müssen jetzt wirklich los. Ich bin sicher, dass Tiny oder Spike oder sonst jemand an die Tür klopfen wird, wenn wir es nicht tun.«

Alaska schmollte und Brick konnte nicht anders, als sich wieder auf sie zu stürzen.

»Mein Schatz, hab Erbarmen«, murmelte er, bevor er sich neben das Bett stellte und ihr eine Hand hinhielt. Sie ergriff sie und er half ihr auf die Beine.

Die Dusche ging nicht so schnell, wie Brick geplant hatte, denn kaum waren sie in der Kabine und er hatte den Vorhang zugezogen, war Alaska auf den Knien und hatte seinen Schwanz in ihrer Hand. Der Enthusiasmus, mit dem sie ihm einen blies, übertraf ihre Technik bei Weitem. Brick hatte noch nie einen besseren Blowjob bekommen.

Er revanchierte sich, indem er sie um die Taille fasste und sie an sich zog, sodass ihr Rücken an seiner Brust lag. Er benutzte seine Hand, um sie noch einmal zum Abspritzen zu bringen, und es gefiel ihm, wie sie sich in seinen Armen wand und wie sie sich an ihn klammerte, als sie schließlich explodierte.

Als sie endlich die Lounge erreichten, musste es offensichtlich gewesen sein, dass ihre Beziehung die nächste Stufe erreicht hatte. Jeder einzelne seiner Freunde – mit Ausnahme von Tonka, der immer noch unten im Stall bei den Tieren war – klopfte ihm auf die Schulter und grinste ihn breit an.

Aber das Beste war, dass Alaska nicht im Geringsten peinlich berührt wirkte. Sie verdrehte einfach die Augen, sagte: »Männer«, und stellte sich hinter den Empfangstisch im Hauptraum, um ihren Tag zu beginnen.

KAPITEL FÜNFZEHN

Alaska war buchstäblich noch nie so glücklich gewesen wie im Moment. Es war seltsam, dass es eines so schrecklichen Ereignisses bedurfte, um ihren Lebenstraum wahr werden zu lassen. Wäre sie nicht Tausende von Kilometern entfernt entführt worden, würde sie immer noch in irgendeinem Verwaltungsjob in Europa schuften und sehnsüchtig von dem Jungen träumen, der niemals ihr gehören würde.

Aber jetzt war sie hier, mit besagtem Jungen ... jetzt Mann ... und sie genoss jede Minute in ihrer neuen Realität.

Seit sie sich an jenem Morgen vor einer Woche zum ersten Mal geliebt hatten, kümmerte sie sich tagsüber um ihre Gäste und nachts liebten sie und Drake sich in allen möglichen Stellungen. Sie hatten die Kondome abgeschafft, nachdem Alaska ihm erzählt hatte, dass sie eine Spirale hatte, und als er das erste Mal in ihr gekommen war, hatten sie beide vor lauter Erregung gestöhnt – und dann wie Vollidioten gegrinst.

Sie fand es wunderbar, dass sie bei Drake ganz sie selbst sein konnte. Er hielt ihre Wünsche nicht für seltsam, sondern ermutigte sie sogar, ihm all die Dinge zu sagen, die sie mit ihm machen wollte. Und dann hatten sie all ihre Fantasien ausgelebt – und noch mehr. Wenn Alaska dachte, dass sie bei einem normalen Orgasmus feucht wurde, war das nichts im Vergleich dazu, wie viel sie abgespritzt hatte, als Drake ausprobiert hatte, ihr einen G-Punkt-Orgasmus zu verpassen. Beim ersten Mal war sie entsetzt gewesen und hatte gedacht, sie hätte ihn vollgepinkelt, aber er hatte sie beruhigt, dass das nicht der Fall war – und es ihr dann so lange besorgt, dass sie sogar ihr Schamgefühl vergaß.

Der arme Mutt hatte angefangen, auf dem Sofa im anderen Zimmer zu schlafen. Alaska hatte ein schlechtes Gewissen, aber Drake ließ sie den Hund schnell vergessen, indem er ihr einen Orgasmus verschaffte, und zwar nur dadurch, dass er an ihren Brustwarzen saugte.

Ja, man konnte mit Sicherheit sagen, dass sie und Drake im Bett voll kompatibel waren. Aber es war noch mehr als das. Selbst wenn sie nicht im Bett waren, schienen sie sich gegenseitig bemerkenswert gut zu verstehen. Kürzlich war er eines Nachmittags mürrisch und kurz angebunden gewesen, und Alaska hatte ihn ermutigt, mit Mutt einen langen Spaziergang zu machen, ganz allein.

Als er zurückkam, schien er ruhiger zu sein. Und in dieser Nacht hatte er zugegeben, dass er eine E-Mail von Mad Dogs früherer Frau erhalten hatte, in der sie erwähnte, dass sie wieder von ihrem neuen Mann schwanger war. Er hatte ihr für ihr Verständnis gedankt und sie hatte Drake ein wenig fester in den Arm genommen, als sie einschliefen.

Während der letzten drei Tage hatten sich die Jungs auf den Besuch des Investors aus China vorbereitet ... und sich alle merkwürdig verhalten. Zumindest *nahm* Alaska *an*, dass sie sich deshalb nicht so verhielten wie sonst. Drake zog ständig einen oder mehrere von ihnen zur Seite und führte Privatgespräche. Es war nicht so, dass sie sich ausgeschlossen fühlte – sie musste nicht jede Kleinigkeit wissen, über die Drake mit seinen Freunden und Miteigentümern der *Zuflucht* sprach –, aber es fühlte sich trotzdem seltsam an.

Es war drei Uhr nachmittags und sie war gerade damit fertig, die neuen Gäste einzuchecken und alle Telefonnachrichten zu beantworten, als Drake an ihrer Seite auftauchte.

»Hey, Schatz. Alles gut gelaufen?«, fragte er.

»Ja, natürlich. Die neuen Gäste sind über alles informiert, sie wissen, dass es heute Abendessen gibt, ich habe heute zwanzig neue Reservierungen vorgenommen und wir haben seit gestern dreitausend Dollar an Spenden erhalten. Alles ist großartig.«

»Gut.« Drake beugte sich zu ihr hinunter und küsste sie, aber er schien abgelenkt zu sein. »Kannst du einen Moment mit mir in den Therapieraum kommen?«, fragte er.

Alaska runzelte die Stirn. Sie hatte keine Ahnung, was los war, aber wenn er dort mit ihr reden wollte, musste es sich um etwas Wichtiges handeln. Sie nickte und stand auf, wobei ihre Beine leicht zitterten.

War es das? Dachte er, sie wären fertig? Hatten er und seine Freunde jemand Neues als Assistentin eingestellt? Drake und sie waren erst seit einer Woche richtig zusammen. Hatte er schon genug von ihr? Hatte sie etwas falsch gemacht?

Alle möglichen Horrorszenarien schossen ihr durch den Kopf. Sie mochte es nicht, dass sie so unsicher war, aber sie war noch nie so glücklich gewesen wie in der letzten Woche ... und sie wollte nicht, dass irgendetwas dieses Glück zerstörte.

Sie war immer noch in Gedanken versunken und versuchte, darüber nachzudenken, wohin sie gehen und was sie tun würde, wenn er sie bitten würde zu gehen, als Drake die Tür zu dem Raum erreichte, den sie für Besprechungen und Therapiesitzungen nutzten. Er hielt sie auf und sie ging als Erste hinein.

Alaska blieb bei dem Anblick, der sich ihr bot, wie erstarrt stehen.

Alle waren da. Alle Jungs – einschließlich Tonka – Robert, Henley, ein paar der Frauen, die die Hütten putzten. Sogar einige Gäste waren dabei. Der Tisch war an eine Wand geschoben worden und überall im Raum hingen kastanienbraune und weiße Luftballons. Jemand hatte sogar Luftschlangen von einer Seite des Raumes zur anderen geklebt.

»Was um alles in der Welt ist denn hier los?«, murmelte sie, bevor Tiny von drei herunterzählte und bei eins alle schrien: »Alles Gute zum Abschluss, Alaska!«

Alaska schnappte nach Luft – Kastanienbraun und Weiß waren die Farben der öffentlichen Hochschule, die sie nach der Highschool besucht hatte.

»Du hast damals keine Abschlussfeier bekommen, also dachte ich, ich schmeiße dir jetzt eine«, flüsterte Drake von hinten in ihr Ohr.

Sie spürte seine Hände an ihrer Taille, aber Alaska konnte nur auf den Tisch an der Wand starren. Dort stand eine Bowle und eine riesige Torte in Form eines Diploms. Sie ging wie benommen darauf zu. Als sie nahe genug herankam, konnte sie ihren Namen in perfekten kursiven Buchstaben mit Zuckerguss auf die Torte geschrieben sehen. Robert hatte sich selbst übertroffen, denn die Torte sah genauso aus wie das Diplom, das sie einmal erhalten hatte ... und bei einem ihrer Umzüge verloren hatte.

Drake drängte sich an ihr vorbei und griff sich etwas vom Tisch. Er brachte es zu ihr, öffnete die gepolsterte Mappe und zeigte ihr, was sich darin befand.

»Ist das ... oh mein Gott, Drake. Das ist mein Abschlusszeugnis!«, sagte Alaska.

»Ja. Nachdem du mir erzählt hattest, du hättest deines verloren, habe ich meine Mutter angerufen und sie ist zur entsprechenden Behörde gegangen und hat ein Ersatzzeugnis für dich bestellt.«

Alaska war eigentlich keine Heulsuse, aber jetzt brach sie in Tränen aus.

Drake nahm sie sofort in den Arm. Sie hörte, wie die anderen miteinander flüsterten und sich fragten, ob es ihr gut ging, aber sie konnte sich nicht genügend zusammenreißen, um sich zu beruhigen.

»Ich ... niemand ist ... das ist ...«

Drake schmiegte sich lachend an sie. »Es ist okay. Ich verstehe das.«

Alaska holte tief Luft und sah zu ihm auf. »Ich glaube nicht, dass du das tust. Ich hatte schon lange niemanden mehr, der sich so um mich gekümmert hat ... vielleicht noch nie.«

»Jetzt tust du es«, bemerkte Drake schlicht. »Wie wär's, wenn du jetzt deine Tränen trocknest und lächelst, bevor meine Freunde mich verprügeln, weil sie denken, ich hätte dich wirklich verärgert.«

Sie wusste, dass er sie aufziehen wollte, aber sie wischte sich sofort über das Gesicht und atmete tief durch. Sie beugte sich vor und küsste Drake fest. »Ich danke dir. Du hast keine Ahnung, was mir das bedeutet.«

Er lächelte. »Ich genieße es, dich glücklich zu machen«, erklärte er und drehte sie dann zu ihren gemeinsamen Freunden. »Es geht ihr gut«, informierte er sie.

»Fantastisch. Können wir jetzt essen?«, fragte Pipe. »Der Kuchen ruft schon seit Stunden nach mir!«

Alaska lachte. »Leg ruhig los.«

»Wir haben auch Geschenke für dich«, informierte Spike sie und deutete auf den Stapel Geschenke unter dem Tisch, den sie irgendwie übersehen hatte.

»Ihr Jungs seid verrückt«, protestierte sie. »Das wäre doch nicht nötig gewesen.«

»Genauso wie es nicht nötig gewesen wäre, dass du uns geholfen hast, als wir dich am meisten brauchten«, sagte Tonka mit einem leichten Achselzucken zu ihr.

»Genau!«, stimmte Stone zu.

Eine Stunde später tat Alaska das Gesicht weh, weil sie so viel gelächelt hatte. Alle hatten sich mit ihren Geschenken mehr als nur Mühe gegeben. Einige waren albern, andere nützlich, aber das, was ihr am meisten bedeutete, kam von Henley. Sie hatte ein Foto von ihr und Drake von hinten geknipst. Sie standen draußen und Alaska hatte einen Arm um Drakes Kreuz gelegt, während sie sich an seine Seite schmiegte. Er beugte sich hinunter und küsste ihre Stirn, während sie ihn liebevoll ansah. Mit den Bäumen im Hintergrund und ohne Gebäude in der Aufnahme sah es so aus, als wären sie die einzigen Menschen auf der Erde.

Es war perfekt. Alaska konnte sich nicht mehr daran erinnern, worüber sie gesprochen hatten, als das Foto gemacht wurde, aber das war auch egal. Sie würde das Foto für immer in Ehren halten.

Als sich alle mit Kuchen und Punsch gestärkt hatten und den Raum verließen, um ihr eigenes Ding zu machen, war Alaska praktisch überwältigt von ihren Gefühlen.

»Ich glaube, das ist gut gelaufen«, bemerkte Drake zufrieden.

»Gut?«, fragte Alaska. »Es war fantastisch!«

Drake zog sie näher an sich heran und sie stieß ein leises »*Oh*« aus, als sie an seine Brust stieß. »Du bist unglaublich«, erklärte er, bevor er den Kopf senkte.

Alaska begegnete begierig seinen Lippen und tat ihr Bestes, um ihm ohne Worte zu zeigen, wie sehr sie alles schätzte, was er für sie getan hatte.

»Verdammt, mein Schatz«, sagte er schließlich. »So sehr ich mir auch wünschte, ich könnte das hier fortsetzen ... ich muss mich in letzter Minute noch um einige Dinge kümmern, bevor Mr. Choo morgen ankommt.«

Alaska lächelte. »Und ich muss dieses Zeug aufräumen.«

»Ich werde dir helfen«, erwiderte Drake.

»Nein, du hast schon mehr als genug getan.«

»Aber du wirst nicht alles auf einmal tragen können, um es zu unserer Hütte zu bringen.«

Als er »unsere« Hütte sagte, lief Alaska ein Schauer durch den Körper. »Es ist ein schöner Tag«, sagte sie achselzuckend. »Und ich denke, ich kann problemlos ein paarmal hin und her gehen.«

»Bist du dir sicher?«

»Natürlich. Ich bin nicht hilflos, Drake. In Europa hatte ich nicht einmal ein Fahrzeug. Wenn ich einkaufen ging, musste ich alles selbst nach Hause schleppen.«

Er starrte sie eine Minute lang an.

»Was?«, fragte sie.

»Dieser Ort ist nicht sehr aufregend verglichen mit dem, was du wahrscheinlich gewohnt bist. Wir sind hier draußen, mitten im Nirgendwo. Unsere Vorstellung von Aufregung ist es, den Vollmond anzustarren. Da *Die Zuflucht* keine Schanklizenz hat und kein Alkohol auf dem Gelände ausgeschenkt werden darf, können wir nicht einmal mit einem Glas Champagner feiern, wenn es so weit ist.« Er runzelte die Stirn.

Alaska legte ihm eine Hand an die Wange. »Ich brauche keine Museen, Festivals, Alkohol oder das Stadtleben, um glücklich zu sein«, erklärte sie sanft. »Ich bin viel gereist, habe erstaunliche Orte gesehen, aber keiner von ihnen fühlte sich wie zu Hause an. Ich bin hier ›mitten im Nirgendwo‹ zufriedener als in jeder Stadt, in der ich in den letzten zwei Jahrzehnten gelebt habe. Weil ... *du* hier bist.«

Sobald Sie diese letzten vier Worte ausgesprochen hatte, wurde Alaska ausgesprochen nervös. Es war noch zu früh, um so etwas zu sagen. Ja, sie und Drake waren sexuell sehr kompatibel, aber sie hatten noch nicht über etwas Langfristiges gesprochen. Es war unmöglich, dass er für immer mit ihr zufrieden sein würde. Sie war nicht exotisch. War nicht aufregend. Sie war nicht anspruchsvoll. Sie saß lieber auf seiner Terrasse und starrte zu den Sternen, als in die Stadt zu fahren. Wenn man sie vor die Wahl stellte, kochte sie lieber zu Hause, als in der Lodge bei den Gästen zu sein. Es war ja nicht so, dass sie keinen Small Talk machen konnte; sie mochte es einfach, sich keine Gedanken darüber machen zu müssen, was andere von ihr dachten oder was sie Falsches sagte.

»Nein«, erklärte Drake.

Alaska runzelte die Stirn. »Nein, was?«

»Das kannst du nicht zurücknehmen. Ich weiß, dass du dir wünschst, du hättest mir das nicht gesagt. Aber, Schatz, du musst wissen, dass ich genauso empfinde. Ich habe *Die Zuflucht* immer geliebt. Als ich das erste Mal auf diesem Grundstück gezeltet habe, wusste ich, dass ich hier leben wollte. Es ist weit genug von der Welt entfernt, dass ich mir keine Sorgen machen muss, etwas Falsches zu sagen oder zu tun oder dass meine posttraumatische Belastungsstörung von irgendetwas ausgelöst wird, was ich sehe oder höre. Den anderen Jungs geht es genauso. Ich habe mich hier immer wohlgefühlt ... aber seit du hier bist, fühlt es sich besser an als je zuvor.«

Alaska presste die Lippen zusammen und schloss die Augen. Ihr ganzes Leben lang hatte sie sich gefühlt, als würde sie nur am Rand stehen. Sie sah zu, wie alle anderen das bekamen, was sie wollte ... nämlich jemanden, den sie liebten und der diese Liebe erwiderte. Und zum ersten Mal hatte sie das Gefühl, dass sie vielleicht, nur vielleicht endlich das gefunden hatte, wonach sie immer gesucht hatte.

»Wir werden uns hinsetzen und ein langes Gespräch führen, wenn Mr. Choo weg ist«, erklärte er ihr.

Sie erstarrte, ihr Gehirn schaltete automatisch auf schlimme Gedanken, weil sie dachte, er würde ihr vielleicht sagen wollen, dass es ihm zu schnell ging.

Sie schüttelte gedanklich den Kopf. Nein. Er hatte ihr keine Anzeichen dafür gegeben, im Gegenteil. Sie musste aufhören, das Schlimmste zu denken, wenn es darum ging, Drakes Absichten zu erraten.

»Um dich zu beruhigen«, erklärte er, als könnte er ihre Gedanken lesen, »ich will nicht, dass du jemals wieder gehst. Ich möchte, dass du *bleibst*. Hier. Bei mir. In der *Zuflucht*. Du bist die beste Rezeptionistin, die wir je hatten, aber das ist nicht der Grund, warum ich möchte, dass du bleibst.«

Alaska schluckte schwer. Der Ausdruck in Drakes Augen war voller Zuneigung. Er sah sie so an, wie sie es sich immer erträumt hatte.

»Ich habe zwanzig Jahre zu lange gebraucht, um dich wirklich zu finden, Al, und ich kann dich jetzt nicht gehen lassen. Ich habe auf die harte Tour gelernt, wie es ist, Reue zu empfinden. Wie es ist, die zu verlieren, die ich liebe ... ich kann und will das nicht noch einmal tun.«

»Du wirst mich nicht verlieren«, versicherte sie ihm leise.

»Ich werde alles tun, was in meiner Macht steht, um dafür zu sorgen. Glaubst du, dass du mich eines Tages ebenfalls lieben könntest? Ich bin manchmal etwas ungehobelt und es gibt viele Momente, in denen ich mich in Gedanken an die Vergangenheit verliere, aber es wird besser. Das schwöre ich. Ich habe nicht viel zu bieten, aber alles, was ich habe, werde ich gern mit dir teilen. *Zuflucht* bedeutet, sicher oder geschützt zu sein vor Verfolgung, Gefahr oder Ärger. Und genau das war dieser Ort anfangs für mich ... ein Ort, an dem ich mich vor der Welt verstecken, mich zusammenkauern, meine Wunden lecken und herausfinden konnte, wie ich mit meinem Leben weitermachen sollte. Aber jetzt sehe ich es als so viel mehr. Es ist nicht nur mein sicherer Ort, sondern mit dir an meiner Seite ist es auch ein neuer Anfang.«

»Drake«, flüsterte Alaska.

»Ich weiß, ich bin nicht fair«, fuhr er fort. »Ich nutze aus, was mit dir passiert ist. Dass du dich in einer verletzlichen Lage befindest. Aber ganz ehrlich? Es ist mir egal. Ich gehöre dir, Alaska. Ich habe noch *nie* so etwas für jemanden empfunden.«

Tränen liefen Alaska über die Wangen. Sie konnte kaum glauben, dass dies wirklich geschah. Sie hatte davon geträumt, diese Dinge von einem Mann zu hören, aber dass es *Drake* war ... sie hatte das Gefühl, sich kneifen zu müssen.

»Drake«, wiederholte sie, aber er sprach weiter, als hätte er Angst vor dem, was sie sagen könnte.

»Ich kann mich zurückhalten. Oder mich zurückziehen. Ich will dich nicht verschrecken. Ich weiß, dass es schnell geht, aber ich bin immer mit Feuereifer hinter dem her, was ich will. Und ich will *dich*. So sehr. Ich komme mir wie ein Idiot vor, dass ich so lange gebraucht habe, das zu verstehen, aber ich vermute auch, dass es nicht funktioniert hätte, wenn wir früher zusammengekommen wären. Ich war zu sehr in meine Karriere vertieft. Du warst in Europa und ich war in den Staaten. Aber ...«

Alaska griff ihm in den Nacken und zog ihn zu sich heran. Sie brachte ihn zum Schweigen, indem sie ihn leidenschaftlich küsste, und zog sich dann zurück. Sie hatte das Gefühl, dass ihr Gesicht fleckig war und ihre Augen rot von all dem Weinen an jenem Nachmittag waren. Aber

Drake sah sie an, als sei sie das Schönste, was er je gesehen hatte.

Sie hatte sich noch nie in ihrem Leben schön gefühlt. Aber in diesem Moment? Wenn sie Drake so unglaubliche Dinge sagen hörte und er sie ansah, wenn sie seine Liebe an den Augen ablesen konnte ... wie konnte sie ihm da nicht glauben?

»Ich glaube nicht, dass ich eines Tages in der Lage sein werde, dich zu lieben«, begann sie. Er presste die Lippen zusammen und jeder Muskel in seinem Körper versteifte sich, aber sie fuhr fort, bevor er sich von ihr lösen konnte. »Weil ich dich schon liebe, seit ich vierzehn Jahre alt bin.«

Es war beängstigend, das zuzugeben. Ihr größtes Geheimnis preiszugeben. Aber als er tief einatmete und die Augen schloss, selbst als seine Arme sich wie ein Schraubstock um sie legten, verstärkte Alaska ihren Griff um seinen Nacken.

Er öffnete die Augen und flüsterte: »Du liebst mich?«

»Ja«, gab sie, ohne zu zögern, zu.

»Ich bin mir nicht sicher, ob ich es verdiene, aber ich werde alles in meiner Macht Stehende tun, damit du niemals bereust, mich zu lieben«, erklärte er.

»Ich habe es in den letzten fünfundzwanzig Jahren nicht bereut und ich werde auch jetzt nicht damit anfangen«, entgegnete sie.

»Hey, halten wir diese Besprechung jetzt ab oder nicht?«, rief Pipe, der den Kopf in den Raum steckte.

»Immer mit der Ruhe«, sagte Drake zu ihm. »Ich habe hier einen wichtigen Moment mit meiner Frau.«

»Soll ich das ›Bitte nicht stören‹-Schild an die Tür hängen, damit du deinen Moment in Ruhe genießen kannst?«, scherzte Pipe, wobei klar wurde, wie belustigt er war, weil sein Akzent sich dann immer verstärkte.

Alaska kicherte, während Drake einen dramatischen Seufzer ausstieß.

»Nein, ich komme gleich«, versicherte er ihm.

Als sie wieder allein waren, starrte Drake sie lange an.

»Was ist?«, fragte Alaska nervös.

»Ich präge mir gerade diesen Moment ein. Ich bin vierzig Jahre alt ... ich dachte, es sei zu spät für mich, meine andere Hälfte zu finden. Aber dabei warst du die ganze Zeit da.«

»Ja«, erwiderte Alaska mit einem leichten Nicken, denn was hätte sie sonst sagen sollen? Sie war immer da gewesen. Nicht so nahe, wie sie es sich gewünscht hätte, aber dennoch da.

»Möchtest du nach meiner Besprechung, die hoffentlich nicht allzu lange dauert, mit mir einen Spaziergang zu einem meiner Lieblingsplätze in der *Zuflucht* machen?«

»Ja.« Diese Frage war leicht zu beantworten. Sie würde Drake überall hin folgen, egal wohin er ging.

»So verdammt süß«, murmelte er, bevor er den Kopf senkte, um sie zu küssen. Es dauerte einige Minuten, bis sie sich endlich losreißen konnten.

»Ich kann Robert bitten, dir mit all deinen Geschenken zu helfen, wenn du willst«, entgegnete Drake.

»Ist schon gut. Du musst ihm deswegen keine Umstände machen. Ich bekomme das schon hin.«

»Bist du sicher?«

»Ja.«

»Okay. Ich gehe zu dieser Besprechung, dann komme ich direkt nach Hause. Wenn du Lust hast, könntest du uns ein paar Sandwiches zum Abendessen machen. Bis zu dem, was ich dir zeigen will, sind es etwa fünf Kilometer. Ist das in Ordnung?«

»Ja ... solange es sich für mich lohnt«, stichelte Alaska. Das war eine weitere Eigenschaft von Drake; sie hatte sich noch nie wohl oder sexy genug gefühlt, um einen Mann so zu necken, wie sie es mit ihm tat.

Er grinste. »Oh, ich werde dafür sorgen, dass es sich für dich lohnt, Al. Darauf kannst du dich verlassen.«

Ihre Brustwarzen wurden unter ihrem Oberteil sofort hart.

»Und jetzt muss ich wirklich gehen. Die Jungs werden mich sowieso schon anmaulen.«

Alaska biss sich auf die Lippe. »Es tut mir leid.«

»Mir nicht«, sagte er mit einem Grinsen. Dann schloss er die kleine Lücke zwischen ihnen und küsste sie noch einmal fest und schnell. »Ich kann nicht genug von dir bekommen«, sagte er und zog sich zurück.

Er schenkte ihr ein letztes Lächeln, dann ging er zur Tür.

Alaska sah ihm mit einem ähnlichen Lächeln im Gesicht nach.

Es war schwer zu glauben, was gerade passiert war. Drake Vandine liebte sie. Und sie hatte endlich zugegeben, dass sie ihn auch liebte.

Sie schlang einen Moment lang ihre Arme um sich, dann drehte sie sich um und betrachtete die Überreste ihrer Abschlussfeier. Es war albern, sie hatte den Tag, an dem sie ihre Feier verpasst hatte, längst vergessen. Aber Drake liebte sie so sehr, dass er sie auch zwanzig Jahre später noch feiern wollte. Und ihre neuen Freunde ... sie hätten ihr keine Geschenke machen müssen, aber sie hatten es getan. Alaska fühlte sich innerlich ganz warm und kuschelig.

War es krank, dass sie irgendwie froh darüber war, was ihr passiert war? *Dankbar* dafür, dass sie entführt worden war? Mann, das war so ein schrecklicher Gedanke. Aber wenn sie nicht entführt worden wäre, hätte sie Drake nie angerufen. Und wäre jetzt nicht hier bei ihm.

Sie dachte daran, wie Drake ihr von den Sicherheitsvorkehrungen erzählt hatte und von der Möglichkeit, dass jemand Gefährliches einem Gast ins Camp folgen könnte. Ein gewalttätiger Vorfall in der *Zuflucht* könnte definitiv ein Auslöser sein. Also fragte sie sich, warum niemand über die Möglichkeit einer Gefahr besorgt zu sein schien, obwohl alle damit kämpften, mit ihren verschiedenen Formen der posttraumatischen Belastungsstörung zurechtzukommen. Warum sie alle bereit zu sein schienen zu helfen, falls *doch* etwas passieren sollte.

Drake hatte erklärt, dass ehemalige Militärangehörige und sogar Ersthelfer zwar schreckliche Dinge gesehen und erlebt hatten, dass es aber die Menschen waren, mit denen sie arbeiteten, die dafür sorgten, dass ihre Arbeit sich trotzdem lohnt. Er hatte zugegeben, dass er sich auch mit dem Wissen, das er jetzt hatte, dafür entschieden hätte, ein SEAL zu werden. Es gab nichts Besseres als die Kameradschaft, mit Leuten zu arbeiten, die einem Rückendeckung gaben, egal was passierte.

Und außerdem war es wie eine Droge, anderen zu helfen. Es machte *alles* lohnenswert.

Auch wenn eine Gewalttat in der *Zuflucht* schlimm wäre, hatten Drake und alle seine Mitbesitzer und sogar die Gäste kein Problem damit, aufzustehen und zu tun, was getan werden musste, um sich gegenseitig zu schützen ... selbst auf Kosten ihrer geistigen Gesundheit.

Das leuchtete ihr jetzt ein. Wollte sie jemals wieder entführt werden? Nein. Auf gar keinen Fall. *Aber* wenn es die einzige Möglichkeit war, mit Drake zusammen zu sein, würde sich ihre Antwort definitiv ändern. Wenn es bedeutete, dass Drake in Sicherheit war? Wenn es bedeutete, eine andere Frau vor demselben Schicksal zu bewahren? Dann ja, sie würde alles wieder tun.

Mit einem tiefen Atemzug zwang Alaska sich, diesen dunklen Gedanken zu verdrängen. Sie würde nicht noch einmal entführt werden. Dieser russische Mistkerl würde keine anderen Frauen mehr entführen können, denn er war tot. Hier in der *Zuflucht* war sie in Sicherheit. Und Drake liebte sie.

Mit diesem unglaublichen Gedanken machte sie sich daran, ihre Geschenke zu stapeln, um sie nach Hause zu bringen.

KAPITEL SECHZEHN

Brick konnte nicht anders, als zu Alaska hinüberzusehen, während sie gingen. Das Treffen mit dem Rest der Jungs war wie erwartet gut verlaufen. Sie hatten von ihrer Expertin Elizabeth noch keine weiteren Informationen über Mr. Choo erhalten. Sie hatte das Dark Web nach Spuren von ihm durchsucht, aber bis jetzt kein Glück gehabt. Was eigentlich positiv zu werten war. Aber Elizabeth war wie Tex ... stur und nicht bereit aufzugeben, nur weil sie auf Anhieb keinen Hinweis auf kriminelle Machenschaften des potenziellen Investors gefunden hatte.

Soweit Brick es verstanden hatte, war das Computergenie durch ihre eigene Hölle gegangen. Sie war jetzt verheiratet und lebte offenbar glücklich mit ihrem Feuerwehrmann in San Antonio. Aber glücklich zu sein löschte die schlechten Erinnerungen nicht aus. Es half, sie zu dämpfen, aber es ließ sie nicht ganz verschwinden, wie Brick gelernt hatte.

Elizabeth hatte keine Gegenleistung für ihre Hilfe verlangt. Sie hatte behauptet, dass es ihr gefiel, die nicht vertrauenswürdigen Personen ausfindig zu machen, besonders die Mistkerle, die davon abgehalten werden mussten, andere zu verletzen. Also hatte Brick ihr gesagt, dass sie jederzeit kostenlos in *Die Zuflucht* kommen könne, wenn sie einen Platz frei hatten. Sie hatte das Angebot sofort angenommen, weil sie so viel Gutes über die Einrichtung gehört hatte, dass sie sich die Gelegenheit nicht entgehen lassen wollte, es selbst zu erleben.

Mr. Choo sollte morgen nach dem Frühstück eintreffen. Er würde vormittags das Camp und die Hütten besichtigen und sich einige der Wanderwege ansehen. Dann würden sie zu Mittag essen, sich zu einer weiteren Diskussion über seine mögliche Beteiligung und Verbesserungsvorschläge zusammensetzen, und am späten Nachmittag würde er wieder abreisen. Der Tag danach wurde offengehalten für den Fall, dass er wiederkommen wollte oder die Gespräche nicht abgeschlossen worden waren.

Brick und die anderen Eigentümer waren sich zwar einig, dass sie nicht wirklich daran interessiert waren, Choo als Investor an Bord zu holen, aber sie wollten sich trotzdem mit ihm treffen, um sicherzugehen, dass ihre Entscheidung die richtige war. Es bestand kein Zweifel, dass sie das Geld, das er beisteuern würde, gut gebrauchen konnten, aber die Frage war, ob sie es wirklich brauchten oder nicht. Brick und seine Freunde glaubten, dass dies nicht der Fall war. Aber sie waren gewillt, aufgeschlossen genug zu sein, das Treffen trotzdem abzuhalten.

Im Moment war Brick es leid, über das Geschäftliche nachzudenken. Er war bereit, etwas Zeit mit der Frau zu verbringen, die er liebte und die ihn auch liebte. Er konnte es immer noch nicht fassen. Es fühlte sich nicht echt an. Aber andererseits fühlte sich die Wärme von Alaskas Hand in seiner sehr real an, als sie gemeinsam den Weg entlanggingen.

»Worüber denkst du so intensiv nach?«, fragte sie nach einer Weile.

»Über dich«, antwortete Brick ihr.

»Wow, du musst dich ja zu Tode langweilen«, scherzte sie.

»Im Gegenteil, du faszinierst mich«, erwiderte er.

»Ich weiß nicht warum. Ich bin doch stinklangweilig.«

»Nein, bist du nicht«, entgegnete er. »Ich habe darüber nachgedacht, wie mutig du warst, für deinen ersten Job nach Europa zu ziehen. Nicht viele Zwanzigjährige hätten das getan.«

»Eigentlich denke ich, dass die *meisten* Leute in diesem Alter so etwas tun würden. Sie sind Single, neugierig auf die Welt und haben kein Problem damit, in Jugendherbergen und anderen günstigen Hotels zu übernachten, wenn sie auf Reisen sind.«

»Okay, gutes Argument. Aber das ist nicht der Grund, warum du es getan hast.«

Sie schüttelte den Kopf. »Nein. Ich war auf der Flucht. Das mit meiner Mutter weißt du ja schon. Ich musste einfach weg. Und weiter konnte ich nicht gehen. Als ich sah, dass die Stelle online ausgeschrieben war, habe ich die Chance ergriffen. Du hattest tatsächlich eine Menge mit dieser Entscheidung zu tun, weißt du.«

»Ich?«, fragte Brick. »Wir hatten nicht mehr miteinander gesprochen, seit ich abgereist war.«

»Ich weiß. Aber da warst du schon auf dem besten Weg, ein SEAL zu werden. Ich wusste, dass du an alle möglichen exotischen Orte reisen würdest. Neue Leute treffen. Neue Dinge erleben. Du hattest keine Angst, dein Leben aufs Spiel zu setzen, aus deiner Komfortzone herauszutreten, und ich wollte so sein wie du.«

Sie zuckte ein wenig verlegen mit den Schultern.

»Ich fühle mich geehrt, dass du so über mich denkst«, sagte Brick zu ihr. »Aber ich habe eine andere Frage.«

Sie wandte sich ihm zu und zog fragend die Augenbrauen hoch.

»Warum hattest du im Laufe der Jahre so viele Jobs? Ich meine, ich dachte, wenn man einmal eine Firma gefunden hat, die man mag, in einer Stadt, die man mag, bleibt man.«

Alaska wandte den Blick von ihm ab und Brick wurde misstrauisch, als er den Ausdruck auf ihrem Gesicht sah, den sie dabei hatte.

»Nun, Sekretärinnen gibt es wie Sand am Meer. Und ich entsprach nicht gerade der Vorstellung, die viele meiner Chefs von ihrer Sekretärin hatten.«

»Was soll das heißen?«, fragte er in leisem Ton. Er hatte das Gefühl, dass ihm ihre Antwort nicht gefallen würde.

»Ich war nicht groß, blond und gut aussehend«, erklärte sie. Brick konnte den Schmerz in ihrem Tonfall hören. »Ich habe auch nicht mit den Männern geflirtet, die anriefen oder hereinkamen. Ich habe meine Arbeit gemacht – sehr effizient, möchte ich hinzufügen –, aber das war nicht wichtig. Es zählte nur, dass ich nicht hübsch, aufgeschlossen oder besonders genug war, um eine Bereicherung zu sein.«

»Das ist doch Blödsinn«, rief Brick aus.

Alaska schien von seinem Ausbruch nicht beunruhigt zu sein. »Es ist die Wahrheit«, konterte sie. »Die Welt wird von schönen Menschen regiert ... zumindest äußerlich. Diejenigen von uns, die nicht mit gutem Aussehen gesegnet sind oder die eine Behinderung haben oder die anders aussehen als das, was als akzeptabel angesehen wird – sei es die Farbe unserer Haut, unsere Größe, wie wir klingen oder unser Geschlecht –, müssen doppelt so hart arbeiten, um akzeptiert zu werden wie alle anderen. Ich kann dir gar nicht sagen, wie oft ich wegen ›Stellenabbau‹ entlassen wurde oder weil ich einfach nicht ›passte‹. Ich wusste, dass das Blödsinn war, genau wie mein Chef, aber ich konnte nichts dagegen tun, denn ich war nur irgendeine Angestellte. Sie haben einfach Gründe erfunden, um mich loszuwerden.«

»Das tut mir leid. Das ist wirklich schlimm.«

»Ich glaube, das einzige Mal, dass ich mit gutem Grund gefeuert wurde, war, als ich dich in Deutschland besucht habe«, bemerkte Alaska mit einem Lächeln.

Brick runzelte die Stirn. »Was? Du wurdest gefeuert?«

»Ja«, erwiderte sie fast fröhlich. »Ich habe meinen Chef nicht angerufen, um ihm mitzuteilen, wo ich bin oder was los ist. Ich bin einfach eines Tages nicht aufgetaucht.«

»Ich bin sicher, das passiert ständig«, wandte Brick ein. »Die Leute werden krank oder haben einen Unfall und kommen nicht ans Telefon, oder sie denken nicht daran, ihren Chef anzurufen.«

»Ja, aber es war an einem Tag, an dem mein Chef eine große Besprechung hatte. Ich sollte ihm seine Notizen bringen und seine Präsentation vorbereiten ... im Grunde die ganze Arbeit für ihn erledigen. Ich habe das natürlich gemacht, aber in meiner Panik, zu dir zu kommen, habe ich vergessen, ihm alles zukommen zu lassen. Ich schätze, er hat vor seinen potenziellen Kunden wie ein Vollidiot ausgesehen, und sie haben die Gelegenheit, mit dem Unternehmen zu arbeiten, abgelehnt.« Sie zuckte mit den Schultern. »Aber das war es wert. Ich würde das Gleiche noch einmal tun, wenn ich dir damit helfen könnte.«

Diese Frau war unglaublich. Er hatte sie nicht verdient, aber er würde den Rest seines Lebens damit verbringen, der Mann zu sein, den sie verdient hatte. Er führte ihre miteinander verschränkten Hände zu seinen Lippen und küsste ihr den Handrücken.

»Wie auch immer, ich war froh, diesen Job zu verlassen, und nicht nur, weil mein Chef ein Idiot war. Ich war schon seit ein paar Jahren in Deutschland und wollte mal was anderes erleben. Ich kam mit der deutschen Sprache einfach nicht zurecht. Sie ist ziemlich schwer.«

»Und wie viele Sprachen sprichst du jetzt? Ich meine, du hast an so vielen Orten gelebt, da musst du doch hier und da ein paar Fremdsprachen aufgeschnappt haben.«

»Eine. Englisch.«

Brick lächelte. »Ernsthaft?«

»Ernsthaft«, erklärte sie ihm. »Manche Leute sind Sprachgenies. Nach nur einer Woche in einem Land sprechen sie wie ein Einheimischer. Ich? Ich kann in mehreren Sprachen Bitte und Danke sagen, aber das war's auch schon. Ich bin ein hoffnungsloser Fall.«

Brick konnte ein Lachen nicht unterdrücken.

Alaska rümpfte die Nase über ihn. »Und jetzt machst du dich über mich lustig.«

»Nein. Okay, vielleicht ein bisschen. Es ist nur ... du hast jahrzehntelang in Europa gelebt und hast keine *einzige* Sprache gelernt?«

»Nein«, sagte sie mit einem Lächeln. »Ich war völlig unfähig. Aber zu meinem Glück waren die Leute im Allgemeinen sehr nett. Ich holte meinen Reiseführer hervor und sagte Hallo, dann habe ich radebrechend nach einem Brot oder so gefragt, und sie wechselten sofort für mich ins Englische. Es ist erstaunlich, wie viele Leute etwas Englisch können. Genug, dass wir uns mit Händen und Füßen verständigen konnten.«

Brick schüttelte nur den Kopf. Es gefiel ihm, dass sie über sich selbst lachen konnte. »Übrigens«, bemerkte er, »du solltest wissen, dass die Jungs dich auch nicht gehen lassen werden. Sogar Tiny ist beeindruckt davon, wie gut du organisiert bist, wie viele tolle Ideen du hast, und wenn er nach Feierabend Leute einchecken muss, geht das reibungslos, weil du schon alles für ihn bereitgelegt hast. Du bist wirklich gut in deinem Job, Al. Es wäre uns egal, wenn du drei Köpfe und einen Schwanz hättest ... wir würden trotzdem wollen, dass du bleibst.«

Sie lächelte ihn an. »Danke. Ich weiß, es ist wahrscheinlich nicht cool zuzugeben, dass ich gern Sekretärin bin. Rezeptionistin. Wie auch immer. Aber das bin ich. Es hat etwas Beruhigendes für mich, wenn ich Akten nehme, die völlig durcheinander sind, und sie in Ordnung bringe. Sie zu konsolidieren und zu ordnen, sodass ein gewisser Anschein von Ordnung entsteht. Und obwohl ich nie ein IT-Mensch sein werde, scheine ich ein Händchen dafür zu haben, auch kleine Probleme mit Computern und Webseiten zu lösen.«

»Unsere Webseite sieht schon so viel besser aus, seit du hier bist«, lobte Brick. »Viel professioneller. Und die aktualisierten Bilder von den Hütten, die du gemacht hast, haben einen großen Unterschied gemacht.«

»Am besten gefällt mir die Seite mit den Erfahrungsberichten der Gäste, die ich hinzugefügt habe, glaube ich. Es ist wichtig, dass dort echte Menschen zu Wort kommen und nicht so ein Blödsinn, von dem die meisten Leute wissen, dass er erfunden ist.«

Brick stimmte zu. Sie unterhielten sich den Rest des Weges bis zu der Stelle, die er ihr zeigen wollte, nur noch über das Geschäft. Sie war klug und hatte einen guten Einblick in jeden Aspekt der Leitung der *Zuflucht*. Im Geiste notierte er sich, mit den Jungs darüber zu sprechen, sie eventuell zu einer dauerhaften Partnerin zu machen. Alle Entscheidungen, die sie diesbezüglich trafen, wären unabhängig davon, ob sie zusammenblieben, obwohl er betete, dass sich diese Frage nicht stellen würde.

Als sie sich ihrem Ziel näherten, hielt Brick in der Mitte des Weges an. Er war etwas zugewachsen, da es sich um einen wenig genutzten Pfad auf dem Grundstück handelte, was ihm mehr als recht war. »Wir sind fast da. Vertraust du mir?«

»Ja.«

Ihre Antwort kam sofort und ließ seinen Bauch Purzelbäume schlagen. Es gab nur sehr wenige Menschen, denen er sein Leben anvertraute ... und diese Frau war definitiv in der engeren Auswahl. Er hatte aus erster Hand erfahren, wie loyal sie war, als sie in Deutschland gelogen hatte, um zu ihm zu gelangen ... und er hatte damals nicht einmal die Spitze des Eisbergs dessen gekannt, wie unglaublich sie war.

»Mach die Augen zu«, befahl er ihr.

Sie tat es sofort und er liebte das kleine Lächeln, das sich auf ihren Lippen bildete. Er zog sie näher zu sich und legte ihre Hand auf seinen Arm. Sie schmiegte sich an ihn, als er wieder zu gehen begann. Brick achtete darauf, den Wurzeln auf dem Weg auszuweichen, als sie weitergingen.

Er lenkte sie abseits des Weges durch hohes Gras. Es dauerte noch etwa zwei Minuten, bis sie dort ankamen, wo er hinwollte. Ein großer Felsen schien strategisch an der optimalen Stelle platziert zu sein.

»Setz dich hier hin«, bat er leise, während er Alaska zu dem Felsen führte. Er war an einer Seite gewölbt, sodass eine kurze Rückenlehne entstand. Er hatte ihn im Geiste immer den Sitzfelsen genannt. Als sie saß, nahm er den Rucksack mit ihrem Abendessen ab und ließ sich neben ihr nieder.

»Darf ich meine Augen mal langsam wieder aufmachen?«, fragte sie ungeduldig.

Brick lächelte. »Ja.«

Anstatt den Blick auf die Aussicht vor ihnen zu richten, behielt Brick seinen Blick auf ihr Gesicht gerichtet. Alaska blinzelte ein paarmal, um ihre Augen an das Licht zu gewöhnen, aber dann blieb ihr der Mund offen stehen.

»Oh mein Gott, Drake. Das ist unglaublich!«

Das war es auch. Die Aussicht von diesem Ort war unvergleichlich. Der Wald schien sich vor ihnen zu öffnen. Sie befanden sich auf einem Bergrücken und konnten buchstäblich kilometerweit sehen. Die Aussicht vom Table Rock war schon beachtlich, aber das hier übertraf sie noch um ein Vielfaches. Es gab nichts außer Bäumen zu sehen. Tausende von Hektar Wildnis. Als er diesen Ort entdeckt hatte, war Brick erstaunt gewesen, dass es noch einen so unbewohnten Teil des Landes gab. Als wäre es von Menschen völlig unberührt.

Natürlich wusste er, dass es dort draußen wahrscheinlich Häuser gab. Flecken von Zivilisation. Aber er stellte es sich gern als unberührtes Gebiet vor. Wo Tiere frei umherstreifen konnten, wo vor nicht allzu langer Zeit die amerikanischen Ureinwohner herrschten. Dort draußen führten die Menschen keine Kriege. Sie taten sich nicht gegenseitig schreckliche Dinge an. Es gab keine Drogenprobleme, keine Vergewaltigungen, keine Männer und Frauen, die durch illegale Schusswaffen getötet wurden.

Es war eine Fantasiewelt, das wusste Brick. Aber wenn er hier saß, auf das Land hinausschaute und die frische Luft einatmete, konnte er es sich leicht vorstellen. Und Alaskas Reaktion auf seinen Lieblingsplatz zu sehen, an den er sich zurückziehen konnte, wenn er Probleme hatte, war genau so, wie er es sich erhofft hatte.

Er nahm ihre Hand und sie saßen minutenlang da, genossen die Aussicht, lauschten den Geräuschen des Waldes um sie herum und erfreuten sich einfach an dem Augenblick.

»Danke, dass du mir das gezeigt hast«, sagte Alaska nach einer Weile leise. »Es ... es gibt mir das Gefühl, dass meine Probleme so klein sind. Dass die Welt so viel ... größer ist als ich. Und ob du es glaubst oder nicht, dadurch fühle ich mich besser.«

»Geht mir genauso«, entgegnete Brick.

Sie legte ihren Kopf auf seine Schulter, und sie saßen noch ein paar Minuten schweigend da, bevor er fragte: »Hast du Hunger?«

In diesem Moment knurrte ihr der Magen und sie beide lachten.

»Damit ist die Frage ja wohl beantwortet.« Brick schnappte sich den Rucksack, den er vorhin auf dem Boden abgestellt hatte, und sie aßen ihre Sandwiches, während sie die unberührte Aussicht genossen.

Als die Sonne schon tief am Himmel stand, sagte er: »Wir sollten wahrscheinlich zurückgehen, damit wir nicht im Dunkeln wandern müssen.«

»Hast du eine Taschenlampe?«, fragte sie.

»Ja.«

»Dann würde ich gern bleiben und den Sonnenuntergang komplett beobachten«, entgegnete sie. »Wenn du denkst, dass es ungefährlich ist.«

»Es ist sicher ungefährlich«, erwiderte er, ohne zu zögern. Er wollte noch mehr sagen. Er wollte ihr genau erklären, *warum* er sich auf diesem Gelände so sicher fühlte ... aber er und seine Freunde hatten beschlossen, nicht alle Geheimnisse des Resorts zu verraten.

»Ich weiß«, entgegnete Alaska mit einem Nicken. »Ich bin bei dir, also weiß ich, dass ich in Sicherheit bin.«

Eine Liebe, die so intensiv war, dass sie fast schmerzhaft war, durchströmte Brick. Er brauchte diese Frau. Jetzt. Mehr als er in Worte fassen konnte.

Glücklicherweise war der Felsen, auf dem sie saßen, lang und breit. Nicht ganz lang genug, dass sein ganzer Körper darauf passte, aber das war ihm egal. Er stellte den Rucksack ab, drehte sich um und streckte sich auf dem Rücken neben ihr aus. Er öffnete seinen Gürtel und den

Reißverschluss seiner Hose, hob seinen Hintern an und schob sie nach unten, sodass sein Schwanz freilag.

Alaska leckte sich über die Lippen, als sie ihn so sah.

»Nimm mich, Alaska. Ich brauche dich.«

Sie protestierte nicht, sondern griff einfach nach ihrem eigenen Gürtel.

Sie setzte sich auf ihn, stellte ihre Füße flach auf den harten Felsen, um ihre Knie nicht aufzuscheuern, und fand das Gleichgewicht, indem sie eine Hand auf seinen Bauch legte.

Als sie so mit ihm schlief, auf ihm ritt, während die letzten Sonnenstrahlen sie mit ihrer Wärme einhüllten, während sie hinter den Bäumen am Horizont versank, fühlte sich Brick fast wie ein Urmensch. Wie viele andere Männer hatten schon mit ihren Frauen im Wald über den Bäumen geschlafen?

Er wollte gerade den Mund öffnen, um Alaska zu sagen, dass sie sich selbst berühren sollte, um dafür zu sorgen, dass sie ihn ohne Schmerzen in sich aufnehmen konnte, aber seine Frau war ihm weit voraus. Mit der einen Hand rieb sie ihre Lustknospe, mit der anderen hielt sie seinen Schwanz fest im Griff und streichelte ihn.

Es dauerte nicht lange, bis sie beide bereit waren. Als Alaska sich schließlich auf ihn sinken ließ, musste Brick sich wahnsinnig zusammenreißen, um nicht augenblicklich zum Orgasmus zu kommen. Sie sah ihm abwechselnd in die Augen und dorthin, wo sein Schwanz immer wieder in sie eindrang und an der sie miteinander verbunden waren, und auf die schöne untergehende Sonne. Aber Brick konnte den Blick nicht von seiner Frau abwenden.

Er konnte verstehen, dass jemand sie auf den ersten Blick für unscheinbar hielt; Alaska vermied aktiv jede Art von Aufmerksamkeit oder Rampenlicht. Aber für jeden, der sie ansah, leuchtete ihre Schönheit von innen heraus, so klar und lebendig. Sie lag in den kleinen Geräuschen, die sie machte, als sie sich auf ihm bewegte. Wie gewissenhaft sie sich um ihre Arbeit kümmerte. Wie sie immer ein freundliches Wort für Robert hatte oder für die Frauen, die die Hütten reinigten, oder für seine Freunde. Das Licht in ihr war so hell, dass es ihn manchmal wunderte, dass er sie ansehen konnte, ohne von ihrem Glanz geblendet zu werden.

Er brauchte kein frisiertes Haar und keine lackierten Fingernägel. Einen perfekten Körper und auffällige Kleidung. Er brauchte nur *sie*. Genau so, wie sie war. Eine Frau, die Brick voll und ganz akzeptierte, mit all seinen Fehlern.

»Drake«, hauchte sie. »Das ist ... ich bin nahe dran!« Ihre Stimme zitterte. Ihre Oberschenkelmuskeln spannten sich an, als sie sich auf seiner Erektion auf und ab bewegte.

Er drängte sie nicht. Er überließ es ihr, das Tempo zu bestimmen und den Zeitpunkt, wann sie zum Orgasmus kam. Er genoss es zu beobachten, wie das Licht der untergehenden Sonne sich in ihrem Haar verfing und ihre Schultern in ein warmes Orange tauchte, während sie ihn ritt. Er genoss, das Keuchen und Stöhnen zu hören, das aus ihrer Kehle drang. Einen Sonnenuntergang zu sehen würde nie wieder dasselbe sein. Nie wieder. Er würde sich für den Rest seines Lebens an diesen Moment erinnern.

An diesem Ort zu sein hatte auch eine neue Bedeutung bekommen. Es war nicht mehr nur ein Ort, an den er flüchtete, wenn seine Dämonen ihn übermannten. Es war der Ort, an dem er und Alaska zum ersten Mal zusammen waren, nachdem sie sich gegenseitig ihre Liebe erklärt hatten.

Sobald sich ihre Muschi um seinen Schwanz anspannte und sie sich zu ihm lehnte, fing Brick an, sich zu bewegen. Er packte ihre Hüften fest und begann, von unten in sie zu stoßen. Sie schwankte unsicher in seinem Griff, aber er wollte sie auf keinen Fall loslassen, sie sollte sich auf keinen Fall verletzen, wenn sie mit ihm zusammen war.

Er besorgte es ihr heftig und schnell, stieß durch ihre sich zusammenziehenden Muskeln, während sie um ihn herum zum Orgasmus kam. Jeder Stoß fühlte sich an, als würde sie seinen Schwanz würgen, und der Sex war rau. Intensiv.

Als die letzten Sonnenstrahlen verschwanden, stieß Brick noch einmal zu und füllte die Frau, die er liebte, bis zum Rand mit seinem Sperma. Es fühlte sich an, als würde er niemals aufhören zu kommen. Er konnte sogar spüren, wie sein Saft aus ihr herauslief und auf seine Hoden tropfte, während er bis zum Anschlag in ihr steckte. Sie sackte auf seine Brust, als wäre sie völlig erschöpft, und Brick hielt sie fest, während sie beide versuchten, wieder zu Atem zu kommen.

»Verdammt noch mal«, hauchte sie, nachdem ein paar Minuten vergangen waren. »Das war ...«

»Perfekt«, beendete Brick den Satz für sie.

»Ganz genau. Ich kann nicht behaupten, dass Sex im Freien jemals auf meiner Liste der Dinge stand, die ich auf jeden Fall einmal in meinem Leben machen wollte, aber es hätte sich definitiv darauf befinden sollen.«

Brick grinste. Er konnte nicht anders, als sich ein wenig geschmeichelt zu fühlen. »Fühlen sich deine Beine gut an? Diese Stellung muss doch etwas unangenehm gewesen sein.«

»Beine? Ich habe Beine?«, scherzte sie an seiner Halskuhle vergraben.

Als er dieses Mal lachte, glitt sein Schwanz aus ihrer warmen Hitze. Sie stöhnte auf.

Brick bedauerte es ebenfalls. Es gab keinen Ort auf der Welt, an dem er lieber war als tief in ihrem Körper.

So sehr er auch dort liegen und sich im schönsten Sex

seines Lebens sonnen wollte ... jetzt, da die Sonne untergegangen war, würde es kühl werden. Und dunkel. Auf dem Gelände der *Zuflucht* wurde es *richtig* dunkel. Und er würde Alaska viel lieber in ihrem schönen, bequemen Bett im Arm halten als auf diesem Felsen.

»Gib mir einen Moment, dann hole ich dir etwas zum Saubermachen«, sagte Brick zu ihr und setzte sich auf, wobei er sie immer noch in seinem Schoß hielt.

Er drückte sie an sich, während er nach dem Rucksack und den zusätzlichen Servietten kramte.

Alaska entspannte sich auf seinem Schoß und versuchte nicht, ihm zu helfen. Brick konnte sich ein Grinsen nicht verkneifen. »Wo ist die Frau hin, die immer so eifrig mit anpackt? Die auch dann helfen will, wenn ich sie verwöhnen will?«, fragte er.

»Du hast es ihr dermaßen besorgt, dass sie ganz kleinlaut ist.«

Brick konnte ihr Lächeln an seiner Schulter spüren. Er lachte. »Mehr muss ich nicht machen, damit du tust, was ich dir sage?«

»Vielleicht«, erwiderte sie.

Ohne ein Wort zu sagen, griff er zwischen sie und strich ihr mit den Servietten zwischen die Beine.

Das brachte sie in Bewegung. Sie setzte sich auf und lehnte sich zurück. »Ich kann das schon selber machen«, versicherte sie ihm.

»Ich mach das schon«, sagte er und schob ihre Hand beiseite. »Das ist nur fair.«

Zu seiner Freude ließ sie ihn gewähren. Das war intimer als alles, was er je mit einer Frau gemacht hatte, und bei Alaska fühlte es sich ganz natürlich an. Er tat sein Bestes, um sein Sperma und ihre eigenen Säfte wegzuwischen, bevor er die benutzten Servietten in eine Plastiktüte steckte und sie zurück in seinen Rucksack schob.

»Ist meine Unterwäsche hier irgendwo?«, fragte Alaska und sah sich um. »Ich glaube, ich habe sie weggeworfen, als ich es eilig hatte, dich in mir zu spüren.«

Als Brick den blauen Baumwollstreifen in der Nähe entdeckte, beugte er sich vor und schnappte ihn sich. Dann half er Alaska auf die Beine und stellte sich neben sie, wobei er eine Hand auf ihren Arm legte, damit sie nicht versehentlich stolperte und fiel. Sie zogen sich ohne viel Aufhebens an, und als er den Rucksack aufgesetzt hatte, lehnte sie sich an ihn.

»Danke, dass du mir deinen besonderen Ort gezeigt hast.«

»Das ist jetzt unser besonderer Platz«, bemerkte er leichthin.

Das Lächeln, das sie ihm schenkte, war wunderschön, genau wie sie. »Ich liebe dich«, sagte sie ein wenig schüchtern.

»Ich liebe dich auch, Al. So sehr, dass es mir fast Angst macht.«

»Ich hatte länger Zeit, mich an das Gefühl zu gewöhnen«, erklärte sie.

Brick war immer wieder von ihr überrascht. »Bist du bereit zurückzugehen?«

»Nein, aber okay.«

Er verstand vollkommen. »Okay, bleib in meiner Nähe. Ich habe das Licht, aber der Weg muss ausgebessert werden. Die Baumwurzeln können total im Schatten verschwinden.«

Alaska nickte und sie machten sich auf den Weg nach Hause.

Nach Hause.

Die Zuflucht war immer ein Ort gewesen, den Brick liebte. Ein Ort des Friedens. Der Heilung. Aber jetzt war es mehr als nur eine Hütte. Ein Geschäft. Es war wirklich ein Zuhause. Denn Alaska war dort mit ihm.

Er würde alles tun, damit es so blieb. Er würde sie glücklich machen. Dafür sorgen, dass sie in Sicherheit war. Der Gedanke, dass ihr etwas zustoßen könnte, jetzt, da sie ihm gehörte ... brachte Brick ein wenig um den Verstand. In diesem Moment schwor er sich, mit Alaskas Hand in seiner, ihrem Duft in der Nase und dem Bild, das er von ihr hatte, als sie sich ihrer Lust hingab – er würde töten, bevor er zulassen würde, dass ihr diese Art von Bösem erneut widerfuhr.

Er hatte sein Leben nicht als Navy SEAL verbracht, um den einzigen Menschen zu enttäuschen, der immer an ihn geglaubt hatte.

Brick wusste, dass er sich im Moment ein wenig mörderisch fühlte, aber er führte das auf das unglaubliche Erlebnis zurück, mit seiner Frau unter freiem Himmel zu schlafen. Als wäre er ein Eroberer aus alten Zeiten. Das war alles.

Es war nicht das Kribbeln in seinem Nacken, das auf bevorstehende Probleme hinwies.

Nein, er war einfach nur paranoid, weil er befürchtete, dass ihm sein Glück, ihr gemeinsames Glück, entrissen werden könnte, bevor es erblühen konnte. Eine natürliche Angst, schätzte er, da er noch nie verliebt gewesen war.

Er hatte es verdient, glücklich zu sein. Er verdiente Alaska. Nichts und niemand würde sie ihm wegnehmen.

Yong Chen platzte vor Ungeduld. Endlich war er hier. In den Vereinigten Staaten. In New Mexico. Stunden davon entfernt, das einzufordern, was ihm gehörte. Wofür er gutes Geld gezahlt hatte. Er verdiente es, so glücklich zu sein wie jeder andere auch ... und was ihn glücklich machen würde, war, Alaska Stein zu brechen.

Normalerweise machte er sich nicht die Mühe, die Namen seiner Erwerbungen zu erfahren. Es spielte keine Rolle, wie sie hießen; wichtig war nur, wie schnell sie ihre Beine breitmachten und taten, was er ihnen befahl.

Aber Alaska war anders. Sie war diejenige, die entkommen war ... die bisher Einzige. Aber nicht für lange.

Yong musste sich beherrschen, um nicht aus seiner Rolle auszubrechen und nach ihr zu fragen. Aber das wäre seltsam gewesen. Dass ein Investor auch nur die geringste Neugierde gegenüber einer Sekretärin zeigte. Morgen würde er sie endlich persönlich sehen. Er hoffte, dass er die Gelegenheit haben würde, mit ihr zu sprechen. Um den freundlichen Besucher zu spielen, damit sie ihre Wachsamkeit lockerte. Wenn es dann an der Zeit war, sie den sogenannten Soldaten, mit denen sie zusammenarbeitete, vor der Nase wegzuschnappen, würde sie vertrauensvoller sein und ihn begleiten, ohne eine Szene zu machen.

Yong hatte alles über die sieben Vollidioten gelesen, denen das beschissene Ferienlager auf dem Berg gehörte. Mehr war es nämlich nicht, egal wie sie es nannten oder versuchten, es nach mehr aussehen zu lassen. Wäre er *wirklich* ein Investor, hätte er sein Geld niemals an diesem Ort verschwendet.

Erstens war kilometerweit nichts und niemand darum herum. Trockenes Wüstengebiet auf der einen Seite und bewaldete Berge auf der anderen. In der Nähe war als einzige Stadt Los Alamos, die winzig klein war. Nicht annähernd genügend Menschen für seinen Geschmack. Ihm war Peking viel lieber. Eine riesige, blühende Metropole, in der ein Mann sich einfügen konnte ... seine Taten verbergen.

Und außerdem war *Die Zuflucht* ein Ort für geistig Schwache. Schwache Männer und Frauen, die nicht mit dem umgehen konnten, was das Leben ihnen ausgeteilt hatte. Sie waren wie Babys, die verhätschelt werden wollten, und Yong duldete keine Schwäche in irgendeiner Form.

Es würde ein Kinderspiel werden, sich zurückzuholen, was ihm gehörte. Yong war seit Jahren nicht mehr so aufgeregt gewesen. Er konnte dem Russen fast dafür danken, dass er ihnen das Geschäft vermasselt hatte. Beinahe.

Morgen würde er sich einen Überblick verschaffen. Seine Rolle spielen. Dann würde er sich überlegen, was er als Nächstes tun sollte. Sich nachts reinschleichen und Alaska entführen? Bis zum nächsten Tag warten und für Ablenkung sorgen, damit er sie sich heimlich schnappen konnte? Sehen, ob er sie dazu bringen konnte, freiwillig mit ihm zu kommen? Es gab so viele Möglichkeiten, jede mit ihrem eigenen Risiko verbunden, aber Yong hatte keinen Zweifel, dass er erfolgreich sein würde. Drei Millionen Dollar hingen von seinem Erfolg ab. Drei Dutzend Männer, die bereit waren, für die Chance, ihre kranken Fantasien mit dieser Frau zu verwirklichen, zu zahlen, und zwar mit viel Geld.

Seine Pläne für die Amerikanerin hatten sich während der letzten Wochen vielleicht geändert, aber im Grunde lief es auf dasselbe hinaus. Sie würde sein Spielzeug sein, bis er ihrer überdrüssig war, dann würde er seine Investition verdreifachen, bevor er zu seinem Leben in China zurückkehren würde. Er bekam immer, was er wollte.

Immer.

KAPITEL SIEBZEHN

Alaska schlief so gut wie seit Jahren nicht mehr. Und das wollte etwas heißen, denn während der letzten Wochen hatte sie in Drakes Armen ziemlich gut geschlafen.

Aber da draußen auf dem Felsen war etwas passiert. Sie und Drake hatten sich auf eine fast spirituelle Weise miteinander verbunden. Er war sexy und ein Alphatier gewesen, aber ihr war nicht entgangen, wie er sie trotzdem beschützt hatte. Die Tatsache, dass er sich zwischen sie und den harten Felsen gelegt hatte. Wie er sie danach zärtlich sauber gemacht hatte. Wie er sie festhielt, als sie sich in der Dunkelheit auf den Weg zurück zur Hütte machten.

Niemand, kein einziger Mensch, hatte sie je so behandelt, als wäre sie das Wertvollste in seinem Leben. Alaska konnte sich nicht einmal daran erinnern, dass ihre Mutter das getan hatte, als sie klein war. Von klein auf hatte man ihr erlaubt, in den verschiedenen Vierteln herumzustreifen, so lange sie wollte. Ihre Mutter hatte sie nie gefragt, wo sie gewesen war, wenn sie nach Hause kam. Wenn sie sich verletzt hatte, war es Alaskas Aufgabe gewesen, die Wunde selbst zu reinigen und zu verbinden.

Wenn sie mit Drake zusammen war, fühlte sie sich geliebt. Er sah sie an, sobald er die Lodge betrat – und als ihre Blicke sich trafen, schenkte er ihr ein kleines, vertrauliches Lächeln. Er vergewisserte sich immer, dass sie nicht zu müde, ihr nicht zu kalt oder zu warm war. Er vergewisserte sich, dass sie eine Pause gemacht oder etwas zu Mittag gegessen hatte. Die Liste ließe sich beliebig fortsetzen. Sie hatte das Gefühl, dass er sie immer im Blick hatte. Dass er sich ständig vergewisserte, dass es ihr gut ging.

Eine ganze Weile lang war sie ziemlich pessimistisch gewesen, dass es mit ihnen klappen könnte, aber langsam glaubte sie, dass sie es schaffen würden. Es war ein unglaubliches Gefühl.

Alaska wusste, dass ein Teil ihres Pessimismus von seinem Hintergrund herrührte, von der Tatsache, dass er seine besten Freunde verloren hatte. Sie verstand jetzt mehr von der posttraumatischen Belastungsstörung, davon, dass alles gut laufen und dann die kleinste Sache einen ins Schleudern bringen konnte. Drake hatte seine Dämonen besser im Griff als die meisten anderen ... aber dennoch, das Leben war voller Höhen und Tiefen, und die Tiefen schienen sich immer stärker auf die langfristige Einstellung und das Handeln eines Menschen auszuwirken als die Höhen.

Das hatte sie auch bei sich selbst gesehen. Alaska war nicht mehr so vertrauensselig wie früher. Sie achtete mehr auf ihre Umgebung. Sie blieb wachsam. Das gefiel ihr nicht sonderlich, aber als sie mit Drake darüber gesprochen hatte, hatte er sie darauf hingewiesen, dass ihre Wachsamkeit nichts Schlechtes sei. Sie stimmte ihm zu, vermisste aber immer noch die meist sorglose Person, die sie früher gewesen war. Sie war so lange unabhängig gewesen. Jetzt bekam sie allein bei dem Gedanken, allein zu verreisen, einen metallischen Geschmack im Mund.

Aber sie hatte nicht die Absicht, in nächster Zeit irgendwohin zu verreisen. Das Leben in der *Zuflucht* war idyllisch. Sie liebte ihre Arbeit. Sie verstand sich gut mit den anderen Männern, denen das Resort gehörte. Sie fand die Gäste faszinierend. Und dann war da natürlich noch Drake. Sie musste darauf vertrauen, dass er, selbst wenn er seinen Dämonen erlag, die Kraft und Stärke haben würde, sie wieder in die Schranken zu weisen. Vielleicht sogar mit ihrer Hilfe.

Sie war bereit gewesen, ihr Liebesspiel fortzusetzen, als sie gestern Abend von ihrer Wanderung heimgekehrt waren, aber Mutt brauchte Aufmerksamkeit und sie musste den Rucksack von ihren Abfällen und Resten leeren. Dann wollte Drake seine E-Mails abrufen, denn er musste morgen früh aufstehen, um nach Los Alamos zu fahren und Mr. Choo abzuholen. Als sie schließlich ins Bett gingen, waren sie beide müde. Also hatte Drake sie einfach in ihrer üblichen Schlafposition an sich gezogen und sie waren innerhalb weniger Minuten eingeschlafen.

Drake war früh aufgestanden, hatte sie geküsst und ihr gesagt, sie solle ausschlafen, sie würden sich später sehen. Er und seine Freunde würden den größten Teil des Tages damit beschäftigt sein, Mr. Choo das Anwesen zu zeigen und eine Besprechung über die Zukunft der *Zuflucht* abzuhalten.

Da sie sich träge fühlte, tat Alaska, was er befahl, und kuschelte sich in das Bett, das ihr viel zu leer vorkam, wenn er nicht bei ihr war.

Später am Morgen ging sie in die Lodge und begrüßte die Gäste, die sich dort aufhielten. Während einige der Männer und Frauen, die das Resort besuchten, die meiste Zeit in ihren Hütten verbrachten oder über das Gelände wanderten, hielten sich andere gern in der Lodge auf. Es gab immer jemanden, der las, aß oder sich auf den Leder-sofas im großen Saal entspannte.

Alaska grüßte zwei Männer, die sich in der Sitzecke leise unterhielten, als sie eintrat, und ging zur Rezeption in der Ecke. Sie fuhr den Computer hoch und machte sich an die Arbeit, E-Mails und Telefonnachrichten zu beantworten, während sie sich darauf vorbereitete, die drei Gäste auszuchecken, die später am Vormittag abreisen würden.

Um die Mittagszeit betrat Drake mit Spike und Pipe und einem Mann, der nur Mr. Choo sein konnte, die Lodge. Er war etwa so groß wie Alaska, hatte ein rundes Gesicht, kurzes schwarzes Haar, Schlitzaugen und seine goldene Haut sah ein wenig blass aus, als würde er nicht viel Zeit im Freien verbringen. Er trug eine gebügelte schwarze Hose und ein kurzärmeliges gelbes Polohemd und hatte eine Ausstrahlung von Überheblichkeit, die er nicht zu verbergen versuchte.

Alaska hatte sofort ein schlechtes Gewissen, weil sie Letzteres dachte, obwohl sie den Mann noch nicht einmal kennengelernt hatte.

Drake ging direkt auf sie zu und sie stand auf. Mit einem Blick konnte sie erkennen, dass er gestresst war. Seine Bewegungen waren etwas steif und das kleine Lächeln, das er ihr schenkte, erreichte nicht ganz seine Augen. Er beugte sich hinunter, um sie kurz zu küssen, und sie flüsterte: »Alles in Ordnung?«

Und schon entspannte er sich ein wenig. »Jetzt, da ich dich gesehen habe, geht es mir gut«, erwiderte er leise. Dann fügte er hinzu: »Es war nur ein anstrengender Morgen. Ich komme schon klar.«

Alaska nickte und es gefiel ihr nicht, dass er so ange-spannt war.

Die anderen hatten sich inzwischen dem Empfangs-tresen genähert und Drake wandte sich ihnen zu. »Bolin, ich möchte Ihnen Alaska Stein vorstellen. Sie ist unsere Rezeptionistin und wir wissen nicht, was wir ohne sie tun würden. Alaska, das ist Bolin Choo.«

»Es ist schön, Sie kennenzulernen«, begrüßte Alaska den Mann höflich und streckte ihre Hand aus.

Mr. Choo nahm ihre Hand in seine beiden Hände, beugte sich leicht über sie und sah sie mit dunklen Augen an.

Aus irgendeinem Grund stellten sich die Haare in Alaskas Nacken auf und sie erstarrte. Der Griff des Mannes war kalt und feucht. Allein das Gefühl seiner Haut auf ihrer eigenen brachte sie dazu, ihre Hand an ihrer Hose abwischen zu wollen, um zu versuchen, das Gefühl seiner Finger loszuwerden. Es war eine merkwürdige Reaktion. Sie konnte nicht zählen, wie viele Fremde sie in ihrem Leben getroffen hatte ... aber keiner von ihnen hatte ihr dieses Gefühl gegeben.

Glücklicherweise ließ er sie schnell los und Alaska konnte nicht anders, als ihrem Instinkt zu folgen und ihre Hand an ihrer Kleidung abzuwischen. Sie versuchte, sich einzureden, dass ihre Reaktion nur darauf zurückzuführen war, dass dies der erste asiatische Mann war, den sie seit ihrer Tortur gesehen hatte. Wie oft hatte Drake sie schon davor gewarnt, dass bestimmte Auslöser nervös machen konnten? Der Mann hatte ihr Misstrauen nicht verdient.

Sie schluckte schwer und zwang sich zu einem Lächeln. Das war gut für sie. Das alles gehörte zum Heilungsprozess und zum Weiterleben.

»Wir werden zum Mittagessen in den Therapieraum gehen«, erklärte Drake ihr.

Alaska nickte. »Soll ich Robert sagen, dass ihr hier seid?«, fragte sie in einem so normalen Tonfall, wie sie ihn aufbringen konnte, und betete, dass er zustimmen würde, damit sie eine Ausrede hatte, um zu gehen.

»Das wäre toll, danke«, entgegnete er. »Aber er soll uns zwanzig Minuten oder so geben. Die anderen werden bald nachkommen.«

»Okay.«

»Danke, Schatz«, erklärte Drake. Er beugte sich hinunter und küsste sie auf die Schläfe, bevor er sich wieder seinen Freunden und dem Gast zuwandte. »Sollen wir?«, fragte er.

Die drei Männer drehten sich um, um in den Therapieraum zu gehen, aber Drake blieb noch einen Moment stehen.

»Was ist los?«, fragte er und zog die Stirn in Falten.

Einen Moment lang war Alaska versucht, ihm zu sagen, dass sie Mr. Choo nicht mochte, aber sie überlegte es sich schnell anders. Drake stand schon genügend unter Stress. Sie wollte vermeiden, dass er sich jetzt auch noch Sorgen um sie machte, wo er doch gerade mitten in einer wichtigen Verhandlung steckte. Obwohl er ihr bereits gesagt hatte, dass sie eher dazu tendierten, das Angebot von Mr. Choo abzulehnen, war es noch nicht beschlossene Sache. Er und seine Freunde könnten ihre Meinung nach diesem Besuch noch ändern. Alaska wollte Drake nicht die Chance verbauen, *Die Zuflucht* zu erweitern. Er liebte diesen Ort, und sie wollte nicht im Weg stehen, wenn es darum ging, mehr Menschen zu helfen, wenn es möglich war.

»Nichts«, entgegnete sie mit einem gezwungenen Lächeln und einem kleinen Schulterzucken. »Ich mache mir nur Sorgen um dich. Du siehst müde und gestresst aus.«

»Das bin ich auch«, bemerkte er. »Aber nicht, weil die Dinge nicht gut laufen. Im Gegenteil, es läuft besser, als ich dachte. Mr. Choo hat ein paar gute Ideen und ihm gefällt, was er bisher gesehen hat.«

Alaska verstand. »Das macht die Entscheidung, ob ihr sein Angebot ablehnen sollt oder nicht, umso schwieriger.«

»Genau«, erwiderte Drake mit einem Nicken.

»Ich bin sicher, dass du und deine Freunde die richtige Entscheidung treffen werdet«, versicherte Alaska ihm.

Er lächelte, und es wirkte etwas entspannter als noch vor wenigen Augenblicken. »Sein Geld wäre definitiv willkommen«, gab er zu. »Aber wir sind noch keineswegs bereit, auf sein Angebot einzugehen. Wir haben heute Nachmittag noch viel zu besprechen ... und wir warten auf den Anruf eines Freundes mit weiteren Informationen über Mr. Choo. Wir werden also keine Entscheidung treffen, bevor wir nicht alle Informationen haben, die wir brauchen.«

»Weitere Informationen?«, fragte Alaska.

Drake zuckte mit den Schultern. »Ja. Wir sind einfach nur vorsichtig und wollen alles über den Mann wissen, bevor wir mit ihm ins Geschäft kommen.«

»Oh, also so etwas wie eine Hintergrundüberprüfung«, sagte sie.

»So etwas in der Art. Es dauert länger, als es sonst dauern würde, denn bis jetzt ist er blitzsauber ... was eine Erleichterung ist«, bemerkte Drake. »Genug davon. Hast du schon zu Mittag gegessen?«

Alaska lächelte über seine Besorgnis. »Ja, ich habe eine Pause gemacht, kurz bevor du gekommen bist.«

»Sind die Gäste gut angekommen?«

»Ja. Gegen ein Uhr kommt ein neues Paar, und dann sollte der letzte neue Gast hier sein, kurz bevor ich Feierabend mache, so gegen drei.«

»Gut. Wenn du etwas brauchst, sag mir Bescheid.«

»Drake, ich werde dich nicht mitten in deiner Besprechung stören. Wenn etwas passiert, kümmere ich mich darum.«

Er lächelte. »Ja, das wirst du, nicht wahr?«

»Dafür bezahlst du mich ja«, scherzte sie.

»Du bist unglaublich«, sagte Drake.

Alaska verdrehte die Augen. Sie war nicht erstaunlich,

sie machte nur ihren Job ... etwas, das die anderen Rezeptionistinnen, die sie bis jetzt eingestellt hatten, nicht besonders gut gekonnt hatten, aber trotzdem. Sie konnte sich nicht vorstellen, jemals eine so wichtige Besprechung zu unterbrechen. Wenn etwas passierte, würde sie damit fertigwerden. Das war ihr Job.

»Geh«, sagte sie zu ihm. »Zeig's ihnen.«

Drake grinste. »Ja, Ma'am. Und nur damit du es weißt ... ich werde heute Nachmittag, wenn die Besprechung vorbei ist, keine weiteren Menschen mehr ertragen. Willst du dann noch eine Wanderung mit mir machen? Oder hast du zu großen Muskelkater?«

»Ich habe keinen Muskelkater«, erklärte sie ihm. Zumindest nicht so, wie er es meinte. Sie konnte ihn immer noch zwischen ihren Schenkeln spüren – er war dort eben ziemlich groß –, aber ihre Beinmuskeln schmerzten nicht mehr von der Wanderung gestern Abend. Sie war in den Wochen, in denen sie hier war, viel besser in Form gekommen.

»Na gut. Vielleicht ist es diesmal nur eine kurze Wanderung. Wir können zu Abend essen, sobald wir zurückkommen, wenn das in Ordnung ist.«

»Natürlich. Ich esse noch etwas, bevor ich in die Hütte gehe und auf dich warte.«

»Perfekt.« Drake griff nach oben und legte ihr eine Hand in den Nacken. »Ich habe dich nicht verdient«, stellte er fest.

»Doch, das hast du«, konterte sie. »Wir haben uns gegenseitig verdient.«

Er schenkte ihr ein kleines Lächeln, dann beugte er sich hinunter und küsste sie. Es war ein leidenschaftlicher Kuss, aber kein besonders langer. »Bis später.«

Sie nickte und sah ihm nach, wie er wegging, wobei sie sich über die Lippen leckte. Alaska konnte ihn immer noch schmecken.

Dass sie hier war, dass dies ihr Leben war, war so

verrückt. Sie hatte während der letzten Jahre so oft an Drake gedacht. Hatte sich gefragt, wo er war, was er tat. Und nachdem er die Navy verlassen und *Die Zuflucht* gegründet hatte, war sie erleichtert gewesen, dass er sein Leben nicht mehr aufs Spiel setzen würde, aber sie hatte sich trotzdem Sorgen um ihn gemacht.

Und jetzt war sie hier. Bei ihm. Mit ihm *zusammen*. Es war ein wahr gewordener Traum.

Die Jahre waren gut zu Drake gewesen. Er sah jetzt besser aus als als achtzehnjähriger Junge, und seine Reife machte ihn für sie nicht weniger anziehend, sondern eher attraktiver. In weiteren zwanzig Jahren würde er definitiv silberne Strähnen in seinen Haaren haben. Sie würde immer unscheinbar sein, immer in den Hintergrund treten, aber mit Drake an ihrer Seite wurde ihr klar, dass ihr das egal war. Der einzige Mensch, dessen Meinung für sie zählte, war er.

Und er hatte ihr mehr als deutlich gemacht, dass er sie nicht für unscheinbar hielt. Dass er sie genau so liebte, wie sie war. Es war ein berauschendes Gefühl.

»Entschuldigung?«, fragte eine Frau neben ihr.

Alaska zuckte zusammen, weil sie sich so erschreckte, lächelte aber, als sie sich dem Gast zuwandte. »Tut mir leid, ich habe nicht aufgepasst. Was kann ich für Sie tun?«

»Ich wollte Sie nicht erschrecken ... aber ich kann es Ihnen nicht verdenken, dass Sie abgelenkt sind. Wenn ich einen Mann wie ihn hätte, würde ich auch meine ganze Aufmerksamkeit auf seinen Hintern richten, während er weggeht.«

Alaska lachte, ohne beleidigt zu sein. Wie sollte sie auch? Die Frau hatte nicht unrecht. »Er ist von hinten genauso schön wie von vorn, das ist wahr«, stimmte sie zu. »Also, wie kann ich Ihnen helfen?«

»Ich habe mich gefragt, ob Sie meinem Freund und mir

einen der Wanderwege empfehlen könnten. Ich bin nicht besonders gut im Wandern und möchte nichts allzu Anstrengendes unternehmen, aber dieser Ort ist einfach so schön, dass ich nicht den ganzen Tag herumsitzen und nichts tun möchte.«

Alaska lächelte und bemühte sich, die Aufmerksamkeit von Drake abzulenken. Sie machte sich immer noch Sorgen um ihn und seine Freunde. Sie waren gestresst, und das tat ihr für sie leid, aber Mr. Choos Besuch sollte bald vorbei sein und sie könnten sich wieder entspannen.

***

Brick seufzte erleichtert, als Owl Mr. Choo aus dem Zimmer führte. Er hatte sich bereit erklärt, den Besucher zurück in sein Hotel in Los Alamos zu bringen. Brick hatte den ganzen Tag mit dem Mann verbracht und es war eine große Erleichterung, die Verantwortung an jemand anderen abzugeben.

»Und?«, fragte Stone. »Was haltet ihr davon?«

Für einen Moment herrschte Schweigen im Raum, bevor Tiny sprach. »Er hat ein paar wirklich gute Ideen. Und obwohl ich glaube, dass wir die meisten davon auch ohne sein Geld umsetzen könnten, würde es mehrere Jahre dauern, bis wir in der Lage wären, irgendetwas davon zu realisieren.«

Die anderen nickten alle zustimmend.

»Ich war bereit, keinen seiner Vorschläge annehmen zu wollen, aber er scheint ein kluger Geschäftsmann zu sein«, stimmte Spike zu.

Die nächsten zwanzig Minuten verbrachten sie damit, die Vor- und Nachteile der Verbesserungen und Erweiterungen, die sie mit Mr. Choo besprochen hatten, durchzugehen.

Tonka war während des gesamten Gesprächs still, so wie schon den ganzen Tag über. Der Mann war häufig schweigsam und zog es vor, andere reden zu lassen, wenn er damit durchkam. Bei den Tieren war er nicht so zurückhaltend. Wenn er glaubte, allein zu sein, redete er wie wild mit Melba, den Ziegen und den anderen Tieren im Stall. Keiner war beleidigt, sie wussten, dass er einfach so war ... dass ihre Vergangenheit sie alle auf unterschiedliche Weise prägte.

Aber jetzt meldete er sich zu Wort.

»Ich mag ihn nicht«, erklärte Tonka entschlossen.

»Warum nicht?«

»Es ist nur so ein Gefühl«, antwortete er.

Brick spürte, wie ihm eine Last von den Schultern fiel. Irgendetwas an dem Mann gefiel ihm auch nicht, aber er wusste nicht, was es war. In den Stunden, die Brick mit ihm verbracht hatte, hatte er nichts Unangemessenes gesagt oder getan. Er war höflich und interessiert gewesen und hatte sich für *Die Zuflucht* im Allgemeinen begeistert.

Aber da war eine nagende Stimme in seinem Hinterkopf, die ihm sagte, dass mit dem Mann etwas nicht stimmte. Und auch Alaskas Reaktion, als sie ihn kennengelernt hatte, war ihm nicht entgangen. Sie hatte ihm versichert, dass sie sich nur Sorgen um Drake machte. Jetzt war er sich nicht mehr so sicher.

Wenn seine Freunde in einem normalen Besprechungszimmer irgendwo anders als in der *Zuflucht* gewesen wären, hätten sie Tonkas Worte vielleicht als Paranoia abgetan. Aber sie waren alle schon in Situationen gewesen, in denen ein Bauchgefühl ihnen das Leben gerettet hatte.

»Ich stimme zu«, bemerkte Brick nach einem Moment.

»Haben wir schon etwas von Elizabeth gehört?«, fragte Spike niemanden Bestimmtes.

»Nein«, entgegnete Tiny. »Als sie sich das letzte Mal gemeldet hat, hatte sie noch immer nichts über den Mann herausgefunden.«

»Und das ist auch gut so, oder?«, fragte Stone.

»Nun, ja. Wenn sie nichts gefunden hat, dann ist die Wahrscheinlichkeit, dass er echt ist, überdurchschnittlich hoch. Aber Elizabeth war noch nicht bereit aufzugeben. Sie sagte, je bösartiger die Person sei, desto besser könnte sie ihre Spuren verwischen. Sie war entschlossen, mit hundertprozentiger Sicherheit zu wissen, dass er genau derjenige ist, der er vorgibt zu sein ... ein Mann, der daran interessiert ist, seine Investitionen in den USA auszubauen.«

Im Raum war es einen Moment lang still.

»Ich kann nicht für euch sprechen, aber ich bin fix und fertig«, sagte Pipe schließlich. »Ich weiß nicht, was es ist, das mich auslaugt, wenn ich so was tun muss, aber es ist so.«

»Geht mir auch so«, stimmte Tiny zu.

»Choo kommt morgen nach dem Mittagessen noch einmal her, um sich mit uns zu treffen. Wie wäre es, wenn wir den Rest des Nachmittags und Abends nutzen, um über alles nachzudenken. Morgen früh treffen wir uns dann und besprechen frisch und ausgeruht, was wir tun wollen. Wenn er kommt, können wir ihm mitteilen, wie wir uns entschieden haben«, schlug Tiny vor.

Alle stimmten zu und standen auf, um das Zimmer aufzuräumen und zu gehen.

Tonka und Brick waren die Letzten im Zimmer, und Brick hielt seinen Freund mit der Frage auf: »Was ist es, das dich an Choo stört, deiner Meinung nach?«

Tonka zuckte mit den Schultern. »Ich bin mir ehrlich gesagt nicht sicher. Oberflächlich betrachtet scheint alles großartig zu sein. Aber er ist fast *zu* perfekt. Jedem unserer Vorschläge hat er zugestimmt. Wenn uns eine seiner Ideen nicht gefiel, hat er sofort einen Rückzieher gemacht. Er hat uns nicht gedrängt – überhaupt nicht. Das hat mir nicht gefallen. Nicht von einem Mann, der angeblich daran interessiert ist, von einer Investition zu profitieren.«

Brick erkannte, dass er recht hatte. »Das ist mir gar nicht

aufgefallen. Aber jetzt, da du mich darauf hingewiesen hast, ist es offensichtlich.«

»Aber es geht noch darüber hinaus«, erklärte Tonka. »Ich habe den Kerl beobachtet, als du ihn über das Gelände geführt hast. Er sagte all die richtigen Dinge, aber seine Augen hörten nicht auf, sich zu bewegen. Er nahm alles in sich auf.«

»Ist es nicht genau das, wofür er hier war?«, fragte Brick.

»Ja, aber das war ... nicht normal. Es war, als würde er den Ort auskundschaften.«

Brick runzelte die Stirn.

»Weißt du noch, als wir Bubba bekommen haben? Er wurde furchtbar misshandelt und war stark untergewichtig. Er wollte weder mit mir noch mit einem anderen Menschen etwas zu tun haben.«

»Ich erinnere mich«, entgegnete Brick. »Du warst fantastisch zu ihm. Du hast ihm zuerst beigebracht, den anderen Pferden zu vertrauen, und ihn dann dazu gebracht, nicht nur dir, sondern auch allen anderen zu vertrauen.«

»Stimmt, aber in der Zwischenzeit, wenn er im Auslauf war, habe ich ihn beobachtet. Er war ständig auf der Suche nach einem Fluchtweg. Mit den Augen suchte er die Umgebung ab und hielt nach einer Schwachstelle im Zaun Ausschau. Er versuchte verzweifelt, einer Situation zu entkommen, von der er wahrscheinlich dachte, dass sie genauso war wie die, aus der er kam. Ich habe heute dasselbe intensive Interesse in Choos Augen gesehen.«

»Was glaubst du, wonach er gesucht hat?«, wollte Brick wissen.

»Ich habe keine Ahnung. Aber es hat mich beunruhigt.«

Brick seufzte. Sein Kopf pochte. Früher hätte er verzweifelt ein paar Stunden für sich allein gebraucht. Zeit, um sein Gleichgewicht wiederzufinden. Aber heute? Er wollte einfach nur bei Alaska sein. Sie war sein Fels. Sein sicherer Ort.

»Ich weiß es zu schätzen, dass du das gesagt hast. Mir ging es genauso, aber ich habe es erst gemerkt, als du dich zu Wort gemeldet hast.«

»Ich habe auf die harte Tour gelernt, dass es wichtiger ist, etwas zu sagen, wenn ich Bedenken habe, als zu schweigen und mit dem Strom zu schwimmen«, erklärte Tonka mit einer etwas monotonen Stimme.

Nicht zum ersten Mal fragte sich Brick, was sein Freund wohl durchgemacht hatte, aber er wusste, wenn er bereit war zu erzählen, würde er es tun. Brick würde ihn nicht drängen.

»Nochmals, das weiß ich zu schätzen.«

»Und nur damit du's weißt«, fuhr Tonka fort.

Brick wartete darauf, dass er weitersprach. Es war schon eine Weile her, dass er Tonka so viel auf einmal hatte sagen hören wie jetzt.

»Alaska ... ich mag sie. Sie ist gut für dich. Für *Die Zuflucht*. Sie passt perfekt zu diesem Ort. Sie passt zu *dir*.«

Bricks Herz schwoll an. Er brauchte die Zustimmung seines Freundes nicht, aber er fand es großartig, sie zu bekommen. »Sie passt tatsächlich perfekt zu mir«, stimmte er zu.

Tonka nickte ihm zu, dann drehte er sich abrupt um und ging zur Tür. »Melba frisst wahrscheinlich gerade alles, was nicht niet- und nagelfest ist«, murmelte er. »Ich muss sie füttern.«

An der Tür drehte er sich um, und Brick machte sich auf das gefasst, was er gleich hinzufügen würde.

»Sei vorsichtig«, mahnte Tonka. »Choo hat etwas vor, aber es ist schwer zu sagen was.«

Brick nickte, obwohl sein Freund sich bereits umgedreht hatte und gegangen war. Er starrte ihm einen Moment lang hinterher. Eine Vorahnung durchfuhr Brick und ließ ihn frösteln, obwohl es im Raum nicht im Geringsten kalt war. Da er nicht wusste, warum er sich plötzlich so eingeengt und nervös vorkam, wollte er unbedingt raus. Aus dem Raum, dem Gebäude und in die Landschaft, die ihn immer beruhigt hatte.

Er erwog, Alaska anzurufen und ihr zu sagen, dass er Mutt nehmen und allein in den Wald gehen würde. Aber er verwarf diese Idee schnell wieder. Er würde nicht so intensiv und schnell wandern können, wie er es alleine könnte, aber er wollte sie nicht zurücklassen. Er hatte keinen guten Grund dafür, außer dass er gern mit ihr zusammen war und sie nicht allein lassen wollte.

Also atmete Brick tief durch und verließ den Raum. Er gab sich Mühe, um den Gästen, die sich in der Lodge entspannten, freundlich zuzulächeln und zuzunicken, während er zur Eingangstür ging. Er beschloss, Choo, die Investitionsentscheidung und alles andere vorerst aus seinem Kopf zu verbannen, und machte sich auf den Weg zu seiner Hütte. Zu Alaska.

***

Yong schritt ungeduldig in seinem Hotelzimmer auf und ab. Er hatte sich eine schwarze Cargohose, ein schwarzes Hemd und Wanderschuhe angezogen und die Pistole bereitgelegt, die er bei seiner Ankunft in den Vereinigten Staaten von einem Kontaktmann erhalten hatte. Es war so einfach, hier Schusswaffen zu bekommen, dass es fast schon lächerlich war. Aber da es seinen Bedürfnissen entgegenkam, beschwerte er sich nicht.

Er hatte eigentlich nicht vor, jemanden zu erschießen, wenn es sich vermeiden ließ. Die Waffe war nur dazu da, um dafür zu sorgen, dass Alaska schön leise mitkam. Und nach diesem Nachmittag war er doppelt froh, dass er sie hatte. Yong waren die beschützenden Blicke nicht entgangen, die Vandine ihr zugeworfen hatte. Er wusste bereits, dass der Mann nicht ihr Ehemann war, wie sie dem Russen gesagt hatte. Einer der anderen Männer hatte durchblicken lassen, dass keiner von ihnen verheiratet war. Dass sie ihren Retter vögelte, war zwar eine Komplikation, aber nicht ganz unerwartet.

Wäre er an Vandines Stelle gewesen, hätte er die Situation ausgenutzt und sie ebenfalls gevögelt. Frauen waren berechenbar und einfach. Alaska war wahrscheinlich so von Dankbarkeit überwältigt, dass sie ihre Beine für ihn gespreizt hatte, noch bevor sie in den USA angekommen waren.

Aber Vandines Gefühle ihr gegenüber spielten keine Rolle. Und *ihre* Gefühle auch nicht. Alaska gehörte ihm. *Ihm*, verdammt noch mal! Er hatte für sie bezahlt, und zwar ordentlich viel Geld. Sie würde heute Abend mit ihm kommen, selbst wenn er Gewalt anwenden musste.

Als er sie heute endlich hatte berühren können, wäre er fast aufgeflogen. Er wollte sie auf der Stelle als sein Eigentum beanspruchen. Ihre Hand war so weich, und wie sie in seinem Griff gezittert hatte, erregte ihn so sehr, dass er seine Erektion nur mit Mühe verbergen konnte.

Tief im Inneren wusste sie, dass sie ihm gehörte. Dass er ihr Meister war. Er genoss ihre Angst, und sie würde sich noch weiter steigern, wenn er sie erst einmal dort hatte, wo er sie haben wollte. Am Anfang würde sie sich wehren, daran bestand kein Zweifel, aber schon bald würde sie sich ihm unterwerfen. Das taten sie alle.

Vandine mochte ein Problem sein, aber keines, mit dem Yong nicht fertigwerden würde. Der heutige Besuch war perfekt gewesen. Er hatte die Gegend erkunden können, ohne Misstrauen zu erregen. Er wusste, in welcher Hütte

Alaska wohnte, er wusste, wo die anderen Hütten waren, und er konnte sich versichern, dass die Tiere auf dem Gelände kein Problem darstellten. Sie waren sehr gutmütig und würden keinen Alarm auslösen, wenn sie ihn in der Gegend entdeckten.

Er musste warten, bis es dunkel war, dann würde er zuschlagen. Er hatte ein Fahrzeug, das er sich von einem Mann geliehen hatte, der eine beträchtliche Summe bezahlt hatte, um es Alaska als Erster zu besorgen ... nach Yong natürlich. Der Mann, der den Wagen zur Verfügung gestellt hatte, hatte sogar das Grundstück ausgekundschaftet. Es gab eine unbefestigte Straße, eine Art alte Holzfällerstraße, abseits der Hauptstraße, die nach Los Alamos führte. Yong würde dort parken, durch den Wald wandern, die Ablenkungsmanöver starten, um alle zu beschäftigen, und dann sein Eigentum zurückholen.

Und wenn es unbedingt nötig war, würde er mit der Waffe jeden töten, der es wagte, sich ihm in den Weg zu stellen.

Je mehr er darüber nachdachte, desto besser schätzte er seine Chancen ein, wenn er Brick völlig ausschaltete. Er war offensichtlich von der Schlampe besessen, und ihn auszuschalten wäre die klügste Lösung. Die anderen wären so schockiert und alarmiert über den Tod ihres Freundes, dass es wahrscheinlich Stunden dauern würde, bis sie bemerkten, dass Alaska nicht mehr da war. Wenn es sie überhaupt interessierte.

Sie war unansehnlicher, als er gedacht hatte. Der Russe hatte ein bisschen übertrieben, als er sie beschrieben hatte. Aber das spielte keine Rolle. Yong hatte für sie bezahlt, und es standen viel zu viele Kunden und zu viel Geld auf dem Spiel, um seinen Plan jetzt abzubrechen. Notfalls würde er ihr einfach eine Tüte über den Kopf stülpen, damit seine Kunden nicht sehen konnten, wie hässlich sie war.

Yong grinste. Er hatte so lange und so hart gearbeitet, und jetzt war es fast so weit. Er war empört gewesen, als er erfahren hatte, dass sein Eigentum abgefangen worden war. Aber so viel Spaß hatte er seit Jahren nicht mehr gehabt.

»Bald«, murmelte er, während er weiter auf und ab ging. »Bald gehörst du mir.«

KAPITEL ACHTZEHN

Es war später, als es Brick lieb gewesen wäre, bevor er und Alaska in den Wald gehen konnten. Kaum war er zu Hause angekommen, hatte Spike angerufen und gesagt, dass es in einer der Hütten ein Wasserleck gab. Brick hatte sich darum gekümmert, und dann hatte ein Gast berichtet, dass er einen Bären in der Nähe der Anlage gesehen hatte. Es war möglich, denn Schwarzbären lebten in den höheren Lagen, in denen sich *Die Zuflucht* befand, aber in all den Jahren, in denen sie geöffnet hatten, hatte es keine einzige Sichtung gegeben.

Tonka und Brick machten sich trotzdem auf den Weg, um nachzuforschen, und verbrachten viel Zeit damit, den Gästen zu versichern, dass sie nicht gefressen werden würden, dass der Bär nicht in ihre Hütten eindringen würde und dass die Gäste zwar keine Waffen auf dem Gelände haben durften, aber Brick und die anderen Besitzer welche hatten und mit der Bedrohung fertigwerden würden, falls es dazu kommen sollte.

Als Brick zur Hütte zurückkehrte, war es schon fast Zeit für das Abendessen. Er wollte nicht mit Alaska auf eine

Wanderung gehen, auch nicht auf eine kurze, ohne vorher zu essen. Also hatte sie sich angeboten, ihnen schnell eine Mahlzeit zuzubereiten, während er duschte.

Es war albern für ihn, direkt vor einer Wanderung zu duschen, aber Alaska wusste offensichtlich, dass er einen Moment für sich brauchte, um sich zu entspannen, also nahm er ihr Angebot gern an und verschwand im Badezimmer.

Er ließ sich Zeit und ließ das heiße Wasser auf seinen Rücken, seinen Nacken und seine Schultern prasseln. Danach fühlte er sich viel besser und lächelte sogar ein wenig, denn er wusste, wie sehr Alaska es liebte, wie er nach dem Duschen roch.

Sie aßen die Süßkartoffeln, die sie in der Mikrowelle aufgewärmt hatte, und den gebratenen Brokkoli, bevor sie in die frische Abendluft hinausgingen. Die Sonne begann gerade unterzugehen, als sie sich auf den Weg machten.

Eines der Dinge, die ihm an seiner Frau am besten gefielen, war, dass sie immer für alles zu haben schien. Wandern im Dunkeln? Kein Problem. Eine Sexstellung ausprobieren, von der sie noch nie gehört hatte? Nur zu. Ein Problem mit der Webseite in Angriff nehmen? Sie war bereit für die Herausforderung. Brick war noch nie mit einer Frau zusammen gewesen, die so bereit war, neue Dinge auszuprobieren.

»Weißt du, die meisten anderen Frauen würden sich davor scheuen, eine Wanderung zu machen, weil sie wissen, dass es schon dunkel sein wird, bevor sie wieder nach Hause kommen«, erklärte er ihr.

Alaska lachte. »Du vergisst, dass wir gestern Abend im Dunkeln gewandert sind.«

»Stimmt, aber gestern Abend hat es dir ja auch überhaupt nichts ausgemacht.«

»Das liegt daran, dass ich immer noch high vom Sex war«, erklärte sie ironisch.

Brick lachte.

»Aber nur damit du es weißt, ich würde überall hingehen und alles tun, solange du bei mir bist.«

Das Glücksgefühl, das in ihm aufstieg, machte es Brick lange Zeit unmöglich zu antworten. Schließlich sagte er: »Ich habe Angst, dass du verletzt wirst, wenn ich bei dir bin.«

Aber Alaska verspannte sich überhaupt nicht. Brick hielt ihre Hand, während sie gingen, und er sah oder spürte keine Veränderung in ihrem Verhalten.

»Das solltest du nicht. Glaubst du, ich habe nicht bemerkt, wie du dich ständig um mich sorgst? Wie du mir nach dem Mittagessen eine Orange zusteckst, wenn du denkst, ich könnte einen Snack brauchen? Oder wie du einspringst, um zu schlichten, wenn ich einen schwierigen Gast habe? Oder wie du dafür sorgst, dass ich es warm genug habe, wenn wir draußen auf deiner Terrasse sitzen? Drake, du hast ein besseres Gespür für meine Bedürfnisse als ich. Natürlich vertraue ich dir.«

Ihre Stimme wurde leiser, als sie fortfuhr: »Du bist gekommen, als ich dich am meisten gebraucht habe. Das hättest du nicht tun müssen. Du kanntest mich nicht einmal richtig. Und doch hast du nicht gezögert. Ich liebe dich, weil du bist, wer du bist, aber das werde ich nie vergessen, solange ich lebe. Du hast bewiesen, dass dir mein Bestes am Herzen liegt, und zwar auf die außergewöhnlichste Weise.«

Brick schloss seine Hand fester um ihre. »Für mein Team bin ich nicht da gewesen«, sagte er nach einem Moment.

»Blödsinn«, erwiderte Alaska grimmig. »Und was passiert ist, war nicht deine Schuld. Ich weiß, dass ich sage, dass du dich nicht schuldig fühlen sollst, aber im Ernst, Drake – diese Explosion zu überleben war ein Geschenk. Und jeder deiner Freunde würde das Gleiche sagen. Wir beide wissen, dass du alles getan hättest, um auch nur einen von ihnen zu retten.«

Sie hatte nicht unrecht. Und Brick hatte das immer wieder mit Therapeuten besprochen. Die Schuld des Überlebenden war eine heimtückische Sache. Gerade wenn er dachte, er hätte sie besiegt, tauchte sie wieder auf.

Alaska blieb in der Mitte des Weges stehen und trat auf ihn zu. Sie legte ihre Hände auf seine Wangen und neigte seinen Kopf nach unten, sodass er keine andere Wahl hatte, als ihr in die Augen zu sehen. »Du hast mich verdient«, erklärte sie leise. »Genauso wie ich dich verdient habe. Dieser Ort, *Die Zuflucht*, ist dein Tribut an Vader, Monster, Bones, Rain und Mad Dog. Sie wären so verdammt stolz auf dich. Genau wie ich es bin.«

Die Tatsache, dass sie die Namen seiner Freunde kannte und sich nicht scheute, über sie zu sprechen, brachte sein Herz zum Schmelzen. Sie hatten es nicht verdient, vergessen zu werden.

Er nickte, zu emotional, um zu sprechen.

Aber sie schien das nicht von ihm zu erwarten. Sie stellte sich auf die Zehenspitzen, küsste ihn ganz zärtlich, nahm dann wieder seine Hand und ging weiter den Weg hinunter. Sie gingen eine Zeit lang zügig, ohne zu sprechen.

Brick war erleichtert, dass sie nicht das Bedürfnis hatte, die Stille mit Geschwätz zu füllen. Er brauchte das. Die Stille des Waldes. Ihre Hand in seiner. Alaska, die schweigend an seiner Seite war und ihn unterstützte. Ein Teil der Schuldgefühle würde immer da sein, tief in seinem Inneren, aber er würde sein Bestes tun, um sie so weit wie möglich in Schach zu halten. Sie hatte recht. Sie hatten sich gegenseitig verdient.

Sie gingen, ohne ein wirkliches Ziel vor Augen zu

haben. An einem Punkt lenkte Brick sie vom Hauptweg ab und wählte einen weniger ausgetretenen Pfad. Es gab nicht so viele gute Aussichtspunkte oder Ausblicke, da der Weg durch einen dichteren Teil des Waldes führte, aber Alaska schien das nicht zu stören.

Sie waren wahrscheinlich etwa drei Kilometer von der *Zuflucht* entfernt und die Sonne war schon fast untergegangen, als Bricks Handy in seiner Tasche vibrierte.

Er seufzte frustriert. Er hätte sein Handy in der Hütte lassen oder ausschalten können, aber dafür fühlte er sich seinen Freunden gegenüber zu sehr verantwortlich. Als er nach unten blickte, sah er, dass es Tiny war, der anrief.

»Was ist los?«, fragte er, als er abnahm.

»Wo bist du?«, fragte Tiny anstelle einer Begrüßung.

Der Ton in der Stimme seines Freundes ließ Brick sofort aufhorchen. Er blieb stehen und spürte, wie Alaska ihn besorgt anstarrte, aber seine ganze Aufmerksamkeit galt dem Gespräch mit Tiny. »Auf Pfad Nummer vier. Etwa drei Kilometer entfernt. Warum?«

»Wir haben von Elizabeth in Bezug auf Choo gehört«, erklärte Tiny. »Zunächst einmal heißt er nicht Bolin Choo. Er heißt Yong Chen. Und er ist es, Brick.«

»Er ist was?«, fragte er verwirrt.

»Der Kerl, der Alaska von dem Russen gekauft hat.«

Die ganze Welt wurde für ein oder zwei Augenblicke schwarz. Dann stieg Wut in Brick auf, so intensiv, dass er dachte, seine Haut würde brennen. »*Was?*«, stieß er hervor.

»Der Typ ist gut. Hat seine Spuren wirklich gut verwischt. Aber Elizabeth ist besser. Ihre Hartnäckigkeit hat sich ausgezahlt und sie hat ihn gefunden. Anscheinend benutzte er den Namen Bolin Choo, als er anfangs in den Sexhandel einstieg. Seitdem hat er seinen Namen mehrmals geändert, aber das reichte Elizabeth aus, um ihn schließlich zu finden. Er hat Alaska von dem Russen gekauft, und sie war nicht sein erster Kauf. Elizabeth hat etwa zwanzig vermisste Frauen zu ihm zurückverfolgt – bis jetzt. Aus allen Teilen der Welt. Sie sind buchstäblich spurlos verschwunden und man hat nie wieder etwas von ihnen gehört. Ich vermute, Choo – pardon, *Chen* – war sauer, als Alaska nicht wie geplant ankam, und er hat sofort Pläne geschmiedet, um sie zurückzuholen.«

»Er ist ihretwegen hier«, bemerkte Brick. »Also war das alles eine List.«

»Sieht so aus. Aber das ist nicht das Schlimmste«, entgegnete Tiny.

»Was denn noch?«, bellte Brick.

»Er hat Kunden im Wert von drei Millionen Dollar aufgetan, die mit ihr schlafen wollen. Aus den Nachrichten und Chatrooms, die Elizabeth gefunden hat, geht hervor, dass er Zeit mit ihr an mehr als drei Dutzend Männer verkauft hat. Es sieht so aus, als wolle er sie nach Los Angeles bringen, dort einen Monat oder so bleiben und dann mit einem fetten und vollen Bankkonto nach China zurückkehren ... und ohne Alaska.«

Brick wusste, ohne fragen zu müssen, was das bedeutete. Der Drecksack hatte Alaska an andere Männer verkauft, und wenn es für ihn an der Zeit war heimzukehren, würde er sie, ohne zu zögern, loswerden.

»Drake?«, fragte Alaska mit zittriger Stimme und legte eine Hand auf seinen Arm.

»Gib mir bitte einen Moment«, bat er sie und hatte Mühe, seine Wut zu kontrollieren.

Er fand es schrecklich, dass sie bei seinem Ton einen Schritt zurücktrat, aber im Moment brauchte er all seine Kontrolle, um nicht völlig durchzudrehen. Dies war buchstäblich sein schlimmster Albtraum, der da wahr wurde.

»Wo ist er jetzt?«, fragte er Tiny.

»Wir wissen es nicht. Deshalb habe ich dich angerufen«,

erwiderte Tiny. »Er ist nicht im Hotel, aber er hat auch nicht ausgecheckt.«

»Er kommt sie holen«, erklärte Brick fast ohne Umschweife. Er hatte seine Emotionen so weit unterdrückt, dass er im Moment nur noch aus reinem Instinkt handelte.

»Das glauben wir auch«, stimmte Tiny zu.

»Deshalb war er auch so daran interessiert, das Grundstück zu begutachten«, fuhr Brick fort. »Er wollte das Resort auskundschaften.«

»Genau. Ihr müsst also hierher zurückkommen und euch verstecken. Wir werden ...«

Tinys Stimme brach ab, als ein gewaltiger Knall durch die Telefonleitung schallte.

»Was zum Teufel war das? Tiny?«, brüllte Brick.

»Verdammt noch mal! *Verflucht!* Es gab eine Explosion in der Nähe der Hütte für die ehemaligen Kriegsgefangenen. Sie steht in Flammen. Gott sei Dank ist sie gerade unbewohnt«, antwortete Tiny.

Bricks Magen krampfte sich zusammen. Dieser Chen-Typ machte keine halben Sachen. Dann hörte er weitere Geräusche durch die Leitung. »Was ist das?«

»Feuerwerkskörper. Eine ganze Ladung davon. Sie explodieren überall im Camp.«

»Ein Ablenkungsmanöver«, stellte Brick fest. Plötzlich war er ganz ruhig.

»Ja. Die Gäste flippen aus.«

»Riegelt sie ab«, befahl Brick.

»Wir sind schon dabei. Stone setzt gerade die Notfallmaßnahmen in Gang. Aber die Gäste, bei denen durch das Feuerwerk die Belastungsstörung ausgelöst wurde, werden schwer zu beruhigen sein.«

Brick hatte keinen Zweifel daran, dass Chen sich dessen durchaus bewusst war.

»Wir kommen nicht zurück«, sagte er zu seinem Freund.

Er konnte hören, wie Tiny schwer atmete, als würde er irgendwo hinlaufen. »In Ordnung.«

Er war erleichtert, dass sein Freund ihn nicht ausfragte.

»Ich bringe sie zu Bunker eins-elf«, sagte Brick.

»Verstanden.«

Denn niemand außer den Männern, denen *Die Zuflucht* gehörte, wusste, dass es sieben unterirdische Bunker auf dem Gelände gab. In den Wäldern. Sie hatten ihnen Nummern gegeben, damit sie sie im Notfall benennen konnten. Wenn die Lodge auf einem normalen Ziffernblatt auf sechs Uhr stand, befanden sich die Hütten auf neun bis drei Uhr auf dem Grundstück. Sie wurden je nach ihrer Position benannt. Bunker eins-null-eins befand sich auf ein Uhr, direkt nordöstlich der Lodge. Bunker eins-null-neun befand sich auf der Position neun Uhr. Alle Bunker lagen im Wald rund um die Haupthütten verteilt.

Jeder Bunker war mit Lebensmitteln und Wasser für etwa einen Monat bestückt. Sie waren einfach und so angelegt, dass die Männer notfalls fliehen konnten. Und sie waren so gut versteckt, dass niemand sie zufällig finden konnte. Man konnte sogar über sie hinweggehen, ohne zu ahnen, dass die Bunker da waren. Als sie *Die Zuflucht* gebaut hatten, waren sie eine Notwendigkeit für den Seelenfrieden der Besitzer gewesen. Drei Jahre später wurden sie kaum noch beachtet.

Bis jetzt.

Brick war noch nie so froh gewesen, ein Versteck zu haben, wie in diesem Moment.

»Bleibt versteckt. Der Typ ist bewaffnet«, erklärte Tiny. »Ich habe gerade einen Schuss gehört. Für ihn stehen drei Millionen Dollar auf dem Spiel. Er will Alaska offensichtlich unbedingt haben und wird alles tun, um sie zu bekommen. Einschließlich dich auszuschalten«, warnte Tiny.

»Das werde ich nicht zulassen«, erklärte Brick streng.

»Haltet mich auf dem Laufenden. Habt ihr die Situation dort unter Kontrolle?«

»Ja.«

Brick wusste nicht, ob sein Freund log oder nicht, aber er konnte im Moment nichts tun, um zu helfen, und er hatte wichtigere Dinge im Kopf – nämlich Alaska in Sicherheit zu bringen.

»Hast du Mutt bei dir?«, fragte Tiny.

Blinzelnd sah Brick zu Boden. Sein treuer und loyaler Hund schien seine Stimmung lesen zu können, denn er saß an Alaskas Seite, praktisch auf ihrem Fuß, und wandte den Blick nicht vom Gesicht seines Herrchens ab.

»Ja.«

»Okay, ich sorge dafür, dass Tonka weiß, dass er in Sicherheit ist.«

In Notfällen, wenn sie die Abriegelungsmaßnahmen durchführen mussten, war Tonka natürlich für die Tiere zuständig. Und er nahm seine Aufgabe sehr ernst.

»Sobald ich mich bei allen gemeldet habe, mache ich mich auf den Weg zu dir«, erklärte Tiny ihm. »Ich werde auch einen der anderen mitnehmen. Wir werden diesen Kerl finden. Das ist unser Gebiet. Chen hat gerade den größten Fehler seines Lebens gemacht.«

»Ich bringe Alaska zu Bunker eins-elf und dann treffen wir uns«, erwiderte Brick.

»Willst du sie alleine da drin lassen? Wir haben die Batterien der Notbeleuchtung schon eine Weile nicht mehr überprüft. Das haben wir vernachlässigt«, gab Tiny zu bedenken.

»Verdammt.«

»Wir haben hier alles im Griff«, beruhigte Tiny ihn.

Brick war nicht beruhigt. Er hatte schon einmal mit ansehen müssen, wie seine Kampfgefährten vor seinen Augen starben; er war sich sicher, dass er nicht in der Lage war, sich zurückzulehnen und seinen neuen Freunden das zu überlassen, was seiner Meinung nach ein Problem war, mit dem er persönlich fertigwerden musste. Aber gleichzeitig war er sich nicht sicher, ob er Alaska verlassen konnte. Vor allem, wenn das Licht im Notbunker nicht funktionierte. Er hatte zwar eine leistungsstarke Taschenlampe, aber er bezweifelte, dass sie ausreichen würde.

»Haltet mich auf dem Laufenden«, bat Brick, ohne Tiny zuzustimmen oder zu widersprechen.

»Verstanden. Bleibt wachsam.«

Brick legte auf, steckte das Telefon in seine Tasche und wandte sich Alaska zu.

Das Tageslicht war nun fast vollständig verschwunden und bald würde es im Wald stockdunkel sein. Am Abend zuvor hatte ihn das nicht beunruhigt. Er hatte keinen Zweifel daran gehabt, dass er sie sicher zu seiner Hütte zurückbringen konnte. Aber jetzt? Da ein Mann hinter ihnen her war? Jetzt war die Dunkelheit nicht annähernd so angenehm.

»Was ist los?«

Brick hatte keine Zeit, alles zu erklären, aber er respektierte Alaska zu sehr, um ihr nicht zu sagen, was los war. »Um es kurz zu machen, Choo ist in Wirklichkeit Yong Chen. Er ist der Mann, der dich von dem Russen gekauft hat.«

Alaska wich fast zurück vor Schock. Brick fand das schrecklich. Verdammt, er *hasste* es, aber es war für sie wichtig zu wissen, dass es eine Bedrohung gab, denn wüsste sie es *nicht*, befände sie sich in noch größerer Gefahr.

»Oh mein Gott«, flüsterte sie. Sie begann, ihre rechte Handfläche immer wieder an ihrem Oberschenkel zu reiben. »Er hat mich angefasst!«

Brick wurde ganz flau im Magen. Er griff nach ihrer Hand und hielt sie fest, obwohl sie versuchte, sie aus seinem

Griff zu reißen. »Er wird dich nie wieder anfassen, verdammt«, knurrte er.

Alaska brauchte einen Moment, aber noch während er sie beobachtete, bekam sie sich wieder in den Griff. »Also, wie lautet der Plan? Ich nehme an, er ist hier?«

»Er hat die Hütte für die ehemaligen Kriegsgefangenen in Brand gesteckt und in der Nähe der Lodge ein Feuerwerk gezündet«, erklärte Brick ihr.

»Oh nein! Unsere armen Gäste! Sie müssen so durcheinander sein!«

Klar, dass sie sich mehr Sorgen darüber machte, wie es den anderen ging, als darum, dass der Mann, der sie gekauft hatte, als wäre sie ein Stück Fleisch, auf dem Grundstück war. »Er ist bewaffnet und ich nehme an, er ist deinetwegen hier«, erklärte Brick unverblümt. »Aber er wird dich nicht kriegen.«

Alaska begann zu zittern, fragte aber: »Und was jetzt? Weiß er, wo wir sind? Wird er hierherkommen, um mich zu finden?«

»Ich nehme an, er wird zu unserer Hütte gehen, und wenn wir nicht da sind, wird er davon ausgehen, dass wir irgendwo hier draußen sind. Wir hatten heute ein langes Gespräch über meine Liebe zum Wandern und darüber, welche Wege ich am liebsten gehe. Er hat sogar schon eine Karte des gesamten Grundstücks gesehen. Er wird annehmen, dass du mit mir hier draußen bist.«

»Wo können wir hingehen? Wo können wir uns verstecken?«, fragte sie, ihre Stimme lauter als zuvor.

Im Bewusstsein der Tatsache, dass ein Mann, der Alaska für seine eigenen kranken Absichten entführen wollte, wahrscheinlich genau in diesem Moment durch den Wald schlich, trat Brick ganz nahe an sie heran. Er zog sie an sich, sodass sie sich von den Hüften bis zur Brust berührten.

»Ich kümmere mich darum. Ich kümmere mich um

dich. Ich habe dich nicht gerade erst gefunden, nur um dich schon wieder zu verlieren. Dieser Dreckskerl wird dich nicht in die Finger kriegen. Auf keinen Fall.«

Seine Worte schienen sie zu beruhigen. Brick spürte, wie sie tief einatmete und dann langsam wieder ausatmete. »Okay.«

»Okay«, stimmte Brick zu. Er nahm ihre Hand mit festem Griff, dann verließ er den Pfad und ging nach Osten. Er wusste genau, wo er sich befand und wo der nächstgelegene Bunker, den sie eins-elf nannten, lag. Mutt blieb ihnen dicht auf den Fersen, nie mehr als ein paar Schritte entfernt.

Brick wollte die Taschenlampe nicht benutzen, aber er hatte keine Wahl. Sie wäre ein Leuchtfeuer, das indirekt zu ihnen führen würde, wenn Chen in der Nähe war, aber er brauchte sie auch, um sie in Sicherheit zu bringen.

Er ging schnell und hielt Alaska fest, wenn sie stolperte. Aber sie beschwerte sich kein einziges Mal.

Als sie an der Stelle ankamen, an der sich der Bunker befand, führte er Alaska zu einem Baum und sagte: »Bleib hier stehen. Ich bin gleich wieder da.«

»Okay.«

Brick zögerte einen Moment. »Wir kriegen das hin, Al. Versprochen.«

Sie nickte tapfer.

»Mutt, bleib«, befahl Brick seinem Hund. Mutt saß wieder einmal fast auf Alaskas Füßen und gehorchte.

Brick schaltete die Taschenlampe aus und schloss für einen Moment die Augen, um sie an die Dunkelheit zu gewöhnen. Er hörte Alaskas schnelles Einatmen, aber es gelang ihr, ihre Angst zu kontrollieren.

Als er die Augen öffnete, konnte er gerade noch die Bäume um sich herum ausmachen. Er ging auf eine kleine Gruppierung in der Nähe zu. Nördlich von ihnen befand sich eine ebene Fläche, die den Bunker verbarg. Er beugte sich vor und fand nach ein paar Momenten des Suchens den Ring am runden Deckel des Bunkers. Er hob ihn hoch.

Dieser Bunker war einer der kleinsten auf dem Gelände, was in Anbetracht der Umstände nicht ideal war. Brick wäre lieber im Bunker eins-null-sieben gewesen. Er war geräumiger und würde nicht so viele schlechte Erinnerungen in Alaska wecken. Aber er wollte auch nicht riskieren, länger als nötig unter freiem Himmel zu sein. Sobald sie drinnen war, würde Chen sie nicht mehr finden können. Und Brick konnte auf die Jagd gehen.

Als er in die Schwärze des, wie er wusste, zwei Meter fünfzig mal ein Meter fünfzig großen Raumes hinunterstarrte, kamen ihm zum ersten Mal Zweifel, ob Alaska in der Lage sein würde, dies durchzuhalten. Die Bunker waren nicht dafür gebaut worden, dort langfristig zu leben. Sie waren eher als Versteck gedacht für den Fall, dass ihre Dämonen sie einholten. Sie waren als Ort gedacht, an dem man ein wenig Zeit verbringen konnte, um sein inneres Gleichgewicht wiedererlangen zu können und um andere in Sicherheit zu bringen, wenn es nötig war.

»Drake?«, flüsterte Alaska hinter ihm.

Brick drehte sich sofort um und ging zu ihr zurück. »Ich bin hier«, erklärte er leise, als er sich näherte.

»Was ist denn los? Ich verstehe nicht, warum wir hier nur herumstehen.«

Brick legte seinen Arm um ihre Taille und führte sie zu dem Loch im Waldboden. »Ich erzähle dir etwas, von dem nur sieben Menschen auf der Welt wissen. Hier draußen gibt es sichere Orte. Orte, die wir gebaut haben, um bei Bedarf zu fliehen. Bunker.«

»Oh! Das ist so schlau«, sagte Alaska und überraschte ihn. Er dachte, sie wäre vielleicht wütend, beleidigt oder verletzt, dass er ihr nicht schon längst davon erzählt hatte. Aber er hätte es besser wissen müssen. Seine Alaska würde verstehen, warum er und seine Freunde so etwas geheim halten mussten.

»Wo ist – oh!«, rief sie aus und starrte auf das kleine Loch im Boden. Dann sah sie zu ihm auf und flüsterte: »Der Bunker ist unterirdisch.«

»Ja, Schatz.« Er erwähnte nicht, dass ein Bunker immer automatisch unterirdisch ist.

Sie trat einen Schritt zurück, um sich aus seinem Griff zu befreien. »Ich ... nein. Drake ... ich kann nicht.«

»Doch, du *kannst*«, erwiderte er und versuchte, völlig entspannt zu klingen. Aber er konnte in dieser Sache nicht lässig sein. Er wusste, was für ein Riesending das für sie war. Er wusste, wie schwer es für sie sein musste.

Sie schüttelte verzweifelt den Kopf. »Nein, ich kann nicht! Wir können uns einfach hinter ein paar Felsen oder so verstecken. Vielleicht können wir zum Sitting Rock gehen?«

Brick standen die Haare im Nacken zu Berge. Er musste Alaska verstecken. Er mochte es nicht, auf diese Weise auf offener Fläche zu stehen. Nicht, wenn ein kranker, verzweifelter Mann hinter ihnen her war. Aber er musste sie beruhigen. Er konnte sie nicht einfach in den Bunker stecken und sie dort lassen. Sie würde ihm nie verzeihen, und ihre geistige Gesundheit würde das nicht verkraften.

Er trat auf sie zu und flüsterte: »Atme, Al.«

»Ich versuche es«, entgegnete sie und keuchte fast.

»Atme langsamer«, befahl Brick. Und dann wurde es ihm klar.

Er würde sie nicht verlassen. So etwas konnte er auf keinen Fall tun.

Wenn es ihm gelang, sie in den Bunker zu bringen, würde er bei ihr bleiben. Es ging gegen alles, wofür er stand, aber er würde zulassen, dass seine Freunde Chen jagten. Sie würden dafür sorgen, dass er und Alaska in Sicherheit waren. Sie waren vielleicht noch nicht zusammen auf Einsätzen gewesen, sie waren vielleicht ein bisschen seltsam, aber sie waren genauso ein Team, wie seine SEAL-Kameraden es gewesen waren.

Brick zog Alaska an sich und stellte überrascht fest, dass er den Körperkontakt ebenso sehr brauchte wie sie. Sie klammerte sich an ihn, ihre Finger gruben sich in seinen Rücken.

»Genau so. Es ist alles in Ordnung. Ich beschütze dich«, beruhigte Brick sie. »Ich werde dich nicht im Stich lassen«, versicherte er ihr. »Wir werden gemeinsam in den Bunker gehen und dort bleiben, bis Tiny sich bei mir meldet und mir sagt, dass sie Chen haben. Es wird alles gut werden. Ich verspreche es.«

Alaska zitterte weiter am ganzen Körper und Brick zwang sich, ihr Zeit zu geben.

Schneller als er es für möglich gehalten hatte, hob sie den Kopf und atmete tief ein. »Du wirst bei mir bleiben?«

»Ja. Auf jeden Fall.«

»Okay. Ich schaffe das«, sagte sie schließlich, mehr zu sich selbst als zu ihm.

Brick war in seinem ganzen Leben noch nie so stolz auf jemanden gewesen. Er fragte sie nicht respektlos, ob sie sich sicher war, sondern drehte sie einfach zum Eingang zurück und ging darauf zu. »Ich werde Mutt zuerst hinunterschicken, dann gehen wir zusammen hinterher«, erklärte er ihr.

Alaska starrte hinunter in das Loch. »Ist das möglich?«

Brick lachte. »Nun, du gehst ein paar Sprossen hinunter und ich folge direkt hinter dir. Ich würde dich nie allein hinunterschicken, und ich werde dich auch nicht allein hier oben lassen. Wir werden also einen Schritt nach dem anderen machen, okay?«

Alaska nickte.

»Mutt, runter, sieh dich schon mal um.«

Als hätte der Hund es schon hundertmal gemacht, ließ Mutt sich herab und ging Pfote für Pfote die breiten Sprossen hinunter in das Loch. Es waren nur etwa sechs Stufen bis zum Boden. Brick schaltete seine Taschenlampe ein und drehte den Lichtstrahl so, dass er auf das Loch gerichtet war. »Okay, Al, du bist dran.«

Er konnte sehen, wie ihre Hände zitterten, als sie sich auf den Boden setzte und ihre Füße auf die erste Stufe stellte. Dann schob sie sich nach vorn, drehte sich mit dem Gesicht zur Kante und begann, rückwärts in das Loch zu steigen.

Brick war direkt hinter ihr. Er stand ihr gegenüber, auch wenn die Position ungünstig war. Ihr Kopf befand sich auf gleicher Höhe mit seinem Bauch, als sie sich auf den Weg nach unten machten. Brick griff nach oben und zog den runden Deckel hinter ihnen zu, wobei das metallene Geräusch des Schließens in dem kleinen Raum widerhallte.

Besorgt blickte Brick Alaska in die Augen. Sie sah aus, als stünde sie kurz davor, völlig durchzudrehen. Das Geräusch des sich schließenden Deckels musste zu viel für ihre Psyche gewesen sein. Schnell machte er die letzten zwei Schritte und zog sie noch einmal in seine Arme.

»Es ist alles in Ordnung. Dir geht's gut. Ich beschütze dich«, murmelte er, während sie wie Espenlaub an ihm zitterte. Brick ging in die Knie, da der Bunker nicht hoch genug war, um aufrecht stehen zu können, und nahm sie mit sich. Er rutschte, bis er mit dem Rücken an der Metallwand des Bunkers lehnte.

»Lass mich nicht los!«, flehte sie. »Oh mein Gott, ich glaube, ich schaffe das nicht«, flüsterte sie.

»Doch, du schaffst das«, erwiderte er. »Du bist so mutig. Alaska, du kannst alles tun, was du willst, verdammt noch mal. Ich weiß es.«

»Das nicht. Was ist, wenn er mich findet? Dann wird er

mir wehtun. Ich kann das nicht ... ich kann das einfach nicht!«

»Er wird dich nicht finden. Dieser Bunker ist unauffindbar.« Brick dachte sich Worte aus, aber das war ihm egal. »Aber die Jungs wissen, wo wir sind. Ich habe es Tiny gesagt, und er wird es den anderen sagen. Es ist nicht wie dieser Container, Al. Wir haben Nahrung, Wasser, Luft ... hinten ist ein Luftloch, das wir je nach Bedarf öffnen und schließen können. Glaubst du, ich lasse zu, dass dir etwas zustößt? Nie im Leben.«

Brick hatte die Taschenlampe so platziert, dass der Strahl nach oben gerichtet war. Er hoffte, dass Alaska, sobald sie wieder klar denken konnte, erkennen würde, dass der Raum, in dem sie sich befanden, nicht mit dem Container zu vergleichen war, in dem sie festgesessen hatte.

Es dauerte einige Minuten, aber schließlich hörte Alaska auf, so stark zu zittern. Sie drehte sogar den Kopf und lehnte ihre Wange an seine Schulter, anstatt ihr Gesicht in seinen Nacken zu pressen. Sie sah sich um, ohne ihn loszulassen.

Brick versuchte, den Bunker durch ihre traumatisierten Augen zu sehen. Er war ziemlich karg. Wasserkrüge und Behälter mit Fertiggerichten standen an einer Wand. Ein Schlafsack war in einem luftdichten Behälter zusammengerollt. Auch eine Komposttoilette stand neben den anderen Vorräten. Brick zuckte zusammen. Verdammt, Alaska würde nicht gut damit umgehen können, wenn sie das entdeckte.

Doch zu seiner Überraschung spürte er, wie sie sich noch mehr an ihn schmiegte.

»Wie geht's dir?«, fragte er.

»Ich ... ich mag das nicht. Aber ... das Licht, die Vorräte, dass du hier bist ... das alles hilft.«

Mutt nutzte den Moment, um sich zwischen die beiden

zu drängen, und er kroch praktisch auf Alaskas Schoß, während sie sich an ihn schmiegte.

Zu seiner Überraschung kam ein kleines Kichern über ihre Lippen.

»Ich schätze, er will auch mitkuscheln«, entgegnete sie.

Brick hatte Mutt darauf trainiert, die Anzeichen von Stress bei ihm zu erkennen, und er nahm an, dass der Hund im Moment mit diesen Gefühlen verdammt überfordert war, sowohl von ihm als auch von Alaska, und er tat, was er konnte, um zu helfen.

Mit jeder Minute, die verging, entspannte Alaska sich weiter – aber Brick wurde immer angespannter. Er konnte nicht anders, als sich zu fragen, was da draußen vor sich ging. Hatten seine Freunde Chen gefunden? War er immer noch da draußen und verfolgte sie? Hatte er einen der Gäste oder einen seiner Kameraden erschossen?

Rumsitzen und zulassen, dass andere sich in Gefahr begaben, war nichts, womit er sich wohlfühlte. Aber er würde sich keinen einzigen Zentimeter bewegen, solange Alaska ihn brauchte.

KAPITEL NEUNZEHN

Alaskas Herz klopfte so heftig, dass sie dachte, sie würde in diesem Moment einen Herzinfarkt bekommen. Der einzige Grund, warum sie nicht durchdrehte, war Drake.

Als sie merkte, dass er wollte, dass sie in das Loch im Boden kletterte, war sie in Panik geraten. Es war zu sehr wie damals in Russland, als sie in diesen Container eingeschlossen war und ihr plötzlich klar wurde, was passierte.

Aber das hier war nicht Russland, und sie war nicht allein. Sie wurde nicht zu einem bösen Mann mit ruchlosen Absichten gebracht. Sie war in New Mexico. Mit Drake. Dem Mann, den sie schon ihr Leben lang liebte. Und Mutt. Und sie hatte Nahrung und Wasser. Sogar einen weichen Platz zum Schlafen, falls nötig. Sie ignorierte die Toilette, die sie in der Ecke gesehen hatte, weil sie nicht daran denken wollte. Es war viel zu sehr wie beim letzten Mal, als dass sie sich damit hätte wohlfühlen können.

Je länger sie auf dem Boden saß, in Drakes Armen und mit Mutts warmem Körper an ihrem Bauch, desto leichter fiel es ihr. Es gefiel ihr hier drin nicht, nicht im Geringsten, aber mit dem Licht und Drake war es erträglich.

Doch als die Minuten verstrichen, merkte sie, dass Drake sich nicht entspannte. Nicht einmal ein bisschen. Er war steif wie ein Brett. Ein Muskel in seinem Kiefer bewegte sich, und ab und zu stieß er einen frustrierten Seufzer aus.

Langsam dämmerte ihr, dass er es ebenso hasste, hier drin zu sein – aber nicht, weil es ein geschlossener Raum war.

Drake war ein SEAL. Vielleicht nicht mehr im aktiven Dienst, aber er war immer noch der, der er war. Ein Kämpfer. Ein Kämpfer gegen die Ungerechtigkeiten. Und sie wusste, ohne fragen zu müssen, dass es gegen alles ging, woran er glaubte, sich hier unten zu verstecken, während seine Freunde sich in Gefahr begaben. Es stellte alles infrage, was er war.

Nachdem er seinen verletzten Teamkameraden nicht hatte helfen können, sie sterben sehen musste ... das musste für ihn noch unerträglicher sein als für Alaska.

Drake hatte gesagt, dass er sie liebte. Erst jetzt verstand sie, dass sie ihm nicht ganz geglaubt hatte.

Aber in diesem Moment? Die Erkenntnis, *wie sehr* er sie liebte, traf sie tief in der Seele. Er wollte da draußen sein. Den bösen Mann jagen, der dachte, es sei in Ordnung, Menschen zu kaufen und zu verkaufen. Sie zu vergewaltigen. Um all die perversen Dinge zu tun, die er sich ausdenken konnte.

Ihr Drake war ein Held, und er unterdrückte seine eigenen Bedürfnisse und Instinkte, um dafür zu sorgen, dass *sie* sich sicher fühlte.

Sie wusste, was sie zu tun hatte ... sie war sich nur nicht sicher, ob sie stark genug war, es zu tun.

Es dauerte weitere zehn Minuten oder so, bis Alaska den Mut hatte zu sprechen.

»Du musst gehen«, erklärte sie so nachdrücklich, wie sie konnte. Obwohl sie das Gefühl hatte, dass sie bei Weitem nicht die starke, selbstbewusste Frau war, die sie darstellen wollte.

»Was?«

»Mir geht es gut. Niemand außer dir und deinen Freunden weiß von diesem Ort. Dieser Typ wird mich nicht finden. Du musst da draußen sein, ihn aufspüren und dafür sorgen, dass er in der *Zuflucht* niemandem etwas antut.«

»Ich werde dich nicht allein lassen«, entgegnete Drake entschlossen.

Seine Worte gaben Alaska ein gutes Gefühl, aber sie wusste auch, dass es nicht das Richtige für sein Seelenheil war. Sie holte tief Luft, drehte sich in seinen Armen um und schüttelte den Kopf. »Es ist okay, Drake. Mir geht es *gut*.«

Er starrte sie so lange an, dass sie sich ertappt fühlte. Als würde er ihr in die Seele blicken. Als könnte er irgendwie ihre Gedanken lesen. Dass er sah, wie sehr sie sich wünschte, dass er bei ihr blieb. Er wusste, dass sie zwar die Worte gesagt hatte, aber tief in ihrem Inneren Angst davor hatte, allein in diesem dunklen Käfig zu bleiben.

Aber auch wenn sie wirklich Angst hatte, wusste sie ohne den geringsten Zweifel, dass sie Drake den Mann sein lassen musste, der er war. Der SEAL, zu dem er so viele Jahre lang ausgebildet worden war. Er war nicht die Art von Mensch, die sich versteckte, wenn alles den Bach runterging. Er würde mitten im Kampfgetümmel sein wollen. Er war nicht in der Lage gewesen, seine SEAL-Kameraden zu retten, und das nagte noch Jahre später an ihm. Sich hier mit ihr zu verstecken, während ein Mann, der ihn und seine Freunde betrogen hatte, im Wald herumschlich und versuchte, sie zu finden, lag nicht in seiner Natur.

Und es würde seiner Genesung weitaus mehr schaden, wenn er blieb.

»Ich werde einen der anderen anrufen, damit du Gesellschaft hast«, erklärte er nach einem weiteren Moment.

Aber Alaska schüttelte den Kopf. »Die Zeit bleibt uns nicht. Wir wissen nicht, wo der Kerl ist. Und ich will doch auf keinen Fall, dass einer deiner Freunde verletzt wird oder den Kerl direkt zu mir führt. Außerdem hörte es sich so an, als hätten sie in der Lodge alle Hände voll zu tun, weil alle Gäste eingeschlossen sind. Ich kümmere mich um Mutt. Und ich weiß, dass du zu mir zurückkommst, sobald du kannst.«

»Das gefällt mir nicht«, erklärte er grimmig.

Alaska konnte nicht verhindern, dass ihr ein Lachen entwich. »Glaubst du, mir gefällt das? Meinetwegen hat dieser Kerl alle unsere Gäste terrorisiert. Ich sitze in einer Metallbox und habe Todesangst, und irgendwo da draußen ist ein Sexhändler, der mich schnappen will. Das ist *Mist*. Aber du bist nicht nur ein einfacher Hotelbesitzer, Drake. Du bist ein SEAL. Wenn ich dir nicht vertrauen kann, mich zu beschützen, wem kann ich dann noch vertrauen?«

Sie konnte praktisch sehen, wie sich die Räder in seinem Kopf drehten. »Bist du sicher?«, flüsterte er.

»Ja«, erwiderte Alaska, obwohl sie sich alles andere als sicher war. Sie wusste nur, dass sie Drake genau so liebte, wie er war. Und ihn zu zwingen, bei ihr zu bleiben, brachte ihn um. Sie hatte keinen Zweifel daran, dass er bereitwillig in seinem Versteck bleiben würde, nur um sie zu beschützen. Aber sein angeborenes Bedürfnis, das Unrecht zu bekämpfen, den Kerl *jetzt* zur Strecke zu bringen, damit er nicht verschwinden und später wiederauftauchen konnte, war wichtiger, als umsorgt zu werden.

»Also gut. Aber ich lasse die Taschenlampe hier. Und Mutt. Und du darfst nicht rauskommen, egal was passiert. Ich weiß, das wird schwierig sein, aber es ist wichtig. Solange ich weiß, dass du hier sicher bist, kann ich tun, was ich tun muss. Wenn ich mir Sorgen machen muss, wo du bist oder ob du in irgendwelche Schwierigkeiten da draußen gerätst, kann ich meinen Job nicht so gut machen.«

Alaska nickte sofort. Sie wollte nicht daran denken, dass da draußen etwas passieren könnte, aber deshalb hatte sie Drake ja da rausgeschickt, nicht wahr?

»Ich liebe dich so sehr«, sagte er und seine Stimme klang gequält. »Du hast ja keine Ahnung, wie sehr. Du bist der stärkste Mensch, den ich kenne. Du stehst das durch.«

Die Tatsache, dass er ihr aufmunternde Worte mit auf den Weg gab, obwohl sie nur hier sitzen musste, während er unterwegs war, um einen bewaffneten Mann inmitten von Hunderten von Hektar Wald zu finden, war fast lächerlich. »Ich stehe das durch«, wiederholte sie.

Dann küsste Drake sie. Ein langer, tiefer Kuss, der ihr ohne Worte sagte, wie sehr sie geliebt wurde.

Wenn er auch nur einen Moment länger bliebe, würde Alaska die Nerven verlieren und ihn anflehen zu bleiben. Ihm sagen, dass sie es nicht aushalten würde. Dass dieser Bunker sie zu sehr an den Container erinnerte. »Geh«, flüsterte sie. »Aber bitte vergiss mich nicht.«

»Niemals«, schwor Drake. »Sobald das hier erledigt ist, sobald dieser Drecksack gefasst ist, komme ich sofort hierher zurück. Das ist ein Versprechen. Mutt, bleib hier. Halte Wache.«

Alaska nickte und schluckte den Schrei hinunter, der fast ihre Lippen verließ, als er aufstand und sich auf den Weg zu der kurzen Leiter machte. Sie sah mit großen Augen zu, wie er den runden Deckel hochschob und aus dem Bunker kletterte.

Mutt legte seinen Kopf auf Alaskas Beine und stieß ein leises Wimmern aus.

»Ich liebe dich«, sagte Drake noch, bevor er den Deckel wieder schloss.

Und dann war Alaska allein. Wenigstens blieb ihr noch

das Licht der Taschenlampe. Es war schrecklich, dass sie in einem weiteren beengten Raum steckte. Aber immerhin war sie nicht auf dem Weg zu einem Schicksal, das schlimmer als der Tod war.

»Drake weiß, was er tut«, flüsterte sie. »Er wird zurück sein, bevor ich überhaupt merke, dass er weg war.«

Aber trotzdem fühlte sie sich bei diesen Worten nicht besser. Mit jedem Augenblick, den sie dort allein saß, rückten mehr Erinnerungen auf sie ein, sodass sie das Gefühl hatte, die Wände würden näher kommen.

Dann stupste Mutt ihre Hand an und Alaska zuckte zusammen. Richtig. Sie saß nicht in einem Zug. Sie war hier in New Mexico. Drake liebte sie und er würde zurückkommen, sobald er konnte.

Alaska wiederholte diese Worte immer und immer wieder in ihrem Kopf.

Drake liebt mich und er kommt zurück zu mir, sobald er kann.

Die Stille um sie herum war unheimlich. Sie bemühte sich, etwas zu hören, irgendetwas, aber das einzige Geräusch im Bunker war ihr eigenes schnelles Atmen und das leise Ausatmen von Mutt.

Drake liebt mich und er kommt zurück zu mir, sobald er kann.

Drake liebt mich und er kommt zurück zu mir, sobald er kann.

Die Worte wurden zu ihrem Mantra. Alaska krallte sich in Mutts Fell und hielt sich fest. Sie konnte das durchstehen. Sie war diejenige, die Drake gesagt hatte, er solle gehen … sie durfte jetzt nicht zusammenbrechen. Sie wollte auf keinen Fall, dass er zurückkam und feststellte, dass sie völlig durchgedreht war.

Jeder Schritt, den Brick aus dem Bunker machte, tat ihm weh. Er wusste, dass Alaska litt. Sie war so verdammt tapfer gewesen, aber es hatte ihr einiges abverlangt.

Obwohl er das wusste, war er trotzdem gegangen.

Sie hatte nicht unrecht. Sich zu verstecken, während seine Kameraden nach Chen suchten, zu wissen, dass sie in Gefahr sein könnten und er nichts unternahm, um zu helfen, tat ihm körperlich weh. Nicht nur das, auch mental ließ es ihn nicht unbeschadet, und er wäre fast wieder an jenen düsteren Ort gelangt, an dem er sich befunden hatte, nachdem seine SEAL-Kameraden getötet worden waren.

Aber dieses Mal war es anders. Er musste helfen, Chen aufzuspüren, nicht nur, weil seine Psyche es verlangte, sondern auch, weil er ohne den Schatten eines Zweifels wusste, dass Chen nie aufhören würde, nach Alaska zu suchen.

Aus welchem Grund auch immer, er war besessen. Und besessene Männer waren am gefährlichsten. Wenn er sie heute nicht finden würde, würde er fliehen und sich einen neuen Plan ausdenken. Er würde jemand anderen hinter ihr herschicken. Vielleicht jemanden, der so tat, als sei er ein Gast. Sie würde ständig auf der Hut sein müssen. Und das wollte Brick ihr nicht zumuten.

Er wollte ganz sicher nicht daran denken, dass sie als Sexspielzeug für Chen und seine Kumpel aus dem Dark Web benutzt werden könnte.

Nein, der Kerl musste zur Strecke gebracht werden – und Brick musste dabei helfen.

Das Problem war, dass sofort nach Verlassen des Bunkers alles in ihm danach schrie zurückzukehren. Dass Alaska ihn brauchte. Dass sie wahrscheinlich ausflippte, weil sie allein in diesem beengten Raum war.

Er war hin- und hergerissen, und das machte ihn noch wütender. Es war Chens Schuld, dass Alaska verängstigt war. Chen war schuld, dass Brick sie verlassen musste. Chen war schuld daran, dass sie einen Rückfall erleiden und sich in ihre Gedanken zurückziehen könnte, um sich zu schützen.

Der Mann würde dafür bezahlen. Dafür, dass er Alaska verängstigt hatte. Dafür, dass er die Gäste der *Zuflucht* verängstigt hatte. Dafür, dass er ein böser Mensch war.

Aber zuerst musste Brick ihn finden.

Brick versuchte, die Sorge um Alaska zu verdrängen, und dachte an das, was er und Chen im Laufe des Tages besprochen hatten. Sie hatten eine Menge Zeit miteinander verbracht. Sie hatten Small Talk gemacht ... zumindest hatte Brick das gedacht. Jetzt wurde ihm klar, dass der Mann ihn nach Informationen ausgequetscht hatte. Dass er versucht hatte, seinen Tagesablauf, seinen Zeitplan herauszufinden.

Eine Unterhaltung, die er Alaska gegenüber erwähnt hatte, kam ihm in den Sinn. Chen hatte Brick nach seinen Lieblingsplätzen auf dem Grundstück gefragt. Er hatte angenommen, der Mann wolle nur mehr über *Die Zuflucht* erfahren, um Verbesserungen vorzuschlagen, aber jetzt fragte er sich ...

Er hatte Chen erzählt, dass Table Rock einer der besten Plätze für ein Picknick sei.

Er hatte den nicht allzu schwierigen Weg dorthin beschrieben und wie die Gäste die Ruhe und den Ausblick genossen. Dass es ein großartiger Ort zum Entspannen war.

Chen hatte eine Menge Fragen gehabt. Wie weit war es von der Lodge entfernt? Konnten Menschen, die nicht an körperliche Betätigung gewöhnt waren, ihn leicht erreichen? War er auch im Dunkeln zugänglich?

Am Wichtigsten aber war, dass Brick bereitwillig zugegeben hatte, dass er und Alaska dort ständig wanderten – auch nachts, weil es einer der besten Orte war, um die Sterne zu sehen.

War es möglich, dass Chen dachte, dass er und Alaska heute Nacht dort waren? Dass sie nicht hörten oder wussten, was in der Lodge und den Hütten passierte? War er so dumm?

Nach allem, was der Mann so heimlich getan hatte – das Dark Web, die Reise in die Staaten, die Buchung all der Männer für Alaska –, würde er wirklich davon ausgehen, dass sie am Table Rock waren, wenn er Alaska nicht in der Hütte antraf?

Es war einen Versuch wert, das herauszufinden. Andernfalls könnte Brick stundenlang die Wälder absuchen und ihn trotzdem nicht finden, da er keine Ahnung hatte, wo er anfangen sollte.

Er hielt kurz inne, lauschte und versuchte, in den Bäumen um ihn herum irgendein Zeichen menschlichen Lebens zu hören. Er hörte nichts als die normalen Geräusche des nächtlichen Waldes.

Brick wusste, dass er ein Risiko einging, aber er musste unbedingt herausfinden, was in der Ferienanlage vor sich ging, und wählte Tinys Nummer.

»Tiny.«

»Ich bin's, Brick. Wie ist die Lage?«

»Das Feuer in der Hütte für die ehemaligen Kriegsgefangenen ist aus. Drei der Gäste haben Stone und Owl geholfen, und sie konnten es unter Kontrolle bringen, bevor wir das ganze Ding verloren haben.«

»Gut. Wie geht es allen?«

»Sie sind nervös, aber sie rasten nicht aus. Viele der Gäste haben an ihren Fenstern Stellung bezogen und halten Ausschau nach diesem Dreckskerl. Seit dem Feuerwerk und den Schüssen ist es ruhig geworden. Tonka ist unten in der Scheune bei den Tieren ... und Henley.«

»Was macht sie denn hier?«, fragte Brick. Es war ungewöhnlich, dass die Therapeutin so spät noch vor Ort war.

»Sie war in einer ungeplanten Sitzung mit einem der Gäste, als alles anfing. Sobald sie merkte, was los war, ging sie los, um Tonka zu helfen.«

»Ähm ... Tonka braucht keine Hilfe«, konnte Brick nicht umhin festzustellen.

»Du und ich wissen das, aber Henley offenbar nicht. Oder es hat sie nicht interessiert. Ich gehe davon aus, dass da unten alles in Ordnung ist, denn ich habe nichts von ihm gehört.«

»Gut. Kein Wort über den Verbleib von Chen? Warte – wo bist du jetzt gerade?«

»Ich bin bei Spike und Pipe. Wir starten eine Fahndung nach diesem Mistkerl. Er muss hier irgendwo einen Wagen haben. Er ist bestimmt nicht von Los Alamos hierher gelaufen.«

»Das stimmt allerdings.«

»Wie geht es Alaska?«

Brick war angespannt. »Sie ist ausgeflippt«, gab er zu. »Nicht wegen Chen ... sondern weil ich sie allein im Bunker eins-elf zurückgelassen habe.«

»*Verdammt*«, hauchte Tiny.

»Ja. Sie hat mich praktisch rausgeworfen. Sie weiß, dass ich hier draußen sein und suchen muss.«

»Hast du irgendeine Idee, wo er stecken könnte?«, fragte Tiny. »Du hast mehr Zeit mit ihm verbracht als der Rest von uns.«

»Ich werde meine Jagd am Table Rock beginnen.«

»Am Table Rock? Im Ernst?«

»Er war heute seltsam interessiert an dem Ort, als wir uns unterhielten, und ich erwähnte, dass Alaska und ich ziemlich viel Zeit dort draußen verbracht haben.«

»Alles klar. Okay, wir sind auf der anderen Seite des Grundstücks, aber wir können umkehren und jetzt dorthin gehen.«

Brick hatte nichts gegen die Verstärkung, aber er wollte auf keinen Fall auf seine Freunde warten. »Ich bin schon ganz in der Nähe.«

»Er ist bewaffnet«, erinnerte Tiny ihn.

»Ich weiß. Dieser Drecksack wird mich nicht töten«, schwor er sich. »Aber ... falls doch etwas passiert, musst du so schnell wie möglich nach Alaska sehen. Du darfst nicht warten, Tiny. Geh zu ihr und hol sie da raus.«

»Das werde ich«, versprach er, ohne zu zögern.

Der Schraubstock, der sich um Bricks Herz gelegt hatte, lockerte sich ein wenig. Nicht ganz – das würde erst geschehen, wenn die Bedrohung gegen Alaska beseitigt war und sie in seinen Armen lag und er sich davon überzeugen konnte, dass sie keinen dauerhaften Schaden davontragen würde, weil sie sich im Bunker versteckt hatte.

»Danke. Ich schalte mein Handy aus, damit der Mistkerl nicht auf meine Anwesenheit aufmerksam wird, wenn es klingelt oder vibriert.«

»Verstanden. Wir werden so schnell wie möglich zu dir kommen. Ende.«

Brick legte auf und schaltete sein Handy aus, bevor er es in seine Hosentasche steckte. Dann machte er sich auf den Weg zum Table Rock. Chen dachte wahrscheinlich, sein Plan sei narrensicher. Er hatte an diesem Tag mehr als eine abfällige Bemerkung über die Gäste gemacht, die in *Die Zuflucht* kamen. Es war klar, dass er sie für geistig geschädigt hielt, ohne es offen auszusprechen. Er hatte sogar vorgeschlagen, den Namen der *Zuflucht* zu ändern und den Eindruck zu zerstreuen, dass es sich um einen Ort handelte, der nur für Menschen mit posttraumatischer Belastungsstörung gedacht war.

Brick und seine Freunde hatten den Vorschlag rundheraus abgelehnt, aber immerhin war jetzt klar, dass Chen nicht glaubte, dass die Gäste eine Bedrohung für ihn oder seine Pläne darstellen würden. Da irrte er sich allerdings gewaltig. Sie waren vielleicht durch das Feuer in der Hütte, das Feuerwerk und die Schüsse aufgeschreckt worden, aber sie waren auch verdammt stark ... und wahrscheinlich sauer, dass jemand sie absichtlich so mies behandelt hatte.

Je näher Brick dem Table Rock kam, desto entschlossener wurde er. Chen durfte nicht entkommen. Er musste für das Unrecht büßen, das er den Frauen in der Vergangenheit angetan hatte, und für das, was er mit Alaska vorhatte. Er war eine Bedrohung für die Gesellschaft – und buchstäblich niemand war sicher, solange er auf freiem Fuß war.

Brick hatte sich nicht wirklich einen Plan zurechtgelegt. Zuerst musste er den Mann finden. Und die Wahrscheinlichkeit, dass Chen sich tatsächlich in der Nähe des Table Rock aufhielt, lag bei nur rund zwanzig Prozent. Das einzig Gute an dieser Situation war, dass er auf keinen Fall – auf gar keinen Fall – in der Lage sein würde, Alaska in die Hände zu bekommen. Sie war sicher, wo sie war.

Solange sie an Ort und Stelle blieb.

Es gab keine Garantie, dass sie nicht in Panik geraten und den Bunker verlassen würde. Brick betete, dass sie es nicht versuchen würde. Es war wichtig, dass er wusste, dass sie an einem sicheren Ort war, damit Chen sie auf keinen Fall in die Finger bekam. Sollte der Mistkerl Alaska als Schutzschild benutzen, war das das Einzige, was Brick davon abhalten konnte, sich an ihm zu rächen. Dann hätte er sie als Druckmittel.

Brick tat sein Bestes, um seinen Atem zu verlangsamen, als er sich dem Table Rock näherte. Er nahm keinen der ausgetretenen Pfade, sondern nutzte stattdessen die Bäume und das Unterholz als Deckung, während er sich näherte. Jeder Schritt war bedächtig und leise, während er weiter schlich. An einer Stelle ging er in die Hocke und lauschte, wie er es zuvor getan hatte. Er achtete auf jedes Anzeichen, dass er nicht allein war.

Und da.

Es war schwach, aber das Geräusch eines zerbrechenden Astes war genauso gut wie eine riesige Leuchtreklame, die auf sein Ziel hinwies.

Brick ging langsam und methodisch in Position, näher an die Stelle, an der er das Geräusch gehört hatte. Der Mond spendete gerade so viel Licht, dass er sehen konnte, wohin er ging.

Sein erster Blick auf Chen ließ ihn erstarren.

Er hatte den Mann erwartet, mit dem er den Tag verbracht hatte. Den Stadtmenschen, der im Wald nicht zurechtkam. Aber nach dem zu urteilen, was er sehen konnte, war Chen gut vorbereitet. Er war von Kopf bis Fuß in Schwarz gekleidet und hatte so etwas wie ein Nachtsichtgerät über den Augen. Außerdem trug er eine Pistole bei sich – den Finger am Abzug. Die Hosentaschen quollen über mit allem, was er bei sich trug, und Brick musste annehmen, dass der Mann für eine Entführung mehr als gerüstet war. Wahrscheinlich hatte er Dinge dabei, um Alaska zu überwältigen ... Kabelbinder, Handschellen, vielleicht sogar eine Art Droge, um sie zu betäuben, sobald er sie zu seinem Wagen gebracht hatte, wo immer das auch war.

Er hatte vielleicht keine Waffe bei sich, aber Brick war alles andere als hilflos. Und Chen hatte nicht bedacht, wie laut der Wald sein konnte. Jeder seiner Schritte verriet, wo er sich befand.

Drake behielt den Mann im Auge und folgte ihm unauffällig, während er sich auf den großen, flachen Felsen zubewegte.

Brick wusste, dass seine beste Chance darin bestand, Chen zu überrumpeln. Ihn zu überraschen. Was schwierig werden würde, da der Mann ein Nachtsichtgerät trug. Für einen kurzen Moment dachte er daran, wie nützlich seine Taschenlampe jetzt gewesen wäre. Aber auf keinen Fall hätte er Alaska ohne Licht in diesem Bunker zurückgelassen.

Er konnte warten, bis Tiny und die anderen ihn einholten, dann konnten sie Chen umzingeln und ihn zwingen, seine Waffe niederzulegen und sich zu ergeben.

Diesen Plan verwarf er jedoch schnell wieder. Chen würde nicht herumstehen und darauf warten, dass ihn jemand fand. Er würde seine Suche nach Alaska fortsetzen und wahrscheinlich irgendwann wieder in der Ferienanlage landen – und wer wusste, was er dann tun würde. Verzweifelte Männer handelten unüberlegt, und Brick wollte den Gästen auf keinen Fall noch mehr zumuten, als sie ohnehin ertragen mussten.

Als er sich zwischen den Bäumen versteckte, kam ihm eine Idee. Ohne seine starke Taschenlampe wäre es nicht ganz so effektiv, aber es sollte ihm genügend Zeit geben, um Chen auszuschalten, hoffentlich ohne dass der Mann einen Schuss abfeuern konnte.

Langsam, um kein Geräusch zu machen, zog Brick sein Telefon wieder aus der Tasche. Er drückte auf den Knopf, um es einzuschalten, und wartete ungeduldig darauf, dass es sich einschaltete. Er würde höchstens einen Sekundenbruchteil Zeit haben. Ein einziger Moment, in dem er die Oberhand haben würde.

Chen war auf den Table Rock geklettert und starrte in die Dunkelheit hinaus. Aber mit dem Nachtsichtgerät hatte er zweifellos immer noch dieselbe herrliche Aussicht, die die Gäste tagsüber genossen.

Als der Mann ihm den Rücken zukehrte, setzte Brick sich in Bewegung.

Er brach hinter den Bäumen hervor und stürmte auf Chen zu.

Der andere Mann drehte sich um, sobald er den Aufruhr hinter sich hörte, aber Brick war bereit. Gerade als Chen die Hand mit der Pistole hob, hielt Brick sein Handy hoch und das Licht der Taschenlampen-App traf Chen direkt ins Gesicht.

Mit dem Nachtsichtgerät wäre es vierhundertmal heller als normal.

Noch während er den Kopf von dem grellen Licht abwandte, drückte Chen ab. Einmal. Zweimal. Dreimal. Er schoss blindlings in schneller Folge.

Schmerz breitete sich in Bricks Arm aus, aber er wurde nicht langsamer. Er stoppte seinen Vormarsch nicht. Er war kurz davor, sein Handy fallen zu lassen und Chen anzugreifen, als der Mann einen fatalen Fehler machte.

Er machte zwei riesige Schritte rückwärts.

Vielleicht, um dem Licht zu entkommen, das in seine Augen schien. Vielleicht, um sich zu verstecken.

Wahrscheinlich weil er wusste, dass er erledigt war.

Was auch immer der Grund war, es war das Letzte, was der Mann je tat.

Brick sah zu, wie er wild mit den Armen ruderte, als der Fels unter ihm verschwand.

Der Table Rock war ein großartiger Ort, um dort zu sitzen und die Ruhe der Gegend zu genießen, weil er so gut gelegen war. Am Rande eines Abhangs. Die Klippe war nicht so dramatisch wie die des Sitzfelsens ... aber es lag trotzdem ziemlich hoch.

Als Chen von der Kante des Felsens hinabstürzte, hörte Brick das laute Grunzen, als der Mann auf seinem Weg nach unten gegen zerklüftete Felsen prallte. Das Geräusch, das sein Körper von sich gab, als er auf dem ersten schmalen

Vorsprung aufschlug, dann auf dem zweiten und dann auf dem scharfen Feld von Felsbrocken am Boden landete, wahrscheinlich etwa sieben Meter tiefer, war unverkennbar.

Brick schoss das Adrenalin ins Blut, als er zum Rand des Felsens lief und vorsichtig nach unten sah. Er konnte nichts als Dunkelheit erkennen.

»Verdammt«, murmelte er. Er war sich ziemlich sicher, dass niemand einen Sturz wie den von Chen überleben und sich aus dem Staub machen konnte, aber er hatte schon mehr als eine Situation erlebt, in der ein Mensch auf der Stelle hätte sterben müssen und es nicht getan hatte – darunter zum Beispiel auch er.

Aufgrund der Dunkelheit konnte er nichts sehen. Als er merkte, dass er immer noch sein Handy in der Hand hielt, richtete Brick es über den Rand des Felsens in den Schatten darunter. Das Licht war nicht stark genug, um weiter als bis zum ersten Felsvorsprung zu leuchten.

Eine kalte Genugtuung machte sich in Brick breit, als er den dunklen Fleck auf dem Felsen sah, aber ein verletzter Mann konnte immer noch eine Gefahr darstellen. Brick wusste das besser als die meisten Menschen.

Während er darüber nachdachte, was er als Nächstes tun sollte – sich auf den Weg nach unten machen, um sich zu versichern, dass Chen nie wieder eine Gefahr für Alaska oder andere darstellen würde, oder zurück zum Bunker gehen –, hörte er ein Geräusch hinter sich.

Ohne nachzudenken, bewegte Brick sich. Er tauchte nach links, weg von der Kante und in die Büsche. Sein erster Gedanke war, dass Chen es irgendwie wieder nach oben geschafft hatte und ihm nun auflauern wollte.

Dann erkannte er das geflüsterte Kommando »Halt«.

Verstärkung war eingetroffen.

»Tiny?«, fragte er leise, immer noch nicht überzeugt, dass Chen wirklich tot war.

»Wir sind es«, entgegnete sein Freund. »Wo bist du?«

Brick tauchte aus dem Gebüsch auf.

»Geht es dir gut?«, fragte Pipe. »Wir haben Schüsse gehört.«

»Mir geht's gut«, entgegnete er.

»Ist er weggelaufen? In welche Richtung?«, fragte Spike eindringlich.

Als Antwort drehte Brick sich um und zeigte über den Rand des Table Rock.

»Mist«, hauchte Tiny.

Brick erklärte schnell, was passiert war. »Hast du eine Taschenlampe? Meine Taschenlampen-App ist nicht stark genug, um bis nach unten zu leuchten.«

Tiny trat an den Rand des Felsens, kniete sich sicherheitshalber hin und knipste seine leistungsstarke Taschenlampe an. Die vier Männer spähten gleichzeitig über die Kante.

Brick seufzte erleichtert über den Anblick, der sich ihm bot.

Yong Chen lag am Boden des Abgrunds. Sein Körper war in einer unnatürlichen Position verrenkt, sein Rücken offensichtlich irreparabel gebrochen. Er hatte immer noch das Nachtsichtgerät über den Augen und die Pistole, die er in der Hand hielt, lag etwa einen Meter von ihm entfernt zwischen den Felsbrocken.

Sie warteten einen Moment lang, um zu sehen, ob der Mann sich bewegte oder irgendein Geräusch machte. Nach einer Minute oder so stellte Pipe fest: »Er ist tot.«

»Wir müssen runtergehen, um uns selbst davon zu überzeugen«, fügte Spike hinzu.

»Ich werde die Polizei verständigen«, bot Tiny an, während er aufstand und sich zu Brick umdrehte. »Verdammt, Mann, du blutest«, bemerkte er stirnrunzelnd.

Brick blickte an seinem Arm hinunter und sah im Licht

der Taschenlampe, die Tiny in der Hand hielt, dass der Ärmel seines Hemdes durchnässt war. Jetzt, da er es gesehen hatte, machte sich der Schmerz bemerkbar.

Er ignorierte ihn. »Ich muss zu Alaska zurück.«

»Du musst dir deinen Arm von einem Arzt untersuchen lassen«, widersprach Pipe.

»Meine Frau sitzt in einem beengten Raum aus Metall, genau wie der, in den sie gezwungen wurde, als man sie entführt hatte und tagelang festhielt. Ich muss sofort zu Alaska«, fuhr Brick ihn an.

»Gut, dann lass mich deine Wunde wenigstens schnell verbinden«, bat Spike ruhig.

Er griff bereits nach dem Saum des T-Shirts, das er trug. Er schnitt mit dem Armeemesser, das er immer bei sich trug, einen breiten Streifen ab und hatte ihn innerhalb von zwei Minuten fest um Bricks Oberarm gewickelt.

»So. Wenigstens verblutest du jetzt nicht auf dem Weg zu ihr«, bemerkte er grimmig.

»Ich komme mit«, erklärte Pipe.

»Nein«, erwiderte Brick und schüttelte den Kopf. »Ich weiß nicht, in welchem Zustand sie ist, wenn ich dort ankomme.«

»Das ist doch eher noch ein Grund mehr, warum ich mitkommen sollte«, argumentierte Pipe.

»Sie wird nicht wollen, dass du sie siehst, wenn sie so am Boden zerstört ist. Sie hat eine Menge Stolz, und obwohl ich sie für den mutigsten Menschen halte, den ich kenne, möchte ich sie nicht in eine Situation bringen, in der sie sich schämen könnte.«

Pipe seufzte. »Gut. Aber du musst uns auf dem Laufenden halten. Ruf uns an, sobald du dort bist und wenn ihr auf dem Rückweg zur Lodge seid.«

Brick entging nicht, dass Pipe nicht darauf bestanden hatte, dass sie zum Table Rock zurückkehrten. Es war unmöglich, Alaskas Namen oder Bricks Rolle aus dem herauszuhalten, was heute Abend hier vorgefallen war. Sie würden erklären müssen, warum Chen hier war und was seine Pläne waren. Aber dank Elizabeth und ihrer sehr gründlichen Nachforschungen im Dark Web – und der Datei mit allem, was sie gefunden hatte und die sie mit Sicherheit schon an alle weitergeleitet hatte, dessen war Brick sich sicher – hatten sie mehr als genügend Indizien, um zu beweisen, dass Chen nicht der unschuldige potenzielle Investor war, als der er sich ausgegeben hatte.

Und nicht nur das: Alle Männer, die Chen dafür bezahlt hatten, Zeit mit Alaska zu verbringen, mussten aufgespürt und bestraft werden. Es war wahrscheinlich, dass die Auswirkungen des heutigen Abends noch eine ganze Weile andauern würden, und leider würde Alaska ihre Geschichte während der kommenden Tage und Wochen wahrscheinlich noch viele Male erzählen müssen.

Aber Tiny und die anderen würden dafür sorgen, dass die Polizei die Situation als das erkannte, was sie war. Das Nachtsichtgerät, die Waffe, die Art und Weise, wie Chens Körper gelandet war, Bricks Verletzung ... alles deutete auf Selbstverteidigung von Brick hin.

Er nickte seinen Freunden zu, dankbar, dass sie da waren, um ihm den Rücken zu stärken, und machte sich auf den Weg durch den Wald in Richtung Alaska. Er benutzte die Taschenlampen-App und blieb auf den Pfaden, was ihm erlaubte, sich viel schneller als zuvor zu bewegen. Als er sich dem Bunker näherte, nahm Brick sich die Zeit, das Licht auszuschalten und das Gebiet mit allen Sinnen zu untersuchen.

Alles war noch so, wie er es verlassen hatte. Der Boden um den Bunker herum war nicht verändert worden. Weder aus dem Bunker noch aus dem Wald um ihn herum ertönten Geräusche. Aber das flaue Gefühl in Bricks Magen löste sich nicht auf. Er würde erst zufrieden sein, wenn er Alaska in seinen Armen hielt und wusste, dass es ihr gut ging, geistig und körperlich.

Er eilte zu dem Deckel und riss ihn auf. Er starrte hinunter in das Loch – und sah als Erstes Alaskas nach oben gerichtetes Gesicht, das zu ihm aufschaute.

Er war so erleichtert, dass er einen Moment lang unfähig war, sich zu bewegen oder zu sprechen.

Zum Glück hatte Alaska nicht das gleiche Problem. Sie rappelte sich auf und stürmte so schnell die Leiter hinauf, dass Brick sie nur mit Mühe auffangen konnte, als sie sich auf ihn stürzte. Er fiel auf einen Fuß zurück, dann knickten seine Beine unter ihm ein.

Er hörte vage Mutts Krallen auf den Sprossen und hörte ihn einen Moment später aufgeregt um sie herumlaufen, aber Bricks Aufmerksamkeit galt Alaska.

»Geht es dir gut?«, fragte er und versuchte, sie dazu zu bringen, ihn anzusehen. Ihr Gesicht war in seiner Halsbeuge vergraben und sie hielt ihn mit einem Todesgriff fest.

»Al? Sprich mit mir. War es sehr schlimm? Verdammt, natürlich war es das. Es tut mir so leid. Ich wollte dich nicht verlassen, aber du hattest recht. Ich musste es tun. Sag mir, dass du nicht für immer traumatisiert bist. Ich glaube, Henley ist noch in der *Zuflucht*. Wir holen sie, dann kannst du mit ihr reden. Das wird dich nicht brechen, dafür bist du zu stark.«

Er spürte mehr als dass er hörte, wie sie einen langen, tiefen Atemzug nahm, dann hob sie den Kopf und sah ihm in die Augen. »Du liebst mich und du bist so schnell wie möglich zu mir zurückgekommen.«

»Verdammt richtig, das tue ich, und ich habe es getan«, hauchte er. Die Erleichterung, die er empfand, war fast überwältigend. Er konnte die Panik in ihren Augen sehen, aber selbst als er sie beobachtete, begann sie zu verblassen.

»Das habe ich mir immer wieder gesagt. Ich will nicht sagen, dass ich in nächster Zeit wieder Zeit in einem deiner Geheimbunker verbringen möchte, aber je länger ich dort war und je mehr ich mich daran erinnerte, dass du zurückkommst, desto besser wurde es. Ich war nicht in einem Container auf dem Weg nach wer weiß wohin. Ich war an einem sicheren Ort. *Deinem* sicheren Ort. Die Situation war völlig anders.«

Einerseits war sie es, andererseits jedoch auch nicht, aber Brick widersprach ihr nicht. »Du bist erstaunlich«, erklärte er. »Ich bewundere dich.«

Sie schenkte ihm ein kleines Lächeln und schüttelte den Kopf. »Musst du nicht. Mehr als einmal habe ich darüber nachgedacht, abzuhauen und zu versuchen, dich zu finden. Einmal bin ich sogar die Leiter hinaufgeklettert und habe den Deckel einen Spaltbreit angehoben.«

»Aber du bist nicht abgehauen.«

Sie schüttelte den Kopf. »Nein. Erstens, weil Mutt überhaupt nicht zufrieden mit mir war. Er hat ständig an meiner Hose gezerrt und geknurrt und versucht, mich dazu zu bringen, mich wieder hinzusetzen.«

»Er nimmt es sehr ernst, wenn er jemanden bewachen muss«, bemerkte Brick, streckte die Hand aus und streichelte den Hund zum ersten Mal seit seiner Rückkehr. Mutt beugte sich vor und leckte Bricks Gesicht ab, was Alaska zum Lachen brachte. Brick drehte sich wieder zu ihr um. »Was ist der andere Grund, warum du nicht abgehauen bist?«

»Weil ich den Deckel des Bunkers öffnen konnte«, sagte sie einfach. »Als ich in diesem Zug war, hinter dieser falschen Wand, gab es keinen Ausweg. Ich war gefangen, egal wie sehr ich auch trat und hämmerte. Sobald sich der Deckel hob, wurde mir klar, dass ich nicht festsaß. Allein die Möglichkeit zu haben, zu gehen, wenn ich wollte, beruhigte mich so sehr, dass ich mich wieder hinsetzen konnte. Ich will damit nicht sagen, dass ich regelmäßig in diesem Ding campen will, aber zu wissen, dass ich abhauen kann, hat einen großen Unterschied gemacht.«

Brick schloss die Augen und lehnte seine Stirn an ihre. Sie lag in seinen Armen. War in Sicherheit. Und es schien nicht so, als hätte sie einen großen mentalen Rückschlag erlitten, weil er sie allein gelassen hatte. Er konnte nicht in Worte fassen, wie viel ihm das bedeutete.

»Was ist passiert?«, fragte sie leise. »Hast du ihn gefunden?«

Brick atmete tief ein und hob den Kopf. »Ja. Er wird nie wieder eine Bedrohung für dich oder jemand anderen darstellen.«

Sie schloss die Augen und ihr Atem ging stoßweise, aber sie bekam ihre Gefühle schnell wieder unter Kontrolle. Ihre Augen wurden groß und sie runzelte die Stirn. »Bekommst du deswegen Schwierigkeiten?«

»Schwierigkeiten?«, fragte er verwirrt.

»Ja, weil du ihn umgebracht hast?«

»Nein. Erstens war der Dreckskerl bewaffnet und ich nicht. Zweitens war er unbefugt eingedrungen mit der Absicht, dich zu entführen. Drittens ... habe ich ihn nicht umgebracht.«

Alaska runzelte die Stirn. »Hast du nicht?«

»Nein. Er ist in den Abgrund neben dem Table Rock gefallen. Rückwärts. Ich habe ihn nicht einmal berührt.«

»Wow ... ähm ... bist du sicher, dass er tot ist?«

Brick war nicht überrascht, dass sie das fragte. Verdammt, das hatte er sich auch schon gefragt. »Ich bin mir ganz sicher«, antwortete er. »Aber um *hundertprozentig* sicher zu sein, werden Tiny und die anderen hinunterklettern und die Sache überprüfen.«

»Okay.«

Die Erleichterung in diesem einen Wort war deutlich zu hören.

Sie wollte ihre Arme noch einmal um ihn legen, erstarrte aber, als ihre Hand seinen Oberarm berührte. »Was ist das?«, fragte sie, als sie die Nässe unter seinem provisorischen Verband spürte.

»Ein Streifschuss. Mir geht's gut«, beruhigte Brick sie.

»Was? Du wurdest *angeschossen*?«, fragte sie.

»Ja. Ich habe ihn mit der Taschenlampe meines Handys geblendet, da er ein Nachtsichtgerät trug, und er hat ein paar Schüsse abgefeuert, als er versuchte, mir zu entkommen. So ist er über die Kante gefallen. Aber nur ein Schuss hat mich gestreift.«

Zu seiner Überraschung stieg Alaska von seinem Schoß und stand auf. »Steh auf! Wir müssen weg! Zurück zur Hütte. Einen Krankenwagen rufen. Du musst dich untersuchen lassen!«

Sein Herz schmolz dahin. »Mir geht es gut«, versuchte er, sie zu beruhigen.

»Nein. Du wurdest angeschossen. *Angeschossen!* Und es geht dir *nicht* gut. Du blutest, Drake. Ich habe es gespürt. Wir gehen jetzt. Und zwar sofort! Zurück nach Hause. Komm schon, steh auf!«

Brick stand langsam auf, aber anstatt sich zu bewegen, legte er seine Hände auf ihr Gesicht und hob es zu seinem eigenen. »Glaub mir, es geht mir gut, Liebes. Ich spüre es kaum noch. Ich war zu sehr damit beschäftigt, zu dir zurückzukommen.«

»Das ist ein weiterer Grund, warum wir gehen müssen. Du könntest eine verzögerte Reaktion oder so etwas bekommen. Auf dem Weg ohnmächtig werden. Ich kann dir mitten im Wald nicht gerade eine Bluttransfusion geben, Drake. Es geht mir gut. Können wir bitte einfach gehen?«

»Ja, Al, wir können gehen.«

Offenbar schien die Sorge um ihn sie von der Restangst zu befreien, die sie davor hatte, in einer großen Metallkiste wie in ihren Albträumen zurückgelassen zu werden. Brick beugte sich zu ihr hinunter und küsste sie sanft. Er wusste, dass sie eine lange Nacht vor sich hatten, wenn sie zur Hütte zurückkehrten. Die Polizei würde mit ihnen beiden sprechen wollen, er musste sich vergewissern, dass es ihren Gästen gut ging, und Brick hatte keinen Zweifel, dass Alaska sich auch um sie kümmern wollte.

Er musste den Schaden an der Hütte für die ehemaligen Kriegsgefangenen begutachten und sich bei den anderen Freunden melden. Und damit Alaska sich besser fühlte, würde er die Sanitäter sogar seinen Arm untersuchen lassen ... nachdem sie sich vergewissert hatten, dass es ihr gut ging.

Also nahm er sich eine Minute Zeit, um einfach bei Alaska zu sein. Er drückte sie an sich und stand einen Moment lang so da, dankbarer als er in Worte fassen konnte, dass alles so gekommen war, wie es gekommen war.

Es war Alaska, die sich zuerst regte. »Komm schon, Drake, ich meine es ernst – wir müssen dich zurückschaffen.«

Er nickte, schloss den Deckel des Bunkers, vergewisserte sich noch einmal, dass er für niemanden zu sehen war, dann schlang er seine Finger um ihre und machte sich auf den Weg zurück in Richtung der *Zuflucht*.

KAPITEL ZWANZIG

Es war vier Uhr dreißig morgens, bevor Alaska und Drake in ihrer Hütte ins Bett krochen.

Drake hatte sich nicht geirrt. Sobald sie im Lager angekommen waren, hatten sie viel zu tun gehabt. Sie hatte von Chens bösen Plänen erfahren, als sie Tiny bei seinem Gespräch mit der Polizei zuhörte. Drake wusste es, aber er hatte ihr nichts davon erzählt, als sie draußen im Wald und im Bunker waren. Er hatte versucht, sie zu beschützen, wie immer.

Und plötzlich wurde ihr klar, wie knapp sie mit dem Leben davongekommen war. Es fiel ihr schwer zu begreifen, dass es auf der Welt Männer und Frauen gab, die nichts dagegen hatten, Menschen zu verkaufen. Nicht nur, dass sie sie verkauften, sondern sie taten es auch noch in dem Wissen, dass ihnen schreckliche Dinge widerfahren würden. Das machte sie fassungslos.

Es hätte sie in eine tiefe Depression stürzen können, wären da nicht die sieben Männer der *Zuflucht* gewesen. Sie hatten einen großen Teil ihres Lebens damit verbracht, für das Gute zu kämpfen. Sie taten alles, was in ihrer Macht stand, um die bösen Mächte am Sieg zu hindern. Und jetzt, trotz ihrer eigenen Traumata, versuchten sie, anderen zu helfen, ihr Leben weiterzuführen. Und sie *hatten* geholfen. Und zwar sehr.

Nachdem Drakes Arm von einem Sanitäter untersucht worden war, fand sich Alaska mit Henley allein wieder. Sie hatte keinen Zweifel daran, dass Drake das irgendwie arrangiert hatte. Er ließ sie nicht aus den Augen, und es gab ihr ein gutes Gefühl, dass er so besorgt war.

Sie konnte es ihm nicht verübeln. Eine Zeit lang hatte sie gedacht, sie würde durchdrehen. Sie war sogar so weit gegangen, den Deckel des Bunkers zu öffnen, aber dann, wie sie es ihm gesagt hatte, wurde ihr klar, dass sie nicht eingesperrt war. Sie war keine Gefangene. Sie konnte jederzeit gehen, wenn sie wollte. Das genügte ihr, um die Kontrolle über ihre Gefühle zu erlangen, das Trauma zu überwinden, das sie zu überwältigen versuchte, und auf Drakes Rückkehr zu warten.

Henley hatte darüber reden wollen, was passiert war. Um sich zu vergewissern, dass es ihr gut ging. Aber Alaska wurde klar, dass sie *nicht* darüber reden musste. Zumindest nicht mit der Therapeutin. Vielleicht würde sie es irgendwann tun, aber im Moment brauchte sie nur Drake.

Die Gäste schienen alle nervös zu sein, aber sie gingen bemerkenswert gut mit der Situation um. Sie hatten der Polizei gern berichtet, was sie gesehen hatten ... einschließlich Chen, der um die Hütten herumgeschlichen war, kurz bevor die Schüsse fielen und das Feuerwerk losging.

Als sie endlich zu ihrer eigenen Hütte zurückkamen, war Mutt sofort vor Erschöpfung auf seinem Hundebett im Wohnbereich zusammengebrochen. Er war die ganze Nacht an Alaskas Seite geblieben und hatte sich nicht von der Stelle gerührt, egal was passiert war.

Sie hatte Drake beim Duschen geholfen, damit sein Arm

nicht nass wurde, und nun lagen sie endlich zusammen im Bett. Beide hatten sich nach dem Abtrocknen noch nicht angezogen, und das Gefühl seines heißen, festen Körpers an ihrem eigenen war ebenso Balsam für ihre Seele wie alles andere.

»Es tut mir leid, dass ich dich allein zurücklassen musste«, sagte Drake leise.

»Mir nicht«, antwortete sie ihm. »Ich meine, so sieht es aus. Es ist unmöglich, dass du jeden Moment von jedem Tag an meiner Seite bist. Das habe ich gebraucht. Zu wissen, dass ich mit der Situation allein fertigwerde. Nicht dass es mir nicht lieber gewesen wäre, wenn du bei mir gewesen wärst, aber zu wissen, dass ich es alleine schaffen *kann*, war ... eine ziemliche Erleichterung. Ich will dir nicht zur Last fallen, Drake. Niemals. Wenn diese Zeit kommt, erwarte ich, dass du mich gehen lässt.«

»Ich werde dich niemals gehen lassen«, sagte Drake ihr mit Nachdruck. »Und du könntest mir *nie* eine Last sein. Ich zweifle nicht daran, dass du alles tun kannst, was du tun willst ... du brauchst mich nicht. Es ist ein Geschenk, an deiner Seite zu sein. Deine Liebe ist ein Geschenk, von dem ich immer noch nicht glauben kann, dass ich es bekommen habe.«

»Drake«, sagte Alaska leise und war den Tränen nahe.

»Nicht weinen«, befahl er sanft. »Wir haben hier einen glücklichen Augenblick«, erklärte er ihr lächelnd.

»Tut mir leid«, sagte sie und wischte sich die Wange an seiner Schulter ab.

Drake ließ seine Hand in ihr Haar gleiten und drückte sie an sich, während er mit den Fingern der anderen Hand sanft ihren Arm streichelte, den sie um seinen Körper gelegt hatte. »Du hattest vorhin recht – ich verdiene dich, Alaska. Nach allem, was ich gesagt und getan habe und durchgemacht habe, bist du der Grund, warum ich diese Explosion überlebt habe. Ich werde den Rest meiner Tage damit verbringen zu beweisen, dass mein Leben nicht umsonst verschont wurde. Für Vader, Monster, Bones, Rain und Mad Dog, und für mich selbst.«

»Und ich verdiene dich«, sagte Alaska zu ihm. »Wir verdienen uns gegenseitig.«

»Ja, das tun wir«, stimmte er zu. »Nun, zu einem etwas anderen Thema ... ich muss morgen meine Mutter anrufen. Damit sie weiß, was los ist«, bemerkte Drake. »Ich traue ihr zu, dass sie durch ihre vielen Verbindungen irgendwie von der ganzen Sache erfährt, die hier passiert ist. Ich möchte derjenige sein, der es ihr sagt, damit sie sich keine Sorgen macht. Aber ich nehme an, sie wird sich selbst davon überzeugen wollen, dass es uns beiden gut geht.«

»Oh, wow. Ich habe deine Mutter seit dem Tag der Abschlussfeier nicht mehr gesehen.«

»Ich weiß. Deshalb wollte ich dich ja warnen. Und du hast nicht versucht, deine eigene Mutter zu kontaktieren. Hast du es vor?«

»Nein«, erwiderte sie, ohne nachzudenken. »Ich habe keine Ahnung, wo ich überhaupt anfangen soll ... und wenn es sie während der letzten zwei Jahrzehnte nicht interessiert hat, wo ich bin oder was in meinem Leben vor sich geht, dann wird sie auch jetzt nicht damit anfangen. Außerdem, wenn ich es schaffe, sie zu finden, wird sie vermutlich nur versuchen, Geld von mir zu bekommen. Das ist das letzte Mal passiert, als ich sie gefunden habe.«

Drake seufzte. »Das habe ich mir auch gedacht, aber ich musste einfach fragen.«

»Ist schon gut, Drake«, versicherte Alaska ihm. »Ich habe mich schon vor langer Zeit mit unserer Beziehung abgefunden. Ich bin ohne sie in meinem Leben besser dran, glaub mir.«

»In Ordnung. Aber wenn du es dir anders überlegst,

brauchst du nur ein Wort zu sagen, und ich sorge dafür, dass Elizabeth sie findet.«

»Sie ist ziemlich beeindruckend«, bemerkte Alaska. »Ich bin beeindruckt, dass sie all diese Informationen über Chen herausfinden konnte. Was ist ihre Geschichte?«

»Sie arbeitet mit Tex zusammen ... den du sicher eines Tages kennenlernen wirst. Jedenfalls war sie selbst ein Entführungsopfer. Ein Serienmörder hat sie und eine andere Frau geschnappt. Er hat Elizabeth körperlich gefoltert und die andere Frau seelisch gequält. Das war in Kalifornien. Sie zog nach Texas, um mit dem Geschehenen fertigzuwerden, wurde agoraphobisch, dann eine Brandstifterin ... und heiratete schließlich einen Feuerwehrmann. Sie ist der beste Hacker, die beste Technikerin, das beste Computergenie, wie auch immer man es nennen will, mit dem ich je gearbeitet habe ... außer vielleicht Tex.«

»Wow. Okay«, entgegnete Alaska. »Ich hatte eigentlich erwartet, dass du mir sagst, dass sie nur eine Tussi ist, die mit der Polizei zusammenarbeitet oder so.«

»Oder so«, stimmte Drake zu.

»Wir verdanken ihr eine Menge«, stellte Alaska fest.

»Ja. Sie hat bereits eine offene Einladung, jederzeit in *Die Zuflucht* zu kommen, wenn sie will.«

»Gut. Drake?«

»Ja, Al?«

»Ich bin glücklich.«

Er musste lachen. »Das kannst nur du sagen, nach dem Tag – oder dem Abend, der Nacht, dem Morgen, was auch immer –, den du erlebt hast.«

»Ich bin am Leben. Ich bin nackt mit dem Mann, den ich liebe. Ich habe nicht völlig den Verstand verloren, als ich mit meinem schlimmsten Albtraum konfrontiert wurde, und ich werde deine Mutter bald wiedersehen ... ich habe sie immer bewundert und gemocht. Worüber sollte man sich da nicht freuen?«

»Eines Tages werde ich dich fragen, ob du mich heiraten willst«, bemerkte Drake.

Alaska hob den Kopf und starrte ihn an. »Was?«

Er legte eine Hand in ihr Haar und drückte ihren Kopf sanft wieder an seine Schulter zurück. »Nicht jetzt. Nicht morgen. Aber es wird passieren. Ich warne dich nur, damit du dich an den Gedanken gewöhnen kannst.«

»Ja!«, platzte sie heraus.

Jetzt war es an Drake, den Kopf zu heben. »Was?«

»Ja«, erklärte sie mit einem kleinen Lächeln. »Wenn du mich fragst, werde ich dir das sagen. Nur damit du es weißt, damit du dich an den Gedanken gewöhnen kannst.«

Drake lachte. »Alles klar. Gut zu wissen.«

Alaska öffnete den Mund, um noch etwas anderes zu sagen, aber stattdessen kam ein lautes Gähnen heraus.

»Schlaf, Al.«

»Wir haben morgen früh noch einiges zu tun. Wir dürfen nicht zu lange schlafen«, murmelte sie.

»Okay.«

Sie seufzte. »Du wirst uns auf jeden Fall bis Mittag schlafen lassen, oder?«

»Allerdings«, entgegnete Drake ohne die geringste Reue. »Es war eine verdammt lange Nacht, Al. Es ist schon fast Morgengrauen. Wir sind beide erschöpft. Und jetzt will ich nur mit dir in meinen Armen schlafen und eine Weile nicht an den ganzen Blödsinn denken, der noch auf uns zukommen wird. Wenn wir aufwachen, möchte ich mit der Frau schlafen, die ich mehr als jede andere auf der Welt verehre und bewundere. Dann werden wir duschen, essen und *dann* zur Lodge hinübergehen, um zu sehen, was los ist.«

Alaska seufzte zufrieden. »Okay.«

»Okay«, stimmte Drake zu. »Und nur damit du es weißt ... ich bin auch glücklich.«

Seine Worte bedeuteten Alaska sehr viel. Denn sie wusste, dass er lange Zeit *nicht* glücklich gewesen war. Er war am Boden zerstört, weil er seine Freunde verloren hatte, und dann war er zu sehr damit beschäftigt gewesen, seine Dämonen zu bekämpfen und *Die Zuflucht* zum Laufen zu bringen, um überhaupt an seine eigenen Wünsche und Sehnsüchte zu denken. Zu wissen, dass er glücklich war, mit *ihr*, der guten alten Alaska, war ein Gefühl, das sie nicht einmal ansatzweise in Worte fassen konnte.

»Gute Nacht. Danke, dass du da bist«, flüsterte sie.

Drake strich mit den Lippen über ihre Stirn. »Danke, dass du da bist«, wiederholte er.

Zu ihrer Überraschung schlief Drake fast sofort ein. Sie brauchte ein wenig länger, weil ihr die Ereignisse des Abends noch einmal durch den Kopf gingen. Aber schließlich schmiegte sie sich fester an Drake und spürte, wie sie einschlief.

Wenn ihr jemand vor vier Jahren – oder vor fünfundzwanzig Jahren – gesagt hätte, dass sie heute an diesem Punkt stehen würde, hätte sie ihm niemals geglaubt. Sie hatte Drake so lange auf ein Podest gestellt, hatte ihn für völlig unerreichbar gehalten. Aber mit der Zeit änderte sich die Perspektive und Alaska wusste ohne jeden Zweifel, dass der Mann in ihren Armen sie genauso sehr brauchte wie sie ihn.

Henley McClure holte tief Luft und zwang sich, zur Scheune zurückzukehren. Es war für alle eine lange Nacht gewesen und sie hatte ihr Bestes getan, um für die Gäste da zu sein, die nach den Vorfällen des Abends unter Flashbacks gelitten hatten.

Auf dem Höhepunkt des Durcheinanders war sie in die Scheune gegangen. Das hätte sie nicht tun sollen. Sie kannte die Abläufe. Sie hätte in der Lodge bleiben sollen. Aber die Tatsache, dass Tonka – nein, *Finn* – allein in der Scheune war und versuchte, die Tiere zu beruhigen, war ihr nahegegangen. Also war sie gegangen, um ihm zu helfen.

Natürlich hatte Finn *nie* ihre Hilfe gewollt. Weder in beruflicher noch in persönlicher Hinsicht. Sie war die Dumme, die ihn nicht aufgeben wollte.

Finn war anders als die anderen Männer, denen *Die Zuflucht* gehörte. Er war ... schlimmer mitgenommen ... als die anderen.

Aber selbst nach all der Zeit, in der sie in der *Zuflucht* arbeitete, hatte sie keine Fortschritte bei seiner Therapie gemacht, obwohl er halbwegs regelmäßig an Gruppensitzungen teilnahm. Es war herzzerreißend, weil er so ein guter Mensch war. Als der Tumult heute Abend ausbrach, war er sofort zu den Tieren gegangen, um dafür zu sorgen, dass sie in Sicherheit waren und um sie zu beruhigen. Ja, das war sein Job, aber Henley wusste, dass es um mehr als das ging. Er hatte eine Verbindung zu jedem Vierbeiner auf dem Gelände, die über das hinausging, was die meisten Menschen mit Haus- und Nutztieren haben.

Sie konnte einfach nicht anders, als zu ihm zu gehen. Sie fühlte sich zu Finn hingezogen. Als Therapeutin wusste sie, dass dies ein gefährlicher Grat war. Es war unprofessionell, Gefühle für einen Patienten zu haben ... aber andererseits hatte Finn nie, kein einziges Mal, an einer ihrer Sitzungen wirklich teilgenommen. Er war zwar körperlich anwesend, sprach aber nicht, sondern beobachtete sie nur mit seinen alles sehenden Augen. Im Mittelpunkt seiner Aufmerksamkeit zu stehen war unangenehm ... und aufregend zugleich.

In dem Moment an, in dem sie die Scheune betrat, war es offensichtlich, dass Finn seine Aufgabe zu bewältigen hatte. Das Feuer, das aus der Hütte für die ehemaligen Kriegsgefangenen kam, machte alle Tiere nervös. Und die Feuerwerkskörper trugen nicht gerade zur Entspannung der Situation bei. Die Pferde schnaubten und stampften in ihren Boxen, schlugen sogar gegen die Tore und versuchten herauszukommen.

Melba muhte ununterbrochen. Es war ein schrecklicher Laut, der Henley sofort die Tränen in die Augen trieb. Die Hühner liefen aufgeregt umher, die Ziegen blökten und sie sah sogar eine Katze von einem Ende der Scheune zum anderen huschen, um ein sicheres Versteck zu finden.

Sofort stürzte sie sich in das Chaos und wollte helfen, wo sie nur konnte. Sie ging zu Melbas Stall und begann, die vor Angst steife Kuh zu streicheln. Sie kannte die Geschichte des Tieres so gut wie jeder andere und wusste, dass Melba bei einem Scheunenbrand eingeschlossen worden war. Sie streichelte ihren Kopf und legte einen Arm um ihren riesigen Hals. Sie murmelte dem Tier etwas zu und gab sich Mühe, um ihre Stimme leise und ruhig zu halten. Zu ihrer Überraschung gesellte sich einer der Hunde, die Finn und die anderen Jungs von der *Zuflucht* adoptiert hatten, zu ihr in den Stall. Ebenso wie zwei der Ziegen. Sie kauerten sich alle zusammen und suchten Trost beieinander.

Finn ging die ganze Zeit herum und machte dasselbe mit den Pferden und den anderen Tieren. Henley konnte seine tiefe Stimme hören, mit der er den Tieren versicherte, dass sie sich keine Sorgen zu machen brauchten. Dass sie in Sicherheit waren. Dass er nicht zulassen würde, dass ihnen irgendjemand oder irgendetwas etwas antun würde.

Der Lärm der Feuerwerkskörper verklang schließlich und das Knistern des nahen Feuers verstummte.

Sie war gerade aufgestanden, als Finn vor Melbas Kabine auftauchte. Doch statt ruhig und beherrscht auszusehen, wie sie es nach seiner Stimme vermutet hatte, waren seine Augen weit aufgerissen, er atmete schwer und sah aus, als stünde er kurz vor einem Nervenzusammenbruch.

Sie bewegte sich, bevor sie darüber nachdenken konnte, was sie tat. Sie ergriff seinen Arm und führte ihn aus dem Stall, wobei sie darauf achtete, die Tür hinter sich zu verschließen, damit Melba nicht auf die Idee kam, einen mitternächtlichen Spaziergang über das Grundstück zu machen.

Sie begleitete Finn in ein kleines Arbeitszimmer und war überrascht, als er sie gewähren ließ. Sie setzte ihn auf das kleine Sofa und zu ihrem völligen Entsetzen lehnte er sich sofort an sie, vergrub sein Gesicht in ihrem Nacken und hielt sie fest, als würde er sie nie wieder loslassen wollen.

Henley schlang ihre Arme um ihn und hielt ihn einfach ebenfalls im Arm, während sein großer Körper zitterte.

Irgendetwas hatte bei ihm heute Abend die posttraumatische Belastungsstörung ausgelöst, aber sie war sich nicht ganz sicher was. Die Feuerwerkskörper, das Feuer und die Schüsse könnten den Zustand ausgelöst haben ... aber das glaubte sie nicht. Sie hatte nicht gesehen, dass er bei einem dieser Geräusche zusammengezuckt wäre. Er hatte sich ganz auf die Tiere konzentriert.

Während der zwei Jahre, in denen sie in der *Zuflucht* arbeitete, hatte sie ihre Anziehungskraft auf diesen Mann unter Verschluss gehalten. Und sie vermutete, dass er das Gleiche mit ihr getan hatte. Trotzdem ... wenn sie im selben Raum waren, schienen sich ihre Blicke immer zu treffen. Wenn er an Sitzungen teilnahm, hatte sie das seltsame Gefühl, dass er da war, um sie davor zu schützen, dass jemand etwas Anstößiges sagte oder tat. In der Vergangenheit hatte er sogar schon den einen oder anderen Gast aus den Sitzungen begleitet, wenn er oder sie zu wütend wurde oder sich aufregte.

Und die wenigen Male, als sie erzählte, was ihr als Mädchen passiert war, hatte er die Armlehnen seines Stuhls so fest umklammert, dass Henley sicher war, er würde das Holz zerbrechen.

Aber keiner von ihnen hatte jemals diese Anziehung ausgelebt. Sie hatten diese Grenze nicht überschritten. Sie waren Kollegen, und obwohl es Henley unerträglich traurig machte, verstand sie, dass Finn noch nicht bereit für eine Beziehung war. Sollte er jemals wieder an einem Punkt angelangt sein, an dem er zu einer Beziehung bereit war, würde er höchstwahrscheinlich nichts mit *ihr* anfangen. Nicht nur, weil sie zusammen arbeiteten, sondern auch, weil sie Psychologin war. Er wäre nicht der erste Mann, der befürchtete, sie würde in seine Psyche eindringen und all seine Geheimnisse erfahren wollen.

Sie *wollte* seine Geheimnisse wissen ... aber nur, weil sie sich um ihn sorgte.

Und jetzt waren sie hier und hielten sich gegenseitig im Arm, als wären sie die Rettungsleine des anderen.

Wie lange Finn bei ihr saß, zitterte und sich an sie klammerte, wusste Henley nicht. Sie ermutigte ihn nicht zum Reden, nicht dazu, ihr zu sagen, was los war. Sie hielt ihn einfach nur fest.

Als er schließlich seinen Griff lockerte, spannte Henley sich an. Zu ihrer völligen Überraschung zog er sich nicht abrupt zurück und ging ohne ein Wort, wie sie erwartet hatte. Er starrte sie einen Moment lang an, bevor er sagte: »Danke. Ich ... habe das gebraucht.«

Henley nickte. »Ich auch.«

»Alles in Ordnung?«, fragte er leise.

»Ja. Und bei dir?«

Er dachte ein paar Augenblicke über ihre Frage nach,

bevor er antwortete: »Ich glaube, jetzt schon. Ich muss nach den anderen sehen. Mich versichern, dass es Brick und Alaska gut geht.«

Henley nickte erneut.

Finn stand auf und hielt ihr seine Hand hin.

Sie ergriff sie und zitterte, als Elektrizität ihren Arm hinunterzuschießen schien. Er ließ ihre Hand fallen, sobald sie auf den Beinen war, aber Henley konnte sie irgendwie noch spüren.

Der Rest des Abends war anstrengend, denn Finn ging, um nach seinen Freunden zu sehen, und Henley tat, was sie konnte, um den Gästen zu helfen, die nervös waren.

Sie war froh, dass alles gut ausgegangen war. Dass niemand ernsthaft verletzt worden war, weder Tier noch Mensch, und dass der Mann, der hinter Alaska her gewesen war, keine Gefahr mehr darstellte. Jetzt war sie müde. Richtiggehend ausgelaugt.

»Du siehst müde aus«, bemerkte Pipe. »Warum bleibst du nicht über Nacht? Wir haben ein Feldbett, das wir in einem der Tagungsräume hier in der Lodge aufstellen können.«

Sie lächelte ihn an. »Danke, aber ich muss mich auf den Heimweg machen.«

»Bist du sicher? Es ist schon sehr spät.«

»Ich bin sicher. Meine Tochter ist bei meiner Nachbarin, und sie ist Krankenschwester und muss um fünf Uhr morgens zur Arbeit.«

Pipe starrte sie einen Moment lang an. »Du hast eine Tochter?«

Henley nickte. »Ja.«

»Das wusste ich nicht. Wusstest du das, Stone?«, fragte Pipe und drehte sich zu seinem Freund um, der in der Nähe stand.

»Nein.«

Henley zuckte nur mit den Schultern. »Es ist einfach noch nie zur Sprache gekommen«, erklärte sie ihnen.

»Na gut, dann ... fahr vorsichtig. Und du wirst auf jeden Fall für die Zeit, die du heute Abend hier warst, Überstunden bezahlt bekommen. Wir sind dir sehr dankbar für alles, was du getan hast, mehr als wir je sagen könnten«, erklärte Pipe.

»Ich wäre nirgends lieber gewesen«, versicherte Henley ihnen. Ihr Blick schweifte noch einmal durch den Raum, um sich zu vergewissern, dass alle Gäste gegangen waren und niemand mehr da war, der jemanden brauchte, der ihm zuhörte. Ihr Blick blieb an Finn hängen. Er stand in der Nähe der Rezeption und starrte sie direkt an. Sie konnte den Ausdruck in seinen Augen nicht deuten. Sie hoffte, dass ihre Zeit in der Scheune heute Abend sie vielleicht einander näherbringen würde, dass er zumindest bereit wäre, mit ihr zu reden.

Als er sich umdrehte und zur Tür ging, wusste sie, dass das nicht der Fall war.

Sie seufzte schwer.

»Fahr vorsichtig«, wiederholte Stone.

»Schick uns bitte kurz eine Nachricht, wenn du zu Hause bist«, fügte Pipe hinzu.

Henley wünschte sich unwillkürlich, es wäre ein anderer Mann gewesen, der diese Bitte geäußert hätte, der sich um sie sorgte, aber sie nickte Pipe trotzdem zu. »Mach ich. Danke.«

Sie nahm ihren Mantel und ihre Handtasche und ging zur Tür. Es war ein langer, harter Tag gewesen, aber sie konnte nicht anders, als sich darüber zu freuen, dass sie den Gästen hatte helfen können. Alleinerziehende Mutter zu sein und zu unregelmäßigen Zeiten zu arbeiten machte ihr das Leben schwer, aber sie würde nichts daran ändern wollen. Ihre Tochter bedeutete ihr alles, und sie würde alles tun, um ihr ein sicheres, glückliches und stabiles Leben zu bieten.

Tonka war so müde, dass er kaum noch geradeaus sehen konnte … und doch konnte er nicht aufhören, an Henley zu denken. Sie hatte heute Abend alles richtig gemacht. War eingesprungen, um ihm mit den Tieren zu helfen. Hatte ihm nicht eine Million Fragen gestellt. Ihr Instinkt hatte einfach übernommen und sie hatte getan, was er von ihr verlangt hatte.

Und nachdem die Tiere versorgt waren? Als er sich an ein *anderes* Tier erinnerte, in einer anderen Zeit und an einem anderen Ort, dem er nicht hatte helfen können … und seinen Dämonen erlaubte, zum Vorschein zu kommen? Ein Tier, das er hatte leiden sehen müssen? Sie ließ ihn einfach schweigend die schlimmsten Erinnerungen verarbeiten, während sie ihn festhielt, damit er nicht in tausend Stücke zersprang.

Schon in dem Moment, in dem er die Psychologin kennengelernt hatte, die Brick für die Arbeit mit den Gästen eingestellt hatte, hatte Tonka gewusst, dass sie etwas Besonderes war. Sie zwang niemanden, seine Geschichte zu erzählen. Sie gab niemandem das Gefühl, gebrochen oder zerbrechlich zu sein. Sie behandelte ihre Patienten wie enge Freunde und schuf in ihren Sitzungen ein Gefühl von ruhiger, stiller Intimität, das den Menschen die Sicherheit gab, frei zu sprechen. Um Ängste und Traumata aus ihrer Vergangenheit zuzugeben.

Und als er gehört hatte, was sie als Kind durchgemacht hatte? Da musste Tonka sich wahnsinnig zusammenreißen, um nicht zu verlangen, dass sie ihm sagte, wer die Dreckskerle waren, die ihre Mutter getötet hatten. Er wollte dafür sorgen, dass sie nie wieder jemandem etwas zuleide taten. Es war Jahrzehnte her, dass sie das zehnjährige Mädchen gewesen war, das sich in Todesangst unter dem Bett versteckt hatte, und soweit er wusste, waren die Männer entweder im Gefängnis oder tot. Aber dieses Ereignis beeinflusste sie immer noch. Tonka konnte das spüren.

Er spürte eine Anziehungskraft zu ihr. Wahrscheinlich weil sie ein Trauma erlebt hatte, das seinem erstaunlich ähnlich war. Sie hatten beide mit ansehen und anhören müssen, wie ein geliebtes Wesen gefoltert und getötet wurde. Aber während Tonka zuließ, dass seine Erfahrung ihn zerbrach, hatte Henley ihre zu einem lebenslangen Kreuzzug gemacht.

Es fiel ihm jetzt schwer, mit Menschen umzugehen, er zog die Gesellschaft von Tieren vor. Aber als Tonka gehört hatte, wie Henley eine Tochter erwähnte, hatte sich etwas in ihm verändert.

Es gefiel ihm nicht, dass Henley ihnen etwas so Wichtiges wie ein Kind vorenthalten hatte, und das war unangemessen. Sie war nicht verheiratet, das wusste er ganz genau. Sie hatte nie einen Ex erwähnt – und ihre Tochter war bei einer Nachbarin –, was bedeutete, dass sie wahrscheinlich das alleinige Elternteil war.

Ging es ihnen gut? Verdiente sie genügend Geld? Hatten sie überhaupt Probleme? Hatte sie einen regelmäßigen Babysitter? Die Arbeitszeiten in der *Zuflucht* waren nicht gerade regelmäßig.

Wie alt war ihre Tochter? Wie lautete ihr Name?

Seine Neugierde übermannte ihn fast. Plötzlich wollte Tonka *alles* über Henley McClure wissen. Alles, was sie bisher für sich behalten hatte.

Es war ein merkwürdiges Gefühl, diese Neugierde. Tonka hatte sich schon lange nicht mehr für irgendetwas interessiert, seit er aus der Küstenwache ausgeschieden war.

Er lebte sein Leben von einem Tag zum anderen und konzentrierte sich darauf, mit seinen Freunden *Die Zuflucht* zu leiten.

Aber heute Abend hatte Henley sich unter seine sehr hohen, dicken Schutzschilde geschlichen. Er war sich nicht sicher, ob das gut oder schlecht war, aber er erkannte, dass sich etwas verändert hatte.

Er *wollte* sich wieder interessieren. Er wollte auf das Interesse reagieren, das er in ihren Augen sah und das er zwei Jahre lang nach Kräften ignoriert hatte. Wollte zugeben, dass ihr Interesse nicht einseitig war.

Er würde langsam vorgehen müssen. Um seinetwillen und um ihrer selbst willen. Er war sich nicht sicher, ob er bereit war, eine romantische Beziehung einzugehen. Sie würde sicher von ihm verlangen, dass er sich öffnete. Dass er über seine Vergangenheit sprach.

Er hatte das Gefühl, dass Henley besser als jeder andere verstehen würde, warum er nicht darüber sprechen konnte, was an diesem schicksalhaften Tag vor so vielen Jahren geschehen war. Es war nicht fair, alle ihre Geheimnisse wissen zu wollen, während er keines seiner Geheimnisse mit ihr teilen wollte ... trotzdem wusste er nicht, ob er es konnte.

Als er sich schließlich ins Bett legte, wirbelten Tonkas Gedanken weiter. Es würde ihm nicht leichtfallen, sich Henley gegenüber zu öffnen, aber er konnte den Drang nicht leugnen, ihr näherkommen zu wollen. Um zu sehen, ob die Verbindung, die sie zu teilen schienen, stark genug war, um das Trauma seiner Vergangenheit zu überstehen.

Zum ersten Mal seit einer gefühlten Ewigkeit war Tonka ein wenig aufgeregt, was die Zukunft betraf. Er schlief ein ... und freute sich auf den morgigen Tag.

BÜCHER VON SUSAN STOKER

Die Zuflucht in den Bergen
Zuflucht für Alaska
Zuflucht für Henley (3 Jan 2023)
Zuflucht für Reese
Zuflucht für Cora
Zuflucht für Lara
Zuflucht für Maisy
Zuflucht für Ryleigh

Das Bergungsteam vom Eagle Point
Ein Retter für Lilly
Ein Retter für Elsie
Ein Retter für Bristol (15 Nov)
Ein Retter für Caryn (4 April 2023)
Ein Retter für Finley
Ein Retter für Heather
Ein Retter für Khloe

Die SEALs von Hawaii:
Die Suche nach Elodie

SUSAN STOKER

Die Suche nach Lexie
Die Suche nach Kenna
Die Suche nach Monica
Die Suche nach Carly (11 Oct)
Die Suche nach Ashlyn (7 Feb 2023)
Die Suche nach Jodelle

Delta Team Zwei
Ein Held für Gillian
Ein Held für Kinley
Ein Held für Aspen
Ein Held für Jayme
Ein Held für Riley
Ein Held für Devyn (1 Sept)
Ein Held für Ember (1 Dec)
Ein Held für Sierra (1 Mar 2023)

Mountain Mercenaries:
Die Befreiung von Allye
Die Befreiung von Chloe
Die Befreiung von Morgan
Die Befreiung von Harlow
Die Befreiung von Everly
Die Befreiung von Zara
Die Befreiung von Raven

Ace Security Reihe:
Anspruch auf Grace
Anspruch auf Alexis
Anspruch auf Bailey
Anspruch auf Felicity
Anspruch auf Sarah

Die Delta Force Heroes:

Die Rettung von Rayne
Die Rettung von Emily
Die Rettung von Harley
Die Hochzeit von Emily
Die Rettung von Kassie
Die Rettung von Bryn
Die Rettung von Casey
Die Rettung von Wendy
Die Rettung von Sadie
Die Rettung von Mary
Die Rettung von Macie
Die Rettung von Annie

SEALs of Protection:

Schutz für Caroline
Schutz für Alabama
Schutz für Fiona
Die Hochzeit von Caroline
Schutz für Summer
Schutz für Cheyenne
Schutz für Jessyka
Schutz für Julie
Schutz für Melody
Schutz für die Zukunft
Schutz für Kiera
Schutz für Alabamas Kinder
Schutz für Dakota

Eine Sammlung von Kurzgeschichten

Ein langer kurzer Augenblick

BIOGRAFIE

Susan Stoker ist die New York Times, USA Today und Wall Street Journal Bestsellerautorin der Buchreihen »Badge of Honor: Texas Heroes«, »SEAL of Protection«, »Die Delta Force Heroes« und einigen mehr. Stoker ist mit einem pensionierten Unteroffizier der US-Armee verheiratet und hat in ihrem Leben schon überall in den Vereinigten Staaten gelebt – von Missouri über Kalifornien bis hin zu Colorado. Zurzeit nennt sie die Region unter dem großen Himmel von Tennessee ihr Zuhause. Sie glaubt ganz und gar an Happy Ends und hat großen Spaß daran, Geschichten zu schreiben, in denen Romantik zu Liebe wird.

Besuchen Sie Susan im Netz!
www.stokeraces.com
facebook.com/authorsusanstoker
twitter.com/Susan_Stoker
bookbub.com/authors/susan-stoker

instagram.com/authorsusanstoker
Email: Susan@StokerAces.com